Till Raether • Treue Seelen

Till Raether

Treue Seelen

Roman

btb

Für Diana aus Lankwitz

Kapitel 1

Das wäre ja noch schöner gewesen: Der Reaktorunfall hatte genug Opfer gefordert, da sollte ihr Sommerfest nicht auch noch dran glauben müssen. Den Spruch brachte Lothar Kries in Umlauf, der bärtige Baustoff-Experte aus dem Hochparterre. Fast hätte die Hausgemeinschaft das Fest im Hof abgesagt, weil alles viel zu belastet war: der Quark fürs Tsatsiki und der Schmand für Frau Sudaschefskis berühmten Zwiebeldip, das Grünzeug für die Salate sowieso, und wer wusste denn, woher die Koteletts kamen, bevor sie bei Bolle in der Fleischtheke aufgetaucht waren. Und was, wenn es regnete kurz vorm Fest. Der Regen war das Schlimmste. Der Regen und das Essen. Und die Milch.

Lothar Kries hatte noch weiter ausgeholt, nachdem er gemerkt hatte, wie gut sein Spruch ankam: zweiunddreißig Tote allein bei der Kernschmelze, eine halbe Million Sowjets komplett verstrahlt, und keine Ahnung, was da noch alles an Spätfolgen auf einen zukommen würde. Und dann sollte zu allem Überfluss auch noch ihr Fest über den Jordan gehen? Nee, Herrschaften, so weit kam's gerade noch. Und außerdem, sagte die alte Frau Selchow aus der Wohnung unter ihnen zu Achim im Treppenhaus, musste man die Feste doch feiern, wie sie fielen: »Ihnen als Rheinländer brauch ich das ja nicht zu erklären.« Achim hatte genickt, mit den Gedanken woanders, aber: Nach Feiern war ihm sehr zumute.

Mittags brachte er Barbara zum Flughafen Tegel, Pan-Am nach Köln-Bonn, von da mit dem Intercity drei Stationen nach Remagen, zu ihrer Familie. Mit dem Vater war was, da musste Barbara wohl mal nach dem Rechten sehen. Schade, weil sie dadurch das Fest im Hof verpasste, sagte Achim erleichtert. Oh ja, sehr schade, sagte Barbara leicht resigniert. Er wusste, dass sie nichts wusste. Oder dass sie nichts wissen wollte.

»Ich kann hier schlecht halten«, sagte er am Flugsteig in Tegel.

»Ja, um Gottes willen, ich husch da einfach schnell rein«, sagte Barbara. Sie trug ihre braune Kunstlederreisetasche über die leere Parkzone direkt neben dem Passat, bevor sie in der gelben Drehtür verschwand, das Nachgefühl ihres Abschiedskusses hart und schräg auf Achims Mund. Er rieb sich die Lippen und gab zu wenig Gas, sodass der Passat anfing zu stottern. Hinter ihm hupte höhnisch ein Taxi. Er musste das Bonner Kennzeichen loswerden.

Auf der Stadtautobahn kurbelte er das Fenster runter und hielt die linke Hand in den Fahrtwind, die Luft roch nach Abgasen, Lindenblüte und Zuckerwatte vom Deutsch-Amerikanischen-Freundschaftsfest, wobei, das Letzte bildete er sich ein. Wie Marion sich hinter der riesigen weißen Wattewolke am Stiel versteckt hatte, als die Nachbarn auf der Höhe der Autoscooter an ihnen vorbeigelaufen waren. Sie mussten vorsichtig sein, Marion und er. Den Rest des Ausflugs hielt sie sich die Zuckerwatte weiter vors Gesicht, und wenn er sie küssen wollte, musste er zuerst die Zunge ausstrecken, damit der fein gesponnene Zucker zwischen ihnen wegschmolz. Es war, nüchtern betrachtet, eine klebrige Angelegenheit. Aber Achim fand, dass er die Dinge lange genug nüchtern betrachtet hatte.

Auf der Avus holte er alles raus aus dem Passat, hundertdreißig, hundertvierzig, fast hätte er die Ausfahrt Hüttenweg verpasst, das Autoradio so laut, dass er seinen Blinker nicht hörte.

In der Wohnung in Zehlendorf machte er die Fenster zu und legte Peter Gabriel auf, laut, bis Frau Selchow an die Decke klopfte, gar nicht mal unfreundlich. Die Leute hier sahen die Dinge nicht so eng, die hatten auch mehr erlebt: Blockade, Mauerbau, die ganzen Krawalle wegen der besetzten Häuser, Anschläge auf Diskotheken, die hatten Wichtigeres im Kopf, die zerrissen sich nicht so das Maul darüber, was die anderen machten, also er.

Und Marion.

Achim fand, dass er hier freier atmete als früher in Bad Godesberg. Und heute besonders. Weil Barbara nicht da war.

Der Nachmittag rann ihm durch die Finger, aber gar nicht unangenehm, eher wie warmer Sand, wenn man am Meer lag. Er lief durch die Wohnung, hörte Musik und trank Batida Kirsch mit Eiswürfeln aus der kleinen, frostigen Aluminium-Schale mit Hebel, unter dem man sich die Finger klemmte. Er hatte genau die richtige Jeans, er hatte genau das richtige Hemd, dunkelblau mit weißen Punkten, und nach drei, vier Touren zum Kühlschrank hing es ihm genau richtig über die helle Hose, lässig, pluderig.

Als er sah, dass der Lothar von gegenüber und der Lothar aus dem Aufgang links schon dabei waren, die Bierbänke und die Tische aufzubauen, konnte er es kaum erwarten, die Treppe hinunterzukommen, ach, da ist ja unser Feuerteufel! Ob er dann gleich mal den Grill übernehmen könnte, so als Fachmann fürs Zündeln. Sie lachten, Achim auch. Ob er denn an die Überraschung gedacht hätte. Achim zeigte auf den braunen Karton, den er schon unter den Buffettisch geschoben hatte. Klar hatte er daran gedacht.

»Na ja, wenn die Dinger losgehen, kriegt unser Oberbulle die Krise«, sagte Lothar Kries, und Achim wusste, wen er meinte: Marions Mann Volker. Er sah kurz vom Grill auf und hoch zu ihrer Wohnung, als stünde Volker da am Fenster. An Volker dachte er nicht so gern.

Die Luft vor Marions Wohnung vibrierte in Schlieren, und Achim merkte, dass der Grill heiß wurde. Die Mücken kamen, das war ja alles Sumpf hier, niedriges Grundwasser, die Seen, der Teltow-Kanal, und immer drückte ihm einer eine Schultheiß-Knolle in die Hand, die ausgetretene Wiese zwischen den Birken füllte sich mit Nachbarinnen in Leinenkleidern und Puffärmeln und Nachbarn in ihren Lieblingshemden, alle glänzten ein bisschen mehr als sonst, die Lippen, das Haargel, die Stirnpartien – warm war es geworden. Und wenn er schon mal am Grill stand, ob er dann nicht gleich – hier, nimm mal die Steaks, alles sauber, aus Argentinien, und die Würste sind aus dem Tiefkühler, Vor-GAU-Ware, und nimmst du noch ein Schultheiß, Achim?

Das Hoffest lag in drei Farbschichten vor seinen Augen wie ein aufwendiger Cocktail: unten die Kinder in gelb-blond, dreckig, zerzaust und zufrieden, weil sie zum ersten Mal wieder länger rausdurften; darüber die nackten Oberarme, die insgesamt creme-orange-roten Kleider und Hemden der Erwachsenen, der Qualm vom Grill, durch den die rötlichen Glühbirnenketten schienen, die Familie Fiorini von Birke zu Birke gespannt hatte, und immer fiel ein Kind über die Kabeltrommel; und darüber als dritte Farbschicht der unwirklich dunkelblaue Himmel, dieses Atemholen der Nacht kurz vorm Sonnenuntergang. Die seltsamste Welt war die eigene Wohnung, wenn man während des Hoffestes kurz reinhuschte, um was zu holen, ein anderes Klima, eine andere Zeitzone, die Möbel schauten stumm zur Wand. Die Kinder beschwerten sich über Achims schwarzbraune Würste, er machte ihnen mehr Ketchup darauf. Die Kinder sagten, affengeil, heute Abend war das noch im Rahmen. Wann war Marion eigentlich aufgetaucht, und warum hatte er sie nicht gleich erkannt, die dunklen Haare ein bisschen zurückgelegt, das lachsfarbene Kleid mit weißen großen Knöpfen hinten und vorne, ihre jetzt schon frühsommerbraune Haut matt und glatt mit vielen, wie hingesprenkelten Muttermalen, die es ihm unmöglich machten, rechtzeitig wieder wegzugucken. Er würde den Anblick nie wieder vergessen.

Frau Selchow hatte sich ans Buffet gestellt, nahm ein Gürkchen und zeigte mit dem durchsichtigen Plastikspieß auf den Grillrost: »Vernachlässjen Sie ma Ihre Pflichten nicht, Herr Tschuly.« Achim nickte und wendete das Fleisch.

Frau Selchow sah sich auf dem Buffet um, das ein Campingtisch mit weißer Papiertischdecke und acht oder neun großen Tupperschalen war. »Was haben Sie eigentlich mitgebracht?«, fragte sie, aber nett, so, als würde sie gern mal probieren. Ihr Dackel hieß Afra und schaute hoffnungsvoll.

»Nichts fürs Buffet«, sagte Achim, legte das Fleisch an den Rand und neue, hellgrüne Steaks auf den Rost, mariniert, dass es zischte. »Aber eine Überraschung für später. Wenn's dunkel ist.«

Frau Selchow bückte sich nach dem Karton, auf den er gezeigt hatte. Sie klappte die Deckellaschen auf und guckte rein, als würde sie eine Ware prüfen.

»Wo haben Sie die denn hier?«, fragte sie.

Aus meinem Labor in der Bundesanstalt für Materialprüfung natürlich, wollte Achim sagen, aber für einen Moment vergaß er, worüber sie gesprochen hatten. Er starrte zu Marion, weil ihr Mann Volker sich über sie beugte, von hinten, und ohne aufzusehen, reckte sie die Arme nach oben und drehte Volker den Kopf zu und küsste ihn, zerstreut, gewohnt, da bist du ja, die Hand in seinem Haar, nur kurz, aber tief, Volkers Haare waren hinten länger als vorne.

»Sie müssen 'n bisschen aufpassen«, sagte Frau Selchow zu ihm, leiser als eben.

Achim atmete aus. »Die Raketen sind alle geprüft«, sagte er.

»Ja, nee«, sagte Frau Selchow und nahm noch ein Gürkchen, weil ihr offenbar nichts behagte aus den Tupperschüsseln. »Das meine ich auch nicht.«

Kapitel 2

Den Karton mit dem Feuerwerk hatte Achim vor ein paar Wochen bekommen, als sein Leben noch völlig anders gewesen war, aber die Effektladung des Neuen hatte es schon in sich getragen. Der Tag war ihm deutlich in Erinnerung, weil er später, nach der Arbeit, Marion zum ersten Mal gesehen hatte, auf dem Dachboden.

Achim sah noch vor sich, wie die Kollegen und er gegen Mittag in der Bundesanstalt für Materialprüfung die erste Rakete zum Abschuss vorbereitet hatten. Dr. Sonnenburg ließ endlich die Zündvorrichtung in Ruhe, dann fragte er die Laborantin, laut, damit sie es durch die Ohrstöpsel hören konnte: »Sie haben den Zeitnehmer im Griff, Frau Dobrowolski?«

Die Laborantin stieß Achim verschwörerisch in die Seite, dabei kannten sie einander erst ein paar Tage. Aber Sonja Dobrowolski war Mitte zwanzig und damit näher an Achim als am undefinierbaren Alter des Chefs, irgendwas über fünfzig. Sie hielt mit theatralischem Zittern die flache Hand über die Adox Laborstoppuhr, ihre Fingernägel für eine Technikerin eigentlich zu lang, neontürkis. Die Laborstoppuhr stand allein auf einem kleinen Rolltisch, der wie alles in der hellgrauen Halle verloren wirkte. Für einen Moment hatte Achim Mitgefühl mit dem Tisch. Er neigte dazu, unbelebte Dinge trösten zu wollen, und hielt sein Klemmbrett ein bisschen fester.

»Chef, der Zeitnehmer ist vollumfänglich unter Kontrolle«,

verkündete Sonja Dobrowolski mit bebender Stimme, als wäre sie ergriffen von der historischen Bedeutung des bevorstehenden Moments. Der erste Raketentest für Achim Tschuly, den neuen stellvertretenden Laborleiter. Sie stieß Achim noch einmal mit knochigem Ellbogen in die Seite. Dr. Sonnenburg hielt inne, blickte über die Kittelschulter und seufzte. Dann nickte er Achim entschuldigend zu, wobei der wippende gelbe Schutzhelm nach DIN 397 seine an sich subtile Kopfbewegung überdeutlich machte: Was sollen wir mit dieser kindischen Person anfangen.

Achim lächelte unverbindlich und ließ seine lauwarmen Handflächen am kalten weißen Stoff des Kittels entlanggleiten, die Taschen zugebügelt von Wäschestärke. In der alten Firma in Alfter-Witterschlick und insbesondere in der Abschusshalle im Industriegebiet Kottenforst hatten sie Blaumann getragen, und Helm und Schutzbrille nur, wenn der TÜV sich ankündigte. In Wessiland, wie Dobrowolski gesagt hatte, für die das ganze Bundesgebiet eins war, weit weg, fremd und öde. Sie war da nur durchgefahren auf dem Weg nach Dänemark, erzählte sie. Sah auch nicht anders aus als Lübars.

»Dann walten Sie mal Ihres Amtes, Fräulein Dobrowolski. Und bitte keine Sperenzien mehr.«

Weil das Testprotokoll für pyrotechnische Fluggeräte in der Bundesanstalt für Materialprüfung zu Beginn einer Chargen-Versuchsreihe die Einzählphase von zehn abwärts vorsah, entstand auch ohne Sonja Dobrowolskis Zutun ein Effekt, den Achim Tschuly etwas lächerlich fand. Drei Fachleute in weißen Kitteln, die im vorgeschriebenen Sicherheitsabstand hinter einer Silvesterrakete standen, als wäre das hier Cape Kennedy 1969 und nicht der Süden von West-Berlin siebzehn Jahre später. Die Raketenspitze war aus orangefarbenem Plastik, ihr Korpus schwarz mit einem Prüfetikett, das die Laborantin von Hand beschriftet hatte, Kringel über den Is.

»Zehn.« Sonja Dobrowolski gab ihrer Stimme den Hauch eines amerikanischen Akzents, ganz dicht oberhalb der Wahrnehmungsschwelle.

»Neun.« Oder hatte sie jetzt wirklich einfach »Nein« gesagt?

»Akt.« Achim lächelte halb. Anfangs hatte er bei allem, was er neu erlebte, gleich daran gedacht, wie er das abends Barbara erzählen würde. Jetzt merkte er, dass er damit aufgehört hatte.

»Sziebän.« Im Gegenteil, der Gedanke an Barbara in der nicht einmal halb eingeräumten Wohnung machte ihn beklommen. Alles, was noch zu tun war, türmte sich vor ihm auf. All die Baumarkt- und Möbelhaus-Besuche, die Hausmeister-Anrufe, die Handwerker-Verhandlungen, all die Entscheidungen, die Kompromisse, die unüberschaubaren gemeinsamen Jahre, mit denen sie doch gerade erst anfingen, und das sollte doch was Schönes werden, mit Kindern, irgendwann.

»Sex.« Na ja, Dr. Sonnenburg konnte den Vorgang jetzt schlecht wieder abbrechen, man wollte ja auch langsam in die Kantine. Aber seinem Rücken war anzusehen, dass ihm gar nicht passte, was die Laborantin jetzt wieder abzog.

»Fumf.« Mehr als eine Sekunde dachte Achim Tschuly nun also doch noch an das Bett, das sie in flachen Paketen im orangefarbenen Passat in Ruhleben geholt hatten. Da machen wir uns einen schönen Abend, wenn wir das aufgebaut haben, hatte Barbara gesagt, Punkt Punkt Punkt. Und eigentlich müsste dieser schöne Abend jetzt endlich mal kommen. Was war mit ihnen los, dass sie es schafften, einander in der so gut wie leeren Wohnung so hartnäckig aus dem Weg zu gehen.

»Fear.« Vielleicht einfach die Umstellung. Er vermutete, dass keiner von ihnen sich traute zuzugeben, wie fremd sie sich hier fühlten, und dass der Umzug vielleicht ein Fehler gewesen war. Andererseits, fand Achim: Ein Fehler, den man nicht gleich korrigierte, war dann eigentlich keiner mehr, das waren dann einfach geänderte Rahmenbedingungen, mit denen man dann doch auch wieder klarkommen konnte.

»Derrai.« Samstags hatte Barbara in Bonn immer die Stellenanzeigen für ihn gelesen, sie blätterte darin wie in einem Katalog der Zukunft, ich schmöker da richtig drin, sagte sie, während sie auf dem Bauch auf dem Boden lag und in der Luft ihre Strumpfhosenfüße aneinanderrieb, bis der Raum sich mit Elektrizität zu füllen schien. Achim saß am Esstisch, durchs Fenster der Garten mit den verbrannten Baumstümpfen, dahinter der Blick auf die Godesburg. Der Generalanzeiger war voll von Stellen in West-Berlin, acht Prozent Berlin-Zulage, es wirkte ein wenig verzweifelt. »Hier«, sagte Barbara. »Die suchen einen Pyrotechniker in leitender Funktion. Bundesanstalt für Materialprüfung.« Ein Vierteljahr war das her.

»Zwei.« Jetzt wurde es langsam ernst, Sonja Dobrowolski riss sich von der Aussprache her wieder zusammen. Achim hatte die Schwarzpulvereinschlüsse unter seiner Fingerhaut betrachtet und vorsichtig zu bedenken gegeben: »Ich bin Verfahrenstechniker«, aber zugleich hatte sich was geöffnet in ihm. West-Berlin. Da hatte Bowie gewohnt. Und Christiane F. Da ging sonst keiner hin aus Bonn, das gefiel ihm. »Verbeamtung nach sechs Monaten«, sagte Barbara, über das Geräusch, mit dem sie die Anzeige ausriss. Es hatte ihn nicht gewundert, dass er die Stelle bekam.

»Eins.« Und nun kam kein Los oder Feuer oder Lift-Off mehr, auf eins drückte die Laborantin den Zeitnehmerknopf, und im selben Moment löste Dr. Sonnenburg die Zündvorrichtung aus, und im Haltearm wartete die Rakete das blaue Runterbrennen ihrer Lunte ab. Achim Tschuly besann sich wieder auf sein Klemmbrett. Kurz bevor der Treibsatz des Flugkörpers durch den Luntenfunken gezündet wurde, entstand für einen Atemzug Stille, bis Sonja Dobrowolski die Laborstoppuhr klackend anhielt, weil das Schwarzpulver zündete: fünf Sekunden, im Bereich der vorschriftsmäßigen drei bis acht, das konnte er schon mal abhaken. Durch die Schräglage der Abschussvorrichtung hob die Rakete sich in keinen Himmel, sondern durchquerte die etwa zwanzig Meter lange Halle in einer Parabelbahn auf mittlerer Höhe. Dann blieb sie nach etwa zwei Sekunden im dafür aufgespannten grauen Kevlar-Netz hängen. Achim war es unangenehm, ihr dort beim hilflosen Kreischen und Pfeifen zuzusehen. Wie geräuschlos das beim Challenger Space Shuttle vonstattengegangen war: dieses Friedliche und Bodenlose der ausgreifenden weißen Raucharme nach der Explosion. Bis man die Schreie der Zuschauer hörte, hatte es wunderschön ausgesehen. Er wandte sich ab, sodass er die fahle grün-rote Effektladung nur in den Schutzbrillen des Laborleiters und der Laborantin reflektiert sah.

Was blieb, waren der feierliche Geruch nach Schwarzpulver und das hohle Klappern, als der erschöpfte Flugkörper vom Netz abrutschte und wie vorgesehen auf den Hallenboden fiel. Dr. Sonnenburg nickte ihm zu und sagte: »Willkommen im Team, Herr Tschuly.« Dann zog er sich die Schutzhandschuhe aus und legte die Brille auf den Labortisch. »Machen Sie die Charge noch zu Ende? Nur die Zündschnurbrenndauer? Ich…« Er schwenkte sein Laborleiterkinn Richtung Ausgang, merkte durch die Bewegung offenbar, dass er den Schutzhelm noch trug, und nahm ihn ab.

»Klar, Chef«, sagte die Laborantin. »Wir haben das hier im Griff.«

»Ich muss zur Laborleitersitzung. Wegen des Reaktorunglücks. Welche Maßnahmen wir hier behördenseitig… Ich halte Sie auf dem Laufenden.« Damit meinte er Achim.

»Na, dann essen Sie ma vorher lieber noch'n Happen«, sagte die Laborantin.

Als Dr. Sonnenburg weg war, sank Achim ein wenig das Herz. Nicht, dass er sich auf die Kantine gefreut hätte, das eiskalte Kompott, die weißen Plastikeimer, auf denen »Braune Soße« stand; der Kantinenpächter stapelte sie unübersehbar, trotzig. Aber bei der Aussicht, die Brenndauer von weiteren fast vier Dutzend gleichartigen Feuerwerksraketenzündschnüren zu messen, überkam ihn ein Gefühl von Sinnlosigkeit, das er von den aufgerissenen Möbelpaketen im Schlafzimmer kannte.

Sonja Dobrowolski schob ihm den Karton voller von ihr beschrifteter Raketen mit dem Turnschuhfuß rüber, ein Knirschen auf dem Hallenboden. »Vielleicht machen wa noch zwei, drei Stichproben, und den Rest nehmen Se einfach mit«, sagte sie. »Für wenn Se mal richtig was zu feiern haben.«

Kapitel 3

Barbara stand am Fenster wie so eine Hausfrau: Wann kommt mein Mann von der Arbeit. Dabei waren sie nicht mal verheiratet, und wer verlobte sich noch. Ihre Eltern hätte das vielleicht gefreut, die fanden Achim gut, vor allem seine bevorstehende Verbeamtung. Aber Barbara war innerlich eingestellt auf Weltuntergang. Ja, wer verlobte sich noch, zumal, wenn gar nicht weit entfernt die Atomkraftwerke explodierten oder schmolzen. Die technischen Details interessierten sie nicht, sie hatte Soziologie studiert und Achim auf der Ersti-Fete in Bonn kennengelernt. Wie schlaksig er getanzt hatte, »Living Next Door To Alice«, zehn Jahre war das her, das wollte damals schon keiner mehr hören. Als es spät wurde und der Typ am Plattenspieler die guten Sachen rausholte, tanzten sie als Einzige weiter. Sie hielt irgendwann Achims Arme fest, die er so schlackernd von sich warf zu »Psycho Killer« von den Talking Heads, und dann legte sie sich seine Arme erst auf und schließlich um die Schultern. Kurz vor dem Soz-Diplom hatte sie mit Romanistik angefangen, was ihre Eltern nicht verstanden, Achim vielleicht auch nicht, aber ermutigt hatte er sie.

Von der Küche aus sah sie das schlecht gemähte Rasenviereck, um das ihr Mietshaus sein Hufeisen bildete, die Seite zur Straße offen. In der Mitte ein Rhododendron mit Hunderten kleiner Knospenfäuste, Anfang Mai. Der Hausmeister hatte ihn genau in den Kreuzpunkt zweier Trampelpfade gepflanzt, die diagonal über die Wiese führten. Die Nachbarn liefen immer noch quer über die Wiese, und die Kinder dribbelten ihren Fußball um den Rhododendron und brüllten einander die Spielernamen aus dem WM-Kader zu. Alle wollten Litti sein, denn der kam von um die Ecke, Hertha Zehlendorf, Ernst-Reuter-Stadion, Onkel-Tom-Straße, das erzählten einem die Nachbarn hier sofort. Barbara schwirrte der Kopf von uninteressanten Informationen, wenn sie draußen jemanden getroffen hatte. An jeder Wegecke Koniferenbüsche, blickdichte, aber etwas zu nahe liegende Verstecke bei Doppeltes E und Mikrone, wie die Kinder hier Verstecken nannten. Fünf Birken, an jeder der drei Ecken eine, nur rechts von ihr zwei.

Barbara war allergisch gegen Birkenpollen. Morgens hätte sie am liebsten ihre Nase abgerissen. Im Laufe des Tages fingen die Tabletten an zu wirken und machten sie müde auf eine Weise, die sich endgültig anfühlte. Also tat Barbara tagsüber nichts, bis sie am Ende hektisch ein bisschen in der Wohnung räumte, kurz bevor Achim von der neuen Arbeit kam. Heute hatte sie gekocht, diese Schmetterlingsnudeln mit einer hellen Kräutersoße, die es neu beim Aldi Ecke Mühlenstraße gab. Die Soße hatte einen seltsam elektrischen Geschmack, den sie unwiderstehlich fand. Dieses Pulver war definitiv noch vor dem Reaktorunglück aus irgendeiner Fabrik gekommen, da musste sie sich keine Gedanken über die Becquerel und das Cäsium machen. Seit zehn Tagen standen die Werte jeden Tag in der Zeitung, und schon kam es ihr vor, als müsste das so sein, von nun an für immer. Wenn sie das Soßenpulver aus dem silbernen Plastikbeutel in die warme H-Milch rieseln ließ, wirkte es unangreifbar und rein, Pasta Alfredo. Nur die H-Milch widerstrebte ihr immer noch zutiefst, sie kam aus einer Familie, in der frisch gekauft wurde.

Sobald Achim um die Ecke kam, zündete sie mit einem

Streichholz das Gas an und schob den Wassertopf darüber. In Bad Godesberg hatten sie schon Cerankochfelder gehabt. West-Berlin kam ihr vor, wie sie sich die Zeit nach dem Krieg vorstellte. Die amerikanischen Panzer, die zweimal die Woche hundert Meter entfernt von einer Kaserne zur anderen über den Teltower Damm rollten, das Bellen der Wachhunde von der Mauer am Buschgraben, Gasherd. Sie sah, wie Achim die Stufe hinter dem niedrigen Eingangstor mit einem großen Satz nahm. Manchmal verglich sie ihn für sich mit einem Collie, vielleicht, weil sie eine Zeit lang so einen Hund gern gehabt hätte, mit allem, was dazugehörte: die zwei, drei Kinder, das Häuschen am Stadtrand und mit Sicherheit ein gutes Gefühl. Zehlendorf: Das hatte sich für sie angehört wie der Anfang genau davon, aber nun wohnten sie in diesem Hufeisenhaus mit vier Aufgängen und zwanzig Wohnungen, nur für Beamte und Bundesangestellte, die Miete bezuschusst, die Leute waren doch sehr gesetzt. Und ein gutes Gefühl hatte sie auch nicht dabei.

Achim hatte diesen Bewegungsdrang, dieses körperliche Bedürfnis, in die Welt zu springen wie der Hund aus dem Kombi-Heck. Und er hatte früher den Kopf so schräg gehalten, wenn er ihr zuhörte, wie sie über französische Romane des neunzehnten Jahrhunderts sprach, den Mund fast offen vor Gebanntheit. Manchmal ertappte sie ihn dabei, wie er draußen regelrecht herumrannte, weil er so schnell wie möglich an einem schönen, vielversprechenden Ort sein wollte. Es fing an mit zügigem Ausschreiten und wurde zu einem Laufen, nahe am Sprinten. Zum anderen Ende des Parks oder über den Garagenhof die kleine Steintreppe auf diesen seltsamen Wäscheplatz hinter ihrem neuen Wohnhaus oder einmal um die Krumme Lanke, wo Riesenwelse schwammen, die sich nach Sonnenuntergang die Schoßhunde der späten Spaziergänger schnappten, und auf dem Grund lag ein abgestürztes Flugzeug aus den letzten Kriegstagen.

Früher hatte sie Mühe gehabt, hinterherzukommen, heute nicht mehr so viel Interesse. Erst recht nicht, seitdem die Wolke aus der Ukraine quasi über ihnen stand. Es war erstaunlich, wie schnell man sich an Formulierungen wie »radioaktiver Regen« gewöhnte, also daran, Angst zu haben vor ihnen. Barbara hielt es nicht aus mit der radioaktiven Wolke. Die Schuhe blieben vor der Wohnungstür, in Plastiktüten, die Nachbarn schüttelten den Kopf. Alles, was sie und Achim draußen angehabt hatten, musste gleich in die Maschine. Achim war ständig auf dem Dachboden, um Wäsche aufzuhängen. Sie war froh, dass er das übernahm. Da oben blitzte der Himmel durch die Dachschindeln.

Und dann wieder diese Scheu, die Achim überfiel, wenn er die Liegewiese, das Restaurant oder eine Gruppe Menschen erreicht hatte: Sie sah, dass er manchmal nicht mehr wusste, was als Nächstes zu tun war, wie damals nach der Erstsemesterfete, als sie nackt nebeneinander in ihrem Bett gelegen hatten, der Wandteppich kratzig an ihrer nackten Hüfte, und Achim hatte die Hand sanft zwischen ihre Beine gelegt, als wollte er sie bedecken, den Kopf schräg: Und nun?

Die Küche war direkt neben der Wohnungstür, aber für einen Moment tat Barbara, als bemerkte sie nicht, wie Achim nach Hause kam. Er hängte seine Windjacke an den Garderobenständer, und aus dem Augenwinkel sah sie ihn zögern: Die musste jetzt eigentlich in die Wäsche, sie hatte ihm extra eine zweite, fast identische gekauft, Hettlage. Oder merkte er, dass die Wohnung unbewohnbar wurde, sobald er sie betrat? Solange er bei der Arbeit war, kam sie einigermaßen zurecht in dieser halb fertigen Welt, sie navigierte zwischen offenen Umzugskisten und geschlossenen Möbelkartons, und die Matratze, die auf dem Boden lag wie auf den Fotos in der Mitte von »Wir Kinder vom Bahnhof Zoo«, war ihr bequem und Bett genug, um stundenlang darauf zu liegen und an die Magisterarbeit zu denken.

Sobald Achim kam, ging die Wohnung nicht mehr. Viereinhalb Zimmer, fast hundert Quadratmeter, Balkon zum Hof. Die Wohnung in der Größe hatten sie vom Bundesliegenschaftsamt nur bekommen, weil Barbara der Frau am Telefon erzählt hatte, sie sei schwanger. Hatte sie es selbst geglaubt? Kaum. Berlin hatte sie sich bedeutend vorgestellt, aber jetzt schien es ihr ausgeschlossen, dass in dieser Wohnung etwas Bedeutendes würde geschehen können.

Einmal waren sie im Linientreu gewesen, aber die Leute waren ganz anders als in Bonn. Also, man kannte sie nicht. Und dann die Bombe im La Belle, seitdem mochte sie gar nicht mehr daran denken. Das gibt sich wieder, dachte sie. So kannte sie sich gar nicht. Muttersätze. La Belle, das war vier oder fünf Wochen her, eine Ewigkeit, als wäre sie schon zu lange hier. Drei Tote, aber schlimmer fand sie die Zahl der Verletzten: über zweihundert. Waren das nicht einfach alle, die da gewesen waren an diesem Abend? Friedenau, nicht gerade um die Ecke, aber die gleiche Welt wie ihre.

Einmal waren sie ins Loft im Metropol gegangen, Schöneberg. Kreuzberg wollten sie sich für später aufheben. Im Loft spielte eine australische Band, deren Namen Barbara sich nicht merken konnte, aber als die Leute auf die Bühne kamen, merkte sie, dass sie die doch vor anderthalb Jahren erst in Köln gesehen hatten. Na klar, sagte Achim und wippte so gegen die Musik. Na klar, als wäre das was Tolles.

Die drei Tornados in der UFA-Fabrik, irgendwas im Schwuz, SO36. Sie verstand schon auf den Plakaten kaum ein Wort. Die vier Cellisten der Berliner Philharmoniker spielten Beatles, ausverkauft, Zusatzkonzert, da war sie fast froh, nur noch zu Hause zu bleiben.

»Na, du?«, sagte Achim und verharrte auf der Schwelle zur Küche, Grenze zwischen dem schönen Schachbrettmuster der Küchenfliesen und der hellbraunen Auslegware auf dem quietschenden Flurfußboden, bei »Wand & Boden« hatte das mehr nach einem kräftigen Beige ausgesehen.

»Na, selber du«, sagte sie und rührte ein bisschen im Topf, weil Achim sie so lange anguckte. Manchmal dachte sie, dass eine lange Beziehung in erster Linie darin bestand, die Frage »Wie war dein Tag?« zu vermeiden.

»Wie war dein Tag?«, fragte Achim, aber so, als würde er sich dabei innerlich in der Wohnung umgucken, wo sich nichts getan hatte. Er streichelte von hinten ihre Unterarme, als müssten sie gemeinsam diese Kräutersoße rühren. Seine Hände waren warm. Plötzlich bekam sie Lust, heute noch mal rauszugehen, vielleicht endlich nach Kreuzberg, wo was los war, das ging immer hin und her bei ihr. Dann fiel ihr ein, dass es regnen sollte, radioaktiv. »Bist du gut vorangekommen? Warst du in der Bibliothek?«

»Ich musste hier noch ein paar Sachen nachlesen«, sagte sie auf beide Fragen zugleich. Immerhin lagen die Bücher neben der Matratze.

»Heute Abend bauen wir mal das Bett auf«, sagte Achim und fing an, auf diese zerstreute Weise den Tisch zu decken, die sie wahnsinnig machte: flache Teller, Messer und Gabel, dann bemerkte er seinen Irrtum, es gab ja Nudeln, also die Teller tief, für alles ging er zweimal. Einen Moment überlegte sie, den hellbeigen Emaille-Topf mit der weißen Soße an die Wand zu schmeißen. All ihre glänzenden Gutachten hatte sie aus Bonn an die FU geschickt, Institut für Romanistik, die hervorragende Prognose für ihre Magisterarbeit, die Empfehlung ihres Professors, daraus sofort eine Diss zu machen, sein Bedauern, dass sie nun nach Berlin übersiedelte, aber wie wärmstens er sie empfahl für die Stelle als wissenschaftliche Mitarbeiterin und Doktorandin. Als sie sich endlich ein Herz fasste und noch von Bad Godesberg aus am Romanistik-Institut der FU anrief, sagten sie: Ach, Dumas und das Rachemotiv als Inversion des christlichen Ideals, das klang doch alles sehr historistisch. Und dann boten sie ihr die Stelle im Sekretariat des Dekans an, Mutterschaftsvertretung, zum kommenden Semester. Die Magisterarbeit könnte sie ja bis dahin ... Also, wenn sie noch wollte. Und sich jemand fände, aber man müsste mal schauen. Oder parallel.

Die Soße wollte sie nicht aufwischen oder Achim dabei zusehen, wie er es versuchte, darum stellte sie den Topf betont behutsam auf den Korkuntersetzer. Achim saß schon und fummelte an der Papiertüte mit dem Reibekäse, aber Barbara merkte, dass sie noch zu hart und zu starr war, um sich zu setzen, sie brauchte ein paar Atemzüge. When love breaks down. Ob sie das Fenster aufmachen könnte, wo sie noch stünde, fragte Achim. Wegen der Soße Gute Idee. Die Frühlingsluft war warm und grün und stach ihr vertraut in der Nase, und mit jedem flatternden Atemzug wünschte Barbara sich weiter weg. Sie sah, dass es angefangen hatte zu regnen, in schneller werdenden, schweren Tropfen. Gegenüber ging die Haustür auf, die Mutter der Zwillinge kam heraus mit einem orangefarbenen Wäschekorb und duckte sich in den Regen. Frau Sebulke. Marion Sebulke. All die neuen Namen. Nach ein paar Schritten warf sie die Doktor-Scholl-Sandalen von den Füßen, um schneller rennen zu können, ihr kurzes dunkelbraunes Haar schwarz vom Regen, bevor sie auf die Idee kam, sich den Wäschekorb wie eine Haube über den Kopf zu halten.

Barbara merkte, dass die Mutter sie beruhigte, an deren Anblick konnte sie sich festhalten und orientieren wie an einer einfach gezeichneten Wegskizze in die Zukunft: Die war zehn, fünfzehn Jahre älter, arbeitete im amerikanischen Soldaten-

Supermarkt an der Truman Plaza, wo außer den Angestellten keine Deutschen reindurften, und sie hatte die Kinder und den rechteckigen Mann mit dem ganz leicht angedeuteten Vokuhila, Bundesgrenzschutz, der bewachte das Schloss Bellevue, wo der Bundespräsident, den ihre Eltern hassten, nie war. Man musste nur ein bisschen unkomplizierter sein, dann konnte einem auch der Regen nichts anhaben. Unkompliziert, so, wie sie sich diese Nachbarin vorstellte, wenn Barbara sie nachmittags mit ihren Kindern hinterm Haus sah. Dort schob die Nachbarin die Sperrholzplatte, die zwei Väter zum Schutz vor Tschernobyl über die Sandkiste gelegt hatten, mit nackten Oberarmen allein beiseite. Der Regen war jetzt ein Wolkenbruch. Die Mutter von gegenüber verschwand unter ihrem orangefarbenen Panzer Richtung Wäscheplatz. Barbara wäre nie auf die Idee gekommen, dort im Freien jetzt überhaupt noch Wäsche aufzuhängen, statt auf dem sicheren Dachboden. Klar, draußen trocknete die Wäsche schneller, und sie roch besser, nach Sonne und Wiese. Aber den Mut hätte sie nicht gehabt. Sie fragte sich, wie viel Cäsium und Becquerel die Nachbarin wohl trotzdem schon abbekommen hatte, und die Wäsche erst.

»Kommst du?«, fragte Achim.

Kapitel 4

Achim hatte es gut gemeint und damit sich und die Laborantin um ihr Mittagessen gebracht. Und nicht nur das. Wie so oft, wenn er es gut meinte, war etwas Schwieriges, Unangenehmes daraus entstanden. Wie damals, als er mit zehn fassungslos im Oswalt-Kolle-Buch seiner Eltern gelesen hatte und ihm klar geworden war, dass seine Eltern »zärtliche Bereitschaft« brauchten, um doch noch das »kleine Geschwisterchen« zu machen, von dem die Oma nicht aufhörte zu reden. Und für diese »zärtliche Bereitschaft« brauchte es »intime Stunden zu zweit, in denen die Partner sich einander öffnen können«, und Achim hatte sich ein blütenartiges Aufklappen seiner verschlossenen Mutter vorgestellt.

Dass dieser ungewöhnliche Vorgang nur denkbar wurde, wenn er nicht in der Nähe war, leuchtete Achim ein. Also ging er zum Spielen in den Schuppen der Pörschmanns, wo es nach Rasenmäherbenzin duftete, damit seine Eltern diese »intimen Stunden« haben konnten. Er nahm extra eine Uhr mit, denn es war ja von Stunden die Rede. Nach zwanzig Minuten fing er an zu kokeln. Dann brannte der Schuppen der Pörschmanns in einer einzigen, erstaunlich dunkelorangefarbenen Flamme, der schwarze Qualm vom Stapel der neuen hellblauen Plastikgartenstühle war dicht und undurchdringlich wie etwas ganz Neues in der Welt. Unser Feuerteufel. Die Explosion des Rasenmähers wie eine Nachbemerkung, da rannte Achim schon.

Später, als eine Anekdote daraus geworden war, erzählte sein

Vater, Achim habe aus den Hosenbeinen gequalmt, als er reingekommen sei und die Mutter vom Bügeln aufgeschaut habe, der Himmel durchs Fenster schwarz vom neuen Plastik der Pörschmanns, »du konntest ja die Godesburg nicht mehr sehen«. Wie Achim geweint und sich erklärt hatte, war die Pointe, die auf jeder Familienfeier den größten Erfolg erzielte, weil sie mit Oswalt Kolle und »zärtlichen Stunden« zu tun hatte. Aber Achim hatte um den Rasenmäher geweint, von dem er sich abends immer verabschiedet hatte. Wie der da immer so allein stand im Schuppen, das Gesicht zur Wand. Mit den Pörschmanns hatten die Eltern den Rest des Jahres über Geld gestritten. Wie schwierig das geworden war, hatte Achim an Weihnachten unterm Baum gesehen, da war viel Platz geblieben.

Als die Laborantin und er also mit der Hälfte der Raketen fertig waren (Zündschnurbrenndauer im Durchschnitt 4,6 Sekunden, Modalwert 5 Sekunden), hatte er gesagt: »Das reicht jetzt bestimmt.« Und er fand, dass er damit alles richtig gemacht hatte: der Chargen-Prüfordnung Genüge getan, den Chef nicht hintergangen (denn bei geringer Abweichung von Modal- und Durchschnittswert durfte er als stellvertretender Laborleiter den Prüfvorgang verkürzen), und gleichzeitig, so hoffte er, hatte er der Laborantin gezeigt, dass er doch auch cool war, obwohl er sich nicht an ihren Stichprobenplan gehalten hatte. Aber sie schien ein bisschen enttäuscht von ihm: noch so ein pingeliger Typ. Sie schaute etwas traurig in die am Ende halb leere Kiste und sagte: »Wollen Se die echt nicht mitnehmen? Sonst müssen wa die entsorgen.« Mehr, um ihr einen Gefallen zu tun, sagte er, ach so, klar, gerne, und dann wusste er nicht, wohin mit der Kiste. Aber vor allem: Die Kantine war nun längst geschlossen, auch das vorschriftsmäßige Abfeuern von nur 24 Raketen dauerte weit über Mittag. Und als Dr. Sonnenburg endlich von seiner Sitzung kam, warf er einen Blick auf Achims Prüfunterlagen und nickte düster, was Achim interpretierte als: Ah ja, so einer ist der Herr Tschuly. Hält sich an die Vorschriften, aber nicht an die Anweisungen.

Den Rest des Nachmittags hatte Achim Hunger und das Gefühl, trotz bester Absichten missverstanden und nicht gemocht zu werden. Er hoffte auf Besserung zu Hause, aber Barbara war fahrig und abwesend und hatte grausame Tütensoßennudeln gemacht. Im Endeffekt war wohl selbst der Regen seine Schuld: Die radioaktive Wolke aus der Ukraine hing über der DDR, West-Berlin und dem nördlichen Teil Bayerns, und auch wenn Barbara ihm die Stellenanzeige rausgerissen hatte, waren sie doch seinetwegen hier und nicht im vergleichsweise unverstrahlten Bonn-Bad Godesberg.

In der DDR hatten die Katastrophe und die Wolke niemanden zu interessieren, das entnahm Achim mit fasziniertem Schaudern der Aktuellen Kamera, die er in Bonn nur vom Hörensagen gekannt hatte und die sie hier in gestochen scharfem Schwarzweiß empfingen. Das DDR-Fernsehen berichtete kaum über die Strahlenbelastung, nicht über die radioaktive Wolke, nicht über die verzweifelten Gegenmaßnahmen, den Sarkophag aus Beton, der alles unter sich begraben sollte. Sondern nur: Westmedien hätten eine Desinformations-Kampagne zur Diskreditierung der sowjetischen Technologie begonnen, mit dem Ziel, die Werktätigen der Deutschen Demokratischen Republik und der sozialistischen Bruderstaaten zu verunsichern. Die Strahlenbelastung sei nicht der Rede wert: »Stabilisierung auf einem niedrigen Niveau«, stand in schwarzen Buchstaben auf der grauen Wand der Aktuellen Kamera. Achim war fasziniert, plötzlich konnte man die Welt von zwei Seiten sehen.

Barbara lief durchs Bild und bat ihn, umzuschalten. Er kniete sich vors Gerät und tat ihr den Gefallen, Der Große Preis. Etwas an der Nähe zum gewölbten Antlitz von Wim Thoelke ließ ihn erstarren, die knisternde Oberfläche der Mattscheibe, das Gefühl, der Showmaster und Der Große Preis hätten doch eigentlich verschwinden müssen mit ihrem Umzug nach Berlin, alles hätte doch neu sein müssen, und nun war es immer noch da: dieses fleischige, arglose Gesicht mit der festgelegten Frisur, der heitere Beschwichtigungsbariton, aus dem Achim nur hörte, dass es kein Entkommen gab. Sie lebten in diesem Gesicht wie in einer Landschaft, egal, wo sie hinkamen.

Barbara und er hatten es vor fünf Jahren kaum zur Friedensdemo in Bonn geschafft, keine drei Kilometer von ihrer Wohnung in Bad Godesberg, der Bonner Hofgarten. Irgendwie ging's ihr nicht so gut an dem Tag, aber er wollte unbedingt raus, und sie hatte geschrien, dass es ja wohl egal sei, ob da jetzt Hunderttausend oder Hunderttausendzwei hingingen, die Demo hatte schon angefangen, und die WDR-Reporter waren fassungslos angesichts der Teilnehmerzahlen. Ob Achim denken würde, dass sich alles immer nur um ihn drehte. Tatsächlich war es ihm nicht so sehr um den Frieden gegangen, sondern darum, nichts zu verpassen. Am Ende waren sie ein bisschen hinterhergedackelt, pro forma, nicht richtig dabei.

Mühsam stand er auf. Barbara saß auf dem neuen Sofa mit diesem irgendwie indianischen Muster in Grün, Orange, Lila und Gelb, als würde sie das Möbelstück gerade bei Ikea ausprobieren, kurz vorm Aufspringen, ach nee, lieber doch nicht.

»Ich geh mal Wäsche aufhängen«, sagte er, weil er sich nach der Einsamkeit des Dachbodens sehnte und weil ständig was in der Trommel war, kleinste Wäschemengen, wegen der Strahlen. Barbara nickte, als wäre er ihr zuvorgekommen. Dann lehnte sie sich zurück und schaute vage Richtung Thoelke.

Auf dem Dachboden war die warme Luft des Maitages gefangen. Der Regen bewegte sich mit einem Knattern und Huschen über die rostbraunen Dachpfannen, die nur dünn isoliert waren, viele Lücken, dunkle Spritzer auf den staubigen Holzdielen. Durch die wenigen schrägen Dachfenster fiel trübes Licht auf die durchhängenden Wäscheleinen, die im Zickzack von einem Stützbalken zum anderen liefen. Die unlackierten Dielen unter Achims Füßen waren warm durch die dünnen Sohlen der Hausschuhe, die Barbara aus Bonn mitgebracht hatte, man hätte die auch mal wegschmeißen können.

Er blieb stehen und atmete den Geruch von splitterigen Balken und feuchter Wäsche. Mit einer Spur Zigarettenrauch, vielleicht aus einer der Mansarden: kleine Zimmer unter den Dachschrägen zum Hof hin, zwei pro Aufgang, aber zu ihrer Wohnung gehörte keine. Er stellte den halb vollen Wäschekorb ab, weil er nicht mehr wusste, welchen Leinenbereich der Hausmeister ihnen zugewiesen hatte. Die Zigarettennote in der Luft erinnerte ihn an Familienfeste in seiner Kindheit, als alle beim Essen geraucht hatten, und beim Trinken dann noch mehr, HB. Hitlers Beste, sagte Onkel Reinhard jedes Mal.

Die Geografie des Dachbodens verwirrte ihn: die schrägen Balken, die dunklen Verschläge mit Kaninchendraht, von der Wäsche ganz zu schweigen. All die nachbarschaftlichen Unterhosen mit oder ohne Eingriff, Büstenhalter, Trainingshosen, Jeanshosen, Cordhosen, Karottenhosen, Hemden, Unterhemden und Socken. Spannlaken: Biber. »Das ist so eine gewisse Ordnung hier, dit hat sich so einjebürgert«, hatte der Hausmeister gesagt und auf Achims Leine gezeigt, aber welche.

Er ging geduckt um ein Spannlaken herum, das in letzter Reihe eng vor der Dachschräge hing. Das Laken reichte fast bis zum Boden und tropfte, was so gut wie schwarz aussah im hellen Staub. Hinter dem Laken saß eine nasse Frau und rauchte. Der Boden, das Dach und das Laken bildeten ein rechtwinkliges Dreieck, mit dem Laken als Ankathete zum Winkel Alpha, wenn das Dach die Hypotenuse war. Achim hatte das Gefühl, seinen Kopf in ein Zelt zu stecken wie unangemeldeter Besuch. Die Frau saß auf einem alten Koffer, beige mit braunen Ecken, als wollte sie abreisen. Sie war barfuß, die zweiten Zehen länger als die anderen, und sie trug ein Jeanskleid, das dunkelblau vom Regen war. Wenn das Kleid nicht gewesen wäre, hätte Achim vielleicht einen Wimpernschlag lang gedacht: ein Junge, ein Jugendlicher, vierzehn, fünfzehn, sechzehn. Kurze Haare, ungeschminkt, dieser Gesichtsausdruck: Ich bin erwischt worden, aber mir doch egal. Aber dann die Fältchen um die Augen, als wäre sie viel ohne Sonnenbrille draußen gewesen, und Linien links und rechts vom Mund, sie wirkte bestimmt streng, wenn sie einfach nach gar nichts aussehen wollte.

»Naha?«, sagte sie mehrsilbig, als würden sie einander hier häufiger treffen. Eine Nachbarin von gegenüber, mit Zwillingen im für Achim undefinierbaren Kinderalter zwischen Krabbeln und Teenager.

»Tut mir leid«, sagte er.

Sie aschte in die Ritze zwischen zwei Dielen. »Sie müssen sich nicht entschuldigen. Ist ja Ihre Leine hier.« Sie nahm einen Zug. »Muss ich mir'n anderes Eckchen suchen.«

»Von mir aus nicht«, sagte Achim.

»Ich komm gern hierüber«, sagte sie, »einmal über den Dachboden. Bei uns drüben verpetzt mich die alte Bolm.«

»Bei wem?«, fragte Achim.

»Na ja, sie fragt meinen Mann, ob er keine Angst hat, dass ich das Haus abfackele.«

»Die Gefahr besteht natürlich.« Beinahe hätte er gesagt: Ich bin Pyrotechniker. Verfahrenstechniker in der Pyrotechnik. Ich bin vom Fach.

»Fangen Sie jetzt auch damit an?«

Achim zögerte einen Moment. Er hatte den Namen der Frau vergessen, aber ihrem Mann hatte er kurz die Hand geschüttelt, als sie gerade eingezogen waren. Ein Polizist mit hellen Augenbrauen und erstaunlich sanftem Händedruck, der ihm die ganze Zeit über die Schulter geguckt hatte, als würde hinter Achim was kommen. Doch: Frau Sebulke.

»Von mir aus können Sie das Haus ruhig abbrennen«, sagte Achim, verblüfft, was da aus seinem Mund kam. Oder weil er hoffte, dass es das war, war sie hören wollte?

Sie lächelte mit leicht übereinanderstehenden Schneidezähnen. »Kommen Sie doch rein«, sagte sie und hielt ihm die Schachtel hin, eine amerikanische Marke, die Achim nicht kannte, in Grün mit dünner weißer Schrift: Kools. Auf dem Koffer war so gut wie kein Platz, und Achim rauchte nicht.

»Ich muss noch...« Er machte eine komische Kinnbewegung Richtung Wäsche.

Sie nickte. »Marion. Danke für den Unterschlupf.« Er fand das Wort geheimnisvoll und persönlich, und er vermutete, dass er rot wurde: Unterschlupf. Jetzt hielt sie ihm die leere Hand hin, rund mit kräftigen Fingern, die Nägel kurz, die Knöchel faltig, Spülhände, dachte Achim, irre, was man an Schrott aus der Fernsehwerbung mit sich herumtrug, bis hierher, ins neue Leben. Sie baden gerade Ihre Hände drin. Marions Ehering war einfach, ein schmales, goldenes Band, wie Eltern es früher hatten, als sie unter zerbombten Häusern verschüttet wurden, aber guck mal, mein Achim, den Ring hab ich durch den Krieg gebracht, dein Vater war ja noch beim Russen.

»Achim«, sagte er. Ihr Händedruck war kurz und flüchtig, und in diesem Moment ahnte er: Tagelang würde er versuchen, von dieser kurzen Berührung zu zehren wie von einer köstlichen Speise, in winziger Portion auf viel zu großem Teller wie in einem Charlottenburger Restaurant, wo das Geschirr schwarz und rechteckig war und man Messer, Gabel, Löffel nur mühsam voneinander unterscheiden konnte.

Dann hängte er irgendwo die Faustvoll trauriger Wäsche auf, die er aus der Maschine gezogen hatte, um etwas zu tun zu haben. Der Regen hörte auf, und die Dielen knarrten, wenn Marion auf dem Koffer hinter dem Laken die Beine übereinanderschlug, dann ein Schieben und Knarren, als würde sie sich noch häuslicher einrichten. Achim überlegte, ob er bereit für seine erste Zigarette im Leben und für seinen nächsten Satz war. Und als er entschieden hatte, ja, und als er den Satz hatte, ging er zu ihrem Unterschlupf in einem Schlendern, das er selbst albern fand, aus dem er aber nicht mehr rauskam, weil er die zehn Schritte strecken wollte, aus Angst und Vorfreude zugleich.

Er schob ihr nasses Laken ein Stück beiseite. Der Koffer war nicht mehr da, zurückgestellt in einen Verschlag, die Zigaretten wieder versteckt, Marion fort.

Der Satz wäre gewesen: Sind Sie immer noch da?, so ganz beiläufig dahingesagt.

Sätze, die er verworfen hatte, lauteten:

Nehmen Sie doch ein altes Marmeladenglas mit Wasser für die Kippen.

Zelten Sie sonst auch gerne?

Sind Sie als Kind auch in große Pappkartons gekrochen, um sich zu verstecken?

Haben Sie noch andere Unterschlüpfe?

Wie ist es, eine Familie und zwei Kinder zu haben?

Wie ist es, seit Jahren mit dem gleichen Menschen in einer Wohnung zu leben?

Darf ich mich in Zukunft hier mit Ihnen verkriechen?

Wollen wir zusammen das Haus abbrennen und barfuß in den radioaktiven Regen rennen?

Das Bett bauten Achim und Barbara an diesem Abend wieder nicht auf.

Kapitel 5

Marion hatte ein paar Lieblingsorte, und sie achtete darauf, dass sie jeden Tag mindestens einen davon besuchte. Manchmal schaffte sie alle vier.

Der erste, mehr für den Sommer, waren die kleinen lehmigen Buchten an der Krummen Lanke, wo das Laub der Rotbuchen und Weiden bis aufs Wasser hing und wo man die Spaziergänger mit ihren Kötern auf den Wegen hörte, aber sie konnten einen nicht sehen. Der zweite war das Grab im Schönower Park, diese riesige Familiengruft des Parkstifters, dem das ganze Land hier vor hundert Jahren gehört hatte. Zu diesem Grab kletterte man über einen Zaun mit verzierten Spitzen, und zwischen Efeu und Ginster konnte man knutschen, wenn einem das wütende Gefummel im Heim zu viel wurde. An den Zaunspitzen hatte sich angeblich mal einer der großen Jungs beim Drüberklettern alles abgerissen, aber ob das stimmte. Damals hatte sie sich immer gefragt, was das überhaupt hieß: alles. Der dritte Ort war, wenn sie den Teltower Damm hinab ging Richtung Butter Beck und Woolworth, hundert Meter rechts vor dem S-Bahnhof, der sich wie ein alter rostiger Riegel quer über die Straße schob, ganz kurz vor dem Eiscafé Anneliese, in dem die gut versorgten Witwen mit ihren gelben Haaren saßen, aber nie sie mit den Kindern, weil der Apfelkuchen das Stück drei Mark kostete, und die Kugel Eis unglaubliche neunzig Pfennig. Kurz davor aber bog der Herbergerweg nach rechts, wo das Heim, in das sie mit fünfzehn gekommen war, hinter einer gerupften Kiefer stand, schmucklos und abgewohnt wie vor fünfundzwanzig Jahren. Damals war sie Jannowitzbrücke in die S-Bahn gestiegen ohne was in der Hand, beim Umsteigen nichts als Langeweile im Blick und Angst im Nacken, und erst in Zehlendorf wieder raus, so weit entfernt, wie es ging. Zehlendorf, das war so ein Name gewesen, den mal jemand gesagt hatte, Seelendorf, hatte sie verstanden. Und sie hatte nie darüber nachgedacht, dass man ihr mit fünfzehn nach dem Aussteigen im West-Sektor keine Arbeit und Wohnung geben würde, sondern ein Bett im Heim im Herbergerweg und einen Platz an der Beucke-Schule, von wo aus sie aufs Gymnasium nebenan schaute wie früher über die Mauer. Dieser Abzweig zum Herbergerweg war heute ein Lieblingsort, weil sie jedes Mal im Vorbeigehen dachte: Auch da bin ich rausgekommen. Scheiß auf euch alle.

Seelendorf: Erst als die Kinder in der vierten Klasse Heimatkunde hatten und sie versuchte, die viel zu oft von der Matrize abgezogenen Arbeitsblätter zu entziffern, helllila Schrift auf dunkelbeigefarbenem Hintergrund, verstand sie, warum sie damals womöglich Seelendorf gar nicht so missverstanden hatte. Wie das hier mal das slawische Cedelendorp gewesen war, und die Lokatoren, die über die Havel in die Sümpfe gekommen waren und die Slawen nicht verstanden, hatten gedacht, das bedeute Seelendorf, weil hier soundso viele Seelen wohnten, bizarr, als nennte man einen Ort Einwohnerstadt. Als sie Volker davon erzählte, in der Hoffnung, er würde sie mal verstehen, lachte er auf diese seltsam väterliche Art, die er sich über die Kinder hinaus angewöhnt hatte. Er sagte: »Weil wir hier alle so treue Seelen sind.«

Vielleicht wegen Volker dann ihre häufigen Besuche am vierten Lieblingsort, für jeden Tag und sonntags auch zweimal: hinter der Wäsche auf dem Speicher gegenüber, auf dem ollen

Pappkoffer, den sie aus dem Verschlag von Frau Selchow holte, darin alte Kleider, schön weich. Wie sie ruhig wurde, wenn die Schärfe der Zigarette in sie fuhr, ganz friedlich, denn wenn man rauchte, fand man sich mit dem Tod ab, also erst recht mit dem Leben. Beim ersten Zug dachte sie: Ich muss über Volker nachdenken. Da mal eine klare Linie reinbringen. Wie das weitergehen soll. Ob wir so weitermachen können. Wie wir das mit den Kindern regeln würden. Wenn wir wirklich. Und wegen Geld. Ob es ihn überraschen würde. Oder ob er längst wusste, dass es ernst war, wenn sie sagte: Es geht nicht mehr. Und wie ernst er es meinte, wenn er sagte: Wenn du das machst, dann passiert was. Und glaub bloß nicht, ich lass dir die Kinder, Marion.

Jemand anders in ihrer Lage wäre vielleicht abgehauen: die Kinder ins Auto und dann ab durch die Mitte, vielleicht zurück zur Mutter, das hörte man ja oft. Aber sie war schon mal geflohen, und seitdem war ihre Mutter unerreichbar, Todesstreifen dazwischen.

Ab dem vierten, fünften Zug dachte sie nicht mehr an Volker, das Rauchen wurde sich selbst genug. Das war das Schöne daran: Es half einem, Pläne zu machen und sie dann nicht mehr so wichtig zu finden.

Sie blies den Rauch vom Laken weg Richtung Dachfenster. Normalerweise machte sie das Fenster auf, aber jetzt lief Regen darüber, Tropfenwettrennen. Den Regen nahm sie persönlich, sie konnte nicht anders. Der Regen sagte ihr, dass es kein Entrinnen gab. Du kannst dich mit fünfzehn in die S-Bahn setzen und nie wiederkommen, deine Mutter und deine Schwester zurücklassen und nie wieder mit ihnen reden, du kannst dich im hintersten Winkel von West-Berlin verkriechen und all deine Wege so legen, dass du nie die verfluchte Mauer sehen musst, du kannst bei den Amis im Supermarkt arbeiten und dich vor die Regale stellen, die Augen auf unscharf, und dir vorstellen, du wärst irgendwo in New Jersey oder Texas, aber es holt dich immer wieder ein.

Als das Atomkraftwerk havariert war, hatte sie die Nachrichten mit einer Mischung aus Entsetzen und Schadenfreude verfolgt: Die armen Leute – geschah ihnen recht. Mit ihrer Schrotttechnik und dieser Mischung aus Größenwahn und Duckmäuserei. Aber als es dann geheißen hatte, es gäbe eine ganze landgroße Wolke aus Radioaktivität, und diese Wolke triebe nach Westen, und der Regen, der auf die Spielplätze und die Futterweiden und die Wälder, die Pilze, die Rehe, die Beeren fiele, sähe genauso aus wie immer, aber er wäre verstrahlt – da schien ihr dieser Regen, als brächte er extra für sie, was sie hatte zurücklassen wollen. Volker brauchte sie damit nicht zu kommen, der verstand nichts davon. Der interessierte sich weder für die Vergangenheit, erst recht nicht ihre, noch für die Zukunft. Er hatte Ganzjahresreifen aufgezogen, jetzt, wo neue Sommerreifen fällig gewesen wären, und er hatte gesagt: Jetzt brauchen wir uns um gar nichts mehr zu kümmern, und so glücklich hatte sie ihn lange nicht gesehen. Ein Mann, der die Zeit besiegt hatte, mit Ganzjahresreifen.

Sie hörte, wie umständlich der Nachbar seine Wäsche aufhängte, in seinen dummen Pantoffeln. Das war der mit der Frau, die immer so grimmig guckte. Bildhübsch, hätte ihre Mutter gesagt, mit diesem bestimmten Tonfall, der damals bedeutet hatte: Die weiß gar nicht zu schätzen, wie gut sie aussieht. Wie schrecklich jung diese Menschen waren. Man wollte denen sagen: Passt bloß auf, ab jetzt kommt's drauf an. Na ja, zehn Jahre jünger. Aber eben die entscheidenden.

Aber das mit dem Haus-Abbrennen, das hatte ihr gefallen. Wie erstaunt er dabei geguckt hatte, als er das gesagt hatte. Achim. So, als würde er sich damit auskennen, wie man Häuser abbrannte, aber eigentlich wollte er's sich abgewöhnen.

Marion hielt ihre Zigarette zwischen zwei Fingern, runtergebrannt bis kurz vor den weißen Filter, und dann ließ sie einen Spuckefaden aus dem Mund wie früher im Herbergerweg, wenn sie sich vom Etagenbett runtergebeugt hatte zu Ingrid. Sie traf die Glut wie in Zeitlupe, dann schnippte sie die Kippe in den unerreichbaren Winkel zwischen Dach und Bodendielen. Als sie in ihrem eigenen Treppenhaus das Linoleum unter den nackten Füßen spürte, fiel ihr auf, dass sie sich nicht verabschiedet hatte.

Kapitel 6

Im Stern hatte Barbara gelesen, wie die Jugendlichen sich die Arme ritzten oder die Schenkel, um sich endlich wieder zu spüren. Die Formulierung hatte sich wie ein Abgrund vor ihr geöffnet: sich selbst wieder spüren. Sie merkte gar keinen Unterschied, keine Grenze zwischen sich und der Raufaser-Tapete, es war alles eins. Achim kümmerte sich auch gar nicht mehr um die Wohnung und was sich darin abspielte, der ließ sie einfach hier auf der Matratze liegen. Einmal, als er rausgegangen war am Morgen, hatte er vage von den Geigerzählern in der Bundesanstalt für Materialprüfung berichtet, und was sie da für Werte auf dem Dach hatten, und sie hätte gern geschrien, und unser Dach?! Was ist mit unserem Dach?! Bamm, nannte er den Laden, wo er arbeitete. In der Anzeige, die sie als Erste gesehen und für ihn gefunden hatte, hatte sie »B-A-M« als drei Buchstaben gelesen.

»Wann musst du in die Uni?« Ganz liebevoll eigentlich. So, als würde ihn das wirklich interessieren. Und als bedeutete es nicht einfach: Bitte, bitte, bitte steh irgendwann auf.

»Nicht vor zehn«, sagte sie, was einfach definitiv so was von keine Lüge war, sie berauschte sich für einen Atemzug an der Wahrhaftigkeit dieses Satzes. Nicht vor zehn, das stimmte ja; allerdings auch vor jeder anderen x-beliebigen Uhrzeitzahl nicht. Weil sie da gar nicht mehr hinmusste. Was die mit »Kommen Sie am besten zum Wintersemester« meinten, war wohl klar: Bleiben Sie bitte weg bis dahin und vermutlich auch darüber hinaus.

»Denkst du dran, das Fenster aufzumachen?«, fragte Achim, der nicht verstand, wie sie sich eingerichtet hatte in ihrem Geruch. Sie begriff es ja selbst kaum. Jahrelang war ihr Lebensziel gewesen, eine saubere Frau zu sein, mein Bac, dein Bac und Vier mal Acht, diese Düfte, die man nicht süßlich nennen wollte, sondern blumig, sommerlich, leicht. In Bad Godesberg hatte sie nach dem Duschen auf der Bettkante gesessen und an ihren Füßen gerochen, eingecremt, denn die rochen wie nichts auf der Welt. Das war nun vermutlich auch so, aber anders, und Barbara war sich nicht sicher, ob sie überhaupt noch so weit runterkäme, oder die Füße hoch.

Wenn Achim durch die Tür war, schlug sie den Kopf gegen die Wand, dass es sich bei Nachbars anhören musste wie Heimwerken. Mit der Rückseite, wo die meisten Haare waren, damit man später nichts sah, vor allem sie selbst wollte das nicht sehen. Es knackte, und sie wusste nicht, ob das noch der Putz war oder schon was in ihr drin. Um sich zu ritzen wie die Kinder im Stern, hatte sie zu viel Angst vor Blut. Dann tat ihr der Kopf weh. Wenn so sich spüren war, dann lieber gar nicht.

Das Gegenteil von sich spüren war, wenn vormittags was von gestern wiederholt wurde, Praxis Bülowbogen oder Liebling Kreuzberg. Die Wicherts von Nebenan. Diese Musiken am Anfang. Was für eine tiefe Traurigkeit einen dann erfüllte, eine maximale Entfernung von sich selbst und ein Universum von Melancholie, von Sehnsucht nach Dazugehören und endlich nicht mehr schuld sein. Sie konnte kaum atmen, wenn das kam mit diesen Saxofonen und Mundharmonikas und Streichern, wie hielt man das aus, oder war es gerade dazu da, dass niemand es aushalten konnte, und abends um neun saßen alle da und rangen um Fassung, das ganze Land, hilflos in der Sehnsucht nach einem Ort, wo man dazugehörte, aber nicht mehr dabei war.

Das eigentliche Problem waren die Nachrichten, morgens gleich zu Beginn, wenn Achim gerade aus dem Haus war, aber dann auch ganz tückisch mittendrin zwischen den Vormittagswiederholungen der Serien, wenn sie eigentlich gerade alles vergessen hatte. Wie sie die schraffierte Wolke über die Europakarte legten, und immer die beiden Punkte im dunkel graublauen Deutschlandfeld, Bonn, Berlin, das war doch absurd, woher wussten die, dass es keine anderen Orte gab für Barbara. Als ob das alles nur für sie wäre, weil sie allein war auf der Welt. Manchmal probierte sie Heimweh aus, nach dem Ort weiter links unten, aber es fühlte sich nach gar nichts an. Sie musste ihre Mutter endlich besuchen. Die Eltern, also. Sonst kamen die am Ende noch hierher und sahen, was bei ihr und Achim fehlte. Alles.

Und dann, wieder in den Nachrichten, wie die Atomwolke sich wie zum Hohn zu teilen drohte: Guck mal, ich krieg dich überall. Warum also Heimweh haben. Barbara ärgerte sich über die technischen Begriffe, die alle im Fernsehen benutzten, als hätten sie sie ein Leben lang gekannt, Cäsium, Becquerel, Halbwertszeit, wie leicht denen das alles innerhalb kürzester Zeit über die Lippen ging. Aber wehe, sie sagte einmal Metapher oder emblematisch, dann schüttelte ihr Vater den Kopf und schmunzelte so auf seine Suppe.

Kinder abduschen, auf keinen Fall in die Wanne setzen, nachdem sie im Regen waren. So was erzählten die einem im Fernsehen. Was man alles wissen musste. Weil: In der Wanne weichte die ganze Radioaktivität so richtig in einen ein, in die weiche Kinderhaut. Ein Baby mal anfassen, wenn es nicht radioaktiv war, darauf hatte sie Lust, ein Baby kriegen, nicht mehr so sehr.

Barbara sehnte sich nach der Schwerelosigkeit und dem

Sich-selbst-Vergessen in der Badewanne, für sie ging die Wanne im schmalen Bad gerade noch von der Größe her, aber musste sie dann nicht vorher duschen wie ein Kind, um nicht in ihrer eigenen kontaminierten Brühe zu sitzen? Zwei Arbeitsschritte waren einer zu viel, also blieb sie auf dem seltsamen Sofa vorm Fernseher. Als sie aufstand, merkte sie, wie flach und schnell sie atmete. Statt das zu ändern, passte sie ihre Bewegungen an, eilig und ausholend schloss sie die Fenster, die alten Messinggriffe rund und scheinbar weich in ihrer Hand. Stimmte das mit den SS-Offizieren, die hier angeblich mit ihren Familien gewohnt hatten? Und hatten deren Frauen sich auch so viele Sorgen gemacht? Wollte man sich mit denen vergleichen? Und wenn Achim nun draußen war, hatten die da in der BAM ein Protokoll, brachten die sich in Sicherheit, bei seiner Bundesanstalt, wenn es zu regnen anfing?

Am Hauseingang gegenüber bückte sich der Hausmeister im dunkel graublauen Kittel, Deutschlandkarten-Farbe. Er rupfte den Blauregen mit der rechten Handschuhhand aus dem sandigen Boden, mit der linken abgestützt an die geklinkerte Türumrandung, vom Regen ungerührt.

»Das Zeug breitet sich hier überall aus«, hatte er ihr erklärt, als ihre Haustür an der Reihe gewesen war, »das wuchert uns die ganze Fassade voll.« Als sie gestern nur einmal kurz den Kopf rausgestreckt hatte, um zu prüfen, wie sich das anfühlte: den Kopf in der Luft statt immer nur hinter den Doppelfenstern. Unmöglich fühlte sich das an. Dann nickte sie und huschte wieder rein, weg vom Gespräch mit dem Hausmeister und dem Zeug, das sich überall ausbreitete.

Das war jetzt nur ein Nieselregen, auf dem matten Zinkeimer des Hausmeisters von hier aus gar nicht zu erkennen, wenn sie der Flugbahn der ausgerissenen Strünke folgte. Sie fuhr mit den Fingern den Fensterrahmen entlang, über Lackwellen und

Splitterlöcher: eine Landkarte zum Tasten, unvorstellbar, sich davon loszureißen. Man musste das Ganze rational angehen. Was machte man, wenn man es drinnen nicht mehr aushielt, man aber auf keinen Fall rausgehen konnte? Vom Fernseher wieder so ein Saxofon, untermalt von kraftlosen Klavierakkorden. Im Grunde passte ihr das, diese Musik kam immer am Anfang und handelte doch davon, dass alles immer schon wieder vorbei war, die Musik war zu sehnsuchtsvoll, um einfach dazubleiben, und zu traurig, um einen aufbrechen zu lassen. Ihr Atmen verschaffte ihr auf seltsame Weise nicht mehr genug Luft, es war wie dieses Rennen im Traum, das einen nirgendwohin führte.

Barbara stellte sich die ganze Nachbarschaft vor, das Haus, dieses Hufeisen aus Rohputz und Klinker, das ihr kein Glück bringen wollte, alle vier Aufgänge, all die Familien, die Ehepaare, die alleinstehenden alten Frauen: Waren das eigentlich die Witwen von den SS-Männern, oder hatten die einen ganz klaren Schnitt gemacht nach dem Krieg, ganz neue Leute? Sie versuchte, sich die Namen zu merken, sie aufzusagen wie ein schroffes, sinnloses Gedicht:

Reimann

Riester

Felschenhauer

Meiser

Selchow

Trittmann

Kries

die Bolm

Dunser

Adamowitz (hier musste sie das o betonen, um im Rhythmus zu bleiben, es wollte ihr nicht gefallen)

die Steins

Fiorinis

die Frau mit dem orangefarbenen Wäschekorb und ihr Mann: Sebulke

na ja

und sie und Achim, und je älter hier die Nachbarn, desto eher nannten sie Barbara Frau Tschuly, als wären sie verheiratet, zu früh oder zu spät, um das zu korrigieren.

Aber die Namen passten ganz gut auf das Saxofon und die Klavierakkorde, sie schloss die Augen und atmete ruhiger, der Gedankenvorspann half gegen ihre Panikattacke, und auf ihrem inneren Fernseher konnte sie verfolgen, wie dieser Vorspann immer länger wurde und wie die Reimann Riester Felschenhauers sich mit den letzten Tönen ihrer Akkordzerlegung, ihres Taktes, immer so charakteristisch zur Kamera drehten, jeder auf seine ganz spezielle Art, mal hoben sie hilflos amüsiert die Schultern, hach ja, so war es nun mal, was sollte man machen, mal winkten sie ab, hörnse uff, hörnse uff, mal verdrehten sie mit richtig gut gespielter Erschöpfung die Augen, na, wer hatte denn DA SCHON WIEDER was angestellt.

Die Tschulys von nebenan.

Aber ob sie überhaupt vorkämen in diesem Vorspann, es waren ja immer nur die Hauptfiguren, die man da sah, und nicht jene, die nur hin und wieder durchs Bild liefen. Geschweige denn die, die einfach nur rumlagen. Sie war nicht mal als running gag zu gebrauchen. Barbara kicherte probeweise. Es fühlte sich in ihrem Mund an wie Erbsen, die man zu kurz eingeweicht und dann nicht lang genug gekocht hatte. Sie hustete und überhörte dadurch fast, wie das Telefon im anderen Zimmer klingelte, da, wo die Bücher in die Regale sollten.

Ein längeres Kabel wäre schön, fand Achim. Wozu. Damit man mit dem Telefon rumlaufen konnte. Er telefonierte doch eigentlich nie. Aber das muss die Post machen. Rufst du die an. Vom kurzen Kabel aus? Ohne rumzulaufen? Ja. Genau.

Das Telefon stand allein auf einem Regalbrett, das graue Kabel verschwand Richtung Wand in einem schmerzhaft aussehenden Randspalt der Billy-Rückwand. Für einen Atemzug hatte sie Angst, es könnte die Uni sein, ob sie doch jetzt schon kommen und einspringen könnte, oder Achim, der was vergessen hatte: Bist du immer noch zu Hause?

»Bist du immer noch zu Hause?« Die Stimme ihrer Mutter unangenehm nah. Wenn sie nicht bis achtzehn Uhr wartete, sondern den Höchsttarif hinnahm, meinte sie, es sei wichtig.

»Ich hab was vergessen«, sagte Barbara, ganz angetan vom geschäftsmäßigen Sound, den sie auch noch draufhatte.

»Deinem Vater geht's gar nicht gut. Ich wollte nur wissen, wann du mal kommst.« Ihrem Vater ging es immer gar nicht gut, sobald die Mutter von ihm sprach.

»Wann musst du das denn wissen?« Als müsste sie ihre Termine mit jemandem abstimmen.

»Na ja, bald wäre gut«, sagte ihre Mutter, die Wörter seltsam zusammenziehend. »Wir wollten mit den Strangs in die Eifel.«

»Also dafür geht's ihm gut genug.«

»Ach, Barbara.«

»Ist was passiert?«

Ihre Mutter schwieg, als fühlte sie sich ertappt, weil nichts passiert war, nie, und einen Moment hoffte Barbara, sie schwiege aus Angst und es wäre eine Katastrophe geschehen, die alle anderen Katastrophen auslöschte oder, Vorsicht, überstrahlte, und Barbara müsste, könnte und dürfte endlich handeln. »Es wär einfach schön. In unserem Alter.«

Barbara überlegte. Sie war komplett leer. Es war fast berauschend, eine Leere voller Möglichkeiten, wie eine neue Wohnung, aber nicht diese hier.

»Na ja, ich dachte nur, weil, du musst ja auch planen«, sagte ihre Mutter. »Wenn du Termine hast und so.«

Barbara hatte keine Termine. Wobei das Wort sie daran erinnerte, dass nun bald Hoffest sein sollte: Merken Sie sich den Termin, hatte Frau Selchow gesagt, als wenn das was Dolles wäre, eine Mischung aus Arztbesuch und letzte Frist, gesellschaftliches Ereignis. Übernächstes Wochenende, hatte Frau Selchow gesagt. Vorige Woche, als Barbara noch zum Briefkasten gegangen war, warum überhaupt.

»Nächstes Wochenende«, sagte Barbara ein bisschen gedehnt, als hätte sie was durchgeblättert. »Ich komm nächstes Wochenende. Wenn euch das passt.«

»Ich frag deinen Vater«, sagte ihre Mutter.

Kapitel 7

Mal richtig was zu feiern.

Innerer Reichsparteitag, sagten viele immer noch, es fing gerade erst an, komisch zu klingen für Achim. Wie sein Chef, als Achim um ein Zeugnis für die Bewerbung in Berlin gebeten hatte: »Na ja, klar, ist mir ein innerer Reichsparteitag.« Der meinte damit nicht, dass er einen heimlichen, aber großen Triumph verspürte, weil Achim die Firma verließ, der meinte damit nur: Ja, mach ich. Achim musste ihn dann trotzdem noch mehrfach daran erinnern, und am Ende setzte der einfach seinen »Kaiser Wilhelm« unter einen Schrieb, den Achim selber aufgesetzt hatte: stets zu unserer vollsten Zufriedenheit. Sein Chef war höchstens vierzig. Sabine, eine Freundin von Barbara, schickte Marilyn-Monroe-Postkarten an ihre Freunde im gleichen Stadtteil, worauf stand, es wäre ihr »ein japanisches Kirschblütenfest«, wenn sie zu ihr zum Frühstück kämen. Achim und Barbara brachten Kirschquark mit, den Barbara mit Crème fraîche und einem Schuss aus der Plastikzitrone aufgejazzt hatte, »ah, Frechcreme«, sagte Sabine dann über das sanfte, aber durchdringende Geräusch, mit dem sie den Deckel von der Tupperschale zog. Damals in Bonn.

Mal richtig was zu feiern.

Er dachte an die Worte von Sonja Dobrowolski, als er ein paar Tage nach seiner Dachbodenbegegnung morgens mit der Aktentasche aus dem Hauseingang kam. Marion lag in der Luft, so nannte er das später für sich. Die Aktentasche war eine ganz sportlich-jugendliche aus Naturleder zum Umhängen, und gegenüber tauchte Marion auf, die Sonne ganz anders als die letzten Tage, unverschämt, nackt, und Marion wieder mit ihrem Wäschekorb, aber eine Einkaufstasche mit Alt- oder Pfandglas hatte sie auch dabei, auf der anderen Körperseite, Gegengewicht, das Geräusch der Flaschen wie von einem preiswerten Windspiel. Sie hatte keine Hand mehr frei, über dem Wäschekorbrand hing ein weißer Kittel, gebügelt, aber schon wieder zerknittert durch die Art, wie Marion den Wäschekorb unter einem Arm in ihre Seite drücken musste, ihr Arm abgewinkelt, sodass Achim ihre Achselhaare sah, der Ärmel ihrer Sommerbluse war ihr hochgerutscht. An ihrem Tempo und daran, wie sie es anpasste, merkte er, dass sie an der Ecke Richtung Wäscheplatz aufeinandertreffen würden.

Ihm wurde klar, dass er immer noch nichts Sinnvolles oder Interessantes zu ihr gesagt hatte, es wunderte ihn, bei Barbara war ihm das nie schwergefallen: Im Gegenteil, er hatte anfangs lange das Gefühl habe, noch nie so interessante und sinnvolle Sachen gesagt zu haben wie zu Barbara, zumindest hatte das in ihrem Gesicht lange so ausgesehen.

Der weiße Kittel. Sind Sie auch Wissenschaftlerin. Na ja. Wieso auch. Also eher doch nicht. Am Ende war sie Frisöse, oder was wusste denn er, und dann wäre das. Also, nicht passend. Sind Sie auch... dem Ingenieur ist nichts zu schwör. Außer: offenbar doch.

»Ah, Gott sei Dank«, sagte sie. »Haben Sie es eilig? Sind Sie auf dem Weg zur Schule?« Sie nickte in Richtung seiner naturledernen Umhängetasche und blieb stehen, was aber noch anstrengender zu sein schien, als auf diese Weise bepackt weiterzugehen, sodass sie beide schnauften, Achim empathisch.

»Äh, nein«, sagte Achim. »Die Tasche ist nur...«

»Ach so.«

Waren wir nicht schon beim Du.

»Können Sie mir ganz kurz helfen? Ich muss in einer halben Stunde aufschließen, ich weiß gar nicht, wie ich das machen soll. Und jetzt noch die Wäsche. Wo einmal die Sonne scheint.«

»Na ja, klar«, sagte Achim, und ihm wurde feierlich zumute. Marion schob die rechte Hüfte ein wenig vor, sodass er sich den Wäschekorb gewissermaßen rausziehen konnte, den Kittel behielt sie am Bügelhaken zurück. »Den muss ich jedes Mal zu Hause waschen«, sagte sie. »Können Sie sich das vorstellen?«

Achims Umhängetasche schlackerte beim Gehen gegen den vollen Wäschekorb, er war glücklich über das hohe Gewicht, weil er dachte, je schwerer, desto mehr tat er für sie. Sie ging vor ihm die Treppe zum Garagenhof hinunter, die Spuren von Frau Selchows Opelkotflügeln noch am rostschutzrot lackierten Geländer, silbermetallic. Wie das funkelte. Marions Füße in so hellbraunen Riemchensandalen, er sah mit jedem ihrer Schritte den dunkleren Abdruck ihrer Füße auf der Innensohle und wäre gern mit dem Finger darübergefahren.

Er folgte ihr auf den Wäscheplatz, den der Hausmeister ungern mähte, wegen der vielen Metallstangen. Von denen platzte der weiße Lack. Löwenzahn, Butterblumen, Klee in lavendelfarbener Blüte. Morgendliche Mai-Hummeln. Marion schoss ihre Sandalen in die Gegend. Erst als sie sagte: »Und es macht Ihnen wirklich nichts aus?«, verstand Achim, was sie von ihm wollte.

»Nee, klar«, sagte er. Gleitzeit. Kernzeit. Ewigkeiten-Zeit. Sie hängte ihren Kittel am Bügel an eine der Wäscheleinenstreben, die von den Metallstangen ausgingen, und nickte wieder zum Korb.

»Sie brauchen natürlich nur die großen Teile zu nehmen, Unterhosen und so weiter mache ich«, sagte sie.

Achim nickte. Ach so. Er lehnte seine Umhängetasche etwas zu sorgfältig an einen der Leinenmasten.

»Scheiße«, sagte Marion halblaut, weil sie offenbar was vergessen hatte, und fing dann an, Wäscheklammern aus einem Beutel zu nehmen, der hier schon hing, rosa und hellblau gestreift, mit Reißverschluss und verstärktem Rahmen, und der offenbar nicht ihrer war.

Achim ließ das Laken, das gar nicht zwischen seine Arme passte, über den Klee schleifen, sodass dort, wo es auflag, eine huppelige, weißgraue feuchte Landschaft entstand.

Marion schüttelte den Kopf und rieb sich die Seite der Nase und guckte auf eine Weise ungeduldig und etwas desillusioniert, die Achim sehr gefiel: roh, hart, älter. Das war kein Spaß hier, und sie traute ihm zu, das zu verstehen.

»Nee, Sie machen doch den Kleinkram«, sagte sie.

Der Wind kam vom Park, als sie selbst mit dem Spannlaken hantierte, zwei Wäscheklammern, grün und gelb, links, dann rutschte sie in die Mitte, zwei Wäscheklammern, grün und lila, vom Mund in die Hand, und in diesem Moment zeichnete der Wind ihre Konturen als Lakenlandschaft, und Achim sah kurz sogar ihr Gesicht derart abgedrückt, bis zu den Augenbrauen, und er meinte, sie lachen zu hören. Eine Figur, die undeutlich, aber dreidreidimensional aus dem Nichts kam.

Er schluckte und hielt inne mit der Unterhose ihres Mannes in der Hand und einer Wäscheklammer, orange, in der anderen. Und plötzlich war ihm feierlich zumute. Das Leben musste nicht so weitergehen wie bisher. Sondern womöglich ganz anders.

»Das ist wirklich toll«, sagte Marion. »Danke. Mein Chef bringt mich um.«

Achim nickte und ließ die Klammer über Unterhosenbund und Plastikleine schnappen.

»Drückst du dich wieder auf dem Dachboden rum?«

Achim, auf dem Weg zur Wohnungstür: gelinde gesagt, überrascht von Barbaras Nachfrage. Durchs Küchenfenster fielen Reste vom Birkenblätterlicht in den Flur, er ahnte, wie warm sich draußen die Luft anfühlte, und auf dem Dachboden erst recht, Holzgeruch, Staubgeruch. Er fand sich ganz tief erkannt und durchschaut von Barbara, und für einen Moment fühlte sich das besser an als sein hart aufkeimendes Interesse an der Nachbarin: Barbara und er, sie verstanden einander also doch noch.

»Ist was passiert?«, fragte Barbara und zeigte mit dem Kinn und so einem Blick nach unten auf den Wäschekorb unter seinem Arm, ganz wenig Wäsche darin, eigentlich nur, was er gestern angehabt hatte. Aber was sollte passiert sein? Es klang, als hätte er sich eingepinkelt.

»Warst du draußen?«

Und dann verstand er. Als sei ihm ein ganzes Bündel Blanko-Ausreden überreicht worden. Es war ja klar, warum er so oft waschen musste. Und letztendlich tat er Barbara damit dann noch einen Gefallen. Er merkte, dass sie die Sachen kaum noch anfassen mochte, wenn er sie draußen angehabt hatte, erst recht im Regen.

»Hat ein bisschen geregnet in Lichterfelde«, sagte er. Mikroklima, nannte man das. Barbara nickte. Und er fand, dass sie ganz erleichtert aussah. Ja, doch, da war diese Nähe. Denn sie hatte ihn auf ihre Weise durchschaut, und sie war froh, dass er auch Angst hatte vor dem radioaktiven Regen, und nicht nur sie. Ein bisschen wand er sich. Weil ihm die Leichtigkeit der Lüge unangenehm war. Durchs Winden machte er die Lüge noch glaubwürdiger.

Barbara betrachtete ihn mit ein bisschen Zärtlichkeit, die ging ihm durch und durch. »Ich find's auch schrecklich«, sagte sie. Er nickte ernst und machte sich los.

»Wo das dann wohl alles hingeht«, rief sie ihm hinterher. »Ist das ganze Abwasser dann nicht total verseucht.«

Er schüttelte den Kopf wie erschöpft, resigniert, vielleicht sah sie es noch durch die sich schließende Tür. Wie hölzern schwer die ins Schloss fiel, man war erleichtert, wenn das Geräusch erst mal verhallt war. Der Kohlgeruch der Jahrzehnte. Die Scharten der sowjetischen Gewehrkolben im Türblatt. Als sie gekommen waren, um die letzten SS-Offiziere hier rauszuholen, aber die waren alle schon weg. Manche Nachbarn erzählten es wie aus großer Zeit, Frau Selchow schob nach einem Atemzug und einem kurzen Zucken der Augenbraue hinterher: na ja, ANGEBLICH waren das die Russen, mit den Türen. Oder vielleicht doch nur 'ne Schrankecke beim Umzug.

Für ihn gab es nur drei Möglichkeiten: immer wieder aus dem Fenster gucken, in die Richtung, wo Marion wohnte mit ihrer Familie. Nachts wach liegen. Und immer wieder zurückkehren auf den Dachboden. Er stellte sich ihre nackten Füße auf den rauen Holzdielen vor, er stellte sich ihre Unterschenkel auf dem Koffer von Frau Selchow vor. Er setzte sich auf den Koffer, um ihr Nachbild zu finden. Etwas im Koffer knackte endgültig. Er stand auf und schob ihn wieder zu Frau Selchows Verschlag. Er hängte seine Wäsche auf, so langsam es ging, am Ende war sie fast trocken, während er noch die Klammern richtete. Er driftete weiter nach hinten und um die Ecke, an den Mansarden vorbei und durch die Dachabteile der anderen Aufgänge, immer tiefer in die Stille des Vorsommerabends. Es war fast aufregend: Wie würde er sich erklären, wenn er auf jemanden träfe. Wie anders die Wäsche aussah, schon ein, zwei Aufgänge weiter.

Und dann stand er vor einer Leine, dort, wo Marion praktischerweise in etwa die Sachen ihrer Familie aufhängen musste. Reichlich T-Shirts und abgeschnittene Jeans-Shorts in der Größe ihrer Zwillinge, das kam doch ungefähr hin, oder, und von ihrem Mann so weiße Unterhemden, wie Männer sie schon im Krieg getragen hatten und davor und in dem Krieg noch weiter zurück vermutlich auch. Polyesterhemden in einem ganz bundesdeutschen offiziellen Beige, das war vermutlich Teil von dessen Uniform. Die Knöpfe aus Plastik in der gleichen Farbe, ihn gruselte davor. Wie hoffnungslos das aussah, dieses Beige aus opakem Kunststoff. Er ertappte sich bei dem Gedanken: Da würde er Marion schon mehr bieten können.

Wie sich das anhörte. Und was eigentlich.

Er erschrak vor Marions Unterwäsche und wandte sich ab. Was hatte er sich dabei gedacht. Wie kam er darauf, diese Nähe stünde ihm zu. So wollte er sich selbst nicht sehen. Und ihre Wäsche: erst später. Oder überhaupt. Wer dachte denn jetzt schon an so was. Darum war es ihm doch gar nicht gegangen. Deshalb war er nicht auf ihre Dachboden-Seite gekommen. Er prüfte die Luft nach ihren Zigaretten, aber nichts. Ihre Brandschutztür, die von ihrer Dachbodenseite in ihr Treppenhaus führte, war unverschlossen, das Metall des Türblatts merklich kühl Richtung Unterarm, obwohl er nur die Klinke berührte.

Ein anderer Kohl, das Linoleum der Stufen in einem etwas anderen Dunkelgrün, oder lag es nur daran, dass die Birken, wie sie von hier aus standen, das Licht im Treppenhaus veränderten. Mit normalen Schritten ging er die Stufen hinab, kein Zögern auf dem letzten Absatz vor ihrer Wohnungstür, von ihm aus links. SEBULKE, ein getöpfertes Schild, die Buchstaben von Kinderfingern gedrehte Tonwürste, hellbraun glasiert. Der Hintergrund ein Oval in hellem Orange. Er liebte dieses Schild, das in seinem Augenwinkel vorüberglitt, während der leere Wäschekorb an sein Bein schlenkerte.

Er hatte gerade einen Fuß auf der nächsten Treppe, als in seinem Rücken die SEBULKE-Tür aufging. Er merkte, wie sein Schritt langsamer wurde und seine Schuhsohle fast unmerklich an der Gummikante des Linoleums hängen blieb. Er spürte in seinem Kopf die Rückseite des absolut dämlichen, aber echten Grinsens, das sich unaufhaltsam auf seinem Gesicht ausbreitete, während er innehielt und den Kopf über die Schulter drehte, ein geradezu neckisches »Naaha?« schon über die Lippen, zu spät.

Am schweren Schuh hätte er es eine Sekunde später dann auch gemerkt, aber jetzt, na ja. Marions Mann, ganz in Freizeitkleidung, trotzdem wie eine Uniform, Ellesse, schien die Stirn zu runzeln, aber tatsächlich musste er schon lange vorher damit angefangen haben.

»Tachchen«, sagte er, etwas ratlos über Achims halb gehauchtes »Naaha?«, und drückte sich an ihm vorbei, das Schlüsselbund ein rhythmisches Klimpern, scheinbar schon Schritte voraus. Achim räusperte sich, als würde man davon weniger rot, unten fiel schon die Tür wieder ins Schloss. Der war schnell, der Volker. Draußen stand die Luft, als hätte sie auf Achim gewartet.

Also wieder nachts wach liegen. Oder aufwachen und sich einbilden, nun könnte man aber wirklich nie wieder einschlafen. Hoffen, drüben, im anderen Aufgang, ginge es ihr genauso. Vielleicht im gleichen Moment. Sich drehen, bis daraus ein Wälzen wurde, aber auch Klarheit: undenkbar, dass sie überhaupt wusste, wer er, wo er, warum er und wie sehr er war. Dann, auf der anderen Seite, das Kissen gewendet, plötzlich wie ein Blick in einen wunderbaren Abgrund: was, wenn doch.

Wenn sie

so wie er

So was war ja nicht unerhört, bei Barbara und ihm hatte es damals ja auch geklappt, diese herrlich katastrophale Gleichzeitigkeit, aus der dann schon Wochen später wurde: Weißt du noch. Und hast du auch. Ist ja irre. Und ich auch. Ja. Und nachts. Oh nein! Wenn ich das gewusst hätte. Aber ich wusste es ja. Ich habe es ja geahnt.

Also lag er da, schlief nicht und ahnte und tat nichts. Ihm reichte völlig, wenn er für einen Atemzug den Klang und die Farbe ihrer Stimme wiederherstellen konnte.

Ob es wirklich jemals gleichzeitig war. Marion jedenfalls war froh, solange Volker sachte schnarchte. Ein Geräusch, das man so nicht simulieren konnte. Das traute sie ihm nicht zu. So viel Kunstfertigkeit, oder vielleicht: Handwerk, Mund- und Nasenwerk, und überhaupt, die fast professionelle Entschlossenheit, sie so zu täuschen, um aufs Geratewohl überwachen zu können, was sie tat, wenn er schlief: Nee, Volker war auch im Bett ein Freizeitmensch. Und wenn er schlief und schnarchte, dann schlief und schnarchte er.

Sie masturbierte fest und entschlossen, wie sie es vor Jahren in der Frauengruppe beschrieben hatte, als ihr das Rumgedruckse der anderen auf die Nerven gegangen war, Regine mit ihrem »Ich mache mir das schönste Geschenk«. Fest und entschlossen, sie hatten getrennte Matratzen.

Und dass sie dabei etwa ab der Hälfte an den glatten, sanften Wessi-Nachbarn mit den Schwarzpulvereinschlüssen an den Fingerkuppen dachte, half ihr, etwas schneller fertig zu werden als sonst. Sie drehte sich auf den Rücken und konzentrierte sich darauf, nur ihren eigenen Atem zu hören und nicht Volkers. Das hier war etwas, das ihr zustand, auf die Idee hatte sie nicht mithilfe der anderen kommen müssen, das wusste sie selbst. So, wie sie gewusst hatte, dass ihr zustand, in die S-Bahn zu steigen und erst in Seelendorf wieder aus. Sie konnte sich noch ganz gut an ihren Gedanken von damals erinnern, den hatte sie sich wiederholt, als sie aus den S-Bahn-Fenstern auf die vorbeiziehenden Brandmauern geschaut hatte, den Unterarm lässig auf dem hellen Holzfensterbrett, als führe sie die Strecke jeden Tag, aber doch unsicher, ob und wo sie aussteigen sollte: Jetzt bin ich mal dran. Drei waren immer schwierig. Ihre Mutter, Sybille und sie. Das war immer zwei gegen einen. Und wann war sie mal dran. Jetzt, hatte sie in der S-Bahn gedacht, und dann im Bus nach Marienfelde: Jetzt bin ich mal dran. Der Satz war ihr Versprechen an sich selbst gewesen, und es ärgerte sie, dass sie dieses Versprechen gebrochen hatte. Denn dran gewesen war sie bis jetzt noch immer nicht.

Dann gehnse mal zur Polizei, die nehmen Sie mit nach Marienfelde: der Stationsvorsteher auf dem Bahnsteig in Zehlendorf, weil sie da eine Stunde auf der Bank gesessen und nur vor sich hin gestarrt hatte, im Kampf gegen den ganzen Ton der Frage: Und was jetzt? Und dieser Stationsvorsteher war doch ein Reichsbahner, hätte der sie nicht melden müssen? Woher wusste der überhaupt, dass sie nach Marienfelde wollte oder musste?

Sie nickte, als hätte er sie unterbrochen. Denn wer wusste denn, ob sie nicht auf jemanden wartete. Vielleicht gefiel ihr auch einfach, wie das Abendlicht die Klinker der Bahnhofshäuser orange färbte, wie der Juniwind an ihrem Kleid zuppelte und an ihrer viel zu warmen dunkelbraunen Strumpfhose abglitt. Ganz schön weit draußen hier.

Marienfelde, sagte sie.

Na ja, dit Notaufnahmelager. Kannte sie natürlich. Mit wie viel Verachtung ihre Mutter das Wort aussprach: Diese oder jene Nachbarn waren weg, die waren jetzt in Marienfelde. Notaufnahmelager, das Wort gefiel ihr aber. Weil sie in Not gewesen war, also: bei ihrer Mutter, und jetzt gab es da einen Ort, wo sie aufgenommen werden würde. Das ist ein KZ für DDR-Bürger, sagte ihre Mutter, da werden die umgedreht. Obwohl, die Schultzens brauchst du nicht mehr umzudrehen.

Da nimmste den Siebzehner, Mädchen. Dem Stationsvorsteher wuchsen Haare aus den Ohren und der Nase, warum waren

Männer so hässlich. Zeig ma deine Fahrkarte, ob du 'n Umsteiger brauchst.

So weit kam's gerade noch. Dass der sah: Sie kam aus dem sowjetischen Sektor.

Fräulein, sagte sie.

Fräulein. Keen Fahrschein? Na, dann lösense 'ne Bahnsteigkarte oder hörn uff, hier rumzulungern. Am Ende gab er ihr doch einen Umsteiger, wortlos, aber kopfschüttelnd, dafür kam er extra noch mal aus seinem Kabuff.

Der Siebzehner also, Richtung Ostpreußendamm. Als der Bus immer weiter nach Süden fuhr, bekam sie es mit der Angst: Im Süden, da war wieder der Osten, wie funktionierte das hier eigentlich. Aber am Ende des Teltower Damms, vor der Brücke über den Kanal, wälzte der Bus sich nach links die Goerzallee hinunter, an der Spinnstofffabrik vorbei, ein flacher, scharfer Geruch in der Luft, sie hatte die Waffen der Grenzposten schon sehen können, oder? Die Mauer gab es ja noch nicht. Aber Richtung Teltow raus, da war ein Kontrollpunkt, an der Brücke.

Marienfelde noch drei Stationen und denn immer der Nase nach: der Schaffner. Sie nickte höflich, obwohl sie nicht gefragt hatte. Was die ihr wohl für Bettzeug geben würden in Marienfelde, mit wie vielen Mädchen sie in einem Zimmer wäre, und was es heute Abend zum Essen gab. Ananas? Sie kicherte, weil die Vorstellung so albern war. An einem Mülleimer, der mit Klemmen an einem Straßenlaternenmast befestigt war, blieb sie stehen und zerriss ihren Ausweis. Am besten, sie sagte erst mal ganz wenig oder gar nichts. Und wenn die ihren Ausweis sahen, würden sie sie gleich zurückschicken, minderjährige Grenzgänger waren ja ein ganz heikles Thema.

»Ich versteh das noch nicht ganz. Wovor bist du denn weggelaufen? Was war so schrecklich zu Hause?« Achim, ein paar Wochen später. Und was sagte sie dann? Was konnte sie sagen?

Warum fragte er, als fehlten ihm nur noch ein paar Informationen, die zu liefern sie vergessen oder versäumt hatte, und wenn sie die nachlieferte, dann war alles klar?

Dieses Beschränkte. Dass die Mutter eine Enttäuschung nach der anderen war. Wie sie erst den Vater vertrieben hatte. Wie sie sich in das neue Land gestürzt hatte, sodass Sybille und Marion alles immer nur falsch machen konnten. Sie banden die Halstücher falsch, und die blauen Hemden rutschten ihnen aus den Hosen. Und wie die Mutter sich nicht gewehrt hatte, als sie sie weggeschickt hatten, aus dem blauen Licht, von den Tieren hinter den Häusern, all den besten Freundinnen. In die Hauptstadt, was eine Auszeichnung war. Für die Mutter. Nicht für die Töchter. Nach Prenzlauer Berg, was keine Auszeichnung war. In eine Arbeiterwohnung, abgewohnt und im Hinterhof, als wäre die Mutter mit ihnen da hingerutscht, weggeschoben, während ringsum die Welt neu gebaut wurde. Wie die Mutter ihnen verbat, die Heimwehsprache zu sprechen, aber die Arbeiterkinder aus der Schule durften sie auch nicht nachahmen. Bis Marion jedes Wort im Mund stachlig wurde, und Sybille sagte noch weniger als früher. Wenn die Mutter weg war, prügelten sie sich um Dinge, die sie vor der Mutter versteckten.

»Du musst es nicht sagen«, sagte Achim, während die Sonne durch die Blätter und vom Seewasser auf seinem Bauch tanzte. So, als könnte sie es einfach sagen. Vielleicht war sie einfach nur fünfzehn gewesen und dumm. Oder einfach nur fünfzehn.

Sie zog den Gedanken straff, bis er fast über das passte, was passiert war, wie ein Spannbettlaken, das man schon lange benutzte, aber es war doch jedes Mal wieder eine Herausforderung. Und dann schnalzte immer die eine Ecke wieder ab, schräg gegenüber, geräuschlos, mit so einem enttäuschenden Gummibandschlabbern. Weil der Gedanke eben doch nicht reichte.

Achim lag zwischen ihren Beinen, den Hinterkopf auf ihrem

Schoß, sie blickten beide aufs Wasser, auf den Gummireifen, den Kinder zwei, drei Buchten weiter in eine Kastanie gehängt hatten, damit sie von dort übers Wasser schwingen und sich in den See fallen lassen konnten. Marion merkte, dass sie aufgehört hatte, sein Haar zu streicheln, sie presste es ihm mit der Hand gegen den Kopf, als müsste sie sich abstützen. Vielleicht sich einfach fallen lassen, wie vom Gummireifen, in die Ehrlichkeit.

»Ich schäme mich.« Das war alles, was rauskam, denn sie erschrak darüber und sprach nicht weiter.

»Das musst du nicht«, sagte Achim, als hätte er nur auf diese Gelegenheit gewartet.

Wie wenig er wusste.

Die Aufnahme in Marienfelde schloss um achtzehn Uhr, Not hin oder her. Der Pförtner schüttelte den Kopf und sagte durchs Glas, während ein Holzschild mit den Öffnungszeiten schon sein Sprechloch verdeckte, sie solle zur Polizei gehen.

In der kleinen Allee vor dem Notaufnahmelager standen Autos und Einfamilienhäuser, und niemand war in den schmalen Gärten, nur die Wäsche, und zwischen den Autos standen Männer, die ihr ein Bett anboten für die Nacht. Die eckigen weißen Gebäuderiegel des Lagers formten für Marion einen Horizont wie ein Muster, drei Stockwerke, die Gesichter in den Fenstern ganz klein. Deren Münder bewegten sich nicht, aber von weiter hinten oder weiter unten im Lager, verborgen durch die Mauern am Rande des Geländes, hörte Marion Kinderstimmen rufen und hin und wieder eine Lautsprecherdurchsage, vielleicht gab es jetzt Essen. Ihr Magen zog sich zusammen. Sie hatte immer Hunger, egal, wie viel sie aß. Hörte sich so die Freiheit an: Kinder und Lautsprecher. Das war ja wie zu Hause. Als sie verstand, was die Männer von ihr wollten, wurde sie blass vor Wut und ging schneller. Es war Viertel nach sechs am längsten Tag des Jahres 1961.

Kapitel 8

Ob er Jodtabletten besorgen könnte.

Achim lächelte und hielt den Blick gesenkt, auf die Pizza, Tiefkühl, ebenmäßig, ihr gebräunter Rand wie von einem überdimensionalen Keks. Barbara kaufte nur noch Fertiggerichte, von denen sie annehmen konnte, dass sie vor April diesen Jahres hergestellt worden waren. Sie hatte eine einfache Faustformel entwickelt dafür: das Mindesthaltbarkeitsdatum minus ein Jahr. Die Pizza war demnach im Februar gefrostet worden. Da war die Welt noch in Ordnung gewesen, und so weiter. Achim war jetzt auch nicht der Typ Mann, der jeden Abend nach frischem Essen fragte. Er hatte Wichtigeres im Kopf. Die Arbeit. Außerdem gab es Krautsalat. Krautsalat war perfekt, fand Barbara, denn Krautsalat schmeckte frisch und war doch in einen Plastikeimer gefüllt, ihrer Rechnung zufolge im März.

»Jodtabletten?«

»Ja.«

»Warum?« Er kaute. Mit so ganz kleinen Kieferbewegungen. Also, er knusperte die Pizza und mümmelte den Krautsalat. Er hatte wirklich die Ruhe weg.

»Zur Sicherheit.«

»Das bringt gar nichts«, sagte er. »Es hat ja keiner von uns die Strahlenkrankheit.«

»Also …«, fing sie an, denn dass Jodtabletten was brachten und wieso, und warum so viele Leute sie jetzt auf Vorrat besorgten, darüber sprachen sie sogar in der *Drehscheibe*, und später hatte der Fernsehkoch da was vorbereitet und zog ein Tupperschälchen unterm Fernsehtresen vor, mit gehackter glatter Fernsehpetersilie, denn die, sagte der Fernsehkoch, lasse sich besser abwaschen als die krause, »wegen der Belastung«, Barbara wurde ganz wahnsinnig davon, Max Inzinger. Warum hörte man nicht einfach ganz auf, Petersilie zu essen, damit konnte man ja nun wirklich ein Jahr warten oder zehn.

»Ich meine, wie haben hier keine Strahlenbelastung, die so hoch wäre, dass wir unsere Schilddrüsen mit Jodtabletten dagegen schützen müssten«, sagte Achim.

»Also, du kannst welche besorgen«, sagte sie. Mit einem gewissen Neid beobachtete sie, wie planvoll er mit der Gabel eine Plockwurstscheibe aufspießte, die ihm von der Pizza gerutscht war.

»Wir haben welche im Labor«, sagte er. »Aber das hat nichts mit den Werten jetzt zu tun. Mit Tschernobbl.«

Sie fand, das hieß Tschernobühl, aber sie musste zugeben, dass seins harmloser klang und so, als wäre es schneller vorbei und man könnte es bald wieder vergessen.

»Bei uns gehört das ganz normal zum Katastrophenschutz«, sagte Achim. Das Wort fand sie einen Widerspruch in sich. Erst recht, wenn man die Tabletten im Laborschrank ließ.

»Bring doch mal mit«, sagte sie.

»Ich kann nicht einfach irgendwelche Sachen aus dem Labor mitgehen lassen.«

»Aber Raketen, die kriegst du kartonweise.«

»Ja, weil: Das sind Prüfchargen, die werden sonst vernichtet. Die Jodtabletten sind abgezählt und liegen im Schrank. Ich kann ja«, er zuckte die Achseln, »auch nicht einfach mit einem Geigerzähler da rausmarschieren oder so was.«

Barbara merkte, dass ihr das tatsächlich gefallen hätte: einen eigenen Geigerzähler haben. Dann könnte man vielleicht auch wieder ruhiger rausgehen, dachte sie. Jetzt war das ein ganz schöner Aufwand geworden. Am liebsten wäre ihr gewesen, ihr Weg nach Zehlendorf-Mitte rein zum Einkaufen, vielleicht mal zum Arzt, zum Optiker, Klamottenkaufen, in den Ort, nannten die Nachbarinnen das – der Weg also wäre überdacht wie die langen Gänge in der Rostlaube und der Silberlaube an der Freien Universität, K-Straße, L-Straße, M-Straße, am besten, es konnte so wie in der Uni nichts von oben kommen und von den Seiten, Rost- und Silberwände, die die Strahlen abhielten. Obwohl in der Zeitung stand, dass es an der Universität jetzt Asbest-Probleme gab, und wohin mit den ganzen Studenten, während man das sanierte: Das Asbest rauszuholen war erst mal gefährlicher, als es einfach in den Wänden zu lassen, das war wie beim Rausmachen von Amalgam-Plomben, wenn das Quecksilber eigentlich sicher im Zahn saß wie das Asbest in der Wand, aber in dem Moment, wo der Zahnarzt es rausbrach, hatte man es im Blut. Am besten, man rührte nicht an die Dinge.

Wo war man überhaupt noch sicher. Wie schwer diese Graphitbrände zu löschen waren. Von diesem Zeitungswissen wachte sie nachts auf. Nuklide, die sich in Getreidekörnern einlagerten. Jod hunderteinunddreißig, sie fasste sich im Dunkeln an die Schilddrüse, von Achim nur Atemgeräusche. Was waren fünfzehn Millirem Fallout pro Stunde. Ihr Schlaf: Millirem.

Jedenfalls ging Barbara immer durch den Keller, weil man so vom Treppenhaus bis auf den Garagenhof gelangte, quasi unterirdisch, und so im Vergleich zum Weg ums Haus zehn, zwanzig Meter unter freiem Himmel sparte. Dann lief sie im Schatten der Haselnussbüsche am Wäscheplatzrand entlang, bis sie an der Ecke unters grüne Dach des Hohlweges Richtung Teltower Damm gelangte; hoffentlich kam der Hausmeister nicht so schnell dazu, das Blätterdach hier zurückzustutzen. Der Teltower Damm war für einige Meter so gefährlich, dass der Verkehr sie von allem anderen ablenkte: Tempo fünfzig hielt hier keiner ein, manchmal wurde sie angehupt, weil sie es nur bis zur Mitte geschafft hatte, den Schönower Park auf der anderen Straßenseite schon im Blick. Es war natürlich paradox: Sobald ein Regen kam, vor dem sie sich unter den Bäumen eigentlich schützen wollte, wurde die Bedrohung noch viel größer, weil nun das Regenwasser von den ohnehin kontaminierten Blättern, Ästen, Zweigen und Rinden auf sie tropfte, aber solange es trocken blieb, genoss sie den psychologischen Schutz, etwas über sich zu haben. Mütze hatte sie natürlich sowieso auf: erst die Kapuze, aber dann war der Anorak zu warm geworden für diesen Mai, jetzt darum einen wasserfesten Südwester, den sie mal mit Aussicht auf einen Urlaub an Nord- oder Ostsee gekauft hatte und der durch den Umzug zum Glück ganz oben in einen Karton geraten war, zuletzt ein-, zuerst ausgepackt. In Bonn hätte sie sich so ein Ding auf dem Kopf nicht getraut, in Bad Godesberg erst recht nicht, aber sie merkte, dass es den Menschen hier egal war, ob und wenn ihnen jemand im gelben, glänzenden, nach hinten spitz auslaufenden Regenhut entgegenkam bei relativ blauem Himmel und Mitte zwanzig Grad. Und die Nachbarn, wenn sie welche im Ort traf, erkannten sie nicht oder erst auf den zweiten Blick, und dann war sie schon vorbei an ihnen, immer in Bewegung bleiben, unter den Markisen und Vordächern der Optiker und Bäckereien, der Apotheken und Buchläden, alles doppelt hier auf ein paar hundert Metern. Dass sie dabei so flach atmete, war natürlich irrational, aber unvermeidlich. Mit einem Geigerzähler jedenfalls hätte sie den Weg einmal abschreiten können im Schutze der Dunkelheit und auslesen, welche Ecke und welche Strecke wo wie belastet war. Das zu wissen hätte ihr gutgetan.

»Schade«, sagte sie. »Mit dem Geigerzähler.« Sie betonte es

wie einen Scherz. Achim lobte häufiger ihren trockenen Humor, womit er womöglich meinte, dass sie aus seiner Sicht keinen hatte, oder keinen, mit dem er was anfangen konnte.

Wäre sie nicht besser aufgehoben ohne ihn, auf sich gestellt, endlich wieder einen Sinn im Leben? Dieser Gedanke ließ sich wie von der Wand nehmen und betrachten, als hätte ihre Großmutter ihn auf Leinen gestickt, so wie: Herr schütze dieses Haus, oder, als sie nicht mehr so viel Geduld gehabt hatte, aber immer noch gute Ratschläge:

Tue es

gleich

»Das ist nicht so einfach, wie du dir das vorstellst«, sagte Achim und kaute und schluckte und kaute weiter, wie viel hatte der im Mund. »Da komm ich in Teufels Küche.«

Kapitel 9

»Es sind noch mehr von den Dingern gekommen«, sagte Sonja Dobrowolski und stapelte die in Kartons verpackten Geigerzähler in den Materialschrank, ein halbes Dutzend. Mit spitzen Fingern, aber das lag nicht an den Geigerzählern, sondern an ihren überlangen Nägeln.

»Was ist das eigentlich für eine Farbe?«, fragte Achim, der den Kopf über die Schulter drehen musste, wenn er mit der Laborantin am Materialschrank sprechen wollte.

Sie hielt inne und betrachtete ihre Fingernägel, weil sie sofort wusste, wovon er sprach. »Frag ick mich ooch die janze Zeit«, sagte sie, und er glaubte ihr sofort. »Aubergine?«

»Cool«, sagte er.

»Hätt ick mir heller jewünscht«, sagte sie. Den letzten Geigerzähler bekam sie nicht unter, und er sah an ihrem Rücken, dass sie darüber nicht glücklich war: Wenn es eine Sache gab, die Sonja Dobrowolski gern in Ordnung hielt, dann war es der Materialschrank. »Der Materialschrank ist die Visitenkarte der Laborantin«, rief sie enthusiastisch, um Dr. Sonnenburg zu provozieren, aber insgeheim war es ihr ernst damit.

»Waren Sie bei der Sitzung?«, fragte sie und stellte die Kartons hochkant. So ging's vielleicht. »Wegen der Geigerzähler. Wat sollen wir mit dem ganzen Kram.«

Achim nickte.

»Und warum brauchen wir den Scheiß?«

Er räusperte sich, als hätte er was Wichtiges zu sagen. Aber er wusste es nicht mehr genau.

»Die sind empfindlicher als die alten«, sagte er. »Und der Messbereich ist erweitert.« Das war es wohl. Aber er hatte nicht zugehört, während die Abteilungsleiter und ihre Stellvertreter, siebzehn Männer und zwei Frauen, über die Anschaffung der neuen Messgeräte beratschlagten. Er hatte hin und wieder genickt, aber mehr zu sich selbst, fast zärtlich: Doch, das mit Marion konnte was werden, und vielleicht musste er nicht einmal Barbara wehtun damit, denn wäre es am Ende für Barbara nicht auch am besten.

Hier versiegte ihm der Gedanke ein wenig, darum kehrte er zurück: das mit Marion, so nannte er das inzwischen bei sich. Das lag vielleicht in der Familie: Wenn seine Eltern von früher redeten, sagten sie immer »Das damals«, wenn sie den Krieg oder (nach ein paar Schnäpsen) »anno Adolf« meinten. Manchmal war es einfacher, die komplizierten und zugleich abgeschmackten Dinge nicht so deutlich auszusprechen, auch vor sich selbst. Wie sollte er das denn nennen? Seinen vagen Plan, die Nachbarin von gegenüber auf sich aufmerksam zu machen und zu sehen, was passieren würde? Eine Affäre, eine Liebschaft, ein Seitensprung: eines von diesen vielen Zeitschriftenwörtern, die erstarben, sobald sie sein Sprachzentrum trafen. Das mit Marion.

Sehr viel später, vielleicht Jahre, als alles ineinandergefaltet war und er nicht mehr genau auseinanderhalten konnte, was wann passiert war, würde es ihm vorkommen, als hätte er in jenem Moment bereits genau gespürt, dass die Sache mit Marion klappen würde. Und doch auch, dass er zugleich immer noch das Gefühl gehabt hatte, es vielleicht nicht ganz ernst zu meinen. Sondern als einen Zeitvertreib im Kopf. Gucken, wie weit man da gehen konnte. Und wenn er Jahre später daran dachte, würde es ihm vorkommen, als gäbe es eine Gleichzeitigkeit des Inventars. Als wären die mit hellem Furnier verkleideten Schranktüren im pyrotechnischen Labor der Bundesanstalt für Materialprüfung aus dem gleichen Material wie die mit einem elektrischen Schnappmechanismus verschlossenen und geöffneten Türen am Bahnhof Friedrichstraße, durch den Marion und er einige Tage nach dem Hoffest den Ostteil der Stadt betraten. Und aus dem gleichen Material wie die Schränke und Betten im Kinderzimmer der Sebulkes, wenn Volker bei der Arbeit war und die Kinder in der Schule, und er hatte sich noch mal später über den Dachboden zu Marion geschlichen, um endlich alles zu klären oder zumindest einen Teil davon. Er hatte es doch nur allen recht machen wollen. War das eine Formulierung von ihm oder von seinen Eltern, von früher? Das gleiche Material wie der Couchtisch im Besprechungszimmer im Untersuchungsgefängnis in Hohenschönhausen.

Und eins würde er ganz genau spüren, unerklärlich noch Jahre später: Wie er in jenem Moment, als Sonja Dobrowolski den Schrank mit neueren und empfindlicheren Geigerzählern bestückte, eine Art Déjà-vu der Zukunft hatte, so, als sähe er alles, was passieren würde, schon vor sich, aber in Splittern wie in einem Kaleidoskop, darin sehr viel Eichenfurnier. Und wie es ihm den Atem verschlug. Er starrte ins Leere, während Dobrowolski in seinem Rücken rumorte. Dann das alarmierende Schmatzen eines aufgehenden Pappkartons. Er drehte sich um.

Dobrowolski war dabei, einen Geigerzähler aus der Verpackung zu schälen. Den Korpus, die Anzeige, das Messrohr. Bevor Achim etwas sagen konnte, hielt sie sich das Rohr ans Ohr und sprach in den Korpus, mit der kernigen Stimme eines fiktiven Großgrundbesitzers oder sonstigen Adligen. Achim hatte Mühe, bei dieser Nummer oder insgesamt ihren »Sperenzien«, wie Dr. Sonnenburg es nannte, so schnell mitzukommen, weil er sich eben noch aus der Zukunft wie durch ein umgedrehtes Fernrohr gesehen und gefühlt hatte.

»Fräulein? Verbinden Sie mich... ja, hier Graf Ostpreußensen von Ostpreußendorf, ja, natürlich... nein, ich kann nicht warten, der Russe steht... ja, der Russe steht vorm Nutzviehstall...« Sie lachte, fing sich dann aber schnell wieder. Sie hielt das Geigerzählerrohr zu wie eine Sprechmuschel und flüsterte Achim zu: »Ick schmeiß ma weg beim Wort Nutzvieh, keene Ahnung, warum.« Dann: »Ja, der Russe steht vorm NUTZVIEHSTALL, verbinden Sie mich sofort mit dem Führer, ich möchte mich beschweren!« Dabei rollte sie adlig die Augen nach oben und nickte übertrieben sanft, als hörte sie zu mit mehr Geduld, als man menschenmöglich aufwenden könnte. Ihr etwas überpflegtes Haar federte golden in der Nachmittagssonne, bis ihr der Kragen platzte. Achim hatte es sich inzwischen mit dem Kinn auf der Stuhllehne bequem gemacht.

»Den Führer! Aber sofort!«, schrie Sonja Dobrowolski. »Sie stellen mich durch in die Reichskanzlei, oder ich vergesse mich, hören Sie, Fräulein, ICH VERGESSE MICH!«

Achim lächelte. Er war verliebt in Marion Sebulke.

»Frau Dobrowolski!« Mochte sein, dass sie geschrien hatte in parodistischer Absicht. Dr. Sonnenburg aber donnerte; es war erstaunlich, was an Lautstärke aus diesem schmalen Körper kam, das übergekämmte Haar wie mit Faserschreiber auf die Kopfhaut schraffiert.

Auch daran dachte Achim Jahre später manchmal noch, aus heiterem oder grauem Himmel: wie Dobrowolski das Messrohr an die Vorrichtung seitlich des Geigerzähler-Korpusses geklemmt hatte, als würde sie ein Telefon einhängen vor etwas über vierzig Jahren. Bis zum Schluss voller Hingabe an die Nummer.

»Dr. Sonnenburg«, sagte sie. »Die neuen Geigerzähler sind

da.« Sie ließ die farbenfroh manikürte Hand über die Regalfüllung gleiten, als präsentierte sie die neue Kollektion von etwas Glamourösem. Achim klangen die Worte seines Vaters im inneren Ohr: »als Bundesangestellter faktisch unkündbar«, auch ohne Verbeamtung. Das wusste offenbar auch Dobrowolski.

»Frau …« Dr. Sonnenburg verschluckte sich und winkte ab, als hätte jemand sich angeschickt, ihm auf den Rücken zu klopfen. »Frau Dobrowolski. Nehmen Sie die Sache ernst.« Er hustete und wandte sich wieder der Tür zu, die er gerade aufgerissen hatte. Offenbar hatte man Dobrowolskis Führer-Anrufung bis auf den Flur gehört. Achim sah einen Ruck durch den Laborleiter gehen.

»NEHMEN SIE DIE SACHE ERNST!«, schrie Dr. Sonnenburg, strich sich die außerordentlich eng anliegenden Haare noch glatter und verließ den Raum, wobei er die Labortür bewundernswert leise schloss.

Achim merkte, dass er die Luft angehalten hatte und rot geworden war. Konflikte!

Dobrowolski schüttelte den Kopf, als müsste sie sich für Dr. Sonnenburg entschuldigen.

»Sein Bekannter ist ja sehr krank«, sagte sie, und Achim verstand kein Wort.

Ein Schwarm, dachte er ein paar Tage lang. Das Wort gefiel ihm ganz gut.

Seine Oma, die beim Mau-Mau einmal gesagt hatte: »Rück sie raus, die schwarze Juden-Minna«, weil man immer drauf lauerte, ob der andere die Pik-Dame hatte, denn dann musste man ja vier Karten ziehen, außer man hatte noch eine Sieben auf der Hand, dann musste der Nächste sechs ziehen. Seine Mutter ließ die Karten auf den Tisch sinken, cremefarbene Decke aus unterschiedlich dicken Webfäden, rustikal und behaglich, aber gar nicht ideal zum Kartenablegen, und sagte mit einer Schärfe in der Stimme, die Achim nie zuvor gehört hatte, der Oma gegenüber: »Mutti.« Na ja, was, das war doch nicht böse gemeint, das hatte sich eben »so eingeschliffen«, sagte die Oma. Seine Mutter: »Du weißt, dass du das nicht mehr sagen darfst.«

Achim war einen Augenblick fasziniert: Bisher kannte er es nur, dass er Sachen nicht sagen durfte, Scheißekackepisse und alles mit Gott, wegen der vielen katholischen Nachbarn, das Wort ficken, vermutete er, kannten die Eltern gar nicht, das war wohl brandneu; aber dass nun auch die Erwachsenen Wörter hatten, die ihnen verboten waren, fühlte sich seltsam an. Das Wort Juden hatte er allerdings schon einige Male gehört, und danach gab es immer Probleme in der Familie. Er seufzte ein bisschen theatralisch und betrachtete seine gut geordneten Karten. Falls seine Mutter die Pik-Dame und seine Oma eine Sieben hatte: Er hatte auch noch eine »auf Lager«, wie das hieß, dann musste seine Mutter acht neue Karten aufnehmen; und falls seine Oma keine Sieben mehr hatte, dann konnte er später noch »so eine kleine Salve« loslassen gegen seine Mutter. »Mau-Mau ist Krieg«, sagte die Oma manchmal, und wie gut sie dabei roch, Erfrischungsstäbchen nannte sein Vater die Schwiegermutter scherzhaft, weil sie so dünn war, »also auf in den Kampf, wer gibt?«

Immer der, der fragte.

Und dann pfiff sie ein bisschen Carmen, und wenn sie an die passende Stelle kam, sang sie beim Karten-Zurechtschieben halblaut: »Siegesgewiss/klappert ihr Gebiss.« Mit Oma konnte eigentlich nichts schiefgehen, aber jetzt hatte sie was mit Juden gesagt, und prompt war die Stimmung im Eimer. Achim, keine acht oder keine neun, sah über den Rand seiner ziemlich guten Karten, wie die Mutter und die Oma einander ansahen, als überlegten sie, ob sie einen Streit anfangen sollten oder schon angefangen hatten. Ihm wuchs eine Gänsehaut.

Seine Mutter seufzte und legte die Pik-Dame ab. Achims Gänsehaut wurde freudig. Er legte die Sieben obendrauf und wagte nicht, die Oma anzuschauen. Am Blättern des Kartenstapels hörte er, dass sie sechs Karten aufnahm. Nach der dritten oder vierten sagte sie: »Und, Herr Joachim, sag doch mal, hast du denn einen Schwarm?«

Seine Mutter lachte, aber ganz lieb eigentlich, und Achim prägte sich das ein: dass das Wort Schwarm damit zu tun hatte oder dafür sorgen konnte, dass wieder etwas gut war, was für eben unrettbar verdorben geschienen hatte. Der Abend mit der Oma, das Leben. Die Mutter und Oma vertrugen sich wortlos über dieses Wort, und ihm fiel es leicht, da mit einzustimmen, denn er hatte einen Schwarm, und davon erzählen zu können war, als bekäme er endlich so viel Luft, wie er wirklich brauchte.

»Also, die Alice ist ganz nett«, sagte er, und allein, den ungewöhnlichen Namen auf der eigenen Zunge zu spüren, ließ ihn die schauderhafte Genugtuung übers Kartenaufnehmenmüssen der Oma fast vergessen.

»Alice«, sagte die Oma.

Und wie dadurch, dass jemand anderes nun auch von ihr sprach, war Alice plötzlich ganz nah, im Raum, wenn man so wollte, und sie hatte so einen ganz besonderen Geruch, eine Seife, die er nicht kannte, oder vielleicht ein Persil oder Weißer Riese, bei ihnen nur Omo, und für einen Moment konnte er damit seinen ganzen Körper füllen.

»Und die ist dein Schwarm?«, fragte die Oma und legte einen Buben und wünschte sich Karo.

Ja. Doch. Achim nickte.

Wenn man einen Schwarm hatte, dann wurden die Dinge besser. Das war seitdem irgendwie drin bei ihm. Und auch jetzt, dachte er, wenn er im Labor stand und Raketenkörper aufschnitt, um den Wanddurchmesser festzustellen und Sonja Dobrowolski zu diktieren: Ich schwärme für Marion Sebulke. Es schien ein Satz zu sein, den man im Notfall womöglich sogar zu Barbara sagen könnte: Ja, verstehst du, ich schwärme eben für Marion Sebulke, es klang, als würde Barbara dann unter Umständen nur ernst nicken und es wäre gar nicht alles kompliziert oder zerstört, er schwärmte doch nur: Das konnte man erstens schlecht verhindern, und zweitens hatte das jeder mal, und drittens. Drittens!

Wie Marion morgens auf dem Fahrrad an ihm vorbeifuhr, wenn er zu Fuß Richtung Mühlenstraße ging. Er mochte es, sich langsam fortzubewegen. Mehr Zeit, um an Marion zu denken. Und sie vielleicht zu treffen. Auf einem alten Herrenrad, Express, der Lenker so gebogen, dass sie ganz aufrecht darauf saß und maximalen Luftwiderstand bot. Das war ein Fahrrad, das man fuhr, wenn einem das andere geklaut worden war. Hinten hing das Rücklicht runter, das hätte sein Vater niemals zugelassen.

Sie drehte sich zu ihm um und hob eine Hand.

»Hi!«, rief er und kam sich albern vor. Sie wurde langsamer, ließ das Fahrrad ausrollen und stützte sich mit dem rechten Fuß auf dem Gehweg ab, den linken ließ sie auf der Pedale, ein Pflaster an ihrer Ferse. Sie sah nach vorne, Richtung Kreuzung, aber alles an ihrer Körperhaltung handelte davon, dass sie auf ihn wartete. Es waren die schönsten sechs, sieben Schritte seines Lebens. Als er sie erreicht hatte, sah sie ihn gar nicht an, sondern streifte ihn nur seitlich mit dem Blick, als wartete sie jeden Morgen hier auf ihn kurz vor der Ecke, wie bei einem Schulweg.

»Na«, sagte sie.

»Wollen wir ein Stück zusammen gehen«, sagte Achim, ohne irgendeine Art von Fragezeichen zu sprechen, dafür reichte am Ende die Kraft nicht mehr.

»Klar«, sagte sie. »Mein Kittel hängt bereit, die Wäsche ist aufgehängt, heute hab ich's nicht eilig.«

»Wo musst du denn hin?«, fragte Achim. Duzten sich inzwischen nicht alle, irgendwie? In Bonn war das immer noch kompliziert, hier hatte er sich das irgendwie leichter vorgestellt. Der U-Laut wie eine Liebkosung an seinem Gaumen.

»Zu den Amis«, sagte sie und schaute nach vorn, wo der Teltower Damm sich Richtung S-Bahnhof absenkte. »Truman Plaza. Ich arbeite da im Supermarkt. PX heißt das. Post Exchange.« Ihr Englisch klang perfekter als echt. »Aber es ist wie Kaiser's Kaffeegeschäft, nur mit Ami-Sachen.«

Achim fragte sich, ob er enttäuscht war. Von ihr. Oder von sich. Dann fand er es gut. Das war ja was ganz anderes. Und man merkte es ihr gar nicht an. Dann schämte er sich über den Gedanken. Es schleuderte ihn einen Moment hin und her.

»Deputy Branch Manager«, sagte sie, akzentfrei wie im Soldatenradio. Sie sah ihn an, als wollte sie prüfen, ob er ihr Englisch verstanden hatte. »Ich sitz aber am liebsten an der Kasse«, sagte sie.

»Warum?«, sagte er. Dankbar, dass ihm was zum Fragen einfiel.

»Wir haben so eine, die piept«, sagte sie ernst, und in diesem Moment schlackerte ihr Vorderrad ein bisschen hin und her, und sie stützte sich mit der Hand auf seiner Schulter ab, warm und fest. Ihr Vorderrad stabilisierte sich, und Achim hielt die Luft an. Sie nahm die Hand wieder weg.

»Nee, Quatsch«, sagte sie. »Das isses nicht. Ich unterhalt mich gern mit den Leuten.« Aber er wusste, dass es doch die Kasse war, die piepte. Er konnte sich auch nicht so richtig vorstellen, worüber sie sich an der Kasse mit den Leuten unterhielt. Wenn er im Supermarkt einkaufte, sprach er immer nur wenig. Und wenn er bei Butter Beck die falsche Schlange erwischte, und die Kassiererin ließ sich von so einer alten Zehlendorf-Witwe vollquatschen, dann wechselte er lieber die Kasse, statt sich das anzuhören.

Er sah auf ihr Vorderrad, er sah auf ihre rechte Hand am Lenker, den kräftigen Handballen. Wenn Marion so auf dem Fahrrad saß, ein bisschen zu niedrig, sah er ihren Bauch unterm Kleid und überm Sattel, und das gefiel ihm wahnsinnig gut, als wölbte sie da was vor nur für ihn. Es hatte was Großzügiges. Sie setzte sich gerader hin, und er wurde rot.

»Hello und how are you«, sagte Marion. »In allen Varianten. Da kann man sich so von berieseln lassen.«

Dieses Körperliche, das bei »sich berieseln lassen« mitschwang. Er hasste, dass sie jetzt an die Ecke Mühlenstraße kamen, wo der Aldi war und dahinter eine seltsam versteckte chemische Reinigung, weggefaltet in die unübersichtliche Eingangsstruktur eines viel zu achteckigen Neubaus. Hundert Meter weiter rechts, wenn er die Straße hochging, kam ein kleines zugewuchertes Eckgrundstück mit steilen Hügeln, und wenn er daran vorbeiging, hörte er, wie Schulkinder auf ihren BMX-Rädern die Huppel fuhren und »Motocross!« brüllten und so Sachen.

Marion streckte wieder einen Fuß raus, um anzuhalten und stehen zu bleiben.

»Und jetzt hier nach rechts?«, sagte sie, als käme ihr das Du plötzlich nicht über die Lippen.

»Nee, ich muss noch …«, sagte Achim und guckte Richtung S-Bahnhof, Marions Richtung, wo er nun gerade wirklich nichts zu suchen hatte. »Also, ich könnte auch.«

Marion sah ihn an und zog die linke Augenbraue hoch. Das war ihm schon ein paarmal aufgefallen: Wie verblüfft er immer war, wenn jemand, dessen Gesicht er gerade gelernt zu haben meinte, das plötzlich konnte und damit alles noch mal in eine andere Perspektive brachte.

»Kleiner Ritt durch die Gemeinde?«, fragte sie und schlackerte wieder mit dem Vorderrad, ihre Hand sofort wieder auf seiner Schulter. Die Fußgängerampel sprang auf Grün, und sie gingen geradeaus weiter, in Marions Richtung, die er auch zu seiner erklärt hatte, weil er ja nun für sie schwärmte. Es durchflutete ihn, wie sich das anfühlte. Wie, wenn man beim Zahnarzt betäubt wurde, die absurd dicke Metallspritze, und dann diese Fühllosigkeit im, am und um den Mund: Man dachte, man wüsste vorher, wie sich das anfühlte, oder könnte sich erinnern, und dann war es doch jedes Mal eine ganz neue Realität. Genauso das Schwärmen. Es zog durch ihn durch und machte ihm seinen eigenen Körper fremd. Seine Schulter brannte handwarm. Das mit dem Ritt durch die Gemeinde hatte er noch nie gehört, darum gefiel es ihm. Weil es zum ersten Mal aus ihrem Mund gekommen war. Von jetzt an würde er nur noch durch Gemeinden reiten, den Rest seines Lebens.

»Eigentlich ist das kein Umweg für mich«, sagte er. Was sogar stimmte: Entweder er ging die Mühlenstraße hoch nach Osten und dann den Dahlemer Weg nach Norden, oder er ging jetzt erst hier den Teltower Damm nach Norden und dann die Berliner Straße nach Osten. Der Eingang zur BAM war ziemlich genau auf der Ecke Berliner Straße und Dahlemer Weg, das nahm sich alles nicht viel.

»Aber für mich«, sagte sie und presste seine Schulter. »Also, wenn ich hier weiter so langsam rumrolle. Ich muss gleich aufschließen. Ich fahr dann mal vor. Man sieht sich, ja.« Sie stieß sich von ihm ab, und der Ruck ging ihm für den Rest des Tages durch und durch.

Kapitel 10

Am nächsten Morgen machte Barbara im Bett eine Bewegung, als wollte sie einfach mit ihm liegen bleiben. Achim hatte die Augen halb geschlossen und den Handabdruck von Marion noch auf der Schulter. Das Bett war immer noch eine Matratze auf dem Boden, auf der das Spannlaken nicht immer halten wollte. Oder deutete er Barbaras Bewegung falsch. Denn statt zur Wand drehte Barbara sich zu ihm, ihr Haar so zerzaust, dass er ihr Gesicht nicht sah. Sie streckte die Arme aus, wie nach ihm, und weil er ein schlechtes Gewissen hatte wegen des Marionabdrucks, reagierte er darauf, indem er auch die Arme ausstreckte, weit aus den ausbeutelnden T-Shirt-Ärmeln. Sie verhedderten sich ineinander, beide überrascht, ohne es sich anmerken zu lassen, sodass Barbara dachte, es ginge nur ihr so, und Achim, er wäre allein mit seiner unbeteiligten Verwunderung. Es wurde eine Art Sex daraus, aber nur vorübergehend. Je näher sie einander kamen, desto mehr verloren sie das Interesse am anderen Körper und am eigenen. Dann kuschelten sie. So hatten sie das früher genannt. Jetzt war es einfach eine Art zu enges und dennoch loses Anfassen. An der Fußspitze spürte Achim, wie sich das Laken wieder von der Matratze löste, Biber apricot, er stellte sich das müde, unhörbare Schnalzen vor, oder eher ein abrutschendes Erschlaffen. Er wusste nicht, ob Barbara in seinen Armen einschlief, aber als er seine Umklammerung löste, blieb sie eng an ihm wie zuvor. Ihre Haare, in die sie sonst so viel reintat, rochen wieder nach Studentenwohnheim. Sie atmete gleichmäßig, dösend oder einfach so, als wollte sie möglichst wenig Aufmerksamkeit erregen, bei ihm und bei der ganzen Welt. Nach einer ereignislosen Weile, in der er sich Marion nackt vorstellen wollte, es dann aber auf seltsam schüchterne Weise doch nicht konnte, fiel er in Barbaras Atemrhythmus. Sie wurde leichter in seinem Arm und fiel schließlich ganz weg.

Ihm war, als wachte er auf vom ungewohnten Einfallswinkel des Lichts, die Schatten der Bettenteilekartons waren in Zimmerregionen gewandert, die er noch nie gesehen hatte. Barbara hatte sich von ihm weggewälzt und sich eingerollt in die Decke. Gleitzeit, Kernzeit. Er fummelte vor der Matratze nach seiner Uhr, Seiko Quarz, von den Eltern zur Konfirmation. Die Zeigerstellung sah aus, als wäre die Uhr kaputt, so unerhört und unvertraut. Fast halb zehn.

»Na so was«, sagte Sonja Dobrowolski am Telefon. Nee, der Chef sei auch noch nicht da, er solle sich da mal »keenen Kopp« machen. Sie würde »hier schon die Stellung halten«. Im Hintergrund hörte er, wie im Labor das Radio lief. Sie hatte dicke Bücher dabei und las, wenn sie mit dem Versuchsaufbau fertig war, aber niemand da war, der ihr die Anweisung gab, loszulegen. »Die Nebel von Avalon« und Nachbauten davon. Wenn sie mit Dr. Sonnenburg oder ihm sprach, war sie ganz bei der Sache, aber das Buch hielt sie auf dem Schoß und den Zeigefinger der linken Hand zwischen den Seiten, fest eingeklappt, wo sie war, sodass die Buchseiten eine Strömung um ihren Finger bildeten. Das stellte Achim sich vor am Telefon und hatte plötzlich das Bedürfnis, sich ihr anzuvertrauen.

»Is noch was?«, fragte sie, und er meinte zu hören, wie sie schon wieder zu ihrem Buch schielte.

»Ja, nee«, sagte er.

Als er auf den Hof kam, ging es gegen zehn. Barbara guckte zur Wand, als er ging.

Und sah dort sehr genau, was sich in Sachen Raufaser so tat im Moment. Was war davon eigentlich der Sinn. Sie traute sich nicht, ihre Hand unter der Decke hervorzustrecken, um mit den Fingerspitzen über die ungleichmäßigen und unschönen Erhebungen zu streichen. Sie wollte nicht, dass Achim irgendwie auf sie aufmerksam wurde. Was war das eigentlich gewesen gerade eben. Sie war erleichtert und traurig, dass nichts passiert war und dass sie nichts dabei gefühlt hatte. Vor allem nicht dieses Ziehen von der Brust in den Unterleib, und wie sie dieses Wort ihrer Mutter hasste, Unterleib: »Hast du Unterleibsbeschwerden?«, alles immer drum herumgeredet. An Achim schlafen, das konnte sie noch, mit ihm vielleicht nicht mehr. Aber wenn sie ehrlich war, konnte sie überall dran schlafen. Sie dachte an die fantastischen Tapeten in »Der Graf von Monte Christo« und überhaupt in der ganzen französischen Literatur, bis hin zu Proust. Vielleicht würde sie die hier in Berlin mehr damit beeindrucken können als mit diesem Rachemotiv: Die Tapete im französischen Unterhaltungsroman des 19. Jahrhunderts als Ornament und mise en abyme. Sie merkte, dass sie tief durchatmen konnte, als hätte sie was geschafft. Dann döste sie noch mal ein.

Auf dem flachen Dach wehte das Haar von Sonja Dobrowolski, und beim Knistern des Geigerzählers überlegte Achim, welches Kompliment er ihr dafür machen könnte. Er floss ein bisschen über gerade.

»Na«, sagte sie, die Haare im Wind wie Gefieder bei einem ganz weichen Vogel, »Sie kieken ja so zufrieden.«

»Ihre Haare sehen gut aus«, sagte Achim schlicht, und dann den Messwert. »Ach, die ollen Peden«, sagte sie und schrieb auf, die Stirn gerunzelt.

»Nee, echt«, sagte er.

»Mein Freund sagt, ick seh bald aus wie Steffi Graf.«

»Na ja.«

»Weeß ick nich, ob dit so'n Kompliment ist.«

»Interessieren Sie sich für Tennis?«, fragte Achim und richtete sich auf, sein Rücken weich und flexibel, als könnte er sich ewig über den Geigerzähler und die feuchte Dachpappe beugen, nichts konnte ihm was anhaben.

»Keen bisschen.« Sie klickte mit dem Kugelschreiber. »Die janze Kommerzscheiße.«

Achim lachte.

»Bis vor fünf, sechs Jahren war ick Punker«, sagte Sonja Dobrowolski und fixierte ihn ernst. »No future.«

»Im Ernst?«

»Klar. Der Chef hat mich aus meinem janzen Nihilismus rausjeholt.«

»Dr. Sonnenburg?«

»Na ja. Meene Eltern ham mich rausjeschmissen, und ick war jut in Chemie. Und da sind wa nu.«

»No future«, sagte Achim, fast andächtig, weil ihm das gerade so fremd war.

»Na ja«, sagte Sonja Dobrowolski und wedelte rhetorisch mit dem Klemmbrett, »dit janze System, erst ma. Und dann der Atomkrieg. Und jetze …« – sie zeigte mit dem Klemmbrett auf das Geigerzählerröhrchen in seiner Hand – »… die ganze Tschernobühl-Kacke. Wat soll sein. Aber bis dahin hab ick Bundesanjestelltentarif.«

Achim nickte. »Und Ihr Freund …«

Sie schüttelte den Kopf. »Nee, nee. Ooch keen Punker mehr. Der ist bei der BfA am Fehrbe. Nur der Hund. Der hat immer noch dit Halstuch.«

Viel später gingen sie essen, weil Dr. Sonnenburg immer häufiger nicht da war, und dann erzählte Sonja Dobrowolski mehr von dem Hund mit dem roten Halstuch, Promenadenmischung, aber auf alle Fälle Schäferhund mit drin, »aber so'n liebet Jesicht«, und von ihrem Freund, Manni, und Achim erfuhr, dass Fehrbe Fehrbelliner Platz bedeutete und dass die Bundesversicherungsanstalt für Angestellte dort mehrere Bürokomplexe einnahm, darunter auch ein für Berliner und Bad Godesberger Maßstäbe Hochhaus, von dessen oberster Etage, Freideck, sich »gern«, sagte Dobrowolski, »die Selbstmörder stürzten«: »wie die Fliegen«. Das schien ihm dann doch ein schiefes Bild. »Man kommt da leicht ruff, dit Haus is hoch, und der Job ist frustrierend. Wat willste machen.« Seitdem waren sie per Du.

Und noch viel später fiel Achim dies ein, wie einem manchmal Dinge völlig aus dem Zusammenhang gerissen einfielen, und er überlegte für drei, vier Herzschläge, quer durch die Stadt zu fahren und unter dem Vorwand, einen Manni zu suchen, dieses Haus zu betreten, das Freideck aufzusuchen und sich hinunterzustürzen, und sofort verwarf er diesen Gedanken wieder, aber ein Nachbild davon würde bleiben, noch viele Jahre lang.

Zumindest wäre man dort nicht so allein, wenn andere da schon vor einem. Und dann schämte er sich und kümmerte sich um das, was er angerichtet hatte. Dieses BfA-Gebäude, silbergrau mit abgerundeten Kanten und runden Fenstern, matt und sauber wie eine ganz moderne Stereoanlage, auf der sich noch kein Staub gesammelt hatte, mit Doppelkassettendeck.

»Iro hatte ick sogar mal«, sagte Sonja Dobrowolski.

Achim nahm den Geigerzähler vorsichtig auseinander und drückte das Röhrchen sanft ins Schaumstofffutteral.

»Glaube ich nicht«, sagte er.

»Stimmt och nicht.« Sie zuckte die Achseln und grinste. »Ick war bis letztes Jahr Popper. Wat soll sein.«

Kapitel 11

Wie Achim sich am nächsten Morgen am Fenster rumdrückte, die Jacke schon halb an, die Tasche gepackt auf dem Tisch. Wie er zwischendurch in der Küche herumtigerte, sich ein Brot machte, aber nur zur Hälfte, eine Butterbrottüte fand und sie schon mal öffnete, aber dann wieder: der Blick aus dem Fenster.

Barbara beschloss, sich noch mal hinzulegen. Irgendwas interessierte ihn da draußen mehr als die Dinge in der Wohnung, die alle nicht an ihrem Platz waren, aber auch nie da, wo sie gestern noch gestanden hatten. Das waren die Folgen von Barbaras Räumversuchen. Am besten, sie ließ das mal bleiben.

Dann plötzlich noch zwei, drei Striche mit dem Buttermesser über die Brothälfte, Käse draufgeklappt, oder jedenfalls stellte sie sich das vor, denn sie hörte, wie das Besteck und der Teller in der Spüle klirrten, und das dumpfe Endgültigkeitsgeräusch der Kühlschranktür nach dem Käserascheln.

»Tschüss, du.« Das Tschö hatte er sich ganz schön schnell abgewöhnt, vielleicht, weil sich das mit dem -üss hinten besser säuseln ließ. Und weg war er. Barbara drehte sich auf den Rücken und kratzte sich am Bauch.

Er wollte, dass Marion ihn einholte. Ihr Kleidhuschen hinter den Fenstern des Treppenhauses, dann verschwand sie durch die Kellertür, denn sonst hätte er sie ja auf dem Hof gesehen, und ein, zwei Minuten später tauchte sie mit dem Fahrrad auf dem Garagenhof wieder auf, durch den hinteren Kellerausgang, und am besten, er war dann schon auf der anderen Seite des Teltower Damms, neben dem Fahrradweg, die Tasche bisschen so schlackern lassen, als wäre nichts und als liefe er hier so zur Arbeit wie jeden Tag für den Rest seines Lebens. Er atmete flach in Erwartung ihrer Hand auf seiner Schulter. Ein dunkelgrüner Renault musste vor ihm bremsen, dass die Motorhaube nach unten ging. Der Fahrer sah ihn durch die Windschutzscheibe an, als bedauerte er, ihn nicht totgefahren zu haben, abklappbare Sonnengläser im rechten Winkel vor der Brille. Achim rutschte ein bisschen auf dem geschotterten Gehweg, fing sich und blieb ganz in der Nähe des Radwegs. Die Luft vom Park roch nach Rinde und Goldregen.

Er ahnte ihr Fahrrad von hinten links, bevor er es hörte. Er meinte, ihren Blick im Rücken zu spüren. Kein Wunder, dass er ins Straucheln geriet.

Ein Kleid aus hellblauem Jeansstoff, ein weißer Gürtel, Plastik, glänzend, kannte er das schon?, und dann diese Enttäuschung, die sich in ihm öffnete wie ein Krater. Marion winkte ihm zu, als sie schon zehn Meter an ihm vorbei war: Ich hab's eilig. Für einen Moment konnte er kaum atmen, weil er so leer war, er musste das alles erst neu lernen, zum Glück ging es recht schnell.

»Warte mal!«, rief er, seine Stimme klang ihm zu angestrengt. Sie wurde langsamer, und es wirkte ein bisschen widerwillig auf ihn.

»Ich bin spät dran«, sagte sie. Ihre Stirn glänzte. Er wollte seine Hand drauflegen und sich dann damit übers Gesicht fahren.

»Sag mal«, sagte er, weil er nicht wusste, was er sagen sollte, aber er hatte das Gefühl, es müsste jetzt was Interessantes sein, was Dringendes, damit es einen Grund gab, sie aufzuhalten.

»Ich wollte mal nach Ost-Berlin, jetzt demnächst«, sagte er. Sie war stehen geblieben, ihr Vorderrad quer zum Weg, und sie runzelte die Stirn.

»Seid ihr schon hier gemeldet?«, sagte sie. »Wenn ihr West-Berliner seid, könnt ihr nicht einfach rüber. Da müsst ihr im Forum Steglitz einen Passierschein beantragen, eine Woche vorher.« Sie räusperte sich. War's das?

»Also«, sagte Achim, »ich hab nur gehört, dass du dich da auskennst. Ich dachte, du hättest vielleicht ein paar… also, Tipps.« Man wusste ja so wenig über den Osten. Und er hatte das Gefühl, mit jedem Wort weniger zu wissen. Vor allem so, wie Marion guckte. Ganz undurchdringlich schien ihm das. Sie sagte nichts, und Achim redete weiter, als hätte er keine andere Wahl. »Weil, also, deine Mutter ist doch… also, da.«

Später dachte er, dass er sich ihr in diesem Moment zum ersten Mal so richtig nahe fühlte. Weil er sie verletzt hatte. Das war furchtbar.

Ihr Gesicht war ganz reglos. »Was? Wer hat dir von meiner Mutter erzählt?«

»Also, Frau Selchow, wir haben…«

»Na, ist ja wunderbar, was die alten Nazis hier im Hof alles wissen.«

»Frau Selchow…«

»Glaubst du, die waren im Widerstand und wohnen deshalb jetzt in alten SS-Wohnungen?«

»Na ja.« Er hatte sich darüber keine Gedanken gemacht, irgendwann nach dem Abi hatte das aufgehört, man wurde ja wahnsinnig, wenn man alle über sechzig für alte Nazis hielt. Andererseits, das musste er als Techniker dann auch wieder sagen: Die Statistik und die Wahrscheinlichkeit gaben das her.

»Frau Selchow weiß nichts über meine Mutter«, sagte Marion mit einer Schärfe, die ganz klar auch gegen ihn ging. Das war so ein Satz aus der Schule und dem Studium, bei dem er immer Schiss bekommen hatte: Das geht jetzt nicht gegen dich, aber. Und das hier ging gegen ihn.

»Ich hab leider auch keine Ost-Berlin-Tipps«, sagte Marion und legte ordentlich Spott über die letzten Wörter. Das tat ihm weh, aber, ja, diese seltsame Nähe, weil er merkte, dass sie wütend auf ihn war. Wie seltsam das alles war. Ihre Räder knirschten auf dem Rollsplitt, als sie von ihm wegeierte. Sein Leben war vorbei.

Er hatte sich längst in den Sektor der Verliebtheit begeben.
Sie verlassen jetzt
den Amerikanischen
Sektor
Wenn das auf diesen Schildern stand, war das dann eigentlich eine Aufforderung oder eine Feststellung, Sie verlassen jetzt den Amerikanischen Sektor? Sie verlassen jetzt umgehend, UMGEHEND, sage ich Ihnen, meinen Sektor, sonst werden wir ja sehen. Das Schild stand auch am Teltow-Kanal, wo rechts im Westen die Leute auf der Pferdewiese Stöckchen für ihre Hunde warfen, und links stand der Kanal, die rostig schwarz-rot-goldenen Tonnen dümpelten vage in der Mitte und im Morgennebel, und am Ufer Schilfgras, Essigbäume, die »Sie verlassen jetzt«-Schilder.

Achim fand, dass er zum Philosophen wurde. Er sah sich sozusagen selbst dabei zu, er war beeindruckt von sich. Wenn wir verliebt sind, dachte er, haben wir das Gefühl, die Welt zum allerersten Mal so zu erleben, wie sie wirklich ist. Mit einem Mal, dachte er, wird uns klar, dass wir im unverliebten Zustand nach Strich und Faden belogen werden: Arbeit, heißt es, sei wichtig, denn wir brauchen Geld, um uns eine schöne Wohnung zu leisten, in der wir uns von der Arbeit erholen können,

und ein schönes Auto, damit wir bequemer zur Arbeit kommen. Freunde, will man uns weismachen, seien wichtig, damit wir nicht so allein sind auf der Welt, und Familie, damit wir wissen, woher wir kommen. Und dann kommt plötzlich jemand daher
Marion
und plötzlich wird uns klar: alles falsch! Wir brauchen gar nichts, gar nichts außer diesem einen Menschen.

Dr. Sonnenburg fand nicht, dass Achim zum Philosophen wurde. Achim merkte, dass Dr. Sonnenburg anfing, ein Enttäuschungsgefühl auszuprobieren, das von Achim verursacht wurde. Warum der zu spät kam. Warum der zu früh ging. Ob der wirklich sein Gleitzeitkonto im Blick hatte, jetzt mal aufs Quartalsende hin gesehen, »Arsch-ab-Tag«, nannte Sonja Dobrowolski das. Schon, wie Achim die Geigerzähler nach der Dachmessung zurück in die Tragetasche und dann den Karton stopfte, befremdete Dr. Sonnenburg. Da hatte er sich wohl in jemandem getäuscht. Achim sah es ihm an. Und es verursachte ihm ein düsteres Vergnügen. Er wollte die Welt brennen sehen, damit Marion und er sich an den Flammen die Füße würden wärmen können, und überhaupt, ihre Füße, was war mit denen eigentlich los, und konnte man über die nicht noch einmal ein Viertelstündchen oder den Nachmittag lang nachdenken, rund und gerade zugleich, benutzt und matt wie Marzipan, dreckig und gepflegt, und durch die Welt trugen sie diesen Kometen namens Marion, solche Dinge fielen ihm ein, na ja, dachte er, ich bin ja Ingenieur, aber in der Schule hieß das Metapher, und das hier, das war ein ganzer Salat daraus.

»Herr Tschuly, sind Sie noch bei uns?«, fragte Dr. Sonnenburg.

Marion. Wie unfassbar schön war eigentlich dieser Name, und wie konnte es sein, dass ihm das vorher nie aufgefallen war.

Was ihm dann aber schon auffiel: Er wusste ja nichts über

die Frau. Er fing an, mit den Nachbarn zu tratschen, weil er das ändern wollte. Er erzählte mehr über sich und seine Familie, als er es je getan hatte. Der Zahnarzt-Vater, die Mutter, die ihm die Praxis führte und das Wohnzimmer verließ, als zum ersten Mal dieser Werbefilm nach »Oh Mary« lief, wo eine ondulierte Person eine Zahnpasta empfahl und durch eingeblendete Schrift als »Zahnarzt-Frau« identifiziert wurde. Ob aus Rührung oder Wut, wusste Achim in diesem Moment nicht, der Vater und er hielten den Blick wie immer starr nach vorn gerichtet. Ob er denn auch jeden Tag anriefe bei seiner Mutter, fragte Frau Selchow: »Sie machen sich ja keen Bild, wie det ist, wenn die Kinder ausm Haus sind.«

Achim nickte, und ihm fiel auf, dass er das tatsächlich eine Zeit lang vorgehabt hatte: seine Mutter jeden Tag anzurufen. »Ist bei euch auch alles verseucht?«, das war das letzte Telefonat gewesen, wie viele Wochen war das her. Seine Mutter las in der Praxis die Bildzeitung der anderen Sprechstundenhilfe, Frau Ahlers. Und sobald er mitgeteilt hatte, Barbara und er würden nach West-Berlin ziehen, hatte seine Mutter angefangen, von der Stadt als »bei euch« zu sprechen, schon im Winter: Bei euch hat's ja schon fast minus zwanzig Grad wieder, obwohl er noch in der Hochkreuzallee wohnte. Die Russenpeitsche kommt aus Sibirien, sagte seine Mutter. Mit einem Schaudern, das er sich nicht bloß einbildete. Aber ob es nicht doch auch was Wohliges hatte, das konnte er nicht entscheiden. Das Schlimmste kam von Osten, so viel war jedenfalls klar.

Frau Selchow also hatte ihm ein bisschen was über allerhand Nachbarn erzählt, er ließ es über sich hinwegpusten wie einen leichten Frühlingswind, nicht unangenehm, aber auch nicht erfrischend, aber er brauchte ja Tarnmaterial, um etwas genauer nach Marion und ihrer Familie fragen zu können.

»Die Zwillinge von den Sebulkes gehen auf die Schweizerhof,

die Buschgraben war denen zu düster, so vom Gebäude her, na, werdense ja sehn, wennet so weit ist«, sagte Frau Selchow, als plante er schon die Schulkarrieren seiner eigenen noch ungeborenen Kinder, und tatsächlich hörte er bei Frau Selchow raus, dass Barbara in den Treppenhäusern für schwanger gehalten wurde, weil sie »ja den ganzen Tag im Bett lag, ist es die Übelkeit«. Achim versäumte, das zu korrigieren. Erstens schien es ihm Privatsache, ob Barbara schwanger war oder nicht, und er erkannte einen Aushorchversuch, wenn er ihn hörte. Zweitens fand er die Vermutung nicht ganz unzutreffend und im Augenblick vielleicht sozialverträglicher, als wenn er gesagt hätte, ach so, nein, meine Freundin ist einfach lethargisch und unglücklich, ganz ehrlich, sie wird mir auch langsam fremd. Drittens sagte Frau Selchow, sobald er Luft holte, um das Thema zu wechseln, »Na, lassense mal«, und zwinkerte ihm zu, er fand es etwas unheimlich, aber auch liebenswert, was sich dabei alles an Falten und Schminke und Mascara in Bewegung setzte in ihrer oberen Gesichtshälfte.

»Die Frau Sebulke kommt ja aus dem Osten«, sagte Frau Selchow, das hatte sie sich bis zum Schluss aufgehoben, der Treppenhaustrick der alten Leutchen, mit denen man das Gespräch dann doch irgendwann beenden wollte, egal, wie verliebt man war und wie sehr man hoffte, was zu erfahren über die Frau von gegenüber: das Beste immer zum Schluss, damit das Publikum durchhielt, und nie ganz auserzählen, damit die Leute wiederkamen.

»Wie?«, fragte Achim, der das ganze Ost-West-Ding kein bisschen verstand.

»Kurz vorm Mauerbau rübergemacht«, sagte Frau Selchow. »Keene fuffzehn wirdse jewesen sin. Mit der S-Bahn von Treptow oder Pankow über Friedrichstraße, nüscht unterm Arm, und dann durch bis Zehlendorf.«

»Und ihre Eltern?«, fragte Achim. Mit fünfzehn hatte sein Vater den Fernseher ausgemacht, wenn Dutschke kam. Da hätte er sich auch manchmal gern in irgendeine S-Bahn gesetzt und weg, aber weiter als bis Köln reichte seine Fantasie nicht, und Dom-Platte klang für ihn nach Sarkophag-Deckel. Beatles und Stones nur auf Zimmerlautstärke, und wie laut sein Vater das Wort hatte brüllen können, ZIMMERLAUTSTÄRKE!, man konnte es bis auf die Straße hören. Achim hatte sich nie entscheiden wollen. Man konnte doch beide mögen. Schwer war es nur, das zu sagen.

»Wie, die Eltern, ach so«, sagte Frau Selchow, mit der Frage hatte sie nicht gerechnet, jetzt konnte sie den Informationsfluss nicht mehr in ihrem Sinne lenken. »Die Mutter ist noch drüben, und die Schwester. Der Vater, weeß ick nich. Wahrscheinlich ooch im Krieg jeblieben.«

Dann war er wieder aus dem Treppenhaus, endlich unter freiem Himmel. Den Kopf freikriegen. Barbara zeigte anfangs Verständnis, wenn er nach dem Essen noch mal rausging. Weil er die Monotonie seines Laboralltags in grauen Farben ausmalte, den ganzen Tag am Tisch sitzen und Protokolle ausfüllen, da musste er sich ein bisschen die Beine vertreten. Anfangs ihre Sorge: ob er wiederkäme, bevor Regen aufzöge. Natürlich. Dann eigentlich kein Interesse mehr. Er fühlte sich wie in einem Udo-Jürgens-Lied, wie Männer, die Zigaretten holen gingen und nicht mehr wiederkamen, aber das war noch im alten Sektor gewesen. Im neuen Sektor war klar, dass er zurückkommen würde, denn wo sonst sollte er Marion in die Arme laufen, la femme d'à côté. Truffaut-Filme hatten sie ja viel geguckt, Uni-Kino in Bonn, Hörsaal B, und jetzt hatte er hier gewissermaßen seine eigene Fanny Ardant nebenan, nur, sie wusste es noch nicht. Erschossen die sich am Ende? Er wurde immer so müde ab der Mitte.

Achim stand am Teltow-Kanal, sah die Morgennebel um die Tonnen, denn nun vertrat er sich schon vor der Arbeit die Beine, Hauptsache raus, und was sollte Barbara argwöhnen: Gleitzeit, Kernzeit. Ein Walkman wäre schön gewesen, aber den traute er sich nicht. Die Landschaft in Marion-Musik tauchen, aber welche wäre das überhaupt. Da würde Barbara sich nun doch wundern, wozu diese Anschaffung. Für den Weg zur Arbeit! Schubertsonaten. Genesis. Oder irgendeine neue Musik, in unvertrauten Tonarten, die vom Himmel auf die Erde gefallen war.

Er wusste schon nicht mehr genau, wie Marion aussah. Ein Pony, eine relativ große, dreieckige Nase, nein, das brachte nichts. Eine Bewegung, wie sie über ihr Sommerkleid gestrichen und die Zehen bewegt hatte, während sie mit ihm sprach, aus dem Augenwinkel, und wenn er in Erinnerung genauer hinschauen wollte, verschwand sie außerhalb seines Gesichtsfeldes. Die Haut um Nase und Mund gerötet, empfindlich vielleicht oder weil sie sich das Regenwasser abgerieben hatte mit dem Handgelenk, bevor sie sich auf den Dachboden gesetzt hatte zum Rauchen. Und hatte es überhaupt geregnet.

Viel später, als er Marion fragte, woher sie käme, und er erwartete die Antwort »Ost-Berlin«, und wie lächerlich war das eigentlich, sollte sie antworten, »Hauptstadt der DDR«?, da sagte sie: »Menschendorf.« Und noch später, als sie noch einmal darüber sprachen, nackt und in ihrer eigenen Luft, weißt du noch, wie es angefangen hat, da fragte er sie nach Menschendorf, und sie lachte und sagte MESCHENDORF, in Mecklenburg, Bezirk Rostock, und wie er denn darauf käme, Menschendorf, da müsste er sie ja wohl falsch verstanden haben, vielleicht war sie verschnupft an einem dieser frühen Tage, der viele Regen, oder er hatte »Tomaten auf den Ohren gehabt«, jedenfalls: Menschendorf? Sie lachte.

Aber er hatte es so verstanden, und vielleicht vorausgeahnt morgens am Teltow-Kanal: dass sie aus Menschendorf käme. Was einerseits unheimlich war. Ja, es gibt nur Menschen hier, wir sind Menschen, wieso fragen Sie, hier ist unsere Menschenkirche, unser Menschenrathaus, unser Menschenkonsum, unsere Menschenmetzgerei, alles ganz normal, Menschen eben. Und andererseits passte es ganz genau, denn als er den Sektor der Verliebtheit betrat, war ihm, als erwartete ihn dort zum ersten Mal wirklich das, worauf er sein Leben lang gewartet und wonach er sich gesehnt hatte: nach einem Menschen.
Obwohl.
Barbara war aber nun auch genau das: ein Mensch.
Oder Simone.
Oder Doro, die versucht hatte, ihm alles zu erklären in der Siebten, aber er hatte ihr nicht mehr zugehört, weil er längst fertig war, und er hatte die Hose noch an, und als sie reingreifen wollte, setzte er sich so schräg neben sie und wusste auch nicht mehr.
Menschendorf. Marionland. Aber die anderen waren einfach irgendwelche Menschen gewesen, und nicht dieser eine, der genau richtig war für ihn. Bei Barbara hatte er geglaubt: Siehst du, das ist kein magischer Blitzeinschlag, das geht auch ohne Herzklopfen, das geht auch ohne Schmetterlinge im Bauch und was sie einem nicht sonst alles erzählten: die Zürcher Verlobung, Lilo Pulver, Paul Hubschmid, er mit Wolldecke auf dem Fischgrätparkett in der Elternwohnung, in kurzen Hosen, die Wolle herrlich unangenehm an den nackten Beinen, und wie verworren und gleichzeitig klar die Liebe da war, womöglich hatte ihn das geprägt. Bei Barbara war sie dann immerhin auch klar gewesen: Da ergab sich so eins aus dem anderen, ganz schön eigentlich. Wie leicht das ging, nachdem man sich vorher so viele Sorgen gemacht hatte! Wird alles nicht so heiß gegessen,

wie es gekocht wird, sagte sein Vater immer, egal ob 1964 oder 1986, und das stimmte dann ja auch.

Im Nachhinein konnte er darüber nur lachen. Er hatte ja keine Ahnung gehabt.

Liebe ist..., dachte er, wenn er später den Teltower Damm hinunterlief, und der Verkäufer mit den Nikotinfingern zählte ihm am Kiosk das Wechselgeld in die Hand, der wartete immer, bis man die Hand ausstreckte, von der Hartgeldschale wollte der nichts wissen, die stand da einfach nur so wie Pik-Sieben auf Bahnsteig acht. Und die Fingerstummel waren so warm, wo er schon zwei von den Nikotinfingern verloren hatte, ganz angenehm eigentlich.

Liebe ist..., weil da draußen am Eingang zum Kiosk immer die Händlerschürzen von Bild und BZ hingen, die Ausgaben vom Tage hinter Plastikfenster geschoben, und Achim blieb immer kurz stehen.

Revolverblatt, sagte seine Mutter.

Die BZ hatte auf der Rückseite, die man im unteren Teil der Werbeschürze auch sehen konnte, immer so eine harmlos melancholische Witzzeichnung eines geschlechtsteillosen nackten Paares, im Grunde waren das doch Kinder.

Liebe ist... ein regelrechtes K. o.! Und auf der Zeichnung sie, oder: »Sie«, wie es wohl heißen musste, mit roten Boxhandschuhen, und »Er« auf dem Boden, ausgeknockt, und über ihm kreisten die notwendigen Sterne und Planeten.

Liebe ist... aufzuwachen und ihn neben dir zu hören. Und auf der Zeichnung »Sie«, gerade aufgewacht, im Bett, die nackten Schultern, wie sich Achim die eines Kindergartenkindes vorstellte, und amüsiert ermüdet blickte sie auf seine Bettseite, wo eine Geräuschblase über seinem Kopf signalisierte, dass »Er« gerade ein dickes Stück Baum sägte, also schnarchte.

Bis zur nächsten Ampel oder darüber hinaus hatte Achim

dann mit seinen Schritten auf den Gehwegfliesen diesen Refrain im Ohr: Liebe ist… Liebe ist… Liebe ist…, und nie fiel ihm was mit Barbara ein, aber immer was mit Marion.

… zusammen die Wäsche aufzuhängen. Und wie sie Laken auf dem Dachboden aufhängten, um sich dahinter vor der Welt zu verstecken, ein Lakenfort.

… ihr die Sterne vom Himmel zu holen. Und wie er dazu vom Dach die Raketen für sie abfeuerte, und sie sahen zu, wie die ausgebrannten Ladungskörper wieder zurück zur Erde fielen. In den Innenhof. Am Fenster entlang, hinter dem Barbara stand.

Kapitel 12

Es war Samstagabend, die Zwillinge saßen in der warmen Wanne, im Schaum schwamm das braune Piratenschiff von Playmobil. Im Vorbeigehen sah Marion, wie die Kinder sich die Knie schrubbten, die grün waren vom Fußballspielen im Schönower Park. Volker saß im Wohnzimmer und wartete auf Wetten, dass …, für ihn hatten zum Abendbrot die Reste aus den Tupperdosen im Kühlschrank gereicht, Schlager der Woche, nannte sie das. Für die Zwillinge: Vollkornbrot und Nutella. Sie fischte die vorgeschnittenen Scheiben aus dem Plastikbeutel und klapperte im Nutella-Glas mit dem Messer nach Vorräten in den tiefer liegenden Rändern. Sie konnte sehen, wie die Zahnung des Messers sich von innen am Glas in den Schwüngen ihrer Suchbewegung abzeichnete, aus dem Wohnzimmer die Eurovisions-Hymne.

»Kommt ihr?«, rief Volker. Sie atmete flach. Nie wieder würde sie in späteren Jahren ein so sicheres Gefühl haben, zu einem bestimmten Zeitpunkt genau das Falsche zu tun. Es hatte nichts damit zu tun, dass sie nach der Arbeit im PX hier zu Hause nun auch aus den Tupperdosen Reste löste und Reste fand unter Rändern im Nutellaglas. Es war eher, dass alles falsch war, obwohl es langsam eigentlich längst hätte richtig sein müssen.

Wenn ihre Schwester Sybille ihr einfiel, war das, wie wenn die Luft plötzlich vergiftet wäre, und was sie einatmete, war falsch und würde sie umbringen. Unsichtbar, aber man wusste, dass es nicht richtig war, und vielleicht war es so ähnlich mit den Strahlen, die in alldem Tupperzeug waren: Man sah es nicht, aber man wusste es. Dass es sich falsch anfühlte, lag nicht daran, dass man etwas spürte, sondern daran, was man wusste.

Du lässt deine kleine Schwester zurück.

Du hast deine kleine Schwester zurückgelassen.

Du wirst deine kleine Schwester zurücklassen. (Hatte sie diesen Gedanken je gehabt? Als sie den Fuß über die geriffelte Schwelle in den S-Bahn-Waggon setzte, Sand und Dreck in den Schwellenritzen, und einen Platz auf der Bank fand, weil sie lange fahren würde? Oder besser gefragt: Warum hatte sie diesen Gedanken nicht gehabt?)

Du wirst deine kleine Schwester zurückgelassen haben.

Ihre Vorstellung war immer gewesen, dass sie Sybille einen Brief schreiben würde, und zwar ganz plötzlich. Dass sie also, wie einem einfiel, man müsste noch einen Einkaufszettel anlegen oder kurz beim Arzt anrufen, den Sparschäler oder die Mathematikhausaufgaben oder das Distributors Manual vom PX beiseitelegen und ins andere Zimmer gehen würde, sich an den Schreibtisch setzen, den sie mit Volker teilte, aber er benutzte ihn nie – und dass dann, weil sie die Worte ja wusste, diese richtigen Worte aus ihr aufs Blatt kommen würden, liniert oder kariert, was immer die Kinder gerade obenauf rumzufliegen hatten, Briefpapier besaß sie nicht, nur Fensterumschläge für Antworten auf Behördenpost.

Aber nie kam dieser Moment, in dem das einfach von einem Atemzug auf den anderen möglich gewesen wäre. Nur die schlechte Luft der Erinnerung: Mit der konnte sie sich jederzeit die Lungen füllen. Wie die Luft in der Wohnung im Prenzlauer Berg geschmeckt hatte, Hinterhof, Hochparterre, halbe Treppe, dieser typische Kompromiss ihrer Mutter: Ja, natürlich ließ man sich als bürgerlicher Kader vom kuscheligen Ostseeposten,

Strandhafer und kabbeliges Wasser, in den Arbeiterbezirk in die Arbeiterwohnung im Arbeiterhinterhof mit dem Arbeiterklo auf der Arbeitertreppe versetzen; aber natürlich sorgte man dafür, dass die Wohnung ein Zimmer mehr hatte, als vorgesehen war für eine Mutter mit zwei Töchtern, und eine große Küche, insgesamt fast hundert Quadratmeter. Drei-Raum-Wohnung. Und bevor Marion über die Schwelle in den S-Bahn-Waggon gestiegen war, der Blick der Mutter, den sie jahrelang wieder hochgeholt hatte, wenn sie sich nach Schuld gefühlt hatte. Der Mutterblick über die Schulter, über die Brille, mit dieser Verachtung. Das machst du nie. Und der Blick von Sybille, am Küchentisch, Hausaufgaben direkt auf der Platte, die Mutter hasste Wachstuch, wir sind keine Bauern. Sybille hatte das Heft offen, die Haare im Zopf, den weißen Blusenkragen schief. Immerzu dachte Marion an diesen Kragen. Und ein paar von den Flaumlocken, die sich im Nacken drehten, weil sie nicht für den Zopf gereicht hatten. Babyhaare nannte Sybille die. Vorne am Haaransatz hatte sie die auch, mit dem Daumen auf der Stirn verwischt. Sybille guckte kurz hoch und grinste ein bisschen: Das machst du nie.

»Kommt ihr?« Wie Volker ein Ausrufezeichen mitrief, aber gar nicht unfreundlich. Einfach gewöhnt, dass man am Ende immer laut werden musste, damit die anderen auf einen hörten.

War das der Abend, als sie einen Bagger auf vier Biergläser stellten und keins zerbrach? Viel später erinnerte Marion sich auf diese Weise daran, aber immer mit dem Verdacht, sie hätte da vielleicht was durcheinandergebracht.

Sie schob die Nutella-Vollkornsonnenblumenbrote der Kinder auf zwei Abendbrotbrettchen mit weichen Splittern, das Holz heller ausgewaschen als in der Natur, eigentlich durfte man die ja nicht in die Spülmaschine tun, AEG, aus Entfernung gut.

Als Phil Collins sich auf die Couch setzte, stand sie auf. Volker schaute hoch aus seinem Sessel, die Beine so breit, dass sie unter den heller ausgewaschenen Jeanspartien seine Umrisse sehen konnte, faustdick.

»Ich geh noch mal raus.«

»Was?«

Die Zwillinge blickten kauend auf, alarmiert, aber weniger, weil ihre Mutter nun aus schwer verständlichen Erwachsenengründen gleich für eine Weile nicht mehr da wäre, sondern weil sie dadurch verpassen würde, ob etwas Unvorstellbares gelingen würde, womöglich ein Bagger auf Biergläsern. Was sie noch sahen, bevor sie die Blicke wieder senkten, bis der Fernseher in der Mitte leuchtete, und nur unten am Blickfeld die braune Abendbrotwelt: Wie die Mutter dem Vater diesen Darüber-haben-wir-doch-schon-gesprochen-Blick zuwarf, der auch ein Lass-mich-bitte-in-Ruhe-Blick war.

Marion hatte wieder dieses Ich-muss-hier-raus-Gefühl. Oder sollte sie warten, bis die Zwillinge ihre Nutellabrote aufgegessen hatten, damit sie die Bretter auf dem Weg nach draußen noch mit in die Küche nehmen konnte?

»Ich finde nicht, dass das noch geht«, sagte Volker, »mit dem Nutella.« Die Augen dabei auf dem Bagger. Horst rief zu Rüdi, langsam, langsam, langsam, so. »Wegen der Belastung.«

»Das Glas ist uralt«, sagte Marion und zwinkerte den Zwillingen zu, aber die guckten gar nicht hoch. Dann kniete sie sich kurz hin, schon in der Weggehbewegung, und presste die beiden handtuchfeuchten Köpfe an ihre Wangen. »Mama geht noch mal zum Briefkasten. Sagt mir, ob es geklappt hat.«

Weiter rechts, Rüdi. So.

Volker machte was mit seinen Lippen. Dann war sie weg.

Noch mal zum Briefkasten hieß: um die vier Ecken. Um die vier Ecken hieß: ziellos.

Und so kam es, dass Marion, ziellos, nach draußen trat, wo

es schon fast dunkel war, zweite-Wette-bei-Wetten-dass-dunkel, und es musste gerade aufgehört haben zu regnen, denn in der Luft lag dieser Geruch, und nach einer Schrecksekunde ging sie mit schnellen Schritten in ihn hinein und die Straße hinauf, wo es noch dunkler wurde. Und dass im gleichen Moment, vom oberen Ende der Straße, aus diesem Geruch, Achim kam, in Umrissen, dann dreidimensional, mit unwirklich scharfen Konturen, von einem seiner unscharfen Streifzüge durch die Sehnsucht.

Petrichorisch, das Wort lernte Marion viele Jahre später, ganz nebenbei, in einem Radiofeature, das sie eigentlich nicht hören wollte, aber der Sender war gerade so schön drin. Wenn Regenwasser auf Stein verdunstete und dabei Mineralien vom Himmel und von der Erde mitnahm in die Luft, und wer das roch, dem öffneten sich Zukunft und Vergangenheit zugleich, und die Gegenwart schien voller Möglichkeiten. Viele Jahre später erschien ihr das, als würde ihr etwas weggenommen: dass es ein Wort für vier oder fünf Momente in ihrem Leben gab, das auch andere kannten, war ein Verlust.

Vier oder fünf Momente. Wie sie bei der Sonnenblumenernte Schutz in der Scheune suchten, das neue rote Spruchband innerhalb von Minuten dunkel, »ein richtiger Landregen!«, rief die Gruppenratsvorsitzende, Ingrid, ein Jahr älter, sitzen geblieben, wie die rauchte. Was Ingrid in der Schule nicht konnte, machte sie bei den Thälmann-Pionieren wett. Bei Marion war es eher umgekehrt. Und wie der gerade erst asphaltierte Weg ins Nachbardorf gedampft hatte, als sie zurück aufs Feld mussten, und die Einsamkeit drückte Marion auf die Brust wie mit schweren Handflächen. Wie sie den Blicken auswich. Die eingebildete Ziege mit der Kader-Mutter. Aber dann, zwei Stunden später, als sie Sonnenblumen auf den Holzkarren lud, weil die neue LPG ihnen den neuen Traktor nicht überlassen wollte, so 'nem Haufen junger Deerns: Da hatte die Sonne sich verzogen, und der Asphalt war abgekühlt, und in der Luft lag dieser steinerne, unbegreifliche Zukunftsgeruch. An der Wand der Scheune stand in einer Schreibschrift, die Marion schon nicht mehr in der Schule lernte: »Die zielstrebige Gewinnung aller Einzelbauern für die LPG – die wichtigste Voraussetzung für die Steigerung der Produktion«.

»Lass mal hinne machen«, sagte die Pionierführerin, die neben dem Holzkarren ihre Zigarette austrat, aber gar nicht unfreundlich, mehr so, als würden sie ja alle langsam fertig werden wollen, und dann ins alte Gesindehaus an den langen Tisch, ihr Pionierobjekt, daraus machten sie eine Begegnungsstätte oder so was. Und Marion dachte: Vielleicht bin ich auch so eine Art Einzelbauer, und das ist auch nicht verkehrt, man muss ja nicht eine Ulla haben oder eine Karin oder eine Renate, eine Beke, eine Frauke, eine Wiebke. Die Luft roch und schmeckte, als wäre alles möglich und zugleich vielleicht für immer verloren, aber auch das wäre nicht schlimm: Vielleicht war das alles hier dafür gedacht, dass die, die Einzelbauern waren, irgendwie »Anschluss fanden«, wie ihre Mutter das nannte, und dann war das hier also alles gegen die Einsamkeit, der ganze Staat, und sie atmete frei und machte hinne.

Oder wie sie auf die Straße getreten war am ersten Morgen, nachdem sie vor dem verschlossenen Tor von Marienfelde gestanden hatte. Wie sie das Niemandsland dieser Nacht hinter sich ließ, einen Kaffee mit ganz viel Milch und ein Splitterbrötchen im Bauch, aus den hellroten Händen der strengen, runden Frau mit dem ganz fremden, aber ganz deutschen Akzent, die die Männer zwischen den Autos verscheucht und Marion eine gerippte Couch im Wohnzimmer ausgeklappt hatte, das Ächzen der Federn. Und draußen brannte die Sonne schon die Feuchtigkeit vom morgendlichen Bürgersteig, und sie hüpfte fast auf dem Weg zum Lager, vielleicht, damit sie nicht stehen blieb oder sich zurücksehnte nach dem Splitterbrötchen am Resopaltisch. Denn jetzt, an das Gefühl erinnerte sie sich noch genau, war sie wirklich weg, weil sie die Männer zwischen den Autos stehen lassen und das Niemandsland der vergangenen Nacht durchquert hatte.

Oder als die Nachricht, sie würde von Volker Zwillinge bekommen, schon zwei oder drei Monate alt war, und kein Tag war vergangen, an dem sie nicht gedacht hatte, es würde nun ganz bestimmt alles zu viel werden. Nicht weiterkommen im PX, der Mann in Gedanken nur bei seiner Personenschützerei, und das war das Einzige, was ihm auch zu ihr einfiel: sie zu beschützen, wie und wofür auch immer. Mach das nicht, sei bitte vorsichtig, bist du sicher, dass das nicht zu viel ist, komm, lass dir doch was abnehmen. Zwei Kinder. Nicht eins, sondern gleich doppelt so viele. Der Gedanke, ob das überhaupt alles das Richtige war mit Volker, durch die Erwartung von Zwillingen also doppelt ausgekreuzt und durchgestrichen. Aber wie sie dann aus dem Woolworth am Teltower Damm Ecke Potsdamer Chaussee gekommen war, die Schürzen und die Plastikschüsseln und die Teens-Platten noch im Rücken, fast im Augenwinkel, und sobald die Glastür aufklappte, in der Luft, dass es alles irgendwie gehen würde und dass man aber auch traurig darüber sein durfte, wenn nun allerhand anderes dadurch nicht mehr ging.

Und jetzt also, als Achim ihr entgegenkam, eben war er noch vier Straßenlaternen entfernt, jetzt nur noch drei, und als es nur noch zwei waren, blieb sie stehen, um die Zeit zu verlangsamen. Von der Droste-Schule läutete das Glöcklein, noch mindestens eine Stunde Wetten, dass …, denn Frank Elstner überzog immer:

Petrichor

noch ein Tor

Marion stand zwischen zwei Laternen und wartete auf ihn, aber die drei Sudaschefski-Töchter hatten keine Mühe, sie von der anderen Straßenseite aus zu erkennen: zwischen zwei Autos hindurch, Opel Ascona und Ford Granada Coupé, die Farben ausgeblichen im gelben Gaslicht der Vorstadtlaternen. Und sie dachten sich nichts dabei, wie die Nachbarin stehen blieb, um mit dem Nachbarn zu plaudern, und wie sie dann zusammen in die Richtung gingen, aus der er gekommen war. Plaudern, spazieren gehen, das waren so Erwachsenenworte und Erwachsenentätigkeiten, an denen die Sudaschefski-Schwestern kein Interesse hatten. Sie durften kein Wetten, dass … gucken, weil Saskia, fünfzehn, sich beim Rauchen hatte erwischen lassen, und jetzt musste sie auf Anke, dreizehn, und vor allem Marlene, elf, aufpassen, während die Eltern, neununddreißig, im italienischen Restaurant *La Casetta* im Lichte einer Tropfkerze saßen, die ihre Arbeit verrichtete auf eine bauchige Chianti-Korbflasche, anderthalb Liter.

»Na?«

Achim war kurz davor, sich an den Kopf zu fassen. Was Besseres fiel ihm nicht ein?

Marion gefiel es aber. Weil ihrer Mutter das schon immer nicht gepasst hatte. Zur Begrüßung sagte man Ahoi und Guten Tag oder Freundschaft!, aber eben nicht dieses auf unterschiedlichen Bedeutungsebenen modulierte Na? Naa. Naha? Naaa. Dieses Auffordernde und zugleich Vage: Das drückte so eine Anspruchshaltung aus, sagte ihre Mutter. Was wollen, aber sich nicht festlegen können, was und wie und warum. Na?

»Na, selber na«, sagte sie und kam sich vor wie fünfzehn.

»Das mit deiner Mutter hab ich falsch eingeschätzt«, sagte er. »Entschuldige bitte.« Das mit deiner Mutter. Wie sollte man das auch sonst nennen. Sie merkte, dass sie auf seltsame mechanische oder, das gefiel ihr besser, biologische Weise darauf reagierte, dass hier einer sagte, er hätte was falsch gemacht, und dass sie das Risiko einging, sich ihm anzuvertrauen. Sie hatte das Bedürfnis danach, von ihm angefasst zu werden. Es gefiel ihr, dass sie das überraschte: So, als hätte man vorm Geburtstag in den Schrank geschaut und die Geschenke schon gesehen, aber erstaunlicherweise gefielen sie einem am eigentlichen Tag dann sogar noch besser.

»Kannst du ja nichts dafür«, sagte sie.

»Na ja, dich da so drauf anzusprechen. Zwischen Tür und Angel. An der Straßenecke.«

Sie nickte.

»Guckst du gar nicht Wetten, dass …?« Achim, nach einem Moment, und eigentlich mochte sie, wie er die Stille ein bisschen atmen ließ zwischen ihnen und dass er dann so fest mit einem Bein oder beiden im ganz Konventionellen stand, Wetten, dass.

»Nee, offenbar nicht«, sagte sie. Gab die Mauer zum Freizeitgelände der Hundertmarckstiftung diesen steinernen Geruch von sich, dieses Feste und zugleich doch Flüchtige, oder kam das irgendwo von Innen? Wer waren sie eigentlich, sich jetzt hier irgendeiner Sache entgegenzustellen und das nicht einfach mal geschehen zu lassen? Eben. Das wäre ja, fand sie, fast größenwahnsinnig gewesen, jetzt einfach zu nicken und weiterzugehen, Schönen Abend noch, das aufhalten zu wollen: reine Selbstüberschätzung.

Achim sah das ähnlich. Er fand sich deshalb realistisch.

Und was Marion auch mochte: dass er sich nicht einfach nach vorne beugte, als könnte er sie nicht genau erkennen oder als wollte er etwas prüfen. Er lehnte sich stattdessen fast ein wenig zurück und fasste sie an der Hüfte, als wollte er sich an ihr festhalten. Sie fühlte sich, als würde sie innerlich nach unten rutschen.

Er schmeckte danach, dass er sich ständig die Zähne putzte,

um im Bad ein bisschen allein zu sein.

Sie schmeckte nach Vollkornbrot mit Nutella.

Das gefiel ihnen jeweils sehr.

Sie war viel weicher, als er gedacht hatte, und er wusste viel mehr, was er tat, als sie gedacht hatte.

Auch das gefiel ihnen jeweils sehr.

Achim roch ihr Haar und den Flieder und erkannte den Unterschied nicht. Er erinnerte sich, wie peinlich es ihm gewesen war, sich vor so vielen Jahren an Barbara zu drücken, denn dabei musste sie doch spüren, wie hart er war, aber wegbiegen in der Körpermitte wäre auch nicht gegangen, und jetzt machte ihm das gar nichts.

Marion registrierte es kaum. Sie hatte nichts anderes erwartet. Auch das gefiel ihr. Es war, dachte sie, der beste erste Kuss, den sie bekommen hatte. Die bei den Pionieren und im Heim zählten nicht, und bei Volker hatte sie gedacht: Das wird bestimmt noch besser. Der hatte nur zwei Einstellungen, Zunge rein oder Zunge raus. Wurde es aber nicht: besser. Und jetzt – sie zog die Abendluft in sich, um nicht vor Freude zu lachen, das hätte nicht gepasst, fand sie –, jetzt musste es das auch nicht. Der Kuss war gut und alles.

Dann gingen sie zusammen die Straße rauf Richtung Königreichssaal der Zeugen Jehovas. Ihre Oberlippe noch als Phantomliebe an seiner, mehr Flaum als bei ihm, rasiert hatte er sich auch, noch mal ein paar Minuten allein sein im Bad. Ihm kam es vor, als hätte er auf diesen Kuss länger gewartet, als er Marion kannte. Als hätte sich nun etwas erfüllt, was er sich von Barbara nur versprochen hatte. Seinen Gedanken fand er grausam, und dass er das merkte, gefiel ihm.

Sie kamen an einer der grün-blauen Pumpen vorbei, an denen man hier sein Auto waschen konnte oder Wasser holen für die Straßenbäume, so was hatte es in Bonn auch nicht gegeben, dörflich. Sie drückte seine Hand fester, als spürte sie, dass er alles zum ersten Mal sah. Sie behielten die Hände ineinander, nicht eine Sekunde waren sie getrennt, seit er ihre Hüfte gefasst hatte, und für einige Schritte existierten sie nur in der Berührungsfläche ihrer Hände.

»Sag mal«, sagte Marlene. »Knutschen die?«
»Mann ey«, sagte Anke, »bist du stulle.«
Saskia rauchte Lord und sagte nichts. Sie dachte darüber nach, dass bald Sommerferien waren – noch sieben Wochen – und ob sie sich danach irgendwie anders präsentieren sollte. Man musste das ganz schleichend machen, so von Richtung New Wave auf New Romantic, jedenfalls was mit New, oder eben auf einmal, wenn man den ersten Tag wieder in der Schule war, nach den Großen Ferien. Für das Erste fehlte ihr die Geduld, für das Zweite vielleicht der Mut, es war nicht so einfach. Rauchen half. Sie saßen auf dem Mäuerchen, das die Freizeitanlage der Hundertmarckstiftung vom Bürgersteig trennte, ein etwa anderthalb Meter hoher Mauervorsprung, der so dicht von Haselnusssträuchern überhangen war, dass sie sich nach vorn beugen mussten und man von Marions und Achims Straßenseite wohl nur ihre Füße gesehen hätte. Marlene in Lico-Turnschuhen, Anke in Pumas, und Saskia waren die Birkenstocks von den Füßen auf den geschotterten Gehweg gefallen.

»Hast du dies nicht gesehen?«, fragte Marlene.
»Spinnst du«, sagte Anke. »Dis sind Nachbarn.«
Saskia rieb ihre Füße am Sandstein der beigefarbenen Mauer, die im Augenblick dunkelgrau war. Ihr Vater hatte die Sicherung vom Wohnzimmer rausgedreht und mitgenommen ins *La Casetta*, der Fernseher war mausetot, sonst hätten sie jetzt nicht hier gesessen. Die Lord schmeckte nach Heizungskeller und nach der Großtante im Seniorenwohnhaus an der Kurfürsten-

straße, der Saskia die Schachtel vom Couchtisch gezogen hatte, aber auch danach, als würde man hinter der hochfahrenden Scheibe eines weißen Zuges in der Zukunft verschwinden, mit Lippenstift auf den Zähnen, und einen Mann zurücklassen.

»Ey, Nachbarn können auch knutschen«, sagte Marlene. Sie bekam eine Mark dafür, dass sie den Eltern nichts von der Lord auf dem Mäuerchen petzte.

»DBDDHKP«, sagte Anke. »SAV.« Sie bekam zwei Mark. Selbst Aspirin versagt.

»Bist du fünf, oder was«, sagte Marlene.

Dann warteten sie darauf, was Saskia sagen würde, wenn die Zigarette bis auf den Stummel in ihr und der klaren, seltsam harten Abendluft verschwunden war.

»Und?«, sagte Marlene nach einer Weile.

Sie ließen ihre Füße baumeln, für einen Atemzug oder zwei waren sie alle im gleichen Alter.

»Die haben so was von geknutscht«, sagte Saskia.

Kapitel 13

Der Flieder war so eine Komm-her-geh-weg-Pflanze. Abends suchte Achim die Büsche an den Gartenrändern mit ihren weißen oder violetten Mini-Feuerwerken, statisch, angehalten in der Zeit, und er konnte nicht anders, als in Gedanken abzuhaken: weißer Betrachtereindruck beim Feuerwerk durch den atomaren Funkenflug von Aluminium, Titan und Magnesium; Violett durch Kalium und eine Mischung aus Strontium und Kupfer. Es zog ihn am Flieder mehr die Vorstellung von sich selber im oder am Flieder an, weniger die Pflanze selbst. Wahrscheinlich lag das daran, wie damals im Garten seiner Eltern im Schatten der Godesburg sein Gehirn verdrahtet worden war. Das Wort kam von seinem Vater, verdrahtet. Wenn Achim im Garten stand und der Flieder blühte, immer nur diese paar Wochen Anfang Mai, und es war verwirrend, wie dieser Ort der Eingesperrtheit (du bleibst im Garten!) gefüllt war mit dem Duft einer Sehnsucht, die Achim zu zerreißen drohte, obwohl sie scheinbar nicht von innen kam, sondern von außen, vom Flieder. Er wusste, dass man diese Sehnsucht beim Flieder zu haben hatte (im Frühling sprachen selbst die Alten von Gefühlen), und er spürte sie, aber er wusste nicht, wonach und warum.

Und wenn man dann näher ranging an den Flieder, die Kühle der Blüten an der Nase, matt, aber wächsern, aussaugen konnte man sie auch, wenn man sie vorsichtig löste. Eine winzige Süßigkeit, die keinen Appetit stillte. Und nach zwei, drei Atemzügen veränderte der Geruch sich nicht mehr, die Tiefe und Weite, die er darin vermutet hatte, fand er nicht, und der Flieder sagte nur noch, was stehst du hier, hier kommt nicht mehr.

Aber jetzt wusste er wenigstens, wonach er Sehnsucht hatte. Nach dem Gefühl von damals: alles noch offen, und er müsste nur den Elterngarten hinter sich lassen, dann würde alles werden.

Also lief er hier durch die Seitenstraßen, dem Flieder hinterher. Es gab ein paar Büsche in den Parks, aber nach ein oder zwei Abenden waren sie leer und stoppelig, die halbe Nachbarschaft losgezogen mit Küchenmessern, um ein bisschen vom Augenblickshonig auf dem Küchentisch zu haben. Fliederklauen war ein völlig akzeptierter Zeitvertreib hier, eher eine Ortsangabe als etwas, das es zu verheimlichen galt: Nee, Mama ist nicht da, die ist Flieder klauen. Wenn die Parks kahl geschnitten waren, kamen die Überhänge der Privatgärten dran, an den Grundstücken mit den Villen und den Fertighäusern. Je größer der Garten, desto geringer die Wahrscheinlichkeit, dass einen jemand anherrschte, wenn man stehen blieb, um seine Nase in den Flieder zu stecken oder das Küchenmesser aus dem feuchten Küchenhandtuch zu wickeln. Wat fällt Ihnen ein!

»Ich möchte nicht wissen, wie radioaktiv die Blüten sind«, sagte Barbara, als er den Fehler machte, ihr ansatzweise vorzuschwärmen: Willst du nicht rauskommen, der Flieder blüht doch.

Er überlegte.

»Die bestehen doch nur aus dem radioaktiven Regen, der hier runtergekommen ist die letzten Wochen.«

Na ja. Zellwände und so weiter. Nicht zu vergessen. Aber was die reine Menge an Substanz anging, gut, da mochte sie wohl schon recht haben. Ging er eben alleine. Noch mal zum Briefkasten. Um die vier Ecken. Die Formulierung hatte er von Marion übernommen. Was hast du gesagt, wo du bist.

Dem Flieder hinterher. Wie der die Zäune überwältigte. Die Leute verließen sich hier nicht auf die Büsche und die Hecken, die Lebensbäume und den Goldregen. Da musste immer noch ein Jägerzaun hin, um die Grenzen zu markieren. Süchtig nach Grenzen waren die hier. Er aber wollte doch, dass sich ab jetzt alles auflöste. Während er die Straßen weg vom Teltower Damm wählte, sodass sie schmaler und krummer wurden, alte Wohnhäuser im Ritterburgenstil, den sich hier vor siebzig, achtzig Jahren ein romantischer Spekulant ausgedacht hatte, früher für Einzelfamilien mit Bediensteten, heute diese seltsamen Wahlfamilien aus aufgelösten WGs, hängen gebliebenen Erbengemeinschaften und alleinstehenden Lehrern mit Funktionszulagen, Fachbereichsleiterin Politische Weltkunde. Vorbei am Königreichssaal der Zeugen Jehovas, wo er auf der anderen Straßenseite seine Schritte verlangsamte, um etwas von der freundlich-apokalyptischen Atmosphäre im Abendlicht aufzuschnappen. Er atmete danach, wie ein Hungriger sich die fettige Abluft eines Restaurants reinziehen mochte in der Fantasie eines Satten. Aus der rechteckigen Doppeltür kam das ausladende Licht eines gemeinsamen Abends, auf dem breiten Gehweg Männer in Anzügen und Frauen in praktischen Kleidern, die Kinder wuselten nicht. Beim Händeschütteln fassten die Männer einander mit der anderen Hand unterstützend an die Unterarme, die Frauen nickten. Die zusätzlichen, bedachtsam geparkten Autos merkte man noch, bis links die hinteren Zugänge zum Johannespark begannen, helle Löcher aus Abendzwielicht in den dunklen Flächen der Buchen, Büsche und Kiefern. Vorm Altersheim mit den Holzbalustraden an den Balkonen die dünne Panstatue, Pans Flöte halbhoch gereckt. Die Gaslaternen sprangen mit einem Sirren und Knistern nacheinander an und leuchteten fortan gelb, es hörte nicht auf, ihn zu verzaubern. In diesem Licht hatte Marion ihn zum ersten Mal geküsst, oder er sie. Darüber zu streiten auf diese Art, die man nicht üben musste, sondern die einem zuflog: Dafür würden sie noch sehr viel Zeit haben, Jahre, hoffte Achim. Ihm war es zwangsläufig erschienen, unvermeidlich. Sobald er an sie dachte, spürte er den Flaum auf ihrer Oberlippe.

Am hinteren Eingang des Parks nun also wieder Flieder. Und eben Marion, zwischen zwei Straßenlaternen. Bevor er sie erreicht hatte, ging sie los, als wäre ihr etwas eingefallen, in die gleiche Richtung wie er. Eine große Ruhe kam über ihn, die ihm half, den Abstand zu wahren. Fünf, sechs Schritte vielleicht. Nur dafür war er doch nach Berlin gekommen. Plötzlich ergab das alles einen Sinn. Vorher war das hier nur ein seltsames Gestochere gewesen, die abgehängte Kantinendecke in der Bundesanstalt für Materialprüfung, er darunter mit Apfelkompott und Stammessen 2, die gute Wohnung mit Barbara, an der sie trotzdem scheiterten, die Ferngespräche am Wochenende und nach achtzehn Uhr. Jetzt, in diesem Moment, stimmte hingegen alles. Vielleicht hatte er einfach nur eine Frau gebraucht, der er folgen konnte.

Am Ende der Johannesstraße kam rechts ein kleiner Platz mit einem Rund- und einem Kreuzweg, Kiefern am Rand, sodass es hier für einige Schritte nach Schwarzwald roch, Bänke an den Wegen. Er bekam in den Unterschenkeln ein körperliches Bedürfnis, sich auf die Banklehne zu setzen und die Füße gegen alle guten Sitten auf die Sitzfläche zu stellen und eine zu rauchen oder zwei oder drei, Overstolz, Lord Extra, Ernte 23, was von seinen Onkels oder Tanten, sein Vater rauchte ja nur heimlich in der Praxis oder mit großer Ausnahme-Geste an der Familientafel, wo Achim immer ins Bett ging, bevor es antisemitisch wurde.

Marion ging am Platz vorbei, ohne ihn anzuschauen, ihre Arme bewegten sich genau im Rhythmus ihrer Schritte, sie hatte alles unter Kontrolle. Er betrachtete ihre Waden, die feinen dunklen Haare, die alle in die gleiche Richtung wuchsen, nach oben oder unten, das würde er sich erst später genauer anschauen. Ihr Kleid ein Orange und Braun, das ihm völlig aus der Zeit gefallen schien. Vielleicht noch aus der DDR, dachte er sinnlos und merkte es sofort. Wenn sie unter einer Gaslaterne ging, leuchtete es für zwei, drei Schritte auf, die Längsstreifen unregelmäßig, fast gezackt, für Momente sah das afrikanisch aus. Ihre Haare glänzend, als hätte ihr Weg damit angefangen, dass sie aus der Dusche gekommen war.

Als er vorhin aufgebrochen war, noch mal zum Briefkasten. Ich muss hier raus. War es ihm da schon klar gewesen? Na ja, woher sonst diese Klarheit der Schritte, die dicke Luft in der Nase und den Lungen, der Abend wie ein warmes Wasser, in das man eintauchte. Natürlich wusste er, dass Marion heute mit ihm schlafen würde. Das war seine Sprache dafür. Wie ihm das schon beim Weg die Treppe runter die Schritte festgemacht hatte, und das Gefühl gegeben: genau die richtige Hose, das richtige Hemd, die Schuhe sowieso. Unterwegs dahin, wo Marion mit ihm schlafen würde. Hellwach.

Sie bog links in die Leo-Baeck-Straße und verschwand dann hundert Meter vor ihm im Park. Die Straße, die hier einmündete, hieß Heimat. Da waren sie also endlich. Was er mit Barbara gesucht hatte, fand er mit Marion. Wie sollte er sich dagegen wehren. Er spürte den Asphaltweg unter seinen Füßen, und als der Weg aufhörte und zu Sand und Rollsplitt wurde, war Achim, als tauchte er ein in einen neuen Zustand, als habe nicht nur der Weg seine Oberfläche verändert, sondern er auch.

Rhododendren links und rechts.

RoDOHdnDRONN, sagten die Lothars. Oder einer von ihnen. Der mit dem Hund. Wunder des menschlichen Gehirns, dachte Achim später: War es nun eigentlich so, dass er in dem

Moment an den Lothar gedacht hatte, als er die Rhododendren sah, die links und rechts des Weges im Dunkeln blühten, oder war ihm dessen anarchischer Betonungswitz erst eingefallen, als der Lothar sich mit seinem Dackel quasi zwischen sie geschoben hatte.

»Na, meine Güte, ist ja das reinste Nachbarschaftstreffen hier!«

Achim lachte und rief eine Art Ja. Der Dackel wedelte.

»Na«, setzte der eine von den Lothars das fort, »im Dunkeln ist gut Munkeln!« Dann war er auch schon wieder fort. Wie schnell die waren. Man sah es ihnen ja nicht an.

»Schönen Abend noch!«, rief Marion von der Bank, auf der sie saß. Die registrierend winkende Handbewegung des Lothars machte einen kurzen Schlagschatten im Laternenlicht. Achim wollte sich neben sie setzen, als der Lothar und sein Dackel hinter dem Rhododendron verschwunden waren, aber sie schüttelte den Kopf.

»Das wird heute nichts mehr«, sagte sie. Vom Kirschlorbeer, den das Bezirksamt gegen alle Empfehlungen der Fraktion der Wählergemeinschaft Unabhängiger Bürger in der Bezirksverordnetenversammlung hier und an anderen kahlen Stellen im Park gepflanzt hatte, kam ein drängender, körperlicher Geruch, aber das war auch alles.

Kapitel 14

Was Sybille im PX gefallen hätte.

Wie man durch Mr. Kruger hindurchsehen konnte, während er mit einem sprach. Durchsichtige Erwachsene waren gut. Manchmal bekam Marion den Verdacht, dass Mr. Kruger höchstens vier, fünf Jahre älter war als sie, aber das wusste Sybille ja nicht. Sybille steckte für immer fest im Jahr 1961. Sie hätte nicht zeitloser, eingeschlossener sein können, wenn sie damals gestorben wäre. Oder war sie? Hätte Marion das jemand gesagt? Oder eben gerade nicht? Gab es da gesetzliche Regelungen, Vier-Mächte-Abkommen, Grundlagenvertrag, gab es da Unterpunkte von Unterpunkten, die regelten, ob eine Schwester, die 1961 den Osten verlassen hatte, später informiert werden musste über den möglichen Tod der anderen Schwester, die im Osten geblieben war?

»Are you okay?«

Die Cornflakes hätten ihr gefallen. Breakfast Cereals, der ganze Gang voll. Clean-up on aisle five, wenn die Ratten nachts welche von den kreidebunten Schachteln aus dem Regal gerissen und aufgebissen hatten. Marion sprach gern ins Ladenmikro, sie mochte, wie ihre englische Stimme von den Wänden hallte, und sie mochte auch, dass sie die Fruit Loops und die Count Chocolas nicht auffegen musste. Von hinten aus dem Breakroom kam Bonny mit ihrem Hausmeisterwagen, eine Frau in ihrem Alter aus Virginia an der Ostküste, Südstaaten, vor der Marion anfangs Scheu gehabt hatte. Man konnte doch so Schwarze nicht für sich arbeiten lassen.

Honey, don't worry about me, als Marion einmal sehr gezögert hatte, Bonny zu holen, let's just all do our job, if that's okay with you. Dann hatte Bonny sich umgedreht, die seltsam rechteckige Kehrschaufel von der vorgesehenen Stelle am Hausmeisterwagen abgenommen, sich um den clean-up gekümmert und sich gebückt und dabei halblaut gesagt, ohne in Marions Richtung zu schauen: Effing slavery, it's like back in Old Dixie 'round these parts. Und dann, über die Schulter: Just kidding, honey. Marion lachte, aber es ärgerte sie, dass Bonny sich darum hatte kümmern müssen, dass sie ihre Scheu verlor. Sie hasste es, immer für alles zuständig zu sein, darum wollte sie erst recht nicht, dass andere es waren. Seitdem rauchten sie auf dem Parkplatz hinterm PX, wo die Anlieferungen direkt vom Flughafen Tempelhof kamen. Die Amis ließen alles aus dem Homeland kommen, wie sie das nannten, selbst dieser komische, unpraktische Hausmeisterwagen war einmal über den Atlantik geflogen worden. Deutsches Rattengift wollten sie auch nicht benutzen, darum waren die Biester immer noch alle naselang in den Breakfast Cereals. Ein seltsames Land, das absolut süchtig nach Mittelmäßigem war und damit die Welt beherrschte, während alle, die auf Höheres hinausgewollt hatten, längst auf halber Strecke liegen geblieben waren. Gorbatschow machte ja jetzt noch mal einen Versuch. Der war ihr fast peinlich, diese Ernsthaftigkeit und dieser Enthusiasmus.

Die Frühstückscerealien also, wie sie jetzt auch hier im Fernsehen hießen, hätten Sybille gefallen. Der Gang mit Schreibwaren, Stationary. Und dann, was es alles für Frauenartikel gab, aber keiner sagte, was und warum. Wie klar hingegen ihre Mutter ihnen das erklärt hatte, beiden zusammen, und für Marion war es zu spät gewesen und für Sybille zu früh, aber so war ihre Mutter, immer alles in einem Aufwasch, die machte das in

Größenordnung, kein Wunder, dass sie es weit gebracht hatte als Kader. Hier im PX gab es vierzig Produkte, aber über dem Gang stand nur »Sanitary«, Mr. Kruger hatte sich stillschweigend gegen das Schild »Female Hygiene« entschieden, das wäre auch im Ausstattungskatalog gewesen, die Army ließ dem Store Management da einen gewissen Handlungsspielraum.

Marion studierte alles, was er durchblätterte, weil sie auf den Tag wartete, an dem er anrief und sich krankmeldete, und dann würde sie beweisen können, wie wenig er gebraucht wurde, und wie sehr womöglich sie. Und das hätte Sybille gefallen: ihre große Schwester, die Chefin von zwei Regalbrettern Erdnussbutter, crunchy oder creamy, jeweils fünf verschiedene Marken; die Chefin vom großen Palettenkampf am Eingang, New Coke gegen Classic, und wie Marion mit sich selber wettete, wer von den G.I.s und vom Personal sich für welchen Turm entschied. Sie hätte gleich in Atlanta in der Zentrale von Coca-Cola anrufen und sagen können: Das wird nichts mit dem neuen Zeug. Keiner stand so richtig dahinter, außer Bonny: Put me down for anything new. Na ja. Die neue Schrift sah ganz gut aus.

Sybilles große Schwester also die Chefin von allem, wobei die Amis Hilfe brauchten: Hamburger Helper, Meat Softener, Betty Crocker Cake Mixes. Konnten die irgendwas selber machen. Aber eins musste man ihnen lassen: Krank wurden sie nicht. Jedenfalls nicht Mr. Kruger.

Marion, what would we do without you. Keine Ahnung, aber ich wüsste, was ich ohne Sie täte. Ich wäre der Boss. Ihren Namen sprach er aus, dass er ganz nah bei Mary-Ann war. Anfangs war er nicht müde geworden, ihr zu erzählen, dass Marion eigentlich der Vorname von John Wayne sei, can you imagine, his mother used to dress him like a girl, the duke.

Good for him, sagte Bonny von hinten. Kann ich mal dein Haar anfassen. Hell, no, sweetie.

Und es hätte Sybille gefallen, wie weich und freundlich eigentlich alle waren, die hier reinkamen. Our Fraulein, nannten manche Marion, und als sie merkte, dass fast alles, was sie sagten, in Kursiv war, störte es sie nicht mehr.

Bring the kids, those beautiful twins of yours: Mr. Kruger. Das sagte der einfach so. We've been missing them. Was für eine seltsame Welt, in der man Zwillinge zwischen Warenlaufbahn und cash register einfach so als schön bezeichnen konnte, und wenn die Zwillinge da waren, staunten sie nicht schlecht und gaben sich keine Mühe, sich nichts anmerken zu lassen. Und das hätte Sybille gefallen, wie die Zwillinge sich umgarnen ließen von den Errungenschaften des kapitalistischen Alltags, ohne Sorge, dass irgendwas daran falsch sein könnte.

Marion lief durch die Gänge, aisle six, aisle seven, Regale überprüfen, und sie musste schneller gehen, denn in ihr zog sich alles zusammen. Bald ihre Regel, okay, aber auch immer wieder die Angst und Vorahnung, wenn sie an die Gesichter und die Knochen und Hände und Füße der Zwillinge dachte: dass sie bald so alt waren wie Sybille, als Marion einfach in die S-Bahn gestiegen war, keine Tasche, und erst im Westen wieder raus, ein letztes Mal Grenzgänger. Und ob die Zwillinge, wenn sie so groß waren wie Sybille, dann in Marion Sybille überschreiben würden, oder wieder zum Leben erwecken.

Honey, calm down. You're gonna work yourself dizzy.

Wenn Marion ihre Arbeit antrat im PX, war sie viel mit ihren Gedanken allein. Sie versuchte dann, in der Warenwelt für die Besatzungskräfte im amerikanischen Sektor zu versinken und mit ihren Gedanken um damals herumzustricken, um nicht an Sybille zu denken, sodass von Sybille nur ein Umriss blieb. Eine klar erkennbare Silhouette. Ein einzigartig lebensähnlicher Scherenschnitt in falscher Grammatik: hätte, wäre. Dabei war Sybille ja immer noch da, denn: Hätte die Mutter ihr nicht zumindest das gesagt, wenn was dazwischengekommen wäre, der Tod, Ausreise? Was, wenn Sybille auch im Westen war? Oder würde ihre Mutter gerade nichts sagen. Es sähe ihr ähnlich. Falls sie ihrerseits überhaupt noch lebte. Und war Marion nicht klar gewesen, wie unauffindbar sie sich womöglich machte, als sie von Bollmann zu Sebulke wurde?

Zur Abwechslung dachte sie an Achim. Er war glatt, fest und warm, was so viel mehr war, als einige andere Leute von sich behaupten konnten. Sie wollte ja niemanden scharf angucken. Und stand ihr das jetzt nicht zu, und hatte sie Volker nicht oft genug gesagt, dass sie reden mussten, dass sie Zeit für sich brauchte, dass es so nicht weitergehen konnte. Er dann immer mit seinem: Was meinst du denn, was meinst du denn? Alles musste sie ihm erklären. Warum erklärte er ihr nicht mal was. Sie fand, er hatte den Vertrag gebrochen, den sie in Gedanken mit ihm geschlossen hatte, nachdem sie sich von ihm hatte finden lassen 1970: dass er ihr das hier alles erklären und dass es mit ihm schon klappen würde, womit sie erst meinte, im Westen, dann: Erwachsensein, dann: das Leben. Ganz schön viel verlangt, na ja. Sobald sie ihm insgeheim das Versprechen abgenommen hatte, sah er sie nur noch erwartungsvoll an: Und jetzt? Nee, sag du mal, Marion. Ich richte mich da ganz nach dir. Und auch das war ihr am Anfang vorgekommen wie eine völlig neue Welt: ein Mann, der sich ganz nach ihr richtete, wo gab es denn so was.

Erstaunlich, wie schnell ihr das dann zum Halse raushing.

Beim Gedanken an Achim fing sie an, ihre Hände zu kneten, weil sie ihn gern in die Finger gekriegt hätte, genau jetzt.

»Jeezus, you're wound tight. Let's have a smoke.«

Kools, die weißen Filterspitzen, die Zigaretten schmal und elegant, die hätten Sybille gefallen. Und der Mentholgeschmack, als würde man von innen aufgerissen.

Kapitel 15

Wenn man davorstand, war auf der linken Seite des Hauses der Garagenhof, sieben Stufen hinunter, dort auch die Mülltonnen, und jenseits der Garagen, zum Teltower Damm hin, der Wäscheplatz, angrenzend an den Johannespark. Rechts vom Haus, auf der anderen Seite des Grundstücks, ein etwa zwei bis drei Meter breiter Weg hinter einer Gittertür. Er wurde Heizungsweg genannt, weil hier der Abgang zum Heizungskeller war, darin der Öltank, und ein- oder zweimal im Jahr kam der Tankwagen und rollte über diesen Heizungsweg seinen Schlauch aus. Wie der Benzingeruch an der Tankstelle einem Fernweh und Aufbruchstimmung machte, und der Ölgeruch, der nun für einen Nachmittag über dem Gelände hing, drückte einen nieder und hielt einen fest.

Auf dem Heizungsgang waren im Frühsommer viele fliegende Ameisen. Wenn Achim stehen geblieben wäre und mit den Kindern geredet hätte, hätten sie ihm das womöglich erzählt. Kinder redeten mit ihm. Wie träge und prall die fliegenden Ameisen durch die Gegend torkelten, wie ungeeignet ihre läppischen Flügel waren: Das hätten sie anders ausgedrückt und verschwiegen, dass man gar nicht anders konnte, als die kaputtzumachen. Achim winkte zerstreut. Hinaus auf den Heizungsgang gelangte man durch den Keller, für den die Kinder natürlich keinen Schlüssel hatten, und für das Gittertor auch nicht, also kletterten sie aus den Rückfenstern der Parterrewohnungen, wenn sie da bei Michael oder Markus oder Susanne zu Besuch waren.

Achim suchte Verstecke für seine Zukunft mit Marion. Es war drückend heiß von einem Moment auf den anderen, ich geh noch mal zum Briefkasten, ja, gut. Denn angrenzend an den Heizungsgang: das Nachbargrundstück, verlassen. Der übernächste Nachbar passte auf, dass die Kinder dort nicht spielten, also: Er schrie sie an, wenn sie es taten.

Es wurde viel geschrien.

Es gab verlassene Häuser in ruhigen Wohnlagen.

Die Luft stand still.

Schade, dass Marion nicht im Parterre wohnte, dann würde sie durchs Küchenfenster entkommen können, zwei Schritte über den Heizungsgang, und dann hinter ausgewucherten Koniferen, Lebensbäumen, Ginster, Goldregen, Blauregen, alles durcheinandergeschossen und vernäht mit sehnigen Brombeerranken, und da würde er dann schon auf sie warten, und sie hätten das ganze Haus für sich, liegen gebliebene Quick-Jahrgänge aus den Siebzigerjahren, rosinenfarbene Spinnen in den Netzen vor den Fenstern, im ersten Stock ein Luftgewehr, das zu Staub zerfiel, wenn man danach griff, Holzwurm.

Achim wischte sich den Holzstaub von den Hosenbeinen und legte den Lauf und seinen Metallursprung vorsichtig wieder auf den Boden. Von der Stirnwand klappte die Tapete zur Seite wie ein Buchdeckel. Vielleicht eine neue Matratze, aber wie sollte er die hier reinbekommen. Ein Futon, davon hatte Barbara anfangs gesprochen, in Schöneberg gab es so ein Geschäft, es war ja gesund, möglichst hart zu schlafen. Und lange würden Marion und er sich hier sowieso nicht aufhalten. Den Futon konnte man einrollen und hier durchs Fenster bugsieren, im Schutze der Dunkelheit, aber es war nun mal Barbaras Idee gewesen. Andererseits musste Marion ja gar nicht durchs Parterrefenster klettern, sie konnten sich im Keller treffen und dann gemeinsam die paar Meter von der Kellertreppe ins Freie überwinden, der Jägerzaun ein Klacks im Vergleich zur Rostbarriere des Laehr-Grabmals im Schönower Park. Der Heizungsgang, das wäre ihr Todesstreifen: Wenn sie da jemand sah von oben, dann war alles aus, dann gab es wirklich gar nichts mehr zu erklären und zu beschwichtigen. Mal zusammen am See oder im Park, das mochte ja noch angehen, aber zusammen nachts hier über den hellgrauen Strang des Heizungsgangs, ins Gebüsch, ab durch die Hecke: kaum.

Er ging vorsichtig über die Dielen. Was, wenn der Holzwurm da auch drin war und Griff und Schulterstütze des Luftgewehrs nur seine Vorspeise, Honigmelone mit Parmaschinken. Dabei vermied Achim die Einfallswinkel der Fenster, bis er stehen bleiben musste, weil das Gewicht der Planeten ihm die Luft aus dem Körper zu drücken schien.

Ja, er wollte sich mit Marion verstecken. Und wie köstlich es wäre, fast unter den Blicken der anderen. Und wenn keine Zeit war und keine Gelegenheit, dann könnte man sich damit trösten, dass man am Versteck vorbeiging, jeden Tag, sooft man wollte, und man wusste, es war immer da und dass dort die Matratze, sobald man eine hätte, nach Marions Haar riechen würde oder ihrem Rücken. Die Laken. Die man dann natürlich besorgen würde. Also er. Bei Woolworth.

Aber dann das Wissen, wie kompliziert das werden würde, und wie irre, und was im Winter, und schon allein der Gedanke an die überübernächste Jahreszeit riss plötzlich ein Panorama auf und eine Weite, in deren Angesicht ihm die Luft entwich.

Was, wenn man einfach. Es war ja nicht unerhört, nicht so, als gäbe es das nicht. Also, wenn er mit Barbara spräche, die war doch auch nicht glücklich. Und Marion mit Volker, die Kinder würden ja bei ihr bleiben, das ging doch bei denen auch zu Ende, darüber konnte man offen reden, und Achim mochte die Zwillinge. Womöglich wäre alles ganz einfach. Oder, noch besser: Barbara ginge zurück nach Bonn, hatten sie nicht gesagt, die Tür am Institut stünde ihr immer offen? Und dann könnte Volker mit den Zwillingen in der Wohnung bleiben, die brauchten doch ihre vertraute Umgebung. Und Marion käme zu ihm, und es waren nur zwanzig, dreißig Schritte über den Hof, Trampelpfad.

Sie müssten sich nur einmal durchringen, und dann brauchte es diesen ganzen romantischen Scheiß nicht mehr. Hier in so einem verlassenen Haus herumknistern, gerade hatte er ein Gänseblümchen vorn ins Luftgewehr stecken wollen, unser Achim, der ist ein Träumer.

Er atmete vorsichtig und stellte sich Barbaras Gesicht vor, wenn er es ihr sagte, aber es misslang, er sah ihren Körper, die Rückenlinie, ihren Nacken mit den obersten Wirbeln über dem Pullikragen oder der Bluse. Wie er da würde hinfassen wollen, aber sie würde ihn abschütteln, fass mich nicht an. Oder, und das war noch schlimmer, sie würde gar nicht reagieren. Sich ins Bett legen. So wie jetzt.

Aber es war nicht unvorstellbar. Es war das Härteste und das Schwierigste, was er je gemacht hatte. Es wäre nicht ideal, aber machbar. Jedoch.

Was er sich gar nicht vorstellen konnte, waren Marions Gesicht oder ihre Rückenlinie oder ihre obersten Wirbel, wenn er ihr diesen Plan unterbreitete. Womöglich wollte Marion von ihm keine Pläne, sondern was anderes. Aber was.

Er ging die Treppe hinunter, an der Seegrastapete die Umrisse eines Kranichs. Er bekam Lust, was kaputtzumachen. Die Küchenschranktüren waren so dünn, dass sie ihm leidtaten.

Kapitel 16

Sweetie, calm down.

Donnerstags ging Marion direkt vom PX zur Frauengruppe. Dann hatte Volker die Kinder. Siebenundsiebzig, achtundsiebzig, wann hatten sie angefangen, Ulrike Meinhof, Margarethe von Trotta. Es war eng geworden in Juttas Wohnzimmer Richtung Buschgraben, Erdgeschoss mit Gartennutzung, dunkel von den Weiden und Kiefern, und im Sommer hatte Marion immer Abdrücke von Juttas dänischen Flechtstühlen hinten an den Oberschenkeln, wenn sie nach zwei Stunden aufstand. Von sechs bis acht machten sie das, mit Schafskäsewürfeln und Oliven und eingelegtem Gemüse, und nach ein paar Monaten auch mit Wein, und irgendwann gab es nur noch den Wein, Retsina.

Jutta hatte sie damals vor dem Kinderladen in Nikolassee angesprochen, und Marion hatte sich anschließend kurz gefragt, woran es gelegen hatte. An den vergleichsweise kurzen Haaren, die Jutta auch hatte? Daran, dass sie Marion beim Augenrollen ertappt hatte, als der Leiter der Elterninitiative schon wieder von den »Stadtindianern« anfing? Jedenfalls: ob Marion nicht mal »vorbeikommen« wolle, sie und ein paar andere Freundinnen, »gute Frauen« (das blieb Marion hängen), sie würden das schon eine Weile machen. Frauengruppe. Wie in Amerika. Man sprach »über so Fragen«, da gab es eine Broschüre, die hatten Frauen in Kreuzberg übersetzt, die Broschüre war aus Chicago, also aus dem Kreuzberg von Chicago, Southside. Um sich ein Bewusstsein zu bilden. Für die Situation. Als Frau. In der Gesellschaft. Und zu Hause.

»Bisschen über Männer lästern«, sagte Marion, während sie nebeneinander über den Flur liefen, wo die Bilder so irritierend niedrig hingen, Kreppknüll-Klebearbeiten auf Tonpapier, viele Eulen darunter.

Jutta lachte. »Na ja, und uns gegenseitig stärken. Genau.« Marion nickte. Das war ihr schon fast wieder zu ostig: dieses ewige sich gegenseitig stärken müssen, und diese Angewohnheit, auf jede Offensichtlichkeit, der niemand zugestimmt hatte, ein Genau folgen zu lassen. Aber da wusste sie schon, dass sie hingehen würde, genau. Sie mochte, wie Jutta sich den Riemen ihrer Tasche alle paar Schritte wieder auf die Schulter zog, obwohl der gar nicht runterrutschte: energisch, als hätte sie noch richtig was vor. Außerdem freute sie sich auf Volkers Gesicht, wenn sie sagen würde: Frauengruppe.

Frauengruppe?

Ja. Genau. Frauengruppe.

Die anderen waren schon mittendrin, was die Fragen anging, als sie, wie man hier überall sagte, dazustieß. Da gab es eine Art Katalog, und jede Woche sprachen sie über eine andere Frage, so, wie Frauen auf der ganzen Welt es seit ein paar Jahren taten. Frauen auf der ganzen Welt, das war auch wieder dieser Ost-Sound, aber sie war da schon sehr empfindlich, selbst zwanzig, fünfundzwanzig Jahre später noch. Dass sie so was nicht einfach überhören konnte. Unsere Schwestern in X, unsere Schwestern in Y. Na ja, ganz so schlimm war es hier nicht. Inzwischen schafften sie auch nur alle zwei Wochen ein Treffen. Wenn mehr als drei nicht konnten, ließen sie es ausfallen. Regine, Sigrun, Linde, Monika, Anita, Doris, Jutta und eben Marion.

Doris hatte die Fragen auf Matrize abgezogen, sie war

Schulsekretärin, das glatte, hellbeigefarbene Papier und die blau-lilafarbene Schreibmaschinenschrift erinnerten Marion an die Zettel, die die Zwillinge von den Lehrerinnen mitbekamen: Wandertag, was in den Turnbeutel gehörte, Sommerfest, dass Kinder keinen Walkman mit in die Schule bringen durften. Doris hatte einzeilig geschrieben, damit die Fragen alle auf eine Seite passten. Zur Begrüßung tranken sie Tee aus braunen Tassen, und wenn Marion sich an einen Geschmack gewöhnt hatte, wechselte Jutta auf einen anderen, Pfirsich-Maracuja.

Als sie das erste Mal da war, waren die Frauen schon ziemlich weit auf der Liste, ungefähr in der Mitte, »du kannst dir über die anderen Sachen ja selbst mal Gedanken machen, es gibt immer wieder Gelegenheit, das dann hier einfließen zu lassen«. Eine hielt sich immer für die Chefin, das war Anita. Sommersprossen, dickes blondes Haar, Milde Sorte auf dem Balkon, kein BH. So eine, die auch immer den Schulbasar an sich riss und sich dann beklagte, dass auf die anderen kein Verlass war: Alles musste man selber machen. Doris schwieg und lächelte und zog Matrizen ab, Jutta hatte das größte Wohnzimmer und seit ihrer Schilddrüsen-OP immer so bunte Schals um, manchmal merkte Marion, dass Jutta sie schon lange aus dem Augenwinkel beobachtete. Sie zog die nackten Füße hoch auf dem groben Geflecht des Korbstuhls, wenn sie hier war, und fühlte sich friedlich. »Dass du noch Zeit für Nagellack hast, bewunder ich ja«, sagte Regine. Marion wackelte mit ihren Zehen, orange. Musste sie hier eigentlich von Achim erzählen? Wie sie Sex auf dem Dachboden gehabt hatten, zum ersten Mal. Einen Tag, nachdem sie ihre Tage bekommen hatte. Mit der Idee hätte sie Volker mal kommen sollen, der hatte Angst, sich da mit irgendwas anzustecken: ihrem Blut.

Warum hast du den Mann geheiratet, mit dem du verheiratet bist?

Bei der Frage wäre sie eigentlich fast gleich wieder abgehauen. Was dachten die sich eigentlich? Wie stellten die sich das vor? Wenn man mit fünfzehn von woanders kam und keine Menschenseele kannte, und dann fand man einen, der wirkte schon wie eine ganze Familie, als er allein auf einen zukam, den Teltower Damm runter, auf dem Weg zur Polizeischule in Tempelhof, und stur in der dunklen Uniform des Polizeirekruten, was nun Ende der Sechziger wirklich keine Selbstverständlichkeit war. Und warum hatte sie da überhaupt in der Prinz-Handjery-Straße gewohnt, möbliertes Zimmer bei einer Wirtin, die nach Pipi roch, und man hoffte, es kam von der Katze, die Fassade im Ritterstil von Anfang des Jahrhunderts, als das modern gewesen war, jetzt nur noch verwinkelt und verwittert und vorbei. Nee, weggekommen war sie hier nie: Das eine Mal weggehen hatte ihr gereicht. Und dann das Gefühl, im PX sowieso den ganzen Tag in einer völlig anderen Welt zu sein, Transatlantik. Also: einer, der sich traute, in Polizeirekrutenuniform den Teltower Damm runterzulaufen. Und weil sie in den gleichen Bus stieg, Zehner zum Oskar-Helene-Heim, Haltestelle Mühlenstraße Ecke Teltower Damm, grüßten sie einander bald. Oder erst mal er sie. Und wenn der sich traute, in der Polizeiuniform am Oskar-Helene-Heim in die Studenten-U-Bahn zu steigen, dann traute er sich vielleicht auch, mit ihr klarzukommen. Damals ahnte sie nur vage, dass das schwierig werden könnte.

Was glaubst du, wie Männer dich sehen?

Ganz früher mochte sie dieses Ding mit dem Pferdestehlen, und wenn die anderen, also die Männer oder Jungs sie so sahen, als eine, mit der man das konnte: Dann wäre ihr das recht gewesen. Aber lange dauerte das nicht. Im Heim im Herbergerweg war es ihr lieber, wenn die Männer oder Jungs sie als eine sahen, die erst zuschlug und dann Fragen stellte. Seit sie die kurzen Haare hatte, schauten Männer nicht mehr so hungrig. Aber dafür sie.

Was ist deine Einstellung zur Hausarbeit? Was tut dein Ehemann im Haushalt?
Die Wahrheit war, dass sie gerne Hausarbeit machte, weil die Aufgaben klar waren und der Erfolg unmittelbar. Die Wahrheit war, dass sie nicht verstand, warum Volker das nicht sah und nicht verstand und nichts tat und nichts konnte, und dass sie angefangen hatte, ihn deshalb für dumm zu halten. Es war eine der vielen Verschleißerscheinungen. Wie er damals, den Teltower Damm runter, in der Polizeirekrutenuniform: Nein, da hätte man doch nicht gedacht, dass er nicht würde begreifen können, wie man was womit wusch und was wo in den Geschirrspüler gehörte. Und dann stand er den ganzen Tag nur rum und sah auf ein Gebäude und die Straße davor und sprach in ein Funkgerät, dass er dort nichts sah, oder wie hatte sie sich das vorzustellen.

Fühlst du dich schuldig, wenn deine Wohnung schmutzig ist?
Die Frage verstand sie nicht. Da wäre sie gern dabei gewesen, als die anderen das besprochen hatten. Was verstanden die unter schmutzig? Sie fand die Wohnung von Jutta nicht so sauber. Die Holzoberflächen waren klebrig. Nicht, dass sie das gestört hätte. Aber hier leben? Es war ja nun nicht so schwierig, Dinge einigermaßen sauber zu halten. Andererseits, vielleicht hatten die ganz andere Standards, und Jutta war hier die Zweitschmutzigste, und alle wären schockiert, wenn sie ihre Wohnung sehen würden, Marions. Oder? Und dann rutschte sie in einen Tunnel oder einen Brunnen, eine Urangst von ihr: wie ein Kind von ihr über eine Wiese rannte, oder sie als Kind,

ein Feld, und der Bauer hatte den stillgelegten Brunnen nicht überdeckt, das Loch war überwachsen, und dann fiel das Kind hinein, oder sie als Kind, und man rutschte immer tiefer, und es wurde immer enger, und selbst wenn sie einen noch fanden, war man unerreichbar, und niemand wusste, ob die Zeit noch reichen würde. Wie man fester steckte, je tiefer man Luft holte, und ob man den Himmel noch sah, war auch egal, so tief, so eng. Und dieser aufgegebene, aber ungesicherte Brunnen war für sie die Frage »Fühlst du dich schuldig« oder einfach nur das Wort »schuldig«. Wegen einer schmutzigen Wohnung? Wenn sie sich erlaubte, »schuldig« zu denken, kam sofort Sybille. Aber was konnte sie dafür. Ihre Mutter hatte sie ja quasi weggetrieben. Und sie hatte zu lange gewartet mit den Briefen.

Weil die Briefe, wenn sie sie dann doch geschickt hätte, womöglich gar nicht angekommen wären.

Weil ihre Mutter, wenn die Briefe angekommen wären, sie abgefangen hätte.

Oder weil Sybille, so wie sie, auch keine Sprache gehabt hatte dafür, wie sehr Marion sich schuldig gemacht hatte. Schmutzige Wohnung. Sie kicherte erschöpft.

»Marion?« Alle Augen auf ihr.

»Nichts«, sagte sie. »Volker weiß nicht mal, wie die Waschmaschine geht.«

Sie nickten. Ein Scheißgefängnis aus weißer Ware: aus Waschmaschinen, Kühlschränken, Herden, Geschirrspülern, Bettwäsche, Frottee. Ein Gefängnis schloss sich ans nächste, wenn man so wollte, wann kam man je irgendwo raus. War das ein Irrgarten oder was.

Und jetzt sprachen sie hauptsächlich darüber, wie man mit der neuen Sache umging: mit den Strahlen und der Wolke, der Kontamination. Dass man sich nicht verrückt machen lassen durfte. Dass man aber auch aufpassen musste. Wegen der Kinder. Jutta zwinkerte ihr zu. Wo waren deren Kinder eigentlich, wenn Frauengruppe war? Beim Vater, sagte Jutta. Den hatte sie schon lange rausgeworfen. Das fand Marion unvorstellbar, von der Vehemenz her. Wie sollte sie wegen Volker so dermaßen in Wallung geraten, dass sie ihn warf und er flog, raus. Aber vor dem verseuchten Kram hatte Jutta auch nicht so richtig Angst, sie zwinkerte Marion zu und knetete ihre Knöchel, wenn Regine und Monika klagten, wie schwer es war, sich an Geschmack von H-Milch zu gewöhnen, so muffig, einfach nicht frisch.

Hast du das Gefühl, dass das, was du mit deinem Tag anfängst, so wichtig ist wie das, was dein Mann mit seinem Tag anfängt?
Das war fast ihre Lieblingsfrage. Die fiel ihr manchmal im Bett ein, wenn Volker neben ihr lag. Dann musste sie fast lächeln. Äh – ja? Was sonst? Der saß in einem halben Container und bewachte ein Gebäude, in dem der Bundespräsident so gut wie niemals war.

Was möchtest du im Leben tun?
Was hat dich davon abgehalten?
Das war ein quälender Abend gewesen, als sie über diese Fragen gesprochen hatten. Sich anhören zu müssen, was andere so für Träume hatten. Das war, hatte sie festgestellt, am Ende fast noch uninteressanter, als wenn andere erzählten, was sie letzte Nacht geträumt hatten. Außer man kam drin vor. Obwohl, selbst dann nicht. Eigene Läden, was mit Holz, was mit Menschen, was mit Medien. Man durfte es einfach nicht aussprechen, dann wurde es klein. Marion war froh, als der Abend rum war, bevor sie an die Reihe gekommen war. Jetzt dachte sie: Ich möchte im Leben gern mit dem Nachbarn von gegenüber schlafen, denn: Warum eigentlich nicht, und: Genau, was sollte mich davon abhalten, es immer wieder zu tun? Wie Achim da

die Laken so umgehängt hatte, dass sie eine Art Zelt hatten, er nannte es Fort, er war so ein Indianerjunge vielleicht, Karl May, und wie ihr metallischer Geruch sich vermischt hatte mit diesem Persilarielomo von den Laken, und einige Minuten war alles viel erträglicher erschienen, er über ihr, sie über ihm, und wie er danach gelacht hatte, erleichtert, aufgekratzt, ausgelassen wie eine gehackte Zwiebel in heißer Butter, und ihr roter, schwarzer Rand an seinem Schwanz, als er auf ihrem Bauch lag. Das war doch gut. Das wollte sie im Leben tun, und, genau, was sollte sie davon abhalten.

Wie hast du als kleines Mädchen gelernt, was »weiblich« bedeutet?
Anpacken, aber keine Anerkennung dafür erwarten. Das war die neue Frau, egal, wie sie das sonst beschrieben. Das stand ja an den Wänden, innen und außen. So lernte man das.

Machst du dir Sorgen, nicht »richtig weiblich« zu sein?
Na ja, der rote Faden war, dass andere sich darum Sorgen machten. Volker, die Lehrerin: Das machen eigentlich die Väter bei uns, die Elternhilfe beim Spielplatzbau.

Was hast du als kleines Mädchen getan, was sich von dem unterschied, was kleine Jungen tun? Warum? Wolltest du je etwas anderes tun?
Da hatte sie zum ersten Mal gemerkt, dass sie von Anfang an oder am Ende eben doch nicht von hier war. Klar, sie hatte mit Puppen gespielt, aber die Pionierhalstücher hatten für Jungen und Mädchen gleich ausgesehen, und sie wollten alle Juri Gagarin sein. Oder in Wahrheit nur sie und die Jungs? Als sie an der Reihe war, zuckte sie mit den Achseln. »Ach Mensch, du bist ja aus dem Osten«, sagte Regine, als würde das alles ändern, und womöglich tat es das ja auch.

Was haben deine Eltern dir über Sex beigebracht?
Mein Vater nichts, der ist beim Russen geblieben, aber nicht zum Teetrinken. Meine Mutter hat mir das Buch »Die Frau« in die Hand gedrückt und gesagt, ich könnte sie gerne »mit Fragen behelligen«, ihre Tür stünde immer offen, als wollte ich vorsprechen bei der Parteisekretärin wegen der freiwilligen Planerhöhung. Die anderen lachten, als sie das sagte.

Was ist deine Haltung zur Menstruation?
Haltung? Na ja, im Moment dachte sie an Achim, wenn sie das Wort hörte. Aber vor ein paar Monaten hatte sie lange zugehört, als die anderen über Scham und den Ärger über die Scham sprachen. Sie fand die Periode vor allem unpraktisch und ungerecht. Sie hatte sich Binden noch in Zeitungspapier eingeschlagen über den Apothekentresen reichen lassen müssen, als wäre darin eine Sauerei. »Wenn Männer einmal im Monat aus dem Schwanz bluten würden«, sagte Jutta, »wäre jeden Monat eine Woche frei, und es gäbe überall umsonst Zeug dafür, und sie würden angeben, wer am meisten blutet.« Die anderen lachten, ein paar wiegten aber auch die Köpfe, Regine: Wenn Jutta über Männer lästerte, kam das nicht bei allen gut an.

Wie hast du dich gefühlt, als du deine erste Periode hattest?
Ging so. Wie die Mutter ihr die Binden hingelegt hatte und darunter eben »Die Frau«, VEB Verlag Enzyklopädie Leipzig, mit dem Einkaufszettel vom Morgen als Lesezeichen: »Die Zeit der Geschlechtsreife ist durch die monatliche Regelblutung charakterisiert«, ach so.

Was war deine erste sexuelle Erfahrung?
Die erste Nacht im Heim?
Ach komm, dachte Marion. Sei nicht so melodramatisch.

Kapitel 17

Nachts zogen die Sudaschefski-Töchter durch die Straßen und klauten den Zehlendorfern die Mercedessterne von den Motorhauben. Unser meist verlangtes Ersatzteil. Ab einem gewissen Baujahr konnte man die nicht mehr einfach so abdrehen, davor aber schon. Saskia, mit unangezündeter Lord im Mundwinkel, solange niemand zu sehen war, hatte dieses Spezialwissen inzwischen verloren, oder es war ihr egal geworden, aber sie hatte es rechtzeitig weitergegeben an Anke und Marlene. Sie stand Schmiere, ohne es sich selbst und den beiden kleineren Schwestern einzugestehen.

Wie hatte sich das jetzt eigentlich ergeben, dass sie hin und wieder zu dritt, wie Anke, die Mittlere, das nannte: um die Häuser zogen. Marlene, elf, sagte gar nichts, weil sie Angst hatte, die Kostbarkeit des Dreisamseins dadurch aufs Spiel zu setzen. Saskia rollte mit den Augen und pulte sich, um nichts sagen zu müssen, imaginäre Tabakkrümel von der Zunge und der Unterlippe, obwohl, sie rauchte doch Filter. Aber mit dem Blick und den Mundwinkeln eines Mannes Mitte fünfzig, der in einem fantastischen New York die Zufahrt zu einem Schrottplatz regelte. Die Mercedessterne versteckte Marlene bei sich im Bettkasten, und Anke gab damit in der Schule an. Für Saskia war das nichts mehr. Das Gerücht hielt sich hartnäckig: Mancher Autobesitzer hätte die Kanten seines Mercedessterns anschleifen lassen, rasiermesserscharf (das Wort war wichtig und fiel immer in diesem Zusammenhang). Sodass man sich die Finger aufschlitzte oder abschnitt beim Versuch, das beliebteste Ersatzteil abzudrehen. Marlene wartete immer gespannt, sie mochte Blut, aber es passierte nie was.

Dafür passierten andere Dinge. Die knutschenden Nachbarn. Die waren auch ganz schön unterwegs. Das verlief, was die Sudaschefski-Schwestern anging, in so einer ansteigenden und wieder abfallenden Kurve: wie sie das erst langweilig, dann leidlich spannend und nach kurzer Zeit nur noch ätzend fanden. Bisschen wie Tschernobühl. Marlene saugte immer noch ein bisschen Honig daraus, wie dramatisch es gewesen war, als die Pausenaufsicht sie aus der Weitsprunggrube, von den Bänken und hinter den Fahrradständern hervorgetrieben hatte, als es Ende April geregnet hatte, und wie alle durcheinandergeschrien hatten, erst aus Spaß, dann, weil man wirklich Angst bekam, wenn alle um einen herum beim Rennen schrien. Aber jetzt konnte keiner die Rennen-und-schreien-Geschichte von Marlene mehr hören, und die Schwestern erst recht nicht, und die knutschenden Nachbarn nervten auch.

Und dann, ganz kurz, erschien was Neues auf ihrem Radar: die andere Nachbarin. Also, die Nachbarin, die zu dem einen knutschenden Nachbarn gehörte. Die beiden, die ihre Mutter »die neuen Nachbarn« nannte, obwohl die jetzt auch schon eine Ewigkeit hier wohnten, was die drei Schwestern anging; das mussten Monate sein.

Sie lungerten auf der Bank am hinteren Parkeingang herum und warteten auf die Ferien (Marlenes Gefühl), aber das war noch ewig hin (Ankes Einschätzung). Saskia schob die Lord mit der Zunge von einem Mundwinkel in den anderen, ohne dass sie matschig wurde, das musste man auch erst mal hinkriegen.

Die neue Nachbarin also. Anke und Marlene blieben mit den Blicken an ihr hängen, weil sie dieses rötlich-blonde Haar hinter sich herfedern hatte, egal, wie gebückt sie hier durchs Bild huschte. Diese Haare waren gut, gegen die war nichts zu sagen, es war ganz erstaunlich, solche Haare an einer Erwachsenen zu sehen.

Bis vor Kurzem hatte Barbara sich gefragt, ob ihr Leben ein anderes wäre mit Mut zu so Haaren wie die Bangles, da ragte man ganz anders in die Welt, und wie war sie bei Diana Spencer kurz vor der Hochzeit stehen geblieben, warum kam sie da nicht weiter, haartechnisch. Richtig was auftürmen. Aber so was hatte hier niemand. Von hinten ging sie fast als Popperin vom Schadow-Gymnasium durch, drei Straßen weiter.

Saskia verdrehte sich quasi die Augenwinkel, um auf keinen Fall was davon zu verpassen, wie die Haare der neuen Nachbarin hier durcheinanderfielen, zugleich war sonnenklar, dass sie sich nichts anmerken lassen würde.

Die neue Nachbarin also huschte. Die war ja wohl komplett im Eimer. Bisschen dünn angerührt. Sie streifte die Bank nur deshalb mit dem Blick, weil sie sich vielleicht gerne hingesetzt hätte, nicht, weil sie die drei Schwestern hätte grüßen wollen oder weil sie sich deren Gruß abholen wollte, wie alle anderen Nachbarn. Die Luft roch nach allerhand Pflanzenzeug. Keine von ihnen wusste, wie lange es diese unausgesprochenen gemeinsamen Abende noch geben würde oder wie schnell nicht mehr, aber wenn sie später gefragt werden würden, hast du Geschwister, dann würden sie immer an diese zufälligen Zwischenabende im Mai denken und mit einer großen Liebe und Zufriedenheit sagen: ja, zwei Schwestern.

»Sag mal«, sagte Marlene, »heult die?«

»Mann ey«, sagte Anke, »bist du stulle.«

Saskia schob ihre Lord hin und her und überlegte.

»Die hat so was von geheult«, sagte sie nach einer Weile.

Kapitel 18

Was gab es hier überhaupt für Männer. Vielleicht hatte Marion die falschen Vorstellungen, aber wenn sie sich das hier anschaute. Helmut Kohl. Eberhard Diepgen. Heinrich Lummer. Hans-Dietrich Genscher. Das waren die Männer, die es hier gab. Alle schon von dieser Formlosigkeit im Gesicht und im Körper, man sah die im Fernsehen oder auf dem Hof, und die hatten gar keine Gestalt, sie konnte sich nicht mal ihre Penisse vorstellen. Wie sah der Schwanz von Eberhard Diepgen aus, oder von Helmut Kohl, da versagte einem doch die Fantasie. Die beiden Lothars waren ja nicht anders. Und sie merkte, wie Volker auch langsam diese Form bekam. Es war gar nicht so sehr, wie die Körpermasse mehr wurde. Sie bildete sich ein, dass sie das nicht störte: nicht von der Handhabung her, auch nicht vom Anschauen. Sondern wie sie sich erlaubten, immer mehr Raum einzunehmen. Sie wurden immer riesiger. Wie sie ihre Konturen verschwimmen ließen, die verwischten die doch aktiv, die wollten eins werden mit dem Hinter- und dem Vordergrund, die wollten, dass die ganze Welt wurde wie sie. Die wollten sich alles einverleiben. Diese Männer, die es hier gab, waren wie eine neue Evolutionsstufe.

Und Volker bekam auch dieses Formlose. Vielleicht durch eine Unzufriedenheit von innen, die in dieser Form nach außen drängte, die wussten einfach nicht, wohin mit sich, sodass ihnen nur noch blieb, alles zu verschlingen, was sie umgab.

Mr. Kruger im PX, der sich die Haare so seltsam über die Glatze legte, er hatte ein Mittel dafür, und sie wusste, wenn sie zu lange dahin guckte, verlor sie jedes Gespräch mit ihm, und dann wurde das nie was mit der Leitung. Wenn er in den Kühlraum ging, hielt er die Hand über seinen Kopf, fünf, zehn Zentimeter Abstand, damit die Haare beim Luftzug durch die Temperaturveränderung nicht hochklappten wie ein Deckel. Überkämmer, nannte Volker das, abfällig. Innerlich war er aber auch einer.

Honeckers Kussmund.

Und Achim? Sie wusste nicht genau, was sein Inhalt war, wie man das ausmalen sollte, aber klare Umrisse hatte er. Wie ein Ausmalbild. Dann dachte sie an seinen Penis.

All das, während sie:

den Auflauf in der durchsichtigen Form schichtete, Laborglas, sodass die Wände von innen fettig wurden mit Makkaroni und Margarine

die Kinder in und aus der Küche liefen, die Durchsuchung der Küchentischschublade nach Bastelausrüstung nur ein schnelles Auf- und wieder Zuknallen, nein, hier auch nicht

das Radio lief und die Werte höher wurden oder niedriger, sie hatte da vielleicht den Anschluss verpasst

sie den Herd zumachte und im Vorbeigehen an der Garderobe an ihrer Jacke entlangstrich.

Das kühle Wildleder, und wie sie sich darauf freute, wieder rauszugehen.

Sie schloss die Badezimmertür hinter sich, das widerspenstige Drehschloss, und sobald es zu hören war, rief es die Kinder auf den Plan. Mama, dauert das lange. Mama, wann kommst du wieder raus.

Der schmale Schlauch, hellgelbe Kacheln mit einem weißlichen Marmoreffekt, glänzend. Der Frotteeüberzug über dem

Klodeckel passend zum Badezimmerläufer, Volker bestand auf so was.
Dann kauf es bitte auch selbst.
Ja. Als ob ich nicht schon genug zu tun
Na ja, und ich
Okay.
Und dann brachte er so was allen Ernstes mit, vier verschiedene Sets, wie er das nannte, sie dachte erst, er meinte »Setz« wie bei Hunden, aus der Genthiner Straße, Möbelmeile: und wie unglaublich die Farben ins hellgelbe Bad passten, für so was hatte er ein Auge und ein Händchen. Die Farben hatte er ihr runtergebetet wie eine eigene Leistung: Perlmutt, Steingrau, Kreideblau, Lindgrün. Für sie waren das DDR-Farben wie vor dreißig Jahren, darüber lachte sie innerlich.

Sie kniete sich auf den stoffharten Klodeckel, das Wasser hatte so viel Kalk hier, und Volker wollte Weichspüler, darum nahm sie den nicht. Sie zog den Rollladen hoch, den Volker auch bei Tageslicht gern runterließ, damit er, wie er sagte, auch mal irgendwo seine Ruhe hatte. An Milchglas hatte hier keiner gedacht, darum hatten alle diese Wolkenstores, außer ihnen und den jungen Leuten von gegenüber. Der Rollladen von Achim konnte vier mögliche Einstellungen haben:
Morgen im Park.
Morgen am See.
Nachher auf dem Dachboden.
Doch nicht.
Sie rieb sich die Stirn und ließ ihren Blick über den Hof schweifen, als suchte sie etwas ganz anderes. Aus dem Augenwinkel registrierte sie, was Achim ihr signalisiert hatte.
Zweite Sprosse von oben: doch nicht. Sie spürte eine ganz deutliche große Enttäuschung, deren Ausdehnung ihr gefiel: So wichtig war er ihr also schon geworden. Und diese Spielchen

hier, Geheimzeichen mit den Rollläden. Aber solange man das selber noch merkte. Schön war, mal wieder was Großes zu spüren. Es hatte so ein bisschen abgenommen im Laufe der Jahre, es war immer weniger geworden, dabei hatte sie sich das eigentlich genau umgekehrt vorgestellt. Das Größte, wie sie einfach in die S-Bahn gestiegen war. Es wäre gar nicht gegangen damals, wenn sie sich am Abend davor nicht

wenn sie nicht

nicht, wenn sie

wenn nicht sie mit ihrer Mutter gestritten hätte, geschrien, bis ihr der Hals wehtat, und ihre Mutter mit verschränkten Armen, um nicht zuzuschlagen. Den Streit hatte Marion gesucht und gefunden

und niemand sonst

denn das war ja ihre Schuld

und niemandes sonst,

das wurde ihr von Jahr zu Jahr klarer. Die Schutzschicht aus »Es ging nicht anders« wurde ihr von Jahr zu Jahr dünner.

Andererseits: Was hätte sie

hätte sie was

Was hätte sie

Was sie hätte tun können, wäre nun also zum Beispiel gewesen: gar nichts. Also, weiter wie bisher. Was ja – paradox war das zu allem Überfluss auch noch – das Gleiche war: weitermachen wie bisher und gar nichts machen. Was dann bedeutete, dass das, was man machte, eigentlich nichts war. Nichtswürdig. Würdelos. Weshalb man dann auch genauso gut oder besser damit aufhören konnte.

Sie hasste, wie es aussah, wenn jemand ging. Welche Bedeutung dann alles bekam, wie inszeniert die Blicke, schön lang durch schmutzige S-Bahn-Fenster.

Sie mochte an Achim, dass er sie mehr daran denken ließ

als irgendwas und irgendjemand in den letzten fünfundzwanzig Jahren, ein Vierteljahrhundert. Und wie er ihr zugleich dabei half, weniger daran zu denken. Er riss ihr eine Wunde und half, sie zu heilen. Vierteljahrhundert, das klang auch so klein und groß zugleich. Nur noch ein Viertelstündchen, ein Vierteljahrhündertchen.

Ein Hut, ein Stock, ein Regenschirm. Oh, Helene, Ticki-Tacka-Tomba. Kein Hut, kein Stock, kein Regenschirm.

Sie klappte den Klosettdeckel hoch, frotteegedämpft gegen den Wasserkasten. Kalkränder, wo die Rohre zusammengeschraubt waren. War irgendwas jemals neu gewesen. Sie pinkelte und spülte im Sitzen, um das Wasser am Hintern zu spüren, endlich was los. Sie stand auf und sah noch einmal aus dem Fenster, vielleicht hatte sich drüben das Zeichen geändert. War Achim überhaupt schon zu Hause?

Quer über den Hof traf sie den Blick von Achims Barbara. Sie stand hinter dem Fenster des winzigen Zimmers neben dem Toilettenfenster. Das Zimmer war kaum groß genug für ein Gästebett, eine schmale Liege nur, man konnte was darin nähen oder vielleicht ein allererstes Kind unterbringen, am Anfang. Sie wusste nicht, was deren Pläne waren in Sachen Kinder. Sie kannte kaum Achims Pläne, sie betreffend.

Barbara lächelte fast und winkte ihr zu. Das kleine Gesicht straff gezogen durch den rötlichblonden Pferdeschwanz. Marion hob die Hand. Der Rollladen:

Morgen am See.

Kapitel 19

Wie tief die Krumme Lanke war: Das gehörte für Marion zum Wissen, das man schon immer gehabt hatte, es kam aus dem Nichts, flog einem zu, aber für Achim war es neu. Sie musste ihm alles sagen, es war aufregend und anstrengend, manchmal wurde sie müde davon auf ausgelassene Weise, lachschwach.

»Dreißig, vierzig Meter«, sagte sie.

»Riesenwelse«, sagte sie.

»Du vergackeierst mich doch.«

»Riesenwelse. Die schnappen sich abends die kleinen Hunde, wenn die von der Leine sind. Enten auch. Vielleicht mal ein Kind.«

»Ganz bestimmt kein Kind.«

Nebenan der Schlachtensee, größer und freundlicher, der Grund stürzte einem nicht so unvermittelt unter den Füßen weg. Aber der geschotterte Fußweg verlief näher am Ufer, die kleinen Strände waren breiter und tiefer, es gab weniger Buchten. Die Krumme Lanke war, als hätte die Eiszeit hier Verstecke schaffen wollen für Liebende, die keine sein durften. Und warum durften sie nicht? Weil sie nicht einfach hingingen und zu allen sagten, die das betraf: So ist das nun, und von jetzt an ist es so. Es tut weh, aber uns ja auch. Und darum taten sie es nicht und nannten es: durften nicht.

Buchten, Abhänge, von den Fußwegblicken geschützt durch hängende Äste, Weiden und Buchen. Baumstümpfe, auf die man Sachen legen konnte zum Trocknen. Der beige-schwarze Sand hinterließ Spuren auf der Haut und in den Schuhen.

Donnerstagnachmittag, perfekt eigentlich. Die Stunde, die man sich wegnehmen konnte. Sie hatten beide in etwa zur gleichen Zeit Schluss, und was man dann noch so alles zu erledigen hatte auf dem Nachhauseweg. Das zog sich. Vor allem, wenn sie später davon erzählten, zu Hause. Volker und Barbara. Volker kriegte das nachmittags gut hin mit den Kindern zu Hause, das wusste Marion, aber die Zeit verging ihm langsam. Du wolltest doch um fünf zu Hause sein. Na ja, ich musste noch was abholen bei Dr. Steinert. Ach ja. Ein Rezept. Was denn. Schon eingelöst. Er fragte dann auch nicht zu viel, er wollte sie ja nicht verhören, das spürte sie, aber sie wusste auch, dass er misstrauisch war. Vielleicht sogar schon resigniert. Du wolltest doch um fünf zu Hause sein: Barbara sprach das gar nicht mehr aus, sie guckte nur so.

Wo ist eigentlich deine Badehose. Das hatte sie neulich mal gefragt. Aus heiterem Himmel, wie man so sagte. Wo ist eigentlich deine Badehose.

Und Achim, wofür er sich später drei, vier Atemzüge lang hasste, aber in diesem Moment hatte es ihm fast gefallen, was kaputt zu reißen: Das musst du doch wissen. Was bildete er sich eigentlich ein.

Und dann tat es ihm leid, wie sie gleich nachgegeben hatte: Na ja, darum frag ich ja. Ich wollte die mal einsortieren. Am Ende haben wir die vergessen.

Aber Achim hatte sie längst aus dem Karton geholt und sie einen Tag drunter gezogen, aber das hatte geschubbert, den ganzen Tag im Labor, abends war er ganz wund gewesen zwischen den Beinen, und Marion hatte gepustet. Von da an versteckte er die Badehose, blau und klein, im Fahrradkeller, ein paar Tage später auch Marions Bikini, noch kleiner, noch blauer, hier, nimm mal gleich mit. In einer Aldi-Tüte, unterm Heizungsrohr, morgens klemmte er die Tüte auf den Gepäckträger, denn jetzt fuhr er Rad, er musste die Zeit nicht mehr verschlendern, sie war jetzt wertvoll. Nach der Arbeit waren die Badesachen klamm, wenn sie reinstiegen.

Eine Runde vorher, eine Runde hinterher. Der dunkelgrüne Baumkranz ums dunkelgrüne Wasser, dieses Wasser kalt unten an den Füßen, wo die unsichtbaren Welse nach einem schnappten. Ein alter Autoreifen an einem Seil überm See, Kinderschreie, Jugendliche, tiefer und kehliger als im Freibad in Bad Godesberg. Marion konnte kraulen.

Zwischen der Runde davor und der Runde danach:

ihre Anziehsachen über dem Baumstumpf, seine Jeanshose so schlapp in der Form seiner Beine, das Hemd ängstlich darauf bedacht, nicht in den Dreck zu hängen

die Unterhose da, wo Marion sie hingeworfen hatte

(nach der mussten sie immer suchen)

(und Handtücher vermissten sie immer erst hinterher)

wie sie hinterm Schützgebüsch knieten

die Stimmen vom Weg aus einer anderen Welt

Marions Fußsohlen, hart und dunkel

wie ihm die Kiesel und die Stöcke wehtaten an den Füßen

Stöcker, sagten die Kinder

Marions Lendengrübchen und den Schreck, den er bekommen hatte, als er sie zum ersten Mal gesehen hatte, die beiden Grübchen oberhalb der Pobacken, er hatte richtiggehend eingeatmet, denn

Nun ja

bisher hatte er gedacht, nur Barbara hätte die.

Und was wusste er eigentlich.

Wie heiß ihnen anfangs war, und wie kalt hinterher.

Die Linien auf ihrem Körper

von innen nach außen oder von außen nach innen
– ging alles von ihr weg oder alles zu ihr hin? –
Und was wusste er eigentlich.

Sand zwischen den Fingern und zwischen den Zehen, und er fühlte sich, als würde er sich in ihr in Sicherheit bringen, vor dem Sand und vor allem anderen.

Einmal tatsächlich, vielleicht sogar diesmal, heute, ein Wasserball, der auf dem See durchs Bild trieb, während sie ganz woanders waren, aber so was sah man dann doch. Von Delial vielleicht, gelb mit brauner Schrift, jede zweite Scheibe etwas dunkler, fast orange. Es musste Wind aufgekommen sein, den Ball hatte jemand aufgegeben.

Ihre Haare, ihre Beine, die Knochen in ihr, von ihr. Dann, als guckte sie durch ihn hindurch, von unten nach oben, oder wenn sie sich umdrehte. Wenn sie über ihm war, sah er vorm hellblauen, hellgrauen Himmel nur den Umriss ihres Kopfes, vielleicht ihr Kinn und die schräge Linie ihres Mundes, oder sie hatte die Augen geschlossen.

Das Sicherheitsgefühl durchströmte ihn, bis nicht mehr genug Platz in ihm war. Ganz nah schnüffelte ein Hund. Dieses Geräusch füllte plötzlich seine Welt aufwärts der Schultern, von links und von rechts, so schnell abwechselnd, als wäre der Hund an beiden Ohren zugleich zugange, ein mehrköpfiger Zerberus, aber der Hund war nur klein und flink.

»Scheiße«, sagte Marion und riss sich von Achim los. Er lag auf dem Rücken, der Sand juckte an seiner Haut, plötzliche Kühle in der Körpermitte. Der Hund knurrte, nun mach schon, steh auf, spiel mit. Er hörte am Geräusch der Wasserbewegung, wie Marion zwei, drei Schritte in den See ging und sich mit schnellen Kraulstößen vom Ufer entfernte. Seit dem Schnüffeln waren vielleicht vier oder fünf Sekunden vergangen. Achim griff hinter sich, in weiches hellbraunes Dackelfell. Er drehte sich auf den Bauch, sodass sein nackter Hintern in den Nachmittag ragte, weiß und unverschämt. Den Gesichtsausdruck dieses Hundes hätte er überall erkannt.

»Afra«, stellte er fest, rieb ihr die Schnauze und zauste ihre Ohren, und zugleich suchte er mit dem Blick seine Badehose. So schwer war es nun nicht, vom Fußweg hier herunterzukommen. Drei, vier Schritte jenseits der morschen Holzbalustrade, und Frau Selchow war gut zu Fuß.

Warum hatten hier alle einen Dackel, dachte er. Seine Badehose hing in Kniehöhe zwischen den Blättern einer Buche, die sich zum Wasser hin neigte. Marions rot-weißes Kleid lag zuoberst auf dem Baumstumpf. Er fand es sehr charakteristisch für sie. Und Frau Selchow vielleicht auch. Es kam ihm vor, als studierte sie erst das Kleid und dann ihn und den Hund, aber vielleicht wollte sie auch einfach erst mal nicht auf seinen Hintern starren.

»Bisschen abkühlen nach der Arbeit«, sagte sie, und bevor Achim den Hund zurückhalten konnte, entwand Afra sich seinem Kuschelgriff und lief, sprang ins Wasser, nach ein, zwei Hundepaddeln ein hellbrauner kleiner Alligator mit Fuchskopf.

»Guten Abend, Frau Selchow«, sagte Achim etwas förmlich und machte zumindest in den Ellbogen Anstalten, sich der Höflichkeit halber aufzurichten, und weil er nicht von unten nach oben Ausflüchte suchen wollte, da war man doch doppelt im Nachteil.

»Brauchen Sie ein Handtuch?«, fragte Frau Selchow. »Ich meine, wir sind auch gleich wieder weg. Aber vielleicht wollen Sie sich lieber auf die Socken machen. Fängt bestimmt gleich an zu regnen.« Jetzt guckte sie wieder zum Kleid.

»Ein Handtuch«, sagte Achim. »Nun.« Er drehte sich in einer Bewegung um, zog die Beine an und verschränkte die Arme darüber, sodass Frau Selchow seinen Hintern nicht mehr sehen musste, und auch sonst nichts als seinen sandigen Rücken, durch den die Wirbelsäule wie ein schmaler Weg lief. Sie betrachtete ihn einen Moment und wünschte wirklich, sie hätte ihm was umhängen können.

Diese jungen Leute.

Afra schwamm nach rechts um eine Weide, aus dem Blickfeld von Achim und Frau Selchow, um zu finden, was immer sie dort vermutete. Man konnte mit ansehen, wie der Himmel sich zuzog. Gehen wäre jetzt gut gewesen.

Sie trennten sich am Quermatenweg, sie fuhr mit dem Rad über die Fischerhüttenstraße, er nahm die Onkel-Tom-Straße. Im Teeladen in der Ladenzeile des U-Bahnhofs hielt er an, weil er das Bedürfnis hatte, Barbara was mitzubringen. Unter den etwas abfälligen Blicken des graubärtigen Teefachmanns entschied Achim sich für einen Teestrauß, bei dem in Zellophan verpackte Teeproben mit Kandis am Stiel, weiß und braun, zu einer Art Schnittblumenparodie gebunden waren, vierzehn neunzig.

»Danke«, sagte Barbara und wusste nicht, wohin damit. Im Laden hatten die in so einer Art Glasvase gestanden, aber zu Hause wäre das ja absolut albern gewesen: extra eine Vase rauszuholen, für Tee und Kandis. Abgesehen davon, dass sie beide nicht gewusst hätten, in welcher Umzugskiste Vasen waren oder ob sie überhaupt schon welche hatten: Waren sie für Vasen nicht viel zu jung? Barbara legte den Teeblumenstrauß in ein leeres Schrankfach, das dadurch im Handumdrehen zugemüllt und haltlos aussah.

»Was soll ich damit?«, fragte sie, aber mehr sich selbst, gar nicht so richtig aggressiv.

»Na ja, du trinkst doch gern mal einen Tee«, sagte Achim, stellte beim Aussprechen allerdings fest, dass er sich kaum daran erinnern konnte, Barbara je beim Teetrinken gesehen zu haben, geschweige denn beim gerne Teetrinken. Sie trank überhaupt recht wenig, fiel ihm auf. Als sie noch ein Bett mit Nachttischen gehabt hatten, hatte sie immer ein Glas Wasser neben den Büchern stehen gehabt, immer wieder Dumas, und einmal in der Woche kippte sie es ungetrunken in die Balkonkästen.

Sie sagte nichts.

»Wenn du es dir mal gemütlich machen willst.«

»Gemütlich«, sagte sie und sah auf den leeren Herd. Er konnte wirklich nicht erwarten, dass sie nun jeden Tag für ihn kochte, das wusste er auch. Aber Hunger hatte er schon.

»Du gehst ja nicht so gern raus, gerade«, sagte er.

Sie atmete ein und sah ihn an. Er kannte ihre Augen ganz gut, aber nie war ihm ein Blick fremder gewesen. »Ja, ja«, sagte sie. »Ich mach's mir gern gemütlich. Meinst du das.«

»Nein.«

»Hast du doch gerade gesagt.«

»So mein ich das nicht.«

»Was meinst du dann?«

»Also, zur Entspannung.«

»Ich bin ganz entspannt. Du wirkst eher nicht so entspannt in letzter Zeit.«

»Es ist nur ein scheiß Teestrauß.«

»Ja«, sagte sie. »Da sind wir uns ja wenigstens einig, in der Hinsicht.«

Kapitel 20

Ein andermal, auf dem Dachboden.
»Na ja, und dein Vater?«
»Wie, mein Vater?«
»Was hat der denn gemacht?«
»Der ist Zahnarzt.«
»Der war Zahnarzt im Krieg?«
»Nein. Der ist Jahrgang fünfundzwanzig.«
»Also, was hat er dann gemacht?«
»Und deiner?«
»Ich hab keinen.«
»Jeder hat einen.«
»Ich nicht. War dein Vater bei der Wehrmacht?«
Achim strich über ihren Bauch, die Streifen von den Zwillingen. Das Wort Wehrmacht gefiel ihm gar nicht. Wie passte das jetzt hierher. War das nicht viel zu groß. Oder andererseits zu klein. War nicht das, was sie hier hatten, viel größer als alles, was vorher gewesen war, und warum sollten sie sich das kaputtmachen lassen von dem, was die anderen angerichtet hatten. Das Wort fiel nur, wenn Werner Höfer über irgendwas redete, was die Generäle falsch gemacht und die Soldaten verbrochen hatten. Beim Kommiss, sagte sein Vater.
»Nein«, sagte er. Er merkte an ihrem Bauch, wie sie den spannte, dass Marion die Stirn runzelte. Jetzt erfind mir hier keinen Widerstandskämpfer.

»Badeunfall«, sagte er. »Als Kind. Mein Vater war taub auf einem Ohr, darum haben sie ihn zu den Bausoldaten gezogen.«

»Hm.«

»Später, als sie auch Halbtaube genommen haben, war er schon unentbehrlich.« Er merkte, wie er das Vaterwort übernommen hatte und wie er zugleich was erklären und ein bisschen angeben wollte. Unentbehrlich. Was für ein unglaubliches Lager. Niemand sagte ja, dass man die Drahtwände von seinem Dachbodenverschlag nicht abhängen durfte mit alten Laken, die viel unpraktischer waren als die Spannlaken und deshalb hier auf dem Dachboden lagerten, aber guck mal, so sieht uns keiner, und hier, aus den beiden kleinen Schaumstoffmatratzen kann man eine große machen, groß genug jedenfalls für uns und das, was wir vorhaben. Und dann hatte sie schon die Hand in seiner Hose. Der Schaumstoff roch nach Innovation und Ausgemustertwerden zugleich, es war verwirrend.

»Bausoldaten«, sagte sie. »Waren das nicht auch Soldaten?«

»Nein«, sagte er. »Die haben nicht geschossen.«

»Die haben gebaut«, sagte sie. Ihre Stimme ganz neutral. Er wollte das langsam beenden. Sie hatten ja nicht so viel Zeit. Und wenn jemand kam und sie hörte, bevor sie ihn hörten, dann war sowieso alles aus.

»Warum interessiert dich das?«, fragte er und nahm die Hände auseinander, um ihren Bauchnabel zu küssen.

»Warum interessiert dich das nicht?«, fragte sie.

»Hm«, machte er.

»Und was haben die gebaut?«, fragte sie und schob ihm die Hand unters Kinn, sodass er den Blick heben musste, ihre Augen oberhalb des überm Bauch zusammengebauschten Leinenkleids.

»Was haben die gebaut«, sagte er. »Brücken.«

»Brücken«, sagte sie.

Er nickte.

»Zwischen den Menschen«, sagte sie. Und dann kicherte sie so, dass er mitkichern musste, aber ihm war bange dabei zumute, und er sehnte sich danach, wie es vorher gewesen war oder wie es vielleicht noch werden könnte. Vielleicht mussten sie mal raus hier. Ganz woandershin. Tapetenwechsel. Aber wie und wohin, und wie sollte das weitergehen.

Kapitel 21

Für Volkers Lied musste alles stimmen. Er musste allein sein. Die Kinder im Bett, Marion unterwegs. Er hatte sich daran gewöhnt, dass sie ihm das nicht genauer sagte: unterwegs, sie hatte das so oft gesagt, dass es für ihn inzwischen so ein richtiges Ost-Wort geworden war.

Ich bin mal unterwegs. Wie sie dabei in den Flurspiegel guckte und sich das Haar hinters Ohr strich, obwohl es gar nicht mehr lang genug war, eine automatische Selbstvergewisserung. Und wenn die Kinder noch mal aufwachten: Mama ist unterwegs. Die fragten aber schon gar nicht mehr.

Und was noch stimmen musste für sein Lied: dieses Gefühl, dass er da tief drin noch was aufbrechen konnte in sich. Manchmal war es dafür schon zu spät, wenn Marion endlich weg war.

»Willst du dir wieder die Platte ausleihen, Papa?« Dieser Geruch nach Bettzeug, Schlafanzügen und Auslegware im Kinderzimmer. Das war dann wohl das Gegenteil von Unterwegssein. Im Gegentum, wie sein Kollege Heiner immer sagte, das war ein ganz Witziger. Der Ton seiner Tochter jetzt aber auf diese Art und Weise verschwörerisch, dass es Volker am Herzen riss: Nimm ruhig die Platte, ich merk doch, dass du dir die abends immer holst, ich weiß zwar nicht, warum und wozu, aber ich versteh dich schon, und das ist unser Geheimnis, okeh?

Er brummelte was, als wäre es eine lästige Pflicht, die Single aus dem Kinderzimmer zu holen. Die Zwillinge hatten keine fünf Platten in der Größe, daneben standen nur Europa-LPs.

»Hast du sie?«, flüsterte seine Tochter, er ahnte sie im Dunkeln.

»Ist gut«, sagte er, als hätte sie ihm die Platte aufgedrängt. Das dünne Cover seltsam strukturiert, wie sanft genoppt unter seinen Fingern. Sechs Mark bei Woolworth, da hatten die Kinder zusammengelegt.

Im Wohnzimmer klappte er den Plattenspieler auf, die 45er-Mittelscheibe lag noch auf dem Teller, die Einstellung war auch noch die gleiche. Marion hatte keine Zeit für Musik, der Plattenspieler im Wohnzimmer lief nur noch für dieses eine Lied.

Als das Lied das erste Mal aus dem Kinderzimmer gekommen war, war Volker gerade durch den Flur gegangen, und ihm war gewesen, als würde ihn jemand aufhalten. Er hatte sich nie viel aus Musik gemacht, vielleicht mal Blockflöte gespielt oder so was, Mundorgel, die Wissenschaft hat festgestellt, Don Alfonso hoch zu Ross, o Caramba. Bei der Arbeit hatten sie auch nur selten Musik an. Kam zu einem Zauberschloss, o Caramba.

Aber diese Musik, die wollte was von ihm. Oder er von ihr. Er ging also, vielleicht vor zwei Monaten, durch den Flur, und die Musik war, als käme ein helles Licht aus dem Kinderzimmer. E.T.-mäßig. Das ging doch gar nicht, was war da los. Für einen Moment dachte er, das sind jetzt Drogen oder etwas Ähnliches, jemand hatte ihm was reingeschmuggelt, da hatte er eine Schulung gemacht. Aber es war was anderes. Vielleicht, wenn er religiös gewesen wäre. Dann hätte er das besser verstanden. Dieses Gefühl. Erschüttert, hatte seine Mutter immer gesagt. Volker, ich bin erschüttert. So oft, dass das für ihn eigentlich gar kein Wort mehr war, eher ein Geräusch: lautmalerisch, ein Elternwort, wenn man wirklich nicht mehr weiterwusste.

Jetzt aber begann er zu begreifen, was das Wort wirklich bedeutete: Wenn einem etwas so dermaßen am Fundament rüttelte, dass es einen ganz durcheinanderbrachte, und wenn das vorbei war, musste man erst mal überlegen, wo und wer man überhaupt war.

Und das Sagenhafte war, es hörte nicht auf. Es war eine Quelle, an die er immer wieder zurückkehren konnte, sie versiegte nicht. Er kniete sich vor die Stereoanlage, roch den braunen Schafwollteppich und das seltsame Plastikholz des Phonomöbels und zog die Single aus ihrer Hülle. Sie knisterte elektrisch, obwohl sie sich längst an den Vorgang gewöhnt haben musste, sie schien eine geheimnisvolle Kraft zu besitzen, um sich aus sich selbst heraus immer wieder aufs Neue aufzuladen. Er legte sie auf den Filzteller und war stolz, wie ruhig seine Finger waren. Das mussten sie aber auch sein, denn er durfte den Auftakt nicht verpassen.

Als die Single lag und sich drehte, setzte er schnell die Kopfhörer auf, deren Spiralkabel noch in der Buchse steckte, Klinke. Die schwarzen Plastikpolster saugten sich an seinen Ohren fest. Er sah, wie die Automatik die Nadel in die schwarze Rille sinken ließ. Das sanfte elektrische Seufzen, als das eine Material aufs andere traf.

Dann: unbeschreiblich. Eine Art leiser werdender Trommelwirbel, ein Tusch, wie das verhallende Geräusch auf dem Schießstand. Im Hintergrund dieses mutig Voranschreitende, dumm-dumm dumm-dumm dumm-dumm, das hörte niemals auf, das brauchte keine Pause. Und dann dieses Piano, Klavier hatte er natürlich schon gehört in der Schule und vielleicht mal in der Urania, als Marion und er versucht hatten, gemeinsam unterwegs zu sein, vielleicht auch mal Dixieland in der Eierschale. Dieses Piano aber, das war wie in den Sternenhimmel gucken, da packte einen die Sehnsucht, es war wie

Klebstoff einatmen, aber man wusste, es schadete einem nicht, und keiner würde reinkommen und einem die Tüte wegreißen. Und dann aus dem Nichts diese Stimme, von der er nicht wusste, ob sie einem Mann gehörte oder einer Frau, es war ihm auch egal. Die Hülle gab hier auch keinen Aufschluss. Eine wunderbare Weichheit, die ihm erst peinlich gewesen war, man konnte sich da doch nicht so einfach reinfallen lassen, er ging ja auch nicht mit Anziehsachen ins Bett. Aber doch, man konnte.

Und dann, wenn das auf die Zielgerade einbog: »Du kannst gewinnen, wenn du willst, und wenn du es willst, kannst du gewinnen…«, aber natürlich auf Englisch, er fühlte sich weltweit dadurch. Es war wie eine Spirale, in die man sich da begab, die saugte einen an, man wurde richtig gefangen genommen darin. So ein Strudel von Zuversicht. Einerseits sagte einem die Stimme, dass sie den Schmerz verstand, den man spürte. Andererseits, dass es vielleicht eine Antwort geben konnte, einen Weg, wie das alles besser werden würde. Modern Talking: So müsste man heute sprechen.

Wenn Marion immer unterwegs war. Dass sie überhaupt schon unterwegs gewesen war, als man sie kennengelernt hatte. Dass sie für einen gar nicht so richtig angehalten hatte, mehr so gewinkt wie aus dem Zug, und man selbst stand noch auf dem Bahnsteig, und wenn man gedacht hatte,

die Hochzeit in Kladow

der Ausflugsdampfer mit dem Onkel an der Orgel

der gute Anzug

ihr weißer Hosenanzug, du kriegst mich in kein Kleid, was ist das für eine Westscheiße

wenn man gedacht hatte, das würde sie irgendwie fest-, auf- oder auch nur anhalten, na ja, dann hatte man sich geschnitten. Aber wenn es dann hieß, dass man ja doch gewinnen konnte, wenn man es wollte, und dass man es nur wollen musste, dann würde man gewinnen – das ließ dann alles schon wieder ganz anders aussehen. Man musste das einfach noch mal versuchen, was einfädeln. Wie er gedacht hatte, mit dem Sex, da würde er sie beeindrucken, aber dann wusste sie irgendwie schon alles. Dieses Gefühl, von Anfang an, dass sie Geduld mit ihm hatte und Dinge über sich ergehen ließ, die er erst noch lernen musste. Dass sie immer alles schon wusste. Man lernte doch voneinander, in so einer Ehe, da war man ja modern, es musste ja nun nicht immer nur die Frau vom Mann und so weiter, aber schon allein, weil er ein paar Jahre älter war als sie und, das musste man auch mal anerkennen, weil er objektiv einfach mehr wusste als sie.

Vor allem während dieser dreieinhalb Minuten. Hier kam so ein Weltwissen in ihn, das wurde abgeschossen auf ihn in diesen rosa-gelben Fanfaren, diese kurvige Art, wie der Chor im Hintergrund die Zauberworte wiederholte, und es ging nach ein, zwei Runden gar nicht mehr um deren Inhalt, sondern um eine tiefere Bedeutung. Es war, als würde man sanft an die Hand genommen und durch einen riesigen Saal geführt, oder einen Gang, dessen Ende man nur ahnen konnte. Es war wie ein Traum, den man immer wieder hatte, und jedes Mal kam man dem Ende und der Auflösung des Traumes ein wenig näher, man hatte, je öfter man diesen Song hörte, nun bald fast die Antwort.

Wie jung sie auf ihn gewirkt hatte, dabei war sie schon Mitte zwanzig gewesen. In der Disco in Zehlendorf-Mitte, wo die schwarzen G.I.s hingingen, weil da schon Anfang der Siebziger Funk und Disco liefen, nicht so nachgemachter deutscher Scheiß, wie sie das nannte. Sie kannte die alle von der Arbeit, die schwarzen Soldaten. Er mochte irgendwie kaum in deren Richtung schauen, die lachten doch über einen. Und er hatte von Anfang an nicht verstanden, warum sie zufrieden war mit ihrer Einzelhandelskauffrau und Regale einräumen im PX.

Du verstehst das nicht, hatte sie in der ersten oder zweiten Nacht gesagt, nicht enttäuscht, einfach eine Feststellung. Ich komm aus dem Hinterhof im Prenzlauer Berg, und jetzt... Währenddessen hatte sie ihn auf eine Art und Weise fertiggemacht, die er gar nicht kannte, so fest und entschlossen, aber eben auch so nebenbei, dass sie dabei noch von ihrem Leben und ihrer Arbeit im PX erzählen konnte. Als er in ihre Hand kam, wischte sie es ihm auf den Bauch, ohne dabei ihren Satz zu unterbrechen. ...bin ich die Königin von der Truman Plaza, das ist für mich wie: Ich bin auf dem Mond gelandet. Was soll denn jetzt noch kommen.

Sie hatte nackt auf dem Bauch gelegen, die Füße in der Luft, die Frage war ihm gar nicht hoffnungslos oder provozierend vorgekommen, sondern neugierig.

Na, wart's mal ab, hatte er gesagt, während das Zeug auf seinem Bauch kühl wurde im Abendhauch. Herbst zweiundsiebzig, und die Ölheizung in seiner kleine Bude an der Potsdamer Chaussee gegenüber vom Zehlendorfer Gemeindewäldchen pfiff schon wieder aus dem letzten Loch.

Wie weit weg das war, tat einem weh, wenn man tagsüber dran dachte, hinten im VW-Bus beim Schichtwechsel, so, deinen Eugen bitte noch mal, immer dit gleiche Spiel, und, habta wat erlebt, Männer? Nee. Dann stach das. Aber nicht, wenn der Song zum zweiten Mal lief und man so eine ganz gute Position gefunden hatte auf dem Teppich, nicht knien und nicht hocken, mehr mit den Beinen so zur Seite wie eine Meerjungfrau, aber es sah einen ja keiner. Die wussten schon, was sie taten, die Meerjungfrauen, man konnte ja endlos auf einem Stein hocken auf diese Weise, Kopenhagen sechsundsiebzig, der letzte Urlaub ohne Zwillinge, und vielleicht ihr einziger? Man hätte vielleicht einfach mehr Urlaub machen sollen, mehr unterwegs sein, hatte er Marion genug geboten?

Nun aber schritt er im vorgegebenen Rhythmus am Ende der Halle immer tiefer in den breiten Korridor, an den Wänden sanft gezackte Muster in Rosa und Hellgelb, ein Leuchten, das von innen kam, und es waren gar nicht mehr viele Schritte, und man würde dort, am Ende, im vorletzten Raum, so etwas wie eine Antwort oder den nächsten Weg finden.

Er zog scharf die Luft ein im Bewusstsein, noch nie so weit gekommen zu sein. Man konnte gewinnen, wenn man wollte, und wenn man es wollte, konnte man …

»Papa.«

Es war dieser beigebrachte Instinkt, gelernt ist gelernt, Holzauge sei wachsam, da war man mit einem Schlag weg von der Meerjungfrau und stand wieder, kein bisschen schwindlig, und weil das Spiralkabel weniger Dehnraum hatte, als es vorgab, flogen einem die Kopfhörer im Aufstehen quasi vom Schädel. Das Zischen und Plätschern, die Schläge und Schritte aus den Ohrschalen überraschend laut auf dem braunen Teppich. Seine Tochter und er betrachteten, wie die plötzlich etwas peinlichen Geräusche nun da so rumlagen. Er sah ins Gesicht seiner Tochter, schlafwarm, aber noch ohne Kissenfalten.

»Ich bin gleich fertig damit«, sagte er, als sei das Abhören des Liedes eine zwar nicht ganz lästige, aber doch unumgängliche Erledigung, die man nun einfach auch noch abhaken musste. »War es zu laut?« Wie eine Naturgewalt. Er war sich nicht sicher, wie dicht die Kopfhörer waren.

»Ich kann nicht schlafen.« Sie standen am Rande des Wohnzimmers wie an einer Bushaltestelle, und er zog sie an sich, ihr Schlafanzug weicher als jedes Kleidungsstück, das er je besessen hatte.

»Warum dürfen wir nicht in den Sandkasten?«

»Wer sagt das?«

»Na, alle. In der Schule. Und wenn es regnet, müssen wir die Pause drin bleiben, und dann machen die Jungs Wettfurzen. Wer noch einen auf Lager hat, sagen die immer.«

»Das hört wieder auf«, sagte er. Aus den kleinen Kopfhörerdosen kam das Ende vom Lied, das Abknacken der Nadel, Abschied. »Das ist jetzt nur ein paar Wochen.«

»Das bleibt Millionen Jahre, hat Herr Dittmar gesagt.«

Was brachten die den Kindern eigentlich bei in der Schule. »Na ja, bei denen, wo der Reaktor explodiert ist. Aber nicht hier bei uns. Das ist nur ganz wenig, was hier ankommt. Nächsten Monat oder so könnt ihr wieder in die Sandkiste.«

»Das muss alles ausgetauscht werden. Die haben schon neuen Sand bestellt, aber der kommt nicht mehr vor den Ferien.«

»Weißt du, was«, sagte er und sah von oben auf ihren Kopf, die dünnen, feuchten Haare mit dem Weltgeruch, »dann holen der Lothar und der Herr Fiorini und ich mal neuen Sand hier für eure Kiste, und dann machen wir die neu am Wochenende, dann könnt ihr da wieder…«

Marion stand im Türrahmen wie eine Erscheinung, das leicht orangefarbene Licht aus dem Flur eine Aura.

»Ich bin eigentlich viel zu alt, um im Sandkasten zu spielen«, sagte seine Tochter, neun. Er nickte. Marion nickte zurück, dabei hatte er sie gar nicht gemeint. Sie hatte eine Hand am Türrahmen, und er konnte ihr Gesicht nicht gut erkennen im Gegenlicht, aber, dachte er, man war ja darauf geschult, die Körpersprache zu lesen von anderen Menschen, die Haltung, die Spannung, die Absichten, die sich darin verbargen, die Ereignisse, die ihre Spuren hinterlassen hatten.

Seine Tochter löste sich von ihm, und er war dankbar dafür, denn er hätte sie nicht beschmutzen wollen mit seinem nächsten Gedanken, der ihn selber störte, wegen der Wut darin und dem Schmerz, alles, was er schlecht aushalten konnte, wenn er nicht den Kopfhörer auf und den Song an hatte, aber damit war es ja nun auch vorbei.

»Ich bin wieder da«, sagte Marion, »ich war kurz unterwegs.«

Und der Satz, der ihm durch den Kopf ging, war, wie außerordentlich gebumst sie aussah.

Kapitel 22

Auf dem Weg zur Bushaltestelle dachte Barbara an die schlimmste Spiegel-Geschichte, die sie je gesehen hatte, und schlimm waren einige gewesen. Sie ging weiter, an der Bushaltestelle vorbei, weil der Mut sie verließ, und stehen bleiben, das hätte Mut erfordert. Hatte sie nicht noch Sachen in der Uni. War nicht alles besser als ein weiterer Tag in der Wohnung. Der Himmel blau wie eine polierte Motorhaube, das war so ein Metallic-Ton, furchtbar banal, und man konnte doch den Blick nicht davon wenden: keine Spur von Regen, keine Ausreden mehr.

Die Überlebenden werden die Toten beneiden. Das Foto von dem eingebrannten Schatten aus Hiroshima. Wie ging das eigentlich. Einen Schatten einbrennen. Es musste doch eher ein Abdruck sein, Menschenruß, oder verstand sie die Physik von Licht und Schatten nicht, es wäre nicht das erste Mal. Diese beiden Senatoren aus Washington, Ted Kennedy und der andere. Wie die Leute sich vielleicht retten wollten, indem sie die Welt retteten und allen sagten: Hört auf mit den Atomraketen. Es kam ihr schrecklich naiv vor, aber dem Spiegel war es gerade recht gewesen, um die Horrorgeschichten aus Hiroshima und Nagasaki noch mal zu erzählen, drei, vier Jahre war das her. Aber als sie klein gewesen war, und das war nicht viel länger her: Da hatte Kennedy eine junge Frau ertrinken lassen, und das kam ihr vielleicht noch schrecklicher vor als das Schattenbild. Wenn dein Auto ins Wasser stürzt, die Metallic-Motorhaube, und du schwimmst und rettest dich ans Ufer und lässt die Frau ertrinken, die dir sowieso schon untergeordnet war. Den Namen hatte sie vergessen.

Die Überlebenden werden die Toten beneiden. Das war die Überschrift gewesen, mit der Kennedy sich nun also reinwaschen wollte. Gesetzt in Anführungszeichen aus dieser böse langweiligen Überschriftenschrift, mit der sie über Tod und Folter und Helmut Kohl berichteten. Ihr Religionslehrer in Bonn hatte nur kopfschüttelnd über die Offenbarung des Johannes gesprochen, sie merkte, dass sie ihm als ein etwas zu unterhaltsamer, zu bunter Fortsatz der Heiligen Schrift galt, offizielle Apokryphen. Umso mehr las sie die Offenbarung dann in ihrer eigenen Bibel, Einheitsübersetzung: »Und in jenen Tagen werden die Menschen den Tod suchen und ihn nicht finden; und sie werden begehren zu sterben, und der Tod wird vor ihnen fliehen«, Off. 9,6. Hatte dann Gorbatschow oder Kennedy oder der Spiegel daraus die Kurzform gemacht?

Mary Jo Kopechne. Sie war erleichtert, als ihr der Name wieder einfiel. Die Wahlkampfhelferin. Immer diese Helferlein, die am Ende im sinkenden Auto ertranken.

Sie fand es lebensgefährlich, hier kurz vor der amerikanischen Schule auf der anderen Straßenseite, sanfte Kurve, den Teltower Damm zu überqueren, darum tat sie es. Sie sah, dass VWs verlangsamen mussten, ein Mann in einem grauen Lieferwagen schaute sie durch sein Seitenfenster an, als bereute er, sie nicht totgefahren zu haben. Sie trat in den Schönower Park, am Rande der großen, nach unten geschwungenen Wiese, rechts eine seltsame Steinstruktur wie eine Tribüne oder das Fundament eines nie gebauten Denk-, Mahn- oder Ehrenmales. Die weißen Bauten der Kennedy-Schule verschwanden hinter Koniferen, märkischen Kiefern und Rotbuchen. Das war nicht die Richtung zur Uni, aber auch nicht ganz entgegengesetzt, und wenn sie heute Abend nur sagen konnte: Ach so, ja, ich bin eine Runde durch den Park gegangen. So ganz normal. Quasi wie ein ganz normaler Mensch. Sie senkte den Blick und sah die weißen Spitzen ihrer Turnschuhe am unteren Rand ihres Gesichtsfeldes. Sie hörte die Straße in ihrem Rücken und Amseln links von ihr, die mit einer Elster um ein Stück Wiese stritten. Schotter unter ihren Füßen. Sie atmete flach. Und wenn das jetzt sozusagen der Atomkrieg war. Wenn die Bedrohung gar nicht war, dass jemand einen Knopf drückte oder Computer einen Vergeltungsschlag auslösten, sondern dass das Atom sich sozusagen selbstständig machte, dass es ausbrach aus den Käfigen, die sie ihm gebaut hatten, und dass also Atomkrieg quasi bedeutete, dass das Atom ihnen den Krieg erklärte, den Menschen, und nicht sie mit dem Atom einander.

Früher hätte sie solchen Unsinn Achim erzählen können im Bett, während ihre Füße sich berührten, aber jetzt wollte sie das nicht mehr.

Und wenn sie nicht mehr – also – da wäre. Sie probierte den Gedanken wie ein ungewohntes Nahrungsmittel im Mund. Die Lebenden, die die Toten beneideten. Na ja, ein bisschen Missgunst war schon dabei. Einfach nicht mehr da sein, weg, seine Ruhe haben: Das war ja erst mal nichts Schlechtes. Vielleicht war es ganz leicht, tot zu sein. Sie runzelte die Stirn. Sie wusste nicht mehr, ob dieser Gedanke sehr tief oder sehr flach war. Kein Wunder, dass sie ihr an der Uni gesagt hatten, kommen Sie mal lieber erst zum Wintersemester wieder.

Sie hatte da noch ihre Tasche, mit den guten Wechselschuhen. Von den Probetagen. Das war auch so eine Marotte aus der Vergangenheit. Sie hatte das in New York gesehen. Wie die Frauen in Turnschuhen U-Bahn fuhren und Kaffee tranken und durch den Park und über die breiten Straßen liefen, und in den Büros zogen sie die Pumps hervor. Darum hatte sie so eine

Pumps-Tasche in das Büro verbracht, am Ende aber gar nicht gebraucht, denn schon ihre Turnschuhe waren die schönsten Schuhe am ganzen Fachbereich gewesen, sie wollte sich nicht lächerlicher machen als unbedingt notwendig.

Wenn man sich rechts hielt, war der Park nach zwei-, dreihundert Metern wieder vorbei, das Grab der Familie Laehr blieb links im Dunkelgrün, knöchelhohe Bodendecker, und dann kam man auf einen geschwungenen, leicht abschüssigen Weg, der an der Rückseite der Kennedy-Schule Richtung Süden verlief, das war nun wirklich die falsche Richtung, wenn sie noch zur Uni wollte, aber sie konnte ja einen großen Bogen schlagen.

Rechts die Schule, links die zweistöckigen Neubau-Reihenhäuser, in der die Kennedy-Lehrer wohnten. Häuser wie aus einem Science-Fiction-Film, in dem man vielleicht Anfang der Siebziger versucht hatte, die nahe Zukunft abzubilden. Das wäre ein guter Weg gewesen, dachte Barbara, um als Kind hier ganz schnell mit dem Fahrrad zu fahren. Links und rechts des Weges wuchsen Kirschbäume, und die Kirschen waren implodiert. Das war nicht wie an der Rheinpromenade hier, die Kirschblüten waren nicht nach außen geplatzt und hatten sich Raum gegriffen, sie lappten nicht mit ihren Blättern in die Welt, sondern die Knospen waren zwar offen, aber ganz klein und fest, wie verschlossene Gesichter. Sie ging weiter und beschloss, Kräuter zu sammeln. Zu diesem Zweck machte sie gern den Umweg zurück über die Prinz-Handjery- zur Mühlenstraße, damit sie dort bei Drospa einen Satz Gefrierbeutel zum Transport und ein Paar Gummihandschuhe zur Ernte erwerben konnte. Zurück durch den Park und am Grünstreifenrand, wo Sauerampfer wuchs, Brennnessel, Löwenzahn, Kapuzinerkresse, das konnte man alles schön auskochen. Sie ließ die Handschuhe über ihre trockenen Hände schnalzen, die aufgerissene Tüte flatterte im Wind.

Als Achim nach Hause kam, suchte und fand er eins dieser seltsamen, einseitigen Gespräche, in die ein Verliebter unauffällig auffällig immer wieder den Namen und die Existenz derer einzuflechten versucht, von der er gerade um jeden Preis sprechen muss, und wenn es mit der Frau war, die er gerade, wie es hieß, betrog, als würden sie miteinander Geschäfte machen und nicht ein Leben.

Barbara nickte und sah zu, wie er die Nudelsoße aß, unter die sie die verstrahlten Parkkräuter gerührt hatte, bisschen Grünzeug.

»Schmeckt interessant«, sagte Achim und schaute beim Kauen zum Küchenfenster, Nachbarinnenrichtung. »Sicher, dass du nicht doch was essen willst? Hast du das schon lange, mit dem Magen?«

Barbara nickte vage und nahm den Blick nicht von seinem weggedrehten Gesicht. Als er aufgegessen hatte und seit Längerem mal wieder vom Hoffest anfing, und wer da wohl alles kommen würde von den Nachbarn, und wie er die Namen aufzählte und so ein bisschen hinwegschmolz über Sebulke – da wollte sie mit alldem und allem anderen nichts mehr zu tun haben, und weil sie nicht wusste, wohin mit sich, sagte sie ihm, sie würde nach Remagen fahren, es stünde nun fest, genau an dem Wochenende, zu ihren Eltern.

»Ach«, sagte er.

»Ja, ach«, sagte sie, während er »Das ist ja schade« sagte mit dem Nebenton von: Das ist ja gar nicht schade.

»Dann bin ich Strohwitwer«, sagte Achim und kaute am verstrahlten Essen, und mit einem gewissen Vergnügen sah sie, dass er sich nachgenommen hatte und alles, wie ihre Mutter gesagt hätte, verputzte.

Kapitel 23

Wie sich so eine Ahnung dann ausbreitete. Folgte das einem Schaltkreis, einem Flussdiagramm? Diffundierte das in die Atmosphäre, und die anderen atmeten es ein? Also Frau Selchow. Also ein Lothar. Die immer mit ihren Hunden. Aber wem hatten die das weitererzählt? Wusste der andere Lothar automatisch, was der eine wusste? Ging Frau Selchow auf den Waldfriedhof, erzählte das ihrem toten Mann, und von da ging es ins Erdreich und ins kollektive Unterbewusstsein?

Hatte einer von denen das ganz gezielt erzählt? Volker, Herr Sebulke, ich muss mal, verstehen Sie mich nicht falsch, ich denke, das solltest du wissen, pass ma bisschen auf deine Frau auf, wa?

Oder gab es so Tatsachen und Geheimnisse, die so unerhört und banal waren, dass sie von allen gewusst werden wollten, gewusst werden mussten, wie Mikroorganismen, die sich Wirtstiere suchten, Neutronen, die auf andere treffen wollten?

Es veränderte sich nichts im Licht, nichts in der Luft, nichts an der kühlen Temperatur im Treppenhaus, draußen wie die warme Wolldecke, die einem übergeworfen wurde, alles blieb gleich, aber man merkte trotzdem: Jetzt war es also raus. Um vom Wissen nicht angesteckt zu werden, musste man sich schon sehr planvoll abwenden. Drinnen bleiben, zur Wand gucken, in Töpfe, Schränke und Kissen, das Telefon nur benutzen, um sich ein ums andere Mal abzumelden, na ja, nun war es auch fast egal, wollen wir das nicht lieber verschieben, schauen Sie, Sie können sich ja jetzt gar nicht seriös einarbeiten, und wir sind einfach auch schon voll im laufenden Betrieb.

Wer rausging, wusste, wer drinnen blieb, wusste nicht. Vielleicht war es so einfach. Aber, wenn man sich so Verfahren anschaute, da musste man schon auch die Kirche im Dorf lassen: Das war eine Korrelation, aber keine Kausalität.

Volker war viel draußen. Wenn er ging oder heimkam, schaute er hoch zur Wohnung gegenüber, von wo Achim mit dem Blick das Badezimmerfenster von Marion suchte. Vielleicht hatte er ihn da einmal zu oft am Fenster gesehen. Vielleicht hatte damit alles angefangen. Oder mit Barbaras Abwesenheit. Und damit, dass der Lothar oder Frau Selchow was erzählt, erwähnt oder einfach nur geguckt hatten, ohne weitere Absichten oder nur mit den besten.

Als das Hoffest anfing, in Gang kam und lief, ahnten jedenfalls die meisten was, ohne dass diese Ahnung sie groß beschäftigt hätte. Sie interessierten sich mehr für den berühmten Zwiebeldip von Frau Sudaschefski. Es war das Zeitalter der berühmten Zwiebeldips. Frau Sudaschefskis berühmter Zwiebeldip war von allen berühmten Zwiebeldips dieses Zeitalters der berühmteste Zwiebeldip. Dies war Beschlusssache eines Netzwerks, das sich ausbreitete aus dem Hufeisenhof, von ihrer Familie durch die Schulklassen, wo sie Sommerfeste und Weihnachtsfeiern damit schmierte, die Kirchengemeinde, Basare und Flohmärkte und Gemeindefeiern, Konferfahrt, wenn die wieder zurückkamen oder abfuhren. Freundeskreis, Bekanntenkreis. Wenn der Chef zu Besuch kam. Neue Chips in der Pappmetallröhre, aus Kartoffelmasse gepresst, man zog die durch Frau Sudaschefskis Zwiebeldip, und es war und blieb eine Offenbarung.

Geheimrezept.

Und das waren die Schnippchen, die man dem Leben schlug.

Ganz ehrlich, du wirst lachen.

Ich nehm einfach eine Tüte Zwiebelsuppe, mit Maggi hab ich angefangen, bei Knorr bin ich hängen geblieben. Und das Pulver rührst du in einen Becher Magermilchjoghurt und zwei Becher Schmand oder saure Sahne (eigentlich typisch, dass sie am Ende noch diese kleine Unschärfe mit einbaute, denn Schmand und saure Sahne, das war ja nun nicht das Gleiche). Und, ganz ehrlich: Niemand war sich jemals sicher, ob das mit dem Magermilchjoghurt wirklich stimmte oder ob sie hier einfach auf Nummer sicher ging, denn niemand, der Frau Sudaschefskis berühmten Zwiebeldip nach dem Rezept zubereitete, das sie weitergegeben hatte, kam je zum gleichen Ergebnis wie sie: Also, deiner schmeckt besser. Irgendwie schlonziger. Sagte Frau Bolm. Alle hassten das Wort schlonzig.

Und gut umrühren. Der Zwiebeldip bekam dadurch ein ganz leichtes Hellgelb, das man nur ahnen konnte, wenn er auf den Tapeziertischen neben Tsatsiki oder Aioli stand. Und am Ende schnippel ich ein paar Kräuter rein, damit das frischer aussieht. Für den Look. (Auch hier wieder: Keine Nachbarin fragte je, was für Kräuter denn genau, Angelika? Die Blöße wollte sich keine geben. Schnittlauch, zum Beispiel, war schon mal falsch.)

Knorr, Zwiebelsuppe: Das Herz sank einem in die Hose, wenn man sah, was da gelbgrün aus der Tüte rieselte. Kristalle aus dem Erdkern der Vergeblichkeit, Staub aus dem Serviervorschlagskrematorium.

Aber wie das dann schmeckte. Und man konnte gar nicht mehr aufhören damit, das galt als ausgemacht. Auch, was Frau Reimann gesagt hatte, es war ein geflügeltes Wort im Hof geworden: Also, ich könnt mich da reinknien.

Herr Sudaschefski arbeitete als Oberpförtner im Kartellamt, er sah gar nicht so aus. Ich bin Nur-Hausfrau, sagte Frau Sudaschefski milde aggressiv, wenn sie nach ihrem Beruf gefragt wurde, und was machen Sie so?, und das Nur betonte sie als Kritik an denen, die fanden, es wäre nicht genug.

Aus Gründen, die sie beide nicht kannten und die sie nicht interessierten, hatten sie sehr guten Sex. Das waren Formulierungen, die in den letzten zehn Jahren oder so öffentlich geworden waren, das fiel Frau Sudaschefski auf: Sag mal, und bei Günther und dir, läuft's da im Bett? Habt ihr guten Sex? Ganz normal, sagte Frau Sudaschefski, denn sie hatte ja keine Ahnung, wie besonders und kostbar ihre Ausgelassenheit und ihre Freude aneinander waren.

Im Sommer machten sie ohne viel Aufhebens drei Wochen in Dänemark FKK. Auf dem Campingplatz bereitete Frau Sudaschefski ihren berühmten Zwiebeldip zu, mit Knorrtüten, die sie zwischen Konservendosen im Fußraum des Audis mitgebracht hatte. Am Muttertag brachten die drei Töchter ihrer Mutter Wildblumensträuße vom Rande des Wäscheplatzes ans Bett, in drei verschiedenen Größen, die Mädchen und die Sträuße, sorgfältig gebunden von der Mittleren, und Frau Sudaschefski und – das sah sie an seinem Seitenblick – ihr Mann dachten beide an den radioaktiven Regen, der nun zwei Wochen lang auf diese Blumen gefallen war, aber ohne zu zögern nahm sie den Töchtern die Sträuße ab und vergrub in einem nach dem anderen ihr Gesicht, was sollte sein, dachte sie. Dann stellte sie die Sträuße auf ihren Nachttisch, denn die Mädchen brachten unpassende Vasen und später das Frühstück, darum durfte sie noch nicht aufstehen.

»Sie müssen 'n bisschen aufpassen«, sagte Frau Selchow zu ihm, leiser als eben.

Achim atmete aus. »Die Raketen sind alle geprüft«, sagte er.

»Ja, nee«, sagte Frau Selchow und nahm noch ein Gürkchen, weil ihr offenbar nichts behagt aus den Tupperschüsseln. »Das meine ich auch nicht.« Dann zog sie das Gürkchen durch den berühmten Zwiebeldip von Frau Sudaschefski und runzelte dabei die Stirn.

Achim lächelte und schüttelte den Kopf und sah sich nicht ganz so verstohlen um, wie er vielleicht dachte. Niemand beachtete ihn. Und war nicht alles gut so? Was er hatte mit Marion, und dass er das schon hinkriegen würde mit Barbara? Und dass er Teil dieser Welt hier geworden war, und diese Nachbarn, das waren jetzt seine Leute, er war hier mittendrin. Von der kalten Schultheißflasche in seiner Hand löste sich das Etikett, weil die Flaschen in einer Plastikwanne in Eiswasser lagen, die Würfel fast geschmolzen, und für einen Moment hatte er das Gefühl, die Flasche rutschte ihm aus der Hand, aber dann fing er sich.

»Mal alle herhören«, rief er und wunderte sich darüber; hatte er so was jemals gerufen. Seine Stimme schien von den Hauswänden widerzuhallen, aber das hörte nur er. Marion warf ihm einen Blick zu, sie waren allein in der Welt. Sie löste sich ein bisschen von Volker.

»Wartense mal«, sagte Frau Selchow, aber nicht, worauf und warum. Achim zog die Raketenkiste unterm Tapeziertisch hervor und öffnete die Pappzungen. Er fand zwei leere Sektflaschen, also in der einen war nicht mehr viel drin, und stellte sie auf den Tisch. Dann steckte er in beide Flaschenhälse Raketen an ihren hölzernen Leitstäben und schaute suchend zu Marion, wegen Feuerzeug. Sie sah aus, als wollte sie den Kopf schütteln, aber könnte nicht. Aus dem Augenwinkel sah Achim ein Feuerzeug auf sich zufliegen, lilafarbenes Mini-Bic, von einem der Lothars. Er fing es aus der Luft. »Feuer frei!«, rief der Lothar.

Nach einer Weile war das Reibrad so heiß, dass er spürte, wie er sich von Mal zu Mal mehr den Daumen verbrannte, es wäre nun noch der richtige Moment gewesen, um aufzuhören, aber es ging nicht, sobald er zwei Raketen weghatte, kam er mit dem Kopf wieder hoch aus dem Karton und steckte die nächsten beiden nach, und während die Zündschnüre brannten, kramte er schon wieder nach den nächsten, anfangs um eine Dramaturgie bemüht, dann immer nur auf der Suche nach den größten, dicksten. Die Etiketten mit Sonja Dobrowolskis Beschriftung flogen in den Maihimmel, Kringel über den Is. Am Anfang wunderten sich vielleicht manche über seine Hingabe, die doch eher Eile war, nu ma nicht so hektisch übern Ecktisch, hätte der eine Lothar unter normalen Umständen gesagt, aber das waren keine normalen Umstände mehr, das merkten alle: wie der neue Nachbar hier unten an einer Art Feuerrad rotierte, und erst fand man ihn und seine schwankende Besessenheit merkwürdig und leicht alarmierend, aber dann konnte man eben doch nicht anders, als in den Himmel zu gucken, denn da oben, das durfte man ja bei allem seltsamen Verhalten dieses Achims nicht vergessen: Da oben fand gerade ein Feuerwerk statt.

Manchmal sah jemand zu Volker Sebulke, erst so ein bisschen anstachelnd, ein Streit und ein bisschen Geschubse fehlten dem Hoffest ja vielleicht noch. Dann aber eher erleichtert: Volker machte gar nichts, der guckte auch nach oben, der war eigentlich doch schwer in Ordnung, na ja, hatte ja nie jemand dran gezweifelt.

Nach einer Weile merkte Achim, wie die Kinder ihn bedrängten, zusätzlich zum Pfeifen in seinen Ohren und in der Luft, der Schwarzpulvergeruch schwer zwischen den Birken, der Frühlingsnachthimmel weißgrau vom Qualm, Silvester aus den Fugen. Alle Kinder wollten was abfeuern außer der ältesten Sudaschefski-Tochter, die nutzte das Feuerwerk, um sich mit einer Lord hinterm Ohr Richtung Park zu verdrücken, ab durch die Mitte. Achim ignorierte die Kinder, er hatte ja sowieso alle Hände voll zu tun, und Kinder fanden nicht statt für ihn. Bis er den Pappkartonboden erreicht hatte und mit nur noch einer einzigen Rakete wieder hochkam.

Ich, ich, ich, schrien die Kinder, und dadurch wurde Achim erst klar, dass man eigentlich alle Raketen auch jemandem hätte zueignen können – ganz besonders die letzte. Die Kinder entwanden ihm die fast, die hatten klebrige Finger vom wohnungsgemachten Popcorn und von den großen Plastikdosen mit Gummitieren und Vampiren. Achim hielt die Rakete über seinen Kopf, sodass die Kinder anfingen, an seinem Gürtel zu zerren, das gepunktete Hemd bauschte sich im Abendwind, wo es ihm aus der Hose kam. Die Kinder sprangen an ihm hoch, es war ein Spiel jetzt, das sie so oder so gewinnen würden.

Achim ging ein paar Schritte mit Kindern am Leib, die Rakete immer noch über dem Kopf. Was sagte man, wenn schon keiner auf »Alle mal herhören!« gehört hatte?

»Zum krönenden Abschluss!«, assistierte ihm ausgerechnet Herr Sudaschefski, Haarflusen im Wind, die Zunge auch schon ein bisschen schwer, Kröndenabschluss.

Achim war, als wichen die Menschen, die er nun nicht mehr voneinander unterscheiden konnte, zurück und bildeten einen Kreis, als er Marion die letzte Rakete überreichte. Es war still bis auf ein bisschen Self-Control-Geschepper aus dem Radiorekorder, Laura Branigan. Und das Pfeifen und Sausen in seinen Ohren, als wäre das Feuerwerk noch im Gange.

Marion nahm die Rakete entgegen und auch das Feuerzeug, dessen Reibrad sich schon fast festgefressen hatte, aber Kraft für eine einzige Zündschnur hatte es vielleicht noch in sich.

»Nicht vergessen, dir was zu wünschen«, sagte er, etwas zu laut, wie oft, wenn man sich bemühte, besonders deutlich und unbetrunken zu sprechen. Und wie etwas Schweres, Unvermeidbares klappte sein eines Augenlid nach unten, das rechte, als er ihr auch noch zuzwinkerte.

Na ja. Wie breitete sich so eine Ahnung aus. Schwer zu sagen. Aber danach wussten es wirklich alle.

Kapitel 24

Morgens zum Labor fahren war wie was abschütteln und ein Foyer der Vorfreude betreten. Hier passierte nicht viel, es konnte auch nichts schiefgehen, man saß sozusagen nur da und ließ sich berieseln und sah auf den Normuhren, wie die Zeit Richtung Krumme Lanke vorrückte.

Erst mal der Weg. Am Horizont schob sich je nach Ausrichtung des Fahrradwegs das Heizkraftwerk Lichterfelde-Ost hin und her, drei braunschwarze Türme, die jenseits jeder Menschlichkeit in den Himmel zeigten. Bergauf, die Mühlenstraße hoch Richtung Dahlemer Weg. Da über die verwucherte Trasse der alten Werkseisenbahn, Schmalspur. Konnte sein, dass die seinen Vater interessierte. Falls die Eltern mal kämen. Der Gedanke kam ihm ungehörig vor, als bäte man die Eltern ins ungelüftete Zimmer, das einem selber zwar behaglich war, aber.

Und die Normuhren zeigten Gleitzeit an, und die Gleitzeit stockte. Frau Dobrowolski machte sich die Fingernägel. Dr. Sonnenburg bereitete Unterlagen vor und telefonierte gedämpft mit zu Hause. Sie waren zwischen zwei Chargen. Achim saß in seinem Büro und sah aus dem Fenster Richtung Zehlendorf-Mitte und darüber hinaus, die Clayallee hoch, Richtung Truman Plaza. Was sollte das eigentlich heißen, er dürfte das nicht betreten, und auch sonst keine Deutschen, erst recht keine Zivilisten. Das hatte er bisher eigentlich immer gut gefunden, deutsch sein, zivil auch. Was konnte er dafür. Aber jetzt war es wieder was, das ihn ausschloss. Dort, wo Marion den größten Teil ihrer Zeit außerhalb der Wohnung verbrachte.

»Herr Tschuly?« Dr. Sonnenburg steckte den Kopf zur Tür rein, immer ein bisschen höher, als man vielleicht vermutet hätte. »Haben Sie die neuen Messgeräte erfasst?«

Achim schob was auf seinem Tisch zurecht. Das war ja alles gut und schön. Aber manches rutschte ihm dann hin und wieder schon durch. Er sah aber ganz deutlich: Das machte nichts. Für einen Moment wäre ihm fast lieber gewesen, wenn doch.

»Ja, ich bin so gut wie fertig damit.«

Nachdem der Laborleiter die Tür geschlossen hatte, wartete Achim drei, vier Atemzüge. Schwalben stürzten an seinem Fenster vorbei in die Tiefe und dann wieder nach oben, wussten sie, wie ausgelassen sie wirkten. Er fühlte sich ihnen ähnlich, schwalbenartig.

Er stand auf und ging zu Sonja Dobrowolski. Sie zog eine Augenbraue auch, während sie, ohne hinzuschauen, mit der linken Hand die Nägel ihrer rechten feilte.

»Die neuen Messgeräte«, sagte sie.

»Na ja«, sagte er, entschuldigend.

»Isso«, sagte sie. »Der Chef sagt was, ich kümmer mich drum, und Sie gehen dann hin und sagen ihm, dass Sie's gemacht haben.«

»Ist ja Ihre Leistung«, sagte Achim.

»Na ja«, sagte die Laborantin, »ick hab keene Lust, mit dem Chef aufs Dach zu steigen. Also allet jut. Stört mich sowieso nicht. Machen Sie sich mal keen Stress. Hilft ja allet nüscht.«

Sie pustete auf ihre Nägel und polierte sie dann kurz am Oberschenkel ihrer engen Jeans. Dann schob sie ihm einen hellroten Aktendeckel zu. Achim klappte ihn auf. Sechs Cäsium-Messgeräte, Geigerzähler.

»Die Knallköppe haben zehn«, sagte Sonja Dobrowolski. So nannten sie und, vermutete Achim, nach zwei Schoppen Riesling auch Dr. Sonnenburg, die andere Hälfte ihrer Abteilung, die pyrotechnisch nicht mit Flugkörpern und Effektladungen befasst waren wie sie, sondern mit den sogenannten Schlagkörpern: Böllern, Krachern und Kanonenschlägen.

»Sind ja auch doppelt so viel Leute in der Abteilung«, sagte Achim.

»Ganz genau«, sagte Dobrowolski. Dann schloss sie den Materialschrank auf und gab ihm die Messgeräte, jedes in einer weißen Verpackung mit dennoch fester Form, wie ein Verbandskasten im Auto. Achim zog einen Reißverschluss auf, um sich den Inhalt anzuschauen, als gäbe es für ihn noch irgendwas zu überprüfen.

»Dann mal Hals- und Beinbruch«, sagte Dobrowolski. »Soll ich Ihnen die Leiter halten?«

»Lassen Sie mal«, sagte Achim.

Unter der Flachdachluke nahmen Dr. Sonnenburg und er die ausziehbare Metallleiter aus den Wandhalterungen, und weil sie nicht anschlugen mit dem Gerät und einander für Augenblicke die Handgriffe vorausahnten, sodass alles gut klappte, dachte Achim kurz, sie könnten sich vielleicht ganz gut verstehen, wenn sie länger hier waren.

»Zeigen Sie mal her«, sagte Dr. Sonnenburg und prüfte nickend die Aufstellung im hellroten Aktendeckel. »Haben Sie die neuen Werte gesehen?«

Achim verstand nicht ganz. Neue Werte? Plötzlich wurde er innerlich ungehalten. Merkte denn keiner, dass er anderes zu tun hatte. Dass seine Beziehung vielleicht gerade kaputtging. Weil er sie vielleicht gerade kaputt machte. Aber gut. Es ging ja hier nicht um die Schuldfrage, oder was.

»In der Zeitung«, sagte Dr. Sonnenburg. »Das ist wieder

hochgegangen, wegen dem Regen vorgestern. War ja ein richtiger Wolkenbruch.«

»Wolkenbruch«, sagte Achim.

»Das geht rauf und runter. Man fragt sich schon, ob die Russen das unter Kontrolle haben.« Er nickte in Richtung der Gerätekästen in Achims Händen, drei links, drei rechts.

»Ich geh mal vor, Sie reichen mir die dann an.«

Von unten sahen seine Beine, wie sie einer dummen grauen Hose aus dem weißen Kittel ragten, dünn und schutzlos aus. Achim füllte sich mit Zärtlichkeit wie ein Hohlraum mit Bauschaum. Dass wir auf diesen Dingern glauben, sicher durch die Welt zu kommen, dachte er. Sind doch letztens Endes nur so Stelzen aus Fleisch und Knochen, paar Sehnen dran, bei Dr. Sonnenburg so gut wie kein Fett und keine Muskeln, und dann bilden wir uns ein, das läuft schon irgendwie.

Dr. Sonnenburg wartete. Achim reichte ihm gemessen die Dosimeter nach oben, als hätte er absichtlich einen Moment verstreichen lassen. Das Scharren von oben, als Dr. Sonnenburg die Geräte der Reihe nach auf dem Dach verstaute. Dann verschwanden seine Beine im hellgrauen Himmelsquadrat, und Achim blieb mit der Leiter allein im Gang.

»Herr Tschuly, kommen Sie?«

Ein Kindergefühl, als er den Kopf durch die Luke und über die Dachlinie streckte. Das war jetzt schon ein Sommerwind, da war gar keine Spitze mehr drin, Krumme-Lanke-Wetter. Er hielt die Luft an und dachte, es würde nun womöglich doch alles gut werden. Wo er da reingeraten war. Und wie sollte er das Barbara sagen. Und warum eigentlich nicht gleich. Und einfach so. Pflasterabreißen. Barbara würde das schon aushalten. Aber das musste er natürlich erst mit Marion besprechen.

Er stand mit Dr. Sonnenburg neben der Luke auf dem Dach ihrer Testhalle, eines von drei flacheren Gebäuden auf dem

Gelände der Bundesanstalt. Nach Westen verdeckte jetzt ihr Hochhaus den Blick nach Zehlendorf und zu Marion (und Barbara), elf Stockwerke. Nach Süden die grün umwachsene Trasse der S-Bahn, nächster Halt Sundgauer Straße. Dahinter eine größere Siedlung mit Mietwohnungen, nach dem Krieg in einem unglücklichen Orangebeige gestrichen. Richtung Innenstadt, Nordnordost, der unverschämte Asbestquader des Steglitzer Kreisels, in die Silhouette der Stadt gestellt, abkassiert und dann einfach weggegangen. Sollten die anderen doch sehen. Das mit dem Asbest hatten die Kollegen aus der Baustoffabteilung festgestellt, darüber wurde in der Kantine gesprochen. Alles, worüber sich die Alten in Bad Godesberg aufregten, wenn sie an West-Berlin dachten. Der Sozen-Filz und wie denen da die Subventionen reingeschoben wurden. Na ja, und die langhaarigen Drückeberger in Kreuzberg. Die konnte man von hier oben aber nicht sehen. In die Richtung nur den oberen Rand vom Gasometer Schöneberg.

»Na ja, genießen Sie man die Aussicht«, sagte Dr. Sonnenburg überraschend weich. Seine hellgrauen Hosenbeine flatterten im Sommerwind und machten kein einziges Geräusch, Lenor. Achim flogen plötzlich eine Zärtlichkeit und eine Kraft zu, die er sich kaum erklären konnte, aber als sie da waren, schien ihm, er hätte die ganze Zeit auf sie hingelebt, dreißig Jahre lang. Er ging in die Knie (mit den Beinen heben!, hatte sein alter Chef in Alfter-Witterschlick gerufen und einem notfalls in den Hintern getreten, wenn man sich wirbelsäulenvergessen dennoch nach vorn gebeugt hatte) und zog mit beiden Händen die Aluminium-Leiter hinter ihnen her aufs Dach, fast ohne an der Luke anzuschlagen. Ein ätzendes Geräusch wie schepperndes Alu passte jetzt gerade gar nicht. Vorsichtig und mit einer Art Seufzen legte Achim die Leiter aufs Dach, parallel zur Luke, als wäre das ein vorschriftsmäßiger Ort.

Dr. Sonnenburg schaute alarmiert.

»Sicherheitsmaßnahme«, sagte Achim und rieb sich die Hände, die vom Alupacken schmerzten. »Wir können ja nicht einfach den Gang da unten mit der ungesicherten Leiter versperren.«

Dr. Sonnenburg nickte, als würde nun alles zusammenpassen, die ganze Aktion, diesen Ingenieur aus Wessiland holen, musste das eigentlich sein, verstanden die überhaupt, was sie hier machten, na ja, offenbar doch, alles richtig gemacht.

»Sehr gut mitgedacht«, sagte er und klopfte Achim ein wenig auf die Schulter und den Rücken, als er ihn zu den Dosimetern zog. Sie waren unbenutzt, aber alt, das Cellophan, mit dem das Röhrchen eingewickelt war, brüchig und an den Faltstellen schon vergilbt. Die Eichmarke abgelaufen, da war ja Helmut Schmidt noch Bundeskanzler gewesen.

»Von wegen neu«, sagte Dr. Sonnenburg. »Na, was sollen wir machen. Die können ja nicht all die alten Geräte auf einmal eichen, nur weil die Russen ihre Atomkraftwerke nicht unter Kontrolle haben. Oder eigentlich doch. Gerade. Müsste man ja …« Er rieb sich die Stirn. Ungeeichte Geräte, das ging eigentlich nicht. Jetzt die Arbeit von ganzen Behördenabteilungen in Frage stellen aber auch nicht.

»Wir tragen die Werte als vorläufig ein«, sagte Achim. »Unter Vorbehalt. Und machen eine Aktennotiz. Mit Kopie des Eichantrags, den ich nachher erneuere. So haben Frau Dobrowolski und ich das auch gemacht, vorige Woche.«

Dr. Sonnenburg kniff die Lippen zusammen und nickte zuversichtlich, als hätten sie eigenhändig einen Betonsarkophag über den Reaktorkern gesenkt.

Zwischen dreißig und vierzig, wo sich zwischen den mit Teer verklebten Dachpappenbahnen Unkrautbüschel angesiedelt hatten. Als Dr. Sonnenburg mit dem Klemmbrett beschäftigt war, stieß Achim mit dem Messröhrchen seines Dosimeters an eine Pusteblume und sah zu, wie der Wind die kleinen Schirmflieger vortrug.

Über fünfzig, wo Regenwasser noch in Pfützen stand, in einer Dachecke achtundsechzig.

»Wird uns nicht umbringen«, sagte Dr. Sonnenburg. »Wäre trotzdem besser, wenn's mit dem Regen aufhört. Und keine Pilze essen. Wild können Sie sowieso vergessen, Herr Tschuly.«

Was nichts machte. Denn Barbara mochte kein Wild. Andererseits: Marion? Ganz bestimmt. Der traute er zu, im Wald einem Tier das Fell über die Ohren zu ziehen. In einem ärmellosen Kleid, die Schatten unter ihren Armen, Schweiß an den Schläfen. Ihre Beine rau an seinen, das ist noch mein Winterfell. Er räusperte sich.

»Na ja, Sie sind ja noch jung. Ich hab noch den Krieg erlebt. Mein lieber Mann. Wir sind in Tempelhof sitzen geblieben, weil mein Vater gesagt hat, die räubern uns aus, wenn wir die Wohnung aufgeben. Wär dann auch egal gewesen.« Dr. Sonnenburg räusperte sich. »Es hängt alles immer am seidenen Faden, Herr Tschuly. Das sehen Sie als Ingenieur vielleicht anders. Aber.« Er hielt inne. »Nutzen Sie die Zeit«, sagte er und schaute zwinkernd Richtung Sonne, als wollte er deren Stand prüfen.

Achim wurde beklommen. Er musste mit Marion reden. Was machten sie hier eigentlich. Wie sollte das weitergehen.

»Schweinebucht, Sechstagekrieg, Sie kennen das ja alles, das brauche ich Ihnen ja nicht zu erzählen. Obwohl das richtig war, dass die Israelis damals dagegengehalten haben, und die militärische Leistung müssen Sie auch anerkennen.«

Achim nickte. Und wenn man sich mit beiden hinsetzte? Man konnte doch ganz vernünftig reden, sie waren ja alle erwachsene Menschen. Es war 1986, sie hatten das doch alles hinter sich, diese ganze Befreiung. Sie mussten einander doch nichts vormachen.

Aber dann scheiterte er schon daran, sich auszumalen, wo sie wohl sitzen würden.

Bei ihnen am Küchentisch, wo der Alfredo-Geruch in der Raufaser steckte? Diese Enge? Und wenn Marion sich aus Versehen auf Barbaras Platz setzte, musste man dann, also würde er dann was sagen … andererseits im Wohnzimmer, auf dem Indianersofa, und wenn man irgendwie nicht mehr weiterwusste oder wenn alles gesagt war, dann schaute man zusammen Thoelke, Dreiecke für zweihundert? Ri-hi-si-ko!

»Wissen Sie, das mit den Atomwaffen, das ist das eine.« Dr. Sonnenburg sprach »das eine« sehr deutlich und betont aus. »Da haben Sie aber immer noch 'ne Chance, sozusagen. Also, dass die gar nicht eingesetzt werden. Da muss ja erst mal was schiefgehen. Das kann sein, dass das gut geht. Aber.« Er breitete die Arme aus, als wollte er das ganze südwestliche Berlin umfassen.

Vor allem, wenn sie dann da saßen, zu dritt, was wäre dann eigentlich, also, mit Volker? Hatte der nicht auch noch ein Wörtchen mitzureden? Wie peinlich es plötzlich war, dass er sich die ganze Zeit, das ganze Dach über hier, vorgestellt hatte, es ginge irgendwie nur um ihn zwischen zwei Frauen, wie kam man denn auf so was, und vor allem, wer.

»Nur«, sagte Dr. Sonnenburg. »Der saure Regen eben. Wissen Sie, das mit dem Uran-zwohundertdreiundfünfzig und so weiter, das zerfällt ja, und wenn wir nicht noch 'ne Wolke kriegen, dann kriegen wir das allet in Griff. Aber der saure Regen. Wir haben ja bald keinen Wald mehr. Und dann geht das immer so weiter. Erst der Wald. Dann die Bäche und Flüsse. Das ganze Meer. Wir haben ja längst die Technologie, brauche ich Ihnen nicht zu erzählen. Aber. Ich sag mal, da kann man dann schon mal ein Apfelbäumchen pflanzen.« Dr. Sonnenburg zwinkerte wieder in die Sonne und rieb sich dann die Stirn, als wollte er eigentlich was ganz anderes sagen.

»Vom privaten Bereich mal ganz abgesehen«, sagte er. Sie schwiegen.

Achim wusste: Volker musste ihn nur einmal scharf anschauen, dann war das alles vorbei. Wenn Volker plötzlich vor der Tür stünde. Ein Wort seines Vaters fiel ihm ein, wenn er sich irgendwas nicht getraut hatte, so ein richtiges Weltkriegswort: Einscheißen würde er sich dann. Die Hosen gestrichen voll. Arsch auf Grundeis. Sofort, augenblicklich, stante pede, wenn Volker da... Ob man mal. Ein Wort. Freundchen. Der würde so was wie Freundchen sagen. Garantiert.

»Ein Apfelbäumchen, denn es ist so weit«, sagte Dr. Sonnenburg und nickte, fürs Private waren ihm die Worte ausgegangen.

»Apfelbäumchen«, wiederholte Achim. Es wurde nun also langsam alles recht laubenpiepermäßig hier, das überraschte ihn zwar nicht, wenn er sich Dr. Sonnenburg so anschaute, aber irgendwie hatte er den Abzweig ihres Gesprächs verpasst.

»Ja, pflanzen. Wie bei Luther. Also, Hoimar von Ditfurth.«

»Ja, gut«, sagte Achim, von ganz weit weg.

»Wenn Luther wüsste, dass morgen die Welt untergeht, würde er heute noch ein Apfelbäumchen pflanzen«, sagte Dr. Sonnenburg. »Also, hätte er. Damals, im Mittelalter. So als Zeichen der Hoffnung. Die hatten's damals ja auch nicht leicht. Weiß Gott nicht.«

»Allerdings«, sagte Achim und nickte. »So lasst uns denn ein Apfelbäumchen pflanzen«, plötzlich fiel ihm das auch wieder ein, das war so ein Buch, wie seine Mutter es sich zu Weihnachten wünschte, und sein Vater schüttelte ein wenig den Kopf und sagte, das sind doch Modebücher, kannst du ja gleich übers Bermuda-Dreieck lesen. »Denn es ist so weit.«

Beim Durchstecken der Leiter knallte sie links und rechts gegen den Ausstieg, es ging einem durch und durch, wie hämisch das Alu klapperte. Dr. Sonnenburg beobachtete ihn tonlos von der Seitenlinie. Achim kletterte voran, Dr. Sonnenburg reichte ihm die Dosimeter an.

Am Ende des Ganges wartete Sonja Dobrowolski. »Wollen wir essen?«, fragte sie. »Oder isset zu schlimm? Da oben?«

»Geht schon«, sagte Dr. Sonnenburg.

Achim hatte gar keinen Appetit. »Ja, klar«, sagte er. Der Chef schwenkte ab Richtung Abteilungsleiter-Tisch, und Achim ging allein über den Waschbetonweg neben Sonja Dobrowolski zum Haupthaus. Ihre Haare wehten ihm auf Schulterhöhe, bis sie ein Zopfgummi fand. Sie sagte nichts, und es war behaglich. Und wenn er ihr jetzt alles erzählte. Sie kannte sich doch aus, das ahnte er. Obwohl sie viel jünger war. Sie kannte solche Sachen bestimmt. Und das wäre einfach was anderes, so ein Blick von außen, und zugleich die Frauensicht. Er legte sich schon zurecht, wie er das präsentieren würde, gleich, über der Kaltschale: so, dass es hoffnungslos schien mit Barbara, was war denn da noch zu machen, also mal ganz im Ernst, das war doch grausam, lieber ein Ende mit Schrecken und so weiter, und andererseits, diese Unausweichlichkeit, mit Marion, klar, die Kinder, der Mann, aber wenn da einmal der Wurm drin war und so weiter, aber eben so, dass das dann von Sonja Dobrowolski sozusagen von außen kommen würde, also dass sie ihm quasi extern die Erlaubnis geben würde…

»Ach so«, sagte sie, als sie den Eingang zum Haupthaus schon im Blick hatten, die ganzen Kurzarmhemden-Typen, die einander die Tür aufhielten, die Ärmel weit ausgestellt, halbe Zelte. »Da hat wer angerufen für Sie.« Dass sie sich siezten, vergaß er auch immer wieder. Konnte man sich dann überhaupt anvertrauen, darf ich Ihnen da mal was erzählen, ich bräuchte mal Ihren Rat… oder erst mal das Du anbieten, das war doch eigentlich überfällig. Andererseits. Die Leute hier sprangen einem im Grunde alle immer gleich mit dem nackten Hintern ins Gesicht, aber bei der Arbeit siezten sie sich.

»Ein Volker Sebulke, den sollen Sie mal zurückrufen, und dass das dringend ist.« Sie hielt ihm die Tür auf, geduldig, und hinter ihm schon ein kleiner Menschenauflauf, Kugelschreiber in den Brusttaschen. »Von der Polizei. Sie haben ja wohl hoffentlich nüscht ausjefressen.« Sie zog die eine Augenbraue hoch, das konnte sie ja gut. Er spürte sein Nervensystem in Umrissen, bis in die letzte Verästelung.

»Ja, nee«, sagte er.

»Hab eh gesagt, Sie müssen erst was essen. Nummer liegt auf Ihrem Tisch.«

Kapitel 25

Also, zum Beispiel hätte man sich verstecken können.

Im Materialschrank, unter dem Schreibtisch.

Irgendwo in den Weiten des Geländes.

In Besprechungen, bei Messungen.

Hinter dem schmalen Rücken von Sonja Dobrowolski. Können Sie mich mitnehmen. Kann ich bei Ihnen unterschlüpfen.

Wie schwer so ein Telefonhörer werden konnte. Wie hell man sein eigenes Stimmchen hörte aus den runden harten Löchern, ein Echo der Angst.

Von jetzt an nur noch im Auto leben.

Oder im Keller.

Zurück nach Bonn. Barbara hierlassen. Marion nachholen. Barbara mitnehmen, alles andere hierlassen.

Nein, und das wurde ihm plötzlich klar, und dann konnte er auch den Telefonhörer einigermaßen anheben und sein schreckliches Stimmchen einigermaßen ertragen: Bonn gab es nicht mehr, Bonn war weg, futschikato-knallerato. Weg mit Schaden. Da musste man jetzt durch.

»Also, dass wir reden müssen.« Volkers Stimme hörte sich jetzt auch nicht viel besser an, und das machte Achim noch mehr Sorge. Einen Anschiss, den hätte er sich abholen können. Eine Drohung, die hätte er sich gefallen lassen. Aber – das würde hier ein richtiges Gespräch werden. Mit Emotionen. So von Mann zu Mann. Modern.

»Also, dass wir reden müssen. Deswegen wollte ich mal. Anrufen.« Und wann das ginge.

»Jederzeit.« Man konnte ja schlecht sagen: Na ja, nächste Woche Dienstag? Hier duldeten die Dinge keinen weiteren Aufschub, alles hatte ein Eigenleben entwickelt, der Regen, die Pfützen auf dem Dach, überall schwangen die Atome außer Kontrolle und feuerten Neutronen in die Gegend, alles war lebendig zum Tode, da ließen sich auch Gespräche nicht einfach in der Zukunft führen, die ganze Welt war in ein einziges Jetzt Jetzt Jetzt gestürzt.

»Dann jetzt gleich.«

»Na ja, ich ... also, ich arbeite ja noch.«

»Ach so. Ja, klar.«

»Ja.«

»Bis wann denn?«

»Halb fünf.«

»Halb fünf?«

Das war ja unerträglich, wie viel Zeit er dann hier würde totschlagen müssen, und zwar so gut wie buchstäblich, die Zeit wurde richtig lebendig und drohte, ihn zu verschlingen, wenn an ihrem Ende ein Gespräch mit Volker stand, da musste man richtig gegenhalten, sich wehren, Totschlag war da noch ein mildes Mittel.

»Also, ich komm hier auch früher weg.«

»Habt ihr auch Gleitzeit.«

»Ja, schon.«

»Dann kannst du das ja ... Also morgen nacharbeiten. Oder im Laufe der Woche.«

Wie dieses Du plötzlich aus dem Nichts gekommen war, wie ein Griff in den Schritt.

»Ja, genau.«

»Also, fünfzehn Uhr wäre gut.«

»Ach so, ja klar, kein Problem.«
»Dann vorm Tor.«
»Ich bin hier bei der BAM …«
»Ich weiß.«
»Ach so.«
»Ja, ach so.«

Da hatte dann Volker am Ende doch noch zur Häme gefunden, und Achim hängte ein mit tauben Fingern, weil er den Hörer so fest umklammert hatte.

Als Achim das Labor verließ, seine Umhängetasche aus dem Büro holte und zum Fahrstuhl ging, wurden ihm die Korridore immer länger und die Türen immer schmaler. Wie sollte er jemals hier rauskommen.

Mit festen Schritten am besten. Sich einfach hinstellen, draußen am Wendekreis, wo die BAM am Ende einer Sackgasse lag. Volker aussteigen lassen. Und dann ganz klar sagen:

Das muss sowieso Marion entscheiden.

Wieso fragen wir nicht einfach Marion.

Weiß Marion, dass du hier bist?

Oder doch noch abhauen.

Aber dann wäre das morgen doppelt so schlimm.

So vernünftig war er immerhin.

Die Sonne stand genau über der Sackgasse, als er am Pförtnerhäuschen vorbei auf den Bürgersteig trat. Das Herz schlug ihm bis in den Hals, er konnte es fast schmecken, ungenießbar. Dann zwei Gedanken auf einmal: Was, wenn Marion mit aus dem Auto stieg, wenn Volker die mitgeschleppt hatte, und jetzt sollte alles auf den Tisch kommen, oder Marion sollte entscheiden. Dann der zweite Gedanke: dass Volker mit Sicherheit eine Dienstwaffe hatte. Vielleicht stand er bei dem längst im Fadenkreuz. Ein Schuss, wie mit dem Lineal über die Straße gezogen, gelernt war gelernt, und er konnte sich an den roten Nebel erinnern durchs Fernglas, als er mit seinem Vater auf dem Hochsitz gesessen hatte im Siebengebirge und auf den Hirsch gegangen war, dreihundert Meter entfernt. Ob er diesen roten Nebel dann selber wohl auch noch sehen würde, als Letztes, wohl nicht.

Er atmete tief aus, obwohl er gar nicht eingeatmet hatte, er hustete und sah kein Auto außer denen, die die Leute aus der kackgelben Siedlung hier abgestellt hatten, um dort zu wohnen. Er schluckte. Wenn Volker jetzt gekniffen hatte. Würden sie dann nie wieder darüber sprechen, oder war das dann nur aufgeschoben.

Mit Motorrädern kannte Achim sich gar nicht aus. Obwohl das ein großes Thema war in Bad Godesberg. Es gab zwar die Straßenbahn, es gab den Bus, und wenn man ehrlich war, kam man überall mit dem Fahrrad hin, oder man blieb einfach zu Hause, aber alle wollten ein Mofa und später dann ein Krad. Komische deutsche Namen wie von Kampfpanzern, die sich nicht bewährt hatten, dann komische japanische Namen, als wollten seine Freunde auf Comicfiguren reiten. Seinen Eltern war das gerade recht, sein Desinteresse. Jeden Monat fuhr sich auf der Rheinstraße einer tot, den man kannte. Aber wie die Haare der Mädchen im Wind flatterten, erst recht, wenn die nicht auf dem Sozius saßen, sondern vorne, da hätte er sich gern in deren Haarstrudel gesetzt.

Bei Volker fand er das nicht ganz so gut. Dessen Haare waren hinten ja auch ein bisschen länger als vorn. Wenn er die dann gleich im Gesicht haben würde. Wenigstens hatte der einen zweiten Helm dabei. Na ja, Polizei. Achim überlegte noch, was er jetzt sagen sollte, starke Maschine, da zeigte Volker schon auf seine Tasche, als wäre Achim der letzte Idiot.

Tja.

»Kannst du die noch abwerfen?«

Achim betrachtete seine Tasche ratlos.

»Die schlackert sonst wie verrückt«, sagte Volker, und Achim fand, er verstünde durchs hochgeklappte Helmvisier eigentlich nur die Hälfte, und er fragte sich, welche, die obere oder die untere. »Ist ja gefährlich.«

Sattes Geräusch, als Volker die Stütze ausklappte und die Maschine abstellte, die sackte so zuversichtlich zur Seite. Volker kam auf ihn zu, und Achim dachte, wenn er mir jetzt die Fresse poliert, dann habe ich das wohl auch verdient,

die Kinder

über die hatte er sich ja auch keine Gedanken gemacht

aber ich möchte auf keinen Fall, dass mein Kiefer verdrahtet werden muss, zum Zusammenwachsen. Das stellte er sich außerordentlich unangenehm vor, und er hatte ja so schon, wie seine Mutter jetzt noch sagte, nichts zuzusetzen.

Volker streckte die Hand aus, schwarzes Motorradleder, aber immer mit so weißen und roten Applikationen, das sah doch affig aus, wollte der ein Rennen fahren hier oder über den – nannte man das jetzt allen Ernstes Ehebruch? – seines Nachbarn sprechen.

Achim verstand nicht.

Volker erklärte nicht.

Achim hatte nur die Tasche. Also gab er ihm die. Volker nickte, gut gemacht, dann ging er zum Pförtnerhäuschen. Achim war zwar erst ein paar Wochen hier, aber die Pförtner kannte er schon, die ließen gar nicht mit sich reden, das waren echte Stinkstiefel, nee, wattn wattn, Nachrischt für Ihre Frau, ja, Menschenskinder, sollick hier zweetausend Nachrischten annehmen jeden Tach, oder wie stellnse sich dis vor? Nee, nur Ihre, wa? Nur die eene? Und wat denken Sie, warum Sie jetzt ausjerechnet so wat Besonderet sind? Herr Schully?

Wie sollte das jetzt überhaupt weitergehen, ob mit oder ohne

Tasche, und dann fing Volker ein umständliches, aber dramaturgisch wirkungsvolles Aufgezuppel von Reißverschlüssen an, davon hatte er nun wirklich genug, bis er einen labbrigen A5-Ausweis in einer schon leicht angegilbten Plastikhülle hochhielt. Der Pförtner nahm Volker Achims Tasche ab und stopfte sie irgendwo unter sich.

Achim überlegte, ob er sich schon mal hinsetzen sollte oder so was, damit Volker, den er so gut wie gar nicht kannte, aber mit dessen Frau er schlief, hier nicht alles allein machen musste. Aber andererseits wusste er ja gar nicht, was der nun genau vorhatte, und die Maschine, wie die Jungs in Bad Godesberg sagten, wäre vermutlich umgefallen und hätte die Hälfte von Achim unter sich begraben.

»Holst du dir morgen ab«, sagte Volker, als er an ihm vorbeiging. Dann hielt er inne, machte das Visier runter, wieder hoch und sagte: »Ich sag mal du, ja. In Anbetracht der Tatsache.«

Da war die Katze nun also aus dem Sack. Achim nickte. »Schön gesagt«, sagte er und fand seine Stimme quiekig. Volker musterte ihn, als müsste er sein Gewicht schätzen, um den passenden Galgen konstruieren zu können, Statik und so weiter.

Nach zehn Metern bremste Volker abrupt, der hatte ja einen ganz breiten Rücken; sie waren noch nicht mal aus der Sackgasse.

»Halt dich mal lieber richtig fest«, sagte er. »Das ist sonst gefährlich.« Der hatte sein Berlinern unterdrückt, wie Achim seinen rheinischen Singsang. Am Ende hatten sie ganz schön viel gemeinsam. Das und die Frau. Der Helm war so eng, dass Achim nicht die Stirn runzeln konnte. Ach so, wahrscheinlich war der von Marion. Das gefiel ihm ganz gut. Aber dann auch wieder nicht. Er langte nach hinten, an den verchromten Griff, um Volker zu beweisen, dass er das schon richtig verstanden hatte.

»Nee«, sagte Volker und klopfte sich selber auf die Schulter. Nun umarmte er also den Mann, dem er die Frau ausgespannt hatte. Dessen Rücken roch nach Couch. Und was führte der eigentlich im Schilde. Links in die Berliner Straße, dann über die Kreuzung Zehlendorf Eiche, links davon der Teltower Damm und wo sie alle noch zu Hause waren, manche länger, andere gerade erst, aber vielleicht nicht mehr lange, rechts die Clayallee, aber Volker fuhr geradeaus rauf auf die Potsdamer Chaussee. Achim wurde mulmig. Richtung Autobahn.

Achim roch also Couch und legte sich mit dem Motorrad und dem Mann, dessen Leben er zerstörte, in die Kurve der Auffahrt, Spanische Allee, und dann nur eine Ausfahrt weiter südlich wieder runter, Richtung Wannsee, aber dazwischen drehte Volker so richtig auf. Wer zerstörte hier eigentlich wem das Leben. Die Geschwindigkeit riss sie auseinander und schweißte sie zusammen. Wie viel Luft kam überhaupt in diesen viel zu engen Helm. Ihm war nie aufgefallen, dass Marion so einen kleinen Kopf hatte.

Und jetzt, die Ampel Richtung Nikolassee rot, und Volker sagte was über die Schulter und bewegte seinen Rücken. Achim merkte, wie fest er ihn inzwischen umklammert hielt. Seine Handflächen klebten am Leder. Er konnte Volker nicht verstehen. Er nickte. Volker lachte und fuhr eine Kurve: in entgegengesetzter Richtung gleich wieder auf die Avus, und zurück und darüber hinaus.

Verzweifelt versuchte Achim, sich an die Namen der Zwillinge zu erinnern. Er hatte das sichere Gefühl, sterben zu müssen, wenn ihm die Namen nicht einfielen. Damit man wenigstens ein Thema hatte.

Der Funkturm flog ihnen entgegen, zitternd wie ein vertikaler Torpedo.

Die Zwillinge. Volker war doch Vater. Da konnte er sich doch

nicht auslöschen. Den Zwillingen würde Volker doch nicht den Vater nehmen. Andererseits. Es wäre natürlich perfekt. Wenn also Volker Marion schon nicht haben konnte, dann auch nicht Achim. Und wenn sie beide tot wären, waren die Kinder eben bei der Mutter, und wahrscheinlich war Volker sowieso einer dieser abwesenden Väter, und da hätte die Wunde sich schnell geschlossen, und später, wenn sie alt genug wären, würden die Kinder vielleicht zu schätzen wissen und verstehen, was sich hier abgespielt hatte, die Symmetrie, das Ausmaß der Geste: mit dem
Widersacher
Nebenbuhler
Rivalen
gegen die Leitplanke
rechts von der Fahrbahn, durch den Maschendrahtzaun in die Kleingärten
auf die S-Bahntrasse
wie ein Geschoss
gegen einen Brückenpfeiler,
aber so gut kannte Achim sich hier auch wieder nicht aus.

Er griff noch einmal fester nach Volkers Rücken, weil er nicht wollte, dass der die Symmetrie seines Plans womöglich dadurch gefährdete, dass er Achim einfach abwarf, er wusste ja nicht, warum das nicht gehen sollte, einmal mit dem Heck ausschwenken oder so was.

Und es gab diesen kleinen Moment, im Nachhinein, als Achim klar wurde, dass es echt gewesen war: dass Volker, als er die U-Wende gefahren war, wirklich nicht sicher war, was jetzt passieren würde, und dass hier etwas auf der Kippe gestanden hatte und dass es sich erst dadurch stabilisiert hatte, als Achim den Griff gewechselt hatte.

Volker bremste runter, von irgendeiner absurden Geschwindigkeit, die sie vorbei an all den Autos geschossen hatte, auf etwas, das ihn zwang, auf die rechte Spur zu ziehen, achtzig oder neunzig. In der Lenkbewegung wurde Achim an ihn gedrückt, als wäre er gegen ihn gerannt. Dreieck Funkturm, einmal um die runde, rosafarbene Autobahnraststätte, wo die Lkws in unordentlichen Reihen standen und sich Brummis nennen lassen mussten. Wieder zurück, zehn Kilometer, zähe Minuten.

»Spinnerbrücke«, sagte Volker, als Achim vom Motorrad gestiegen war, seine Beine wie zum ersten Mal in Gang gebracht, ganz neu, wie ging das noch mal. Sie waren auf einer Autobahnbrücke mit einer Ausflugskneipe, die mehr eine Bretterbude war, was hatten die eigentlich ganz genau überhaupt aufgebaut hier, wohin floss eigentlich das ganze Geld, von dem sein Vater immer erzählte. Warum gab es in Berlin überall Bretterbuden, am S-Bahnhof Zehlendorf sahen die aus wie 1949. Hier vor der Bude in zwei Reihen Motorräder, dreißig, vierzig Stück, und Männer und Frauen in Leder, die mit Bierflaschen in der Hand durch die Reihen gingen und anerkennend die Köpfe wiegten.

»Gute Jungs«, sagte Volker, als wären die alle auf seiner Seite. Achim nickte. Hatte Barbara im Ernst seine Jeans gebügelt? Und das Polohemd war hier auch nicht ideal, und der hellblaue Blouson, der in Bonn so gut ausgesehen hatte. Na ja, wenn seine Mutter schon flott sagte.

»Mal'n Rohr verlegen.« Volker hatte einen festeren Schritt, seit sie durch die Maschinen liefen. Zur Bude. Achim dachte, das mit dem Rohr wäre was Sexuelles, aber es ging um Biere. Die kurzen, dicken Schultheißflaschen. Volker ließ sich noch ein zweites geben, als wäre Achims Anwesenheit ein Nachgedanke. Das Bier angesetzt, Achim machte sich gar nichts draus, nie so richtig bitter, nie so richtig süß, nie so richtig kalt, einfach ein mittelmäßiges Scheißgetränk, warum war das jemals so eine große Sache geworden, Bier.

Von hinten drängten andere nach, aber Volker blieb ganz unbequem stehen, als wollte er sich noch mal kurz umdrehen und eine Wurst nachordern oder einen Kurzen, aber er hatte offenbar beschlossen, dass das hier der richtige Ort war, um mal zu reden. Ganz kurz Heimweh nach Bonn. Genscher. So Leute, die immer schon da waren. Mischnick. Hatten die auch solche Probleme. Brandt, na ja, das war noch mal was anderes, aber mit dem konnte er sich auch nicht so richtig identifizieren. Und Kohl mit seiner Sekretärin, warum lief so was bei allen anderen Leuten und bei ihm nicht: »Spinnerbrücke« stand über dem Eingang zur Bude, zwischen den Schultheiß-Emblemen, wer posierte so stolz mit einem Bierkrug wie dieser Bürgermeister mit der Kette oder was das war. Aber Achim war sich ja auch für nichts zu schade. Sex mit der Nachbarin. Richtige Bildzeitungsformulierung war das.

»Du lässt das jetzt mal«, sagte Volker. Ganz komischer Ton, mehr eine Feststellung als eine Drohung.

Achim nahm die Bierflasche an den Mund, um Zeit zu gewinnen. Vielleicht fing er endlich an, das Prinzip zu begreifen. Gerstenkaltschale, sagten die Lothars.

»Die Scheiße hört auf«, sagte Volker.

»Na ja«, sagte Achim. Musste man da nicht auch mal Marion fragen.

»Na ja«, äffte Volker ihn nach.

Hinter Achim verfestigte sich was. Die Leute, die eben noch an ihnen vorbeigedrängt waren zum Tresen, wurden ein bisschen langsamer oder blieben ganz stehen, um mal zu schauen, wie sich das hier entwickelte, zwischen Volker und Achim. Es gab so Gruppen, die hatten feine Antennen für Konflikte. Ingenieure vielleicht nicht. Aber Rocker.

»Ja, okay«, sagte Achim. Ein Fehler, jetzt am Reißverschluss zu nesteln, was wollte er damit erreichen; der Reißverschluss da unten war ganz schwer einzufädeln, eigentlich hätte man den mal erneuern lassen müssen, also ging das weiter mit dem Nesteln, und er wusste dabei ganz genau, dass er, wenn er ihn endlich würde hochziehen können, mit dem geschlossenen oder, noch schlimmer, halb geschlossenen Blouson aussah wie ein Schuljunge, und zwar ein Popper.

»Ja, okay?« Volker kniff die Augen zusammen, schüttelte den Kopf und kam damit jetzt näher. Die hellen Haare vom Helm an die Stirn geklebt.

Vielleicht wie Erwachsene drüber reden, dachte oder sagte Achim.

»Wie Erwachsene?«, schrie Volker. Wahrscheinlich lernten die da bei der Polizei spezielle Techniken, Atmung aus dem Bauch, es war sehr laut und blieb so. »Du kleiner Schweinepriester fickst meine Frau wie ein räudiger Terrier meine Frau mit der ich zwei Kinder habe hörst du zwei Kinder wie ein räudiger Terrier ey schleichst mit eingezogenem Schwanz über den Hof wie so ein kleiner Pinscher du miese kleine Ratte Menschenskinder du machst mich fertig du machst mich fertig die Chuzpe möchte ich haben so ein kleiner Wichser wie ein räudiger Terrier schleichst du da um die Ecken und was für 'ne Arschgeige was für 'ne Arschgeige einfach das Letzte bist du mieser Köter mit deinem krummen Schwanzlutscher du Lutscher hörst jetzt auf mit dem Scheiß du Scheißwestdeutscher du …«

»Echt«, sagte jemand hinter Achim, oder alle. Bisschen wurde er rumgeschubst, er ließ es geschehen und hoffte fast, es würde ein paar Fäuste regnen, bitte nichts mit seinem Kiefer, aber letzten Endes: Würde ihm eine Abreibung wirklich schaden?

Als Volker wieder auf der Maschine saß und rückwärts aus seiner Lücke kam, sah man fast die Muskeln arbeiten unter der Lederhose. Die anderen ließen Achim durch wie einen Aussätzigen, aber der eine oder andere brachte einen letzten Schubser noch unter. Achim fragte sich, wie er sich jetzt festhalten sollte an Volker, aber das war gar nicht mehr vorgesehen. Der fuhr einfach weg.

Von hinter ihm aus der Bude kam noch: »Drei sechzig krieg ich hier noch, zwo Schultheiß.«

Kapitel 26

So viele traurige Frauen, ein ganzes Dorf am Stadtrand voller trauriger Frauen. Die alle gerettet werden mussten. Von einem einzigen Mann. Überall waren diese traurigen Frauen. Und dann kam ein Mann, ein einziger Mann, und baute ihnen Häuser, ein Heim, baute ihnen Parks, legte Wege an und Äcker, Gemüsegärten, Obstgärten, Weiden und Felder, vor der Stadt, in der die Frauen nicht klargekommen waren. Heimatkundeunterricht an der Beucke-Schule, und plötzlich sollte sie also eine Heimat haben: hier, wo Heinrich Laehr im vorigen Jahrhundert eine Nervenheilanstalt für Frauen gebaut hatte, die von der Großstadt krank geworden waren, oder von den Männern.

Das war der Unterschied, das hatte Marion damals in der achten Klasse gleich gemerkt, die hatten sie ja zurückgestuft: dass es hier immer so einzelne Männer gab, die machten, dass alles gut wurde. Die Geschichten und die Geschichte hörten immer auf wie im Kino: Der Mann kam, machte alles gut, The End, Licht an, nach Hause, und das Leben ging weiter, aber man sah nicht mehr, wie. Zu Hause war das anders gewesen: Da kamen die großen Männer, Marx Engels Lenin, alle anderen schwierig, Stalin gerade tot, und dann hatten die aber nur Ideen, aus denen alle anderen alles andere selber machen mussten. Keiner von denen hatte je einen Park angelegt oder von traurigen Frauen ein riesiges Gehöft bewirtschaften lassen, damit es ihnen besser ging, Happy End.

Heinrich Laehr also war gekommen, in seinem Namen einen ganzen künftigen Stadtteil zu erfinden, und hatte am Südrand von Berlin hektarweise traurige Frauen untergebracht. Dieser heroischen Tat verdankten sie jetzt hier in Zehlendorf den Verlauf ihrer Straßen, und zwischen Goerzallee und Teltower Damm drei, vier Parks, die vage ineinanderliefen. Und ein paar Gegenstände aus Heinrich Laehrs Gutshaus im Heimatkundemuseum an der Eiche, wo einem ein Rentner immer mehr erklärte, als man wissen wollte, aber nichts, was einen interessierte. Das kannte Marion von den Ausflügen in der vierten Klasse, Heimatkunde für die Zwillinge, entdecke deinen Bezirk. Dort, im Heimatmuseum, stand aus glänzendem Holz mit gelochter Metallscheibe die Kalliope von Heinrich Laehr, und wenn der Heimatrentner ihnen erlaubt hätte, sie anzukurbeln, hätte die Kalliope von ihrer Metallscheibe »Das ist die Berliner Luft« gehämmert. »Die Scheibe muss der Laehr ganz kurz vor seinem Tod anjeschafft haben«, sagte der Heimatrentner, »1904, die war ein richtiger Hit damals«, und bei Scheibe und Hit zuckte er jedes Mal ein bisschen mit den Hüften und blickte verschwörerisch zu den Viertklässlern, als wären sie doch alle so richtige Musikhengste. Die Kinder starben reihenweise vor Langeweile.

Was hatten die mit ihrer Heimat hier, dachte Marion.

Da ihre Straße und ihr Hufeisenhaus vom S-Bahnhof Zehlendorf aus gesehen rechts vom Teltower Damm lag, war der Schönower Park direkt gegenüber von der Stelle, wo ihre Straße in den Damm floss. Hinter ihrem Haus war der Johannespark, Füchse in der Nacht. Der Heinrich-Laehr-Park weiter Richtung Süden, wo die Zwillinge auf die Schweizerhof-Schule gingen, flach gebaut zwischen dem lang gezogenen Ausweg des Schönower Parks und den beiden Eingängen zum Laehr-Park, Buchen hoch wie im Wald. Das Grab der Familie Laehr war im

Schönower Park, neben dem Spielplatz. Ein Palast von einem Grab. Vater, Mutter, Kind Kind Kind Kind Kind. Es war im Nachhinein kaum zu begreifen, dass dieser Mann sich nicht nur um all die traurigen Frauen der Stadt gekümmert hatte, sondern auch um seine prachtvolle Familie, die im Tode nun noch prachtvoller geworden war: hinter spitzen Eisengittern, zwei bis drei Meter hoch aus rostigen Stäben, ein Totengrundstück groß wie ein Garten für die Lebenden, das Tor zugekettet vom Gartenbauamt, dahinter im Dunkeln das Grabmal, groß wie eine Doppelhaushälfte, Gründerzeit oder Romantik, Ranken, Ornamente, Statuen schwermütiger Frauen wie hingegossen, bekleidet nur mit Grünspan.

Achim kam ihr manchmal so verletzlich vor: wenn er nicht zeigen wollte, dass er Angst hatte. Hatte Volker was gesagt zu Achim? Was wusste Volker eigentlich? Vielleicht nur, dass er nichts wissen wollte. Aber jetzt unmittelbar fürchtete Achim sich offenbar erst mal vorm Klettern. Sie ließ ihn vorgehen: Sie käme sowieso rüber, sie kannte das seit einundsechzig. Aber es wäre peinlicher für ihn, wenn sie schon drüben war, die Füße in den Bodendeckern, und er scheiterte daran, zu ihr zu kommen. Dann besser zuschauen, wie er sich abmühte, und gegebenenfalls einen Weg finden, das hier alles abzubrechen: Du, da kommt einer.

Schon gefährlich, klar. Man musste da den Kopf ausschalten. Gerade mitten in diesem Moment, wenn einem klar wurde, dass man eigentlich zwischen den rostigen Tarot-Stäben gar keinen Halt finden konnte und dass es physikalisch kaum eine Möglichkeit gab, sich darüber zu hieven, und wenn, dann schien es fast unausweichlich, dass man hängen blieb. Man konnte das nur vermeiden, indem man nicht nachdachte.

Gepfählt, wenn man jetzt abrutschte. Achim stellte sich Volker vor hinter sich, dann ging es.

Huschen auf den Parkwegen, Schritte im Gras, ganz dicht oberhalb der Wahrnehmungsgrenze. Kaum dunkel um zehn Uhr abends, grau und sternenlos der Himmel, schwarz nur die Büsche und Bäume. Er spürte fast körperlich, wie Marion versuchte, nichts zu sagen. Dann war er drüber.

Marion stand eigentlich sofort neben ihm.

Sie zog ihn an sich, sonst hätte er das mit ihr gemacht. Um sich noch mal zu vergewissern. Er fuhr mit den Fingern über ihre Augenbrauen, was zum Festhalten in der Dunkelheit. Dann fiel sie weg unter ihm. Da machte man einmal die Augen zu. Die Seitenwand des Grabmals vor ihm, Efeu, das die Konturen noch mehr auflöste. Als wenn sie ein Geist wäre, und jetzt alles vorbei. Rechts von ihm, die Rückseite: Da wuchs die Dunkelheit zusammen mit dem Park. Wenigstens ihre Schritte hätte er doch hören müssen. Schade, dass das Efeu hier im Dunkeln nicht leuchtete, wie verstrahlt müsste das eigentlich sein für diesen Effekt.

Er ging zur Vorderseite des Grabes, unberührtes Gelände unter den Füßen, um sie nicht zu suchen, sondern was zu tun zu haben. Dunkelheit, und wenn sie noch so halb war: schwierig für sie.

Alle Gespenstergeschichten, die er je gehört hatte:

Die Nachbarin, die auf dem Heimweg in der Nacht auf der B9 hinter Koblenz-Goldgrube, wo der Friedhof war, einen Schlag unterm Auto gespürt hatte, und im Rückspiegel jemand, der da lag, wie hatte sie den denn erwischt; zu Hause, die ganze Nacht ein furchtbar schlechtes Gewissen; wie sie wieder aufgestanden und noch einmal zurückgefahren war, goldener RO Achtzig. Nichts auf der Straße, niemand im Graben. Nichts in der Zeitung, niemand am Telefon: Wir hätten da mal ein paar Fragen an Sie, nichts. Aber von da an, wenn sie im Dunkeln war: ganz kurz jemand im Rückspiegel, auf der Rückbank, in der Mitte wie ein aufmerksames Kind, und dann weg, aber ein Heidenschreck, und fuhr sie nie mehr nachts, oder fuhr sie sich tot?

Jemandes Onkel, der vom Okal-Haus Richtung Rhöndorf gefressen worden war, buchstäblich gefressen, in der Treppe eingeklemmt, offene Stufen, offenes Treppenauge, und bis die darauf kamen: skelettiert, und keine Rückstände, keine Leichenflüssigkeit, keine Maden, keine Fliegen, nichts, Haustiere hatte der auch nicht gehabt. Vom Okal-Haus gefressen. Schreib das mal in deiner Zeitung.

Das Kind, das nachts immer geschrien hatte. Aus dem katholischen Kindergarten? Nachtschreck. Ganz normal, fand die Kindergärtnerin. Doch mal zum Arzt, fanden die Eltern. Und wie der dann die Tür zugemacht hatte, nachdem er dem Kind, vier oder fünf, gesagt hatte, es sollte doch noch mal ins Wartezimmer, »Lotta lernt Radfahren«, und dann sagte der zu den Eltern: Ihr Kind ist jede Nacht in der Hölle, Ihr Kind sieht jede Nacht, was uns allen bevorsteht. Hatte die Nachbarin der Mutter erzählt. Und der meinte das nicht im übertragenen Sinne, sondern: genau so. Jede Nacht in der Hölle. Dr. Pützer, gehen Sie da bloß nicht hin.

Wo war man eigentlich je allein. Draußen vorm Zaun oder hier drinnen, überall Huschen, Krabbeln, gedankenlose Schritte. Zu schwer für Marion. Einer brüllte. Wohl mal warten können, und habt ihr noch Ziesen. Lass mal eine rüberwachsen. Achim drückte sich in die Kühle der Steinwand. Ein paar helle Schläge, die hatten den Spielplatz erreicht und bollerten von unten gegen die Rutsche. Waren die Leichen eigentlich wirklich hier drin? Von der ganzen Familie? Und warum war einem das nicht egal, was kümmerte ihn das, nur Mineralien und Moleküle, wenn überhaupt. Er mochte das Gefühl seines Blousons nicht mehr, dieses Weiche, Abgleitende. Er ging ein paar Schritte vom Grabmal Richtung Hauptausgang, das zugekettete Tor, hier gab es einen breiten, zugewachsenen Gehweg, den nie jemand benutzte. Er wandte der Grabstätte den Rücken zu, weil er wollte, dass die Toten ihm egal waren.

»Hey. Sie da.«

Ihre Stimme von schräg oben, hinter ihm.

»Was machen Sie denn da unten. Haben Sie was verloren.«

Er drehte sich um und sah, dass sie zu Füßen der traurigen Frauen saß und mit den Beinen baumelte, die Sandalen waren ihr heruntergefallen, ihre Füße weiß wie der Mond.

»Vielleicht«, sagte er in romantischer Absicht.

»Glaube ich nicht.«

»Was sollen wir denn jetzt machen?«

»Hier raufkommen?«

»Und sonst. Mal im Ernst.«

»Na, nichts.«

Er fand Halt für seine Füße, die Mörtelspalten zwischen den Klinkersteinen waren sicherer als alles am rostigen Zaun. Er merkte, wie sie ihm nicht die Hand ausstreckte. Sie hatte beide Beine hochgezogen und die Arme über den Knien verschränkt. Ihr Gesicht ein unklares Oval. Er zog sich an der rauen Kante hoch und setzte sich neben sie. Mit Erleichterung merkte er, dass sie nicht beiseiterückte, um ihm Platz zu machen. Sobald er saß, lehnte sie sich ein bisschen gegen ihn.

»Hat er es dir erzählt?«, fragte Achim.

Sie hob die Schultern, das merkte er an seinem Oberarm.

»Und was machen wir jetzt?«

Das war dieser Moment, in dem sie überlegte, alles abzublasen. Warum fragte er sie das. Eine augenblickliche Klarheit: Was hatte sie eigentlich davon? Aber dann dieses Glatte, Feste an ihm, das Unverbrauchte, und dass es nicht so ohne Weiteres gegangen wäre, das jetzt zu lassen mit Achim und einfach so weiterzumachen wie immer mit Volker. Außerdem, was bildete Volker sich ein.

»Sag du's mir«, sagte sie, als wäre es ein Test, dabei hatte sie ihre Entscheidung nach dem kurzen klaren Moment gefällt: einfach weitermachen. Man traf zwei, drei große Entscheidungen im Leben, wenn überhaupt, und der Rest war Durchwursteln. Sie hatte ihren Vorrat an großen Handlungen aufgebraucht.

»Ich würd gern mal mit dir rüberfahren«, sagte er. »Da kennt uns keiner. Da sieht uns niemand. Das ist nicht wie hier bei euch im Süden, im Park, am See. Ist ja furchtbar hier, schlimmer als auf dem Dorf.«

Seine Worte schienen zwischendurch von sehr viel weiter weg zu kommen. Sie hatte das sichere Gefühl, im Dunkeln rot geworden zu sein. Es ärgerte sie. Andererseits, war man überhaupt rot, wenn es keiner sah. Achim legte ihr die Hand ins Gesicht, als hätte er es geahnt. Kühl und sanft. Sie schloss die Augen.

Von wegen, da kennt uns ja keiner.

Und dann bekam sie es mit der Angst. Vor allem, was jetzt womöglich aus seinem Mund kommen würde. Warum die nicht einfach mal die Klappe halten konnten.

Die Kerle redeten ja nicht,

sagten die anderen Frauen in der Gruppe, aber darüber konnte sie nur lachen. Die redeten doch die ganze Zeit, die redeten um alles herum, die redeten alles klein, kaputt, die sagten an und ab. Vielleicht geriet ausgerechnet sie immer an solche Exemplare, aber es schien ihr doch sehr weit verbreitet.

Marion legte den Kopf in den Nacken, ihre Wange glitt an seiner Hand entlang. Der Himmel zwischen den Kiefern wie in einem Schwarz-Weiß-Film, die Wolken langsam. Wenn er jetzt sprach, war vielleicht doch alles aus.

Erzähl doch mal vom Heim. Wie war das da.

Erzähl doch mal von der S-Bahn, wie du eingestiegen bist und nicht mehr aus, erst ganz woanders, wie war das, weg zu sein.

Erzähl doch mal von deiner Mutter, erzähl doch mal von deiner Schwester. Hast du die. Nie vermisst. Denkst du oft an die.
Erzähl doch mal vom Osten.
Erzähl doch mal von der Enge, von der Angst, von der Wut.
Und sie kannte die ganzen Fragen ja schon von Volker und ihre Antworten auch: Na ja, ich war halt ein Teenager. Vielleicht wäre ich, wenn ich im Westen gewesen wäre, in die S-Bahn gestiegen und in den Osten gefahren und nie zurückgekommen. Wenn meine Mutter so eine Nazi-Mutter in der SS-Siedlung gewesen wäre wie die alten Hexen hier. Vielleicht war es ein Zufall, dass ich vom Osten in den Westen gefahren bin. Wenn die S-Bahn nach Polen gegangen wäre, wäre ich vielleicht noch weiter nach Osten gefahren. Dann stünde ich jetzt in Danzig an der Werft mit dem Schweißbrenner und würde mich darüber aufregen, dass wir den Popen in den Arsch kriechen, als ob das um einen Deut besser wäre als der Partei. Konnten einen nicht einfach alle in Ruhe lassen. Und vielleicht bin ich deshalb abgehauen. Was glaubst du, was ich für politische Überzeugungen hatte, als ich in die S-Bahn gestiegen bin? Ich war fünfzehn. Was glaubst du, warum ich von meiner Mutter wegwollte? Ich war fünfzehn.
Und wie das natürlich nicht das gewesen war, was Volker hatte hören wollen. Sie spürte geradezu, wie er sich berauschen wollte an ihren Erfahrungen, daran, wie wenig es seine waren und wie sehr er sie trotzdem verstand. Aber sie lieferte ihm nichts, und Achim würde sie auch nichts liefern. Volker hörte auch nicht gern, wenn sie die alten Nazis, unter denen er aufgewachsen war, die seine Nachbarn waren und mit denen er zur Arbeit ging, alte Nazis nannte, das, sagte er, mit einer ganz ausgefliesten Stimme, das konnte man nicht vergleichen.
Den Bauch vollschlagen wollten die sich. Mit ihrer Ost-Er-

fahrung. Das war auch so ein Wort von Volker: Das kommt von der Ost-Erfahrung meiner Frau. Beim Elternsprechtag, wenn er vorstellig wurde, um der Lehrerin zu erklären, dass Marion sich weigerte, die Kinder an den Bundesjugendspielen teilnehmen zu lassen. Meine Kinder werden nicht in Staffeln und Riegen eingeteilt, meine Kinder treten nicht auf Sportplätzen an, meine Kinder brauchen keine Urkunden, die der Bundespräsident oder der Staatsratsvorsitzende unterschreibt, und dass sie keine von diesen Urkunden kriegen, brauchen sie erst recht nicht. Das müssen Sie verstehen, Volkers Stimme schon durch die Tür so laut und verständnisvoll, während Marion den Linoleumgang hinunterhämmerte, um dazwischenzugehen, das liegt an ihrer Ost-Erfahrung. Ja, geflohen. Rübergemacht. Als ganz junges Ding.

Nichts davon wollte sie von Achim hören.

Als ganz junges Ding.

Ihr ganz junges Ding, das war jetzt Achim. Aber wenn er jetzt anfangen würde, sie danach zu fragen, wie das alles war, und wo und mit wem, und was das mit ihr gemacht hatte, und wie sie sich gefühlt hatte, als … dann wäre das nun doch vorbei, und sie hätte eben kein ganz junges Ding mehr.

»Machst du dir Gedanken?«, fragte Achim. Das war okay. Immerhin eine Frage und keine Aufforderung, keine Mitteilung.

»Worüber?«

Er zögerte. Vorsichtig, als könnte er was kaputtmachen. Das gefiel ihr, aber es machte sie auch ungeduldig. »Wie es weitergehen soll.« Das »mit uns« verschluckte er im Dunkeln.

Sollte sie das jetzt auch noch regeln. Sie räusperte sich, um was zu tun zu haben.

»Vielleicht ergibt sich ja wirklich mal die Gelegenheit«, sagte sie, »und wir fahren nach drüben. Das wär schon was anderes. Also.« Sie wusste nicht mehr weiter, das gefiel ihr auch nicht.

Achim schwieg, und sie fragte sich, ob eine Gelegenheit sich wirklich ergeben oder ob er sie herbeiführen würde.

Wenn man den Kopf zum Spielplatz drehte, konnte man ans Klettergerüst gelehnt die Silhouette der Sudaschefski-Schwestern sehen. Das ahnte sie aus dem Augenwinkel, aber sie wandte sich ihm zu und küsste ihn, damit sie nicht mehr reden mussten.

Kapitel 27

An diesen Kuss dachte er später, als er mit Marion eine Treppe in Ost-Berlin hinaufstieg. Weil das Licht so ähnlich war, die Wände in endlos nachgedunkeltem Grün, weil die Mittagessenluft organisch und kühl roch wie ein Grabmal im Park?

Es war etwas in Sybilles Gesicht, wovor er Angst hatte, und innerlich wich Achim zurück. Bis eben hatte sie ihnen den Rücken zugekehrt, dunkelblauer Anorak mit Teddyfutter, zu warm für die Jahreszeit, aber Sybille sah selbst von hinten aus, als wäre ihr immer kalt. Sie war größer und breiter als Marion, die Haare hingen ihr über die Kapuze, auf eine Weise rot gefärbt, dass er das Braun noch sah. An ihren Treppenschritten hörte er den Sand auf den Stufen, aber er wagte es nicht, den Blick abzuwenden. Marions Hand in seiner war trocken und fest, aber er musste sie ziehen, damit sie Schritt halten konnten die halbe Treppe nach oben. Als die Tür in sein Blickfeld kam, hörte er Marion hinter sich scharf atmen, er kannte das, die Türen von früher konnten einem wehtun, weil sie immer gleich blieben und dahinter immer was wartete, von dem man nicht wusste, wie es sich verändert hatte. Mit dem Schlüssel in der Hand drehte Sybille sich um, ihr Kinn lag auf dem Anorakkragen, aus dem Schnüre baumelten. Der Ausdruck in ihrem Gesicht: riesengroß auf kleinster Fläche, als hätte etwas ihre Gesichtszüge nach außen gedrückt. Fassungslos, um Haltung bemüht, weil es gerade nicht anders ging.

Wie damals, als seine Mutter vor seinen Augen den Betrug des Vaters enttarnte, Achim mit Schulranzen im Türrahmen, den Brief in der Hand, weil er mit neun gern den Briefkasten leerte, und dieser Briefumschlag roch so gut und hatte Kussmünder drauf, Lippenstift, und mit dem Brief stimmte was nicht, und es war ihm gerade recht, den Mittwochnachmittagskaffee seiner Eltern kaputtzumachen, wenn sein Vater sich nach Praxisschluss, aber noch vor dem Papierkram in den weißen Latschen an den Couchtisch setzte und die Eltern mit gedämpften Stimmen sprachen.

Für dich, Papa, und wie seine Mutter geguckt hatte, erst auf den Brief, dann, als sie ihn schon in der Hand hielt, ein ganz schnelles Schnappen war das gewesen, auf den Vater. Achim hatte doch nur ein bisschen Unruhe stiften wollen, »Unruhestifter«, das sagte sein Vater immer mit Hochachtung, wenn einer was aufmischte, aber nie über Achim. Aber seine Mutter hatte einen Ausdruck im Gesicht von Hass und Verletzung und plötzlichem Verstehen, auf das sie offenbar viel zu lange gewartet hatte, oder immer verdrängt, Bestätigung. Damals war er in Gedanken zurückgegangen, Richtung Schule, die Hochkreuzallee wieder hinunter, ab zum Klufterplatz, Katzenköpfe, der tiefe, breite Biergeruch aus den Kneipen wie von einem großen, fremden Körper, schon um kurz nach zwei, und Rindsrouladen hinter gekippten Fenstern, und dann zur Schule, und noch mal ganz von vorn anfangen, und diesmal den Briefkasten vielleicht auslassen, und das Unruhestiften.

Er sah, dass auch Sybille lange auf diesen Moment gewartet hatte, aber er war doch ganz anders geworden, als sie es sich womöglich vorgestellt hatte, er sah was Ungeübtes darin, wie sich die von innen kommende Emotionsfaust auf ihren Zügen abbildete. Je wütender sie aussah, desto mehr ähnelte sie Marion, und er fragte sich, ob Marion vielleicht die ganze Zeit wütend war, und er hatte es nur nicht gemerkt. Was hatte er überhaupt alles nicht gemerkt. Wie damals im Türrahmen, das fiel zusammen, plötzlich diese Klarheit darüber, wie unklar alles war.

Beim ersten Mal waren sie mehrere Straßenbahnstationen weit weg geblieben von Prenzlauer Berg. Wenn Achim ehrlich war, wusste er gar nicht, wo das war und wie Teile dieser zweiten neuen Stadt hießen. Noch ehrlicher: Es interessierte ihn nicht. Ihn interessierte, jetzt allein von der Verfahrenstechnik her, wie die das schafften, die Leute aus West-Berlin durch den Bahnhof Friedrichstraße in den Ostteil der Stadt zu schleusen. Die hellgelb gekachelten Gänge, die er schon nach drei oder vier Biegungen und Treppen nicht mehr hätte zurückverfolgen können, und Achim hielt was auf seinen Orientierungssinn. Aber vielleicht war er auch zu sehr mit Marion beschäftigt, stämmiger als sonst in ihrem hellblauen Jeanskleid, das gefiel ihm, er brauchte Halt, aber dann sah er in der Schlange, vor den Schaltern, dass sie Schweißtröpfchen auf der Oberlippe und im Nacken hatte, und als er ihr die Hand dorthin legte, oberhalb des abgesteppten Kragens, zuckte sie zusammen.

 Einreise in die DDR
 über Bahnsteig B für
 Bürger:
 DDR
 Berlin (West)
 anderer Staaten
 BRD
 und er wollte ihr sagen, dass sie ja wohl klar zur Abteilung Berlin (West) gehörte wie er, sie musste sich keine Sorgen machen, das hatten sie doch alles hinter sich, als sie sich das Tagesvisum in der hellgrauen Tagesvisumsstelle für Bürger von Berlin (West) geholt hatten im Einkaufszentrum Forum Steglitz

an der Schlossstraße, Rolltreppe aufwärts, und wenn die Büroräume Fenster nach innen gehabt hätten oder das Wartezimmer, hätte man von dieser DDR-Außenstelle zu WitBoy Jeans und Fiorucci und Esprit und Marc O'Polo gucken können. Büro für Besuchs- und Reiseangelegenheiten, Antrag auf Einreise in die DDR. Die Uniformen der dorthin abgestellten DDR-Beamten in einem ganz fremden Olivgrün, wie Achim es im Leben nicht gesehen hatte, es sah mehr aus wie ein böser Zufall als wie eine Farbe. Zweimal mussten sie dahin, zum Beantragen und zum Abholen, große, zweifarbige Stempel auf rauem Papier, ein Nicken, der Nächste. Im Plattenladen ZIP, Rolltreppe abwärts, suchte Achim anschließend etwas, aber keine Platte, Ruhe, einen schönen Moment, ist das die Neue von den Smiths, obwohl es ihn nicht interessierte, vielleicht ein Kuss auf dem Sofa mit den Kopfhörern, aber Marion sagte: »Ich warte hier«, und knetete vor der Glastür in der Einkaufszentrumsluft ihre Behelfsmäßigen Personalausweise mit Passierschein zur Einreise in die DDR über Bahnhof Friedrichstraße, Berlin (Hauptstadt der DDR), am morgigen undsoweiter undsoweiter.

Draußen, vorm Forum Steglitz, der Blick nach rechts, als sie die Schlossstraße Richtung S-Bahnhof kreuzten: der Bierpinsel über der Autobahnbrücke in den Nachmittagshimmel gestreckt wie ein Hinweis auf etwas Sonderbares, man guckte lieber nicht zu lange hin, drinnen ein Steakrestaurant.

Barbara war noch bei ihren Eltern, denn nun war, nach all den Jahren Fehlalarm, wohl doch was mit ihrem Vater. Sagte sie am Telefon.

Eine Woche noch. Oder zwei.

Ja, in der Uni hatte sie sich abgemeldet.

Wie heiter sie das gesagt hatte. Ob er den Vater mal sprechen könnte, also, wenn Horst gerade…

Nein.

Was Achim gerade recht war.

Und Volker war auf Lehrgang. Marion sagte, sie hätte das kommen sehen: Warum sonst hätte er sonst »so einen Fez« machen sollen, mit Achim auf der Susi zur Spinnerbrücke und ohne Achim zurück, diese ganzen Macho-Gesten, der wollte sich damit absichern, für wenn Marion sturmfreie Bude hatte. Bis die Zwillinge von ihren Schulfreunden kamen, die Mütter hatten Herzchen-Waffeleisen, das wusste Marion vom Schulbasar.

Sie trafen sich am Anhalter Bahnhof, um gemeinsam die letzte Strecke zu fahren, durch die Geisterbahnhöfe, und Friedrichstraße gemeinsam auszusteigen. Machen Sie mal bitte das Ohr frei. Das andere auch. Was nur bedeutete: Drehen Sie sich mal zu mir, mit dem Ohr. Zwischen ihnen das eiserne Surren und Klacken des elektrischen Türschlosses, das einen Einreisenden vom nächsten trennte. Zwangsumtausch, der aber nicht so hieß. Wechselstelle. Fünfundzwanzig Mark. Sonja Dobrowolski hatte ihm genau erklärt, was er damit machen sollte: Brot kaufen, das war »ganz schön klietschig, aber lecker, Kilo eins dreißig oder so«, dann Schreibwaren, »na ja, wat solln Sie damit, aber billig isset«, und dann mal gucken, was es an Büchern gäbe, »meist so olle Russen«, oder mal bei der Amiga, hin und wieder hatten die Westlizenzen, »also, wenn Sie auf Udo Jürgens stehen oder so wat«, und Sonja Dobrowolski schaffte es tatsächlich, Jürjens zu sagen. Achim ging zuerst durch, damit Marion nicht allein nach Ost-Berlin musste, das leichte Geld lose in der Hand.

»Dann mal los«, sagte sie, ohne stehen zu bleiben. Er kannte das schon, mit Barbara in Paris: mit den öffentlichen Verkehrsmitteln, das war immer kompliziert, und man fiel so auf, als Tourist. Wie geht das, was braucht man, und dann stand man im Weg. Am besten, einfach in Bewegung bleiben, zu Fuß. Das merkte er auch Marion an: stehen bleiben wär gar nicht drin gewesen.

Für einen Atemzug oder zwei überkam ihn eine ganz seltsame Nostalgie, und ihm war, als bräche ihm innerlich ein und weg, was er und Barbara sich immer erhofft hatten von Berlin, also: Westberlin, wie das hier hieß, ohne Bindestrich. Eine ganz andere Welt war das hier, ganz andere Menschen, man selbst ein unbeschriebenes Blatt, alles frisch. So hatten sie sich das gedacht, in West-Berlin, Westberlin, aber darüber geredet hatten sie nie. Wie Barbara und er neu werden würden in Kreuzberg oder Schöneberg, wie sie andere sein würden, wie sie Dinge entdecken würden, die sie kannten oder schon geahnt hatten. Und plötzlich war sollte hier alles ganz anders und auf wunderbar vertraute Weise fremd sein, und man könnte selbst noch mal neu anfangen, mit einem Knistern, als wenn die Saphir-Nadel sich wieder in die Rille senkte.

Stattdessen fand er das nun hier, in Ost-Berlin, oder: Berlin, Hauptstadt der DDR. So nah hatte Marion sich noch nie an ihn gedrückt. Es war endlich völlig klar: Hier würden ihnen keine Hunde von Nachbarn und keine Nachbarn mit Hunden entgegenkommen, hier waren sie ganz weit weg, obwohl die S-Bahnfahrt nicht viel länger gedauert hatte, als mit dem Fahrrad zur Krummen Lanke oder zum Schlachtensee zu fahren, höchstens doppelt so lange, aber jetzt auch kein Tagesausflug oder so.

Marion im Jeanskleid guckte durch die Gegend, als wenn das hier alles für sie zwar nichts Neues wäre, aber nun sähe sie es zum ersten Mal mit wachen Augen. Dann wurde ihm klar, dass sie das alles ja genauso wenig kannte wie er: fünfundzwanzig Jahre, das war genau die Spanne, in der hier sozusagen kein Stein auf dem anderen geblieben war. Er sah mehr sie, merkte er, weil er sich mehr für sie und die Fältchen auf ihrer Stirn und um ihre Mundwinkel interessierte, für ihre Ohrläppchen und ihren Nacken mit den wenigen, aber tiefen Halsfalten, wie Jahrzehntringe, drei oder vier. Was sonst hier noch los war, nahm er nur aus dem Augenwinkel wahr, und auch das war ihm gerade recht: die Welt, im Übermaß, aber man ließ nur ein bisschen rein, so, wie wenn man im Winter in einem überheizten Zimmer das Fenster auf Kipp stellte.

Was Marion sah:

Menschen in den falschen Hosen.

Menschen in den falschen Röcken.

Menschen in den falschen Kleidern.

Menschen in den falschen Hemden. Und Blusen.

Menschen in den sehr, sehr falschen Schuhen.

Mit falschen Taschen, falschen Tüten, falschen Beuteln, falschen Netzen.

Also, falsch im Sinne von: nicht wie vor fünfundzwanzig Jahren, obwohl am gleichen Ort. Nicht wie zweimal lang hingeschlagen Richtung Mauer, obwohl zur gleichen Zeit. Sie suchte etwas, das sie an früher erinnerte, und außer, dass die Straßen so breit waren, sobald sie den Alex erreicht hatten, war da nichts. Es versetzte sie in Hochstimmung. Denn dass sie hier so gut wie nichts wiedererkannte, bedeutete auch, dass sie sich hier selbst so gut wie nicht wiedererkannte. Nur die breiten Straßen, Stalin-Allee, also Karl-Marx-Allee, nach rechts raus, aber jetzt erst mal Hans-Beimler-Straße, aber sie wollte nicht Richtung Prenzlauer Berg. Sie wollte sich nur darin verlieren, wie breit die Straßen waren und die Bürgersteige. Hier wurde man nicht mit anderen zusammengeworfen wie da, wo sie hingekommen war, im Westen, sondern immer nur auf sich selbst zurück, und in einem fantastischen Moment des tiefen Durchatmens stellte sie fest, dass das für sie das Aller-, Allerschönste war: auf sich selbst geworfen zu sein wie auf ein festes Sofa mit überraschend weicher Oberfläche.

Sie atmete zischend ein. Achim zog sie an sich, vielleicht eine Reaktion auf ihr Atemgeräusch, vielleicht ein Impuls aus seiner eigenen Welt: Es war groß und fremd, plötzlich hier zu sein, und er hätte sie gern herumgewirbelt. Wie in einem Film. War das da die Weltzeituhr. Wie alles hier etwas so Strenges und Ausgespartes hatte, die Erdteile und Länder auf der Uhr nur Umrisse, die ganze Uhr ein monumentales, aber fast schwebendes Band aus Atom- oder Planetenbahnen; die Mosaike auf dem unteren Drittel der Häuser mit prachtvollen Farben und zuversichtlichen Gesichtern, Menschen, die alle was zu tun hatten und auch wussten, wie man das machte, mit den richtigen Geräten, an Orten, die dafür bestimmt waren: Zirkel und Mikroskope, Teleskope und Tafeln. Wenn man näher kam, zerfiel die Zuversicht der Gesichter in einzelne Steinchen, aber das machte erst mal nichts.

Achim erwischte sich bei einem Lächeln: Das hier war eine Ingenieurs-Welt. Das hatte alles einen Grund, das hatten Fachleute geplant, das war entworfen und durchgerechnet, und ihm gefiel dieses Eckige, Umrisshafte. Dass es keine Reklame gab, oder kaum. Weil die ja eigentlich Aberglaube war, unberechenbar, die hatte hier nichts verloren.

»Ja, grins ma' schön.« Ein paar Typen riefen das, also: einer von denen.

Marion zog ihn am Arm. Der Alex. Den Ausdruck kannte Achim auch. Er wirbelte sie zwar nicht herum, aber er war dabei, sich selber um seine Achse zu drehen.

Die bizarre Science-Fiction-Nadel des Fernsehturms fand er mutig und selbstbewusst, nicht so ein provinzielles Gestöpsel wie den Funkturm an der Autobahn in West-Berlin, und wenn man da raufging im Westen, guckte man nur auf Wald und Kleingärten, wie in so einem richtigen Kaff.

»Was du so blöd grinst, hab ich gefragt.« Das kam noch mal

aus einer Gruppe von Jugendlichen, die Achim sich auf dem Klufterplatz in Bad Godesberg auf Mofas vor zehn Jahren vorgestellt hätte, die Mofas orange und mit Fuchsschwänzen an den Handgriffen, man wusste schon damals nicht mehr, ob die das noch ernst oder schon ironisch meinten. Die hier hatten hellblaue Jeansjacken und hinten lange Haare, hochgezogene Jeans ohne Gürtel und weiße oder hellgelbe T-Shirts, die Jeansjackenärmel hochgekrempelt, dünne Schnurrbärte, zumindest zwei von ihnen.

Marion zog ihn weg, zu einem Büdchen aus Beton. Das Wetter war so schön, dass sie beide auf der Hinfahrt unabhängig voneinander gedacht hatten: na ja, eigentlich schöner, als wir verdient hätten. Aber dann ist es vielleicht gar nicht so schlimm. Und wir haben es womöglich doch verdient. Also, beide dachten nur: ich.

Und sie sprachen kein einziges Mal darüber, dass die Liebe sie zeichengläubig machte. Zumindest, solange die Zeichen stimmten. Marion nannte es nicht mal Liebe bei sich. Eher: das hier gerade.

Am Beton-Büdchen gab es in ganz hellbeigen Tüten weißes Eis, das als russisches angeboten wurde. Achim hätte es Softeis genannt, Marion wohl auch. Das hätte ihm früher nie jemand erlaubt, und er sich jetzt normalerweise auch nicht, Salmonellen.

»Was wollten die denn?«, fragte er mehr sich als sie und meinte die Jungs.

Marion kramte einen von den knusprigen, nicht ganz so länglichen Scheinen raus, die sie beim Geldumtausch bekommen hatten.

»Zweimal, bitte«, sagte sie. Es fühlte sich an, als bekäme sie mehr zurück, als sie hingelegt hatte. Nicht mal mehr die Schrift auf den Münzen war ihr noch vertraut, auch nicht das mangelnde Gewicht, mit dem sie in der Hand lagen, als wollten sie wegschweben.

»Wir sehen halt aus wie Westler«, sagte sie.

Das Eis verschwand schnell von der Zunge und blieb doch lange im Mund. Marion nagte mit den Schneidezähnen an der Waffel, deren Widerstand nicht in Härte, sondern Zähigkeit bestand. Das erkannte sie wieder. Immerhin etwas. Aber wenn das alles war. Manche Schriften waren noch ähnlich. Das eingedrückte H und das dicke O von der HO. Aufdrucke auf Papiertüten, die sie unter dem einen oder anderen Arm spechtete, wie ihre Mutter gesagt hätte.

»Machst du dir Sorgen?«

Wie er so was fragte. Als fehlte ihm eine Information, als ginge es ihm um Vollständigkeit. Das gefiel ihr eigentlich. Sie schüttelte den Kopf und stülpte die Lippen ein, sodass noch mehr Eisaroma in ihren Mund kam. Sorgen, dass sie hier ihrer Mutter oder Sybille in die Arme laufen könnte, und es wären wohl kaum die Arme gewesen, sondern eine Fassungslosigkeit?

Nein, dachte sie. Die würden mich doch gar nicht erkennen. Ich bin ja eine andere jetzt. Das wäre ein Unterschied, wenn meine Mutter in Zehlendorf vor der Haustür stünde: in dem Kontext. Mit dem Wort Kontext hatte Jutta in der Frauengruppe sie eine Weile gequält, einfach durch die Wiederholung, hilfreich war es ja schon, und bald danach war eh der Ausdruck »Zusammenhänge« gekommen: Ich komme ja aus ganz anderen Zusammenhängen, du musst auch sehen, von welchen Zusammenhängen her wir das nur sehen können, ist noch Holunderblütentee da oder lieber lieber lieber ein Weißwein.

Das hier war für sie ja nicht mal: nach Hause kommen. Wenn man fünfundzwanzig Jahre wartete, hätte man dafür eine Zeitmaschine gebraucht. So ähnlich wie Pan Tau. Das fand sie lächerlich. Das war hier keine Version von einem Zuhause, die sie noch erkannt hätte. So log sie sich schön in die Tasche und merkte es sogar, es amüsierte sie fast, die Tasche wurde immer praller, da passte gar nichts mehr rein, da kam nichts mehr in die Tüte, und auch nicht obenauf.

Achim war beim Aussteigen als Erstes der Geruch aufgefallen: eine Erinnerung, die ihm erst wieder einfiel, als sie Gegenwart wurde. Er war einmal im Osten gewesen, vor, wie man sagte, ewigen Zeiten, der Grund fiel ihm nicht mehr ein. Irgendwas Uninteressantes, was Eltern und Erwachsene mit ihrem Leben anfingen, und als Kind wurde man mitgeschleppt, was hätte man tun sollen, hinten im Ford Granada, braun mit schwarzem Dach, das über die Jahre immer dunkelgrauer wurde.

Das war ein Reinigungsmittel oder etwas, das sie hier versprühten, damit man gleich wusste, wo man war. Wie dieses Kaffeearoma vor der Eduschofiliale. In der S-Bahn konnte man es schon ahnen, im Bahnhof und vor allem im Grenzbereich schien die Luft daraus zu bestehen: etwas künstlich Pfefferiges, eine Art von Chemie, der die klaren Konturen fehlten, das war nicht stechend, eher kratzig, aber er fand auch was von ganz alter Wolldecke darin, und erst war es irgendwie schlimm, dann, nachdem sie eine Weile angestanden hatten und er Marion die Hand auf den Rücken gelegt hatte, oberhalb des Hinterns, da, wo die Knopfleiste ihres Jeanskleides nach unten endete, und sie wich dem Druck gar nicht aus, sondern lehnte sich dagegen: Da fand er den Geruch schon gut, weil er nun zu ihnen und einem neuen Kapitel von ihnen gehörte. Jetzt aß er sein Eis und sehnte sich bereits danach, den Geruch noch einmal zu riechen und sich später an ihn zu erinnern.

Einmal lief Marion vor eine Straßenbahn, und für einen Moment schien alles anzuhalten. Nur nicht die Straßenbahn. Die ließ so ein knatterndes Bimmeln los, aber Marion war schon nach vorn gestolpert, den entscheidenden Schritt. Straßenbahn, das war sie nicht mehr gewöhnt. Früher hatte sie das im Körper gehabt, wann man wie wohin schauen musste und woher die Dinger kamen, aber jetzt gab's die schon so lange nicht mehr für sie. Als Achim sie am Arm nahm, war sie dankbar, aber sie ließ sich nichts anmerken. Wie schnell das alles hätte vorbei sein können. Und wie hätte Achim das dann den anderen erklärt. Na, das hätte ihr dann auch egal sein können.

An einem anderen Büdchen aus Beton kaufte er zu neunzig Pfennig einen Stadtplan von Berlin, Hauptstadt der DDR. Er blätterte ihn auf, Marion nahm ihm vorsichtig die andere Seite ab, ihre Arme drückten sich aneinander, und er küsste sie. Ihre Wange war heiß. Ihm gefiel, dass die Hälfte der Stadt fehlte: Der Westteil war abgeschnitten, und das, was noch zu sehen war, war grau und in vagen Umrissen, keine Straßennamen, die Havel zwar und der Anfang vom Wannsee, Bahnstrecken zackig gestrichelt. Eine vage Welt, sie schien ihm gut getroffen.

»Wir könnten zum Müggelsee fahren«, sagte er. Er hob den Blick, weil sie nicht gleich antwortete und weil er meinte, die Straßenbahn kommen zu hören. Sie standen an der Haltestelle Richtung Norden, aber den Müggelsee würde man schon finden. Er stellte sich wieder eine Bucht vor, oder einen Baum oder ein Gebüsch, aber idyllisch, nicht so verstockt und verstohlen, wie sie das jetzt manchmal schon erlebt hatten.

Deswegen waren sie ja hier. Weil sie einen Ort suchten. Das war die Idee gewesen. Wo sie nicht gestört wurden, nicht gefunden.

Menschen warteten auf die Straßenbahn. Zwei Männer in kurzärmeligen Hemden, zwei Mädchen, die vielleicht fünfzehn oder sechzehn waren, die eine mit einer etwas rausgewachsenen Dauerwelle, die andere mit Kirschgummis in den Zöpfen, Spaghettitops und Jeans. Eine Frau mit Kinderwagen, die aussah wie die Oma, unten im Kinderwagen Einkaufsnetze. Er dachte an die Straßenbahn in Bonn, jetzt fiel ihm erst auf, dass er die ein bisschen vermisst hatte in West-Berlin. Er mochte es, so durch die Gegend geschuckelt zu werden, mit diesem leisen Kreischen und diesem sanften Rumpeln, mitten unter den Autos, aber besser und schneller als sie, man konnte den Leuten auf den Schoß gucken, Krümel von belegten Broten, Stullenpapier auf dem Beifahrersitz, offene Aschenbecher.

Jahre später versuchte Achim zu erklären, wie er in diesem Moment ein ganz starkes Gefühl gehabt hatte, dass doch alle ganz gleich und nur Menschen waren, und wie in diesem Moment dieses Gefühl der Fremd- und Falschartigkeit von ihm abgefallen war, an der Tramhaltestelle in Ost-Berlin. Aber er bekam das nicht formuliert, es hörte sich, wenn er das aussprach, naheliegend und banal und vielleicht sogar falsch an, so, als würde er Unterschiede nicht erkennen wollen. Aber ihm blieb dieses seltsame Gefühl der Verbundenheit, das er nie erklären konnte und das ihn deshalb auf die Dauer mehr frustrieren als erwärmen würde.

»Die Zeit haben wir nicht«, sagte Marion, wegen Müggelsee.

»Bisschen Ruhe wär schon schön«, sagte er, und was er damit wohl meinte.

»Museum vielleicht.«

»Na ja. Du weißt, was ich meine.«

»Ist bestimmt nicht viel los.«

»Na ja.«

»Also, zum Knutschen würde reichen.« Er mochte, wie sie immer mal wieder das »es« oder »'s« wegließ, sie reduzierte ihre Sprache an überraschenden Orten. Und sie hatten sich diese gerade so leicht unpassende Verliebtensprache zugelegt, die im Alltag nicht vorkam und die darum was Besonderes war: Keiner von ihnen hätte sonst Knutschen gesagt.

»Na ja«, sagte er, und sie fand, dass er ganz schön unterschiedliche Klang- und Bedeutungswelten rausholte aus diesen beiden beigen Scheinwörtern: jetzt scherzhaft gedehnt, weil er auf was Offensichtliches hinweisen wollte: »Aber ob das Knutschen reicht.«

»Müggelsee, da brauchen wir bestimmt eine Dreiviertelstunde raus«, sagte sie. Sie war sich sicher, dass die Wege hier nicht schneller gingen als vor fünfundzwanzig Jahren.

Achim musterte den Verkehr, die kleinen hellblauen, hellgrauen Autos, die so viel Platz hatten auf der breiten Straßenkreuzung, von eher westlichen Dimensionen nur ein paar Wartburgs und Moskwitchs, die hatte er mal im Quartett gehabt, aber weit entfernt vom Superstecher.

»Weißensee«, sagte sie. »Da können wir spazieren gehen.«

»Spazieren gehen.«

»Ist auch nicht so weit. Sieben, acht Haltestellen vielleicht.«

Hans-Beimler-Straße. Jetzt wusste er, woran ihn das erinnerte. An Hans Beimer. Hansemann. Das guckte seine Mutter, die liebte Familienserien. Für ihn eine Schreckensgestalt, ein negatives Vorbild: So einer wollte er nie werden. Genau der nicht. Genau nicht die Brille, genau nicht den Pullover, genau nicht die Frau, die Kinder, den Job. Man musste aufpassen wie ein Schießhund. Sein Großvater. Was war eigentlich ein Schießhund?

In der Tram waren die Haltestangen grau, und er fand eine kleine offene Stelle im Lack zum Dranpolken. Im Stehen konnte man von der Greifswalder Straße draußen nur den Verkehr sehen und ein bisschen zugewucherten Grünstreifen. Wie die Häuserzeilen hier in ihrem lückenlosen Graubraun so spitz zuliefen, und wenn man nicht mehr wusste, wo man war, musste man nur den Fernsehturm suchen. Sie schaukelten von ihm weg, über die Dimitroffstraße, was war das jetzt wieder für ein Straßen-Russe.

Marion sah durchs Rückfenster der Tram auch den Fernsehturm. Ihr ging es anders. Wenn sie die Augen unscharf stellte, erkannte sie das hier wieder, und sie musste die Zähne zusammenbeißen. Der Turm aber signalisierte ihr jedes Mal, wenn er in ihr Gesichtsfeld stach: Das ist was Neues hier, das gehört nicht mehr dir.

Als sie an ihren alten Straßen links vorbeifuhren, lehnte sie sich in die Halsbeuge von Achim und schloss die Augen, als wäre sie müde. Ach so, sie war müde. Dimitroffstraße war gut, hinter der waren sie durch, in Sicherheit, danach war das nicht mehr ihre Welt. Sie entspannte sich. Sie wollte einfach irgendwo mit Achim entlanggehen, Hand in Hand, wie sie das mit Volker nur ganz kurz gemacht hatte, vielleicht nur ein Wochenende oder zwei, Pfaueninsel. Volker bekam schwitzige Hände davon, sagte er und rieb sich die von beiden Seiten an der Hose ab, warum eigentlich, diese sinnlose Gründlichkeit.

Teddy Thälmanns riesiger Schädel tauchte links im Fenster auf, Achim dachte, das wäre Lenin, sie sprachen danach auch nicht drüber, der junge Lenin vielleicht, bevor ihm die Haare ausfielen, fünf, sechs Meter hoch, mindestens so breit, geschlagen mit Liebe und Gewalt aus einem riesigen Stein. Dahinter Neubauten, die Fassaden in sauberem Grau, Balkone und Türen abgesetzt in orangefarbenem Backstein, die Fenster wie unbewohnt. Sie kam kurz nicht drüber hinweg, dass hier immer der Gaskessel gewesen war, der ihren Horizont nach Norden begrenzt hatte, eben hatte sie doch kurz die Orientierung verloren.

So was kam ja auch nicht in der Abendschau, wenn die im Osten plötzlich die Hälfte von der halben Stadt umbauten. Andererseits guckte sie die nicht, dieses dauerstolze Laubenpiepertum, macht's gut, Nachbarn, das war ja nicht zum Aushalten. Volker sagte, Pflichtprogramm, da machte sie währenddessen lieber die Küche. Dass man so was wie den Gaskessel überhaupt wegkriegte, hätte sie nicht gedacht. Gasometer. Dann musste die Siedlung ja bis zur Prenzlauer Allee gehen.

»Wie hoch das Gras da ist«, sagte Achim. Sie amüsierte sich innerlich über ihn, weil sie genau richtig erriet, dass er nicht verstand, dass man den Thälmann polieren und die Fassaden hochziehen konnte wie im Westen, aber dann wurde andererseits niemand abgestellt, um die Parkwiesen zu mähen.

»Lass mal hier aussteigen«, sagte sie. »Weil das Gras da so hoch ist.«

Kapitel 28

Nu mach dir mal keine Sorgen.
Denk einfach an was anderes.
Du kannst da ja auch nichts dran machen.

Es dauerte nicht lange, und Barbara fing an, daran zu verzweifeln, wie wenig ihre Eltern anfangen konnten damit, dass ihr das Leben zur Hölle geworden war. Tschernodings, sagte ihre Mutter. Mit einem ängstlichen Seitenblick auf Barbara, seit sie begriffen hatte, dass das, wie sie dem Vater zusammenfasste, »für die Bärbel nicht so einfach ist«.

Bärbel, das hatte sie fast vergessen. Achim hatte sie niemals so genannt, nicht eine Sekunde, auf solche Ideen kam der gar nicht. Im Kindergarten war sie Bärbel gewesen, in der Grundschule Babs, im Gymmie Babsie.

»Fängst du wieder an mit dieser Russenscheiße«, sagte ihr Vater beim Abendessen in der neuen Küche, die Maschinen von Bauknecht, die Kühlgefrierkombi von Liebherr, die Hängeschränke Marke Eigenbau.

Sie löffelte ihre Suppe. Dem Vater war egal, dass sie auf Knorr und Tüte bestand, und wenn sie den Hauptgang nicht aß, Wild vom Nachbarn: mehr für ihn. Vorm Schlafengehen legte er ihr ganz zärtlich den Arm um die Schultern und presste seine Stirn gegen ihre, dass sie seinen Atem auf der Wange spürte, gar nicht unangenehm, Ernte 23, eine nach dem Essen, die Hand pro forma so Richtung gekipptes Fenster, doppelt isoliert, die Heizölrechnung, die sollte sie mal sehen seitdem.

»Wir sind stolz auf dich«, sagte er, und wenn er hinter der gelbbraunen Scheibe der Glastür zur Diele verschwunden war, sein Rücken verschwommen und rund, schossen ihr die Tränen Richtung Augen, es gab ja keinen Grund, auf sie stolz zu sein, und vielleicht sagte er es gerade deshalb.

Ihre Mutter war ins Wohnzimmer umgezogen, wie das hieß. Vom Sofa aus sagte sie: »Und mit dir und Achim? Alles in Ordnung, oder?«

Barbara setzte sich auf den Vatersessel, denn der Vater war ja nun schon hochgegangen. Sie sah eine Weile auf den gefliesten Tisch. Gar nicht so einfach, dafür die richtigen Worte zu finden. Wie das war, wenn etwas dem Ende entgegenging, nur dass dieses Ende nicht, wie sie bisher angenommen hatte, in ein paar Jahrzehnten lag oder wenn einer starb, sondern eher diesen Sommer. Weil sie – und hier fiel ihr kein besseres Wort ein – irgendwie nichts mehr mit ihm anfangen konnte, und er wohl auch nicht mit ihr. Aber wie sagte man das, und wem? Und müsste sie es nicht eigentlich erst mal Achim sagen? Oder müsste er es nicht eigentlich erst mal merken? Also, müsste er nicht merken und darauf reagieren, wie es ihr ging? Oder war, dass er es nicht tat, schon ein Symptom davon?

Helle Terrakottafliesen auf dem Couchtisch. Der war neu, so lang gezogen sechseckig. Sie schloss die Augen und nahm sich vor, gleich was dazu zu sagen, denn die Mutter war vermutlich froh darüber: was Neues in der ollen Bude. Sah ja hier aus wie nach dem Krieg. Das waren so Standardformulierungen. Und womöglich gab es eine Geschichte dazu, und das war der Fliesentisch, den sie angeschafft hatten von dem Geld, das sie seit den Veluxfenstern beim Heizöl eingespart hatten. Aber wollte sie das wirklich hören.

Und wenn es dann so weit war, und sie würde mit Achim darüber reden, dann wäre es natürlich gut, wenn man ein besseres Wort dafür hätte als: nichts mehr miteinander anfangen können. Oder war Achim eh schon weg, und eigentlich brauchte sie sich fast gar nicht mehr damit zu belasten, nach richtigen Wörtern zu suchen? Auch so eine Art Berufskrankheit, als Literaturwissenschaftlerin. Außer, dass sie den Beruf noch gar nicht hatte, falls das überhaupt einer war, und dass sie sich weiter davon entfernt hatte denn je, seit sie in Berlin war.

Sie fragte sich, wie andere Leute so was ihren Eltern erzählten, also meistens Müttern. Oben schob der Vater diesen einen Stuhl über den Schlafzimmerboden, bei dem er seine Sachen über die Rückenlehne legte. Ich schenk dir mal so Filzdinger, Mama, die kannst du unter die Stuhlbeine kleben, das nervt doch. Weil ihre Mutter immer noch länger unten saß, Drei nach Neun und so weiter, die ganzen späten Sachen, die hatte einen anderen Rhythmus. Nee, lass mal, hatte ihre Mutter gesagt, ich mag ja, ihn da noch so rumoren zu hören. Weiß ich, wo er ist.

Barbara atmete ein und hob den Blick.

»Du, dann bin ich ja beruhigt«, sagte ihre Mutter und fummelte unter der Gong nach der Fernbedienung.

Kapitel 29

Volker wollte sich ungern auf den halben weißen Container reduzieren lassen. Wie durchgeschnitten sah der aus, als ob er von einem Laster gehoben und dann mit dem Schneidbrenner geteilt worden wäre, und dann die Schnittkanten mit Plastikpanelen verblendet oder Eternit. Der halbe Container war aber wohl eine Maßanfertigung. Man konnte sich zu zweit darin aufhalten, ohne einander ständig zu berühren, aber nicht, ohne in der Luft des anderen zu sein. Der eine Blick durch den Zaun zum Schloss Bellevue, der Fahnenmast auf dem Dach meist fahnenlos, »der Boss ist nicht zu Hause«, nannte der Kollege Schneider das. Der andere Blick über den Spreeweg auf den Fluss und zur Brache, die sich vor der Mauer gehalten hatte. Lindgrüngrau im Frühling, beigegrau den Rest des Jahres. Manchmal saßen sie hier auch zu dritt im Container, dann war es nicht gut auszuhalten. Der Kollege Schneider dann: »Jetzt wird das gemütlich!«

Die Schauspielerin in Drei nach Neun wollte sich ungern auf ihre letzte Rolle reduzieren lassen, der Kommunarde ungern auf seinen Ruf als Politclown, die Emanze ungern auf ihre Mutterrolle. Das war eine von diesen Formulierungen, an denen Volker merkte, dass die Jahre ins Land zogen. Sonst sah man das ja nur an den Kindern und daran, wie Marion immer weiter wegrückte. Er jedenfalls wollte sich ungern auf diesen Container hier, und so weiter, denn, ganz ehrlich: Das hatte er sich anders vorgestellt, als er die Ochsentour über den mittleren in den höheren Dienst gemacht hatte. Und dann hier plötzlich wieder in Uniform.

»Musst du verstehen«, sagte der Kollege Schneider, »die Leute wollen doch was sehen. Wie sieht'n das aus, wenn hier paar Dumpfbacken in Lederjacken rumsitzen.« Der hatte immer die neuesten Schimpfwörter aus den ganzen Filmen, Volker war ganz froh, dass Schneider »arschgeficktes Suppenhuhn« inzwischen aus der Rotation genommen hatte, das war aus diesem Film mit Nick Nolte und Eddie Murphy, nur noch eine gewisse Anzahl von Stunden.

Volker beugte sich über den Computerausdruck mit dem Aufenthaltsprofil: Der BuPrä war auch den Rest des Monats nicht in Berlin. Aber, sagte Dienststellenleiter Meyerhennig, sie bewachten ja hier nicht eine Person, am Ende nicht mal ein Gebäude oder ein Grundstück, auch wenn, gut, das kam der Sache schon näher, aber, und zwar, hören Sie mir zu?: eine Idee. Dass Berlin (West) eben kein dritter Staat war neben der Bundesrepublik und der DDR, wie es nach Ost-Lesart in den Vier-Mächte-Statuten stand, sondern dass das Staatsoberhaupt der Bundesrepublik Deutschland hier seinen rechtmäßigen Aufenthaltsort und Amtssitz hatte, egal, ob dieses Staatsoberhaupt nun tatsächlich oder nur im übertragenen Sinne anwesend war. Zweiten Amtssitz. Aber Amtssitz. Anfangs hatte Volker sich ganz gut daran hochgezogen: eine Idee zu bewachen. Das hatte was Mönchisches, fast Übersinnliches, das gefiel ihm. Marion konnte man so was ja nicht erzählen. Wenn sie es nicht anfassen konnte, gab es das für sie nicht. Oder wenn sie es nicht mehr anfassen mochte. Also ihn. Dann auch nicht.

Das Walkie-Talkie knisterte überflüssig. Stand ja auch ein Telefon auf dem Tisch, und ein zweites mit Schloss an der Wählscheibe, für Privatgespräche. Die musste man dann eintragen. Sie hatten für alles eine Kladde. Wenn Volker sich darüber beschwerte, schüttelte der Kollege Schneider den Kopf. »Wie, haste keine Zeit dafür, oder was?« Das Radio mussten sie immer gleich wieder ausmachen, wegen der Funkdisziplin. Transistor, nannte der Kollege Schneider das, als wären sie im Strandbad Wannsee 1956. Es wäre Volker gar nicht recht gewesen, wenn sein Lied gekommen wäre, und der Kollege Schneider hätte was dazu gesagt. Oder nichts. Oder mitgesungen.

»Sebulke?« Dienststellenleiter Meyerhennig, ohne irgendeine Form der Identifikation des Funkers oder der Funkstelle, so viel zum Thema Funkdisziplin. Der Kollege Schneider reichte ihm das Gerät, von dessen Rändern der schwarze Lack blätterte. Volker drückte die Taste, ohne hinzusehen. Kaninchen huschten über die Brache.

»Wenn Sie dann nachher noch mal rumkommen«, sagte Meyerhennig.

Volker ging auf das cremegelbe Gebäude zu, abgenutzt vom Stillstand, er und das Schloss. Die Kiesel unter seinen Füßen veränderten die Farbe von dunkel zu hell, wo er seine Schuhabdrücke hinterließ und die nassen nach unten drückte, die trockenen nach oben. Er hängte seine dunkelgrüne Uniformjacke in den Spind und knöpfte sich gerade das Hemd auf, als der Dienststellenleiter so halb in der Tür stand, Stirnfalten bis zur Mitte des Schädels: »Nee, mal lieber gleich.«

Volker saß dann also mit halb aufgeknöpftem Hemd am dunkelbeige laminierten Schreibtisch, na ja, was sollte man machen. Ärmelloses Unterhemd. Dienststellenleiter Meyerhennig hatte auch einen Computerausdruck vor sich, aber einen anderen, und jemand hatte sich die Mühe gemacht, die Lochstreifen am Rand abzutrennen. Das Ding war schon durch mehrere Hände gegangen. Volker merkte, wie seine Finger gegen die Dramaturgie seines Tages die Plastikknöpfe seines Uniformhemdes wieder schlossen. Und, dass er hiermit insgeheim gerechnet hatte. Manchmal war er beeindruckt, wie viele Geheimnisse er vor sich hatte. Er lächelte.

»Ist was lustig?«, fragte Meyerhennig. Lachfältchen hatte der nicht.

»Geht so«, sagte Volker. Man war hier ja praktisch unkündbar. Und unbeförderbar. Auch eine Art Freiheit, fand er.

Meyerhennig nickte, den Blick wieder auf dem Papier.

»Personendatensatz-Abfragen an befreundete Behörden. Bisschen rätselhaft. Also, erstens, weil wir das selten machen hier. Gibt ja so gut wie keinen Grund.«

»Paar Kennzeichen vielleicht mal«, assistierte Volker, um das Ganze ein bisschen zu beschleunigen.

»Ganz genau«, sagte Meyerhennig. »Aber keine Datensätze aus der DDR, Personenstammdaten, Ministerium für innerdeutsche Beziehungen. Wen kennen Sie denn da?«

Volker war fertig mit dem Hemd. Irgendwie ließ sich besser mit den Achseln zucken, wenn man das zuhatte. »Steht doch im Behördenverzeichnis, die Nummer.«

»Nee, ich meine im Osten«, sagte Meyerhennig.

Hätte doch auch vom Kollegen Schneider kommen können, die Abfrage, dachte Volker. Im Monatsbericht sieht man doch nur die Vorgangskennziffer und nicht die Dienstnummer des Antragstellers. Oder.

»Ist das die Mutter Ihrer Frau?«, fragte Meyerhennig. Volker reckte den Kopf im Kragen, als gäbe es da irgendwas zu erkennen für ihn auf dem Ausdruck. Lächerlich. Er nickte.

»Wenn das aus familiären Gründen war«, sagte Meyerhennig, »dann lassen wir hier mal Fünfe gerade sein. Aber dis sind natürlich Ressourcen. Bundesressourcen. Also, da kann man sich nicht so nach eigenem Gutdünken bedienen.«

Volker fand, er hatte nun oft genug genickt.

»Warum sind Sie nicht einfach in die Stabi gegangen, oder Amerika Gedenk, die haben doch alle Ost-Telefonbücher da. Hätten wir uns den ganzen Trabbel hier sparen können.«

Meyerhennig wollte jetzt gern noch mehr hören, der wollte sich nicht auf seine Rolle als Vorgesetzter reduzieren lassen, der hatte ja auch was Väterliches, fand er wohl selbst. Dachte Volker.

»Welchen Trabbel?«, fragte Volker.

»Na ja, dass wir hier sitzen.«

Volker nickte wieder. Kopfschmerzen kriegte man davon.

»Also familiäre Gründe. Damit Ihre Frau mal wieder... Also, haben die keinen Kontakt mehr? Aus den Augen verloren? Und Sie haben die alte Dame ausfindig gemacht? Für Ihre Frau. Na. Ist doch doll. Hat die sich schon gemeldet?«

Volker hielt den Kopf ganz still.

»Ist doch 'ne rührende Geschichte«, sagte Meyerhennig.

Volker verzog den Mund, weil er sich da selbst nicht so sicher war.

»Ganz treue Seele sind Sie«, sagte Meyerhennig und wartete auf mehr Informationen.

»Na ja«, sagte Volker. Das war wahrscheinlich das Letzte, was Marion zu dieser Angelegenheit einfallen würde. Eher: Kannst du mal meine Grenzen respektieren? Was sie so mitbrachte von den anderen Frauen. Da kam immer mal wieder was Neues dazu, aber das mit den Grenzen war geblieben, das hatte sich richtig eingeschliffen im Laufe der Jahre.

»Also«, sagte Meyerhennig, »ich schreib mal 'ne Aktennotiz, dass Sie hier irrtümlich die Stammdaten einer DDR-Bewohnerin abgefragt haben, weil die...« Er ruderte auf Tischhöhe mit den Armen, bisschen mitarbeiten sollte Volker schon.

»Einen Brief geschrieben hat an den Bundespräsidenten«, sagte Volker. »Mit... also, der war missverständlich. Hinsichtlich einer Bedrohungslage.«

»Und den Brief haben Sie…«

»… den habe ich verloren.«

»Also, der liegt nicht mehr vor«, sagte Volker.

»Ja, gut. Genau. Der ist verlustig gegangen.« Meyerhennig nickte in Richtung eines hellrosafarbenen Aktendeckels, der leer aussah. »Muss Sie natürlich aufschreiben dafür, also, das gibt eine schriftliche Belehrung.«

»Ist klar«, sagte Volker. Meyerhennigs Hand beim Drücken war warm und feucht wie ein Tag im Container.

Kapitel 30

Später bestand die ganze andere Stadt für Achim aus Korridoren. An die konnte er sich am besten und am längsten erinnern. Die sich auseinanderfaltenden, gelblich gekachelten, getreppten und mit furnierten Türen verschlagenen Korridore im Bahnhof Friedrichstraße. Die wie dreieckig zulaufenden Straßen, weg vom Fernsehturm, hin zum Fernsehturm, graue Stadtkorridore zu Fluchtpunkten, wie im Zeichenunterricht in der Schule, oder wenn er so Superheldenschrift in sein Matheheft zeichnete, 3D. Der Korridor in der Wohnung im Prenzlauer Berg, zu lang und tief und dunkel für die dann doch nicht so vielen Zimmer. Wie ein Stollen hinein in einen Berg, immer tiefer in den Hinterhof, die Fenster wurden weniger, je weiter man sich vom Eingang entfernte. Und der Korridor, den sie durch das hohe Gras trampelten im Thälmann-Park. Schafgarbe. Die festen kleinen weißen Ministräuße, versöhnlich bis ins Kleinste. Und Trampeln war richtig, Marion machte das fast demonstrativ, als wollte sie zeigen, dass, wo sie hintrat, nichts mehr wuchs.

Als sie sich hinlegten, bog das Gras sich widerwillig in alle Richtungen und blieb dann am Ende, als sie wieder aufstanden, doch unten. Wenn er die Arme ausbreitete, flossen ihm die langen Grashalme und der Löwenzahn darum und juckten auf liebenswert ländliche Weise. Mit Barbara wäre das nicht gegangen. Sie war ja allergisch. Wie schön es war, dass hier keiner mähte. Marion meinte, vielleicht sei das Gerät kaputtgegangen, oder für eine andere Stelle im Bezirk seien aus Versehen zwei Brigaden losgeschickt worden, und dann mähte die zweite knallhart die sichtlich frisch gemähte Wiese, beauftragt war beauftragt. Wenn man sich mal die Fahrbahnmarkierungen auf der A24 Richtung Hamburg anschaute: kilometerweise leicht versetzte Mittelstreifenabschnitte, weil jemand bei der Arbeitszuteilung nicht aufgepasst hatte und weil man Anweisungen nicht in Frage stellte, auch wenn sie unsinnig waren.

Er hörte sie reden und merkte an seinem Mund, dass er lächelte. Wie der Wind ihm über die Lippen und die Zähne strich. Er streckte seine Hand aus, um zu sehen, was sie damit machen würde. Über den Gräsern war ein Horizont aus Hausdächern, Hochbahntrasse, und wenn er den Kopf nach hinten bog, das vom Himmel hängende Planetarium auf dem orangerot geklinkerten Sockel, und er bekam Lust, sich von da aus das Weltall anzuschauen, es wäre auch nicht viel weiter weg als er hier von allem außer Marion.

An ihrem Rockstoff auf seinem Unterarm merkte er, dass Marion sich auf seine Hand setzte, sanft und warm, dann fest und wärmer, als sie die Beine schloss, um sich halb neben, halb auf ihn zu legen, sein Arm köstlich eingequetscht, die Hand auf ihrer Unterhose, Haare an seinen Fingern durch den dünnen Stoff.

»Ich würd uns hier gern ein Zelt bauen«, sagte er. Was er für dumme Sachen sagte. Manchmal. Es amüsierte ihn.

»Du baust doch schon ein Zelt«, sagte Marion. Sie war auch nicht besser. Es amüsierte ihn noch mehr.

Wie gut es war, wenn die Welt aufhörte. Dass das überhaupt möglich und gar keine Katastrophe war: Das war ihm zwar neu, aber er fühlte sich, als hätte er insgeheim immer genau damit gerechnet.

Kapitel 31

Wenn jemand starb, merkte man das ja oft gar nicht. Man merkte es, wenn Dutzende, Hunderte oder Tausende starben und es in der Zeitung stand und in den Nachrichten kam. Hunger oder Naturkatastrophen, und: wie die im Iran jetzt so viele hinrichteten. Die rissen die in Stücke auf Sportplätzen, im *Stern* kamen dann Fotos. Mit Jeeps. Von Tschernobyl ganz zu schweigen.

Achim verabschiedete sich von seinem Fahrrad, wenn er es abends in den Keller stellte, er tätschelte ihm den Rahmen, wie man einen Talisman anfasste, und gern hätte er es zu Marions gestellt, damit die beiden sich in der Nacht unterhalten konnten. Oder einfach nebeneinander schweigen, die Vorderreifen einander wegen Schwerkraft und Mechanik zugeneigt. Aber für die menschlichen Toten fehlten ihm die Begriffe. Zu viele, zu verschieden, zu weit weg. Ukraine, Russland: Sowjetunion. Da musste man erst mal die Kategorien klären. Dutzende, Hunderte: Tausende. Da bräuchte man genauere Informationen oder was Exemplarisches. So war es ihm, als wüsste er gar nichts davon.

Von dem anderen, einzelnen Toten erfuhr er viel später. An einem ganz komischen Nachmittag in der Confiserie Mehnert in Steglitz, was hatte ihn da eigentlich hingespült, da lebte er längst in Wilmersdorf, aber an manchen Tagen sahen alle Straßenzüge in West-Berlin gleich aus, und man wusste nie, wo man am anderen Ende rauskam. Jedenfalls stand da Sonja Dobrowolski in der Kuchenschlange vor ihm, Jahre später. Wie lange er ihre Haare betrachtete, den außerordentlich gepflegten Hinterkopf, aber einordnen konnte er den nicht. Bis er ihre Stimme hörte, nee, bloß keine Donauwellen, wat wollen denn die Donauwellen, wofür sind die denn jekommen, nee, ja, eene Platte Streusel und 'ne halbe Zitronenrolle, so machen wa dit. Ach, und lass ma hier den Dings, wie heißt denn dit Erbe, den Blaubeerkuchen. Und dann sah sie ihn, hinter, fast neben sich. Ach nee. Is ja ewig her. Zehn Jahre?

Und dann saßen sie in den Polstern, dieser dunkle und trotzdem trübe Kaffee, die Wände der Tassen so dick, als müsste beim Ausschank unbedingt von der widerlichen Flüssigkeit eingespart werden, dem Treibstoff dieser ganzen Veranstaltung hier. Wenn man sich so lange kannte oder es so lange her war – dann setzte man sich zusammen in Polster. Sonja Dobrowolski hatte so Solariumsfalten um die Augen und die Mundwinkel, sie strahlte. Er wurde traurig, bevor sie ihm erzählte, wie sie mit Dr. Sonnenburg dessen »Lebensjefährten zu Tode jepflegt« hatte.

Damals. Na ja. Ob er das denn gar nicht.

Nee. Irgendwie nicht mitbekommen.

Na, er wär ja wohl auch …

»Ja, ich war mit meinen Gedanken woanders. Echt ganz woanders.«

»Weeß ick doch.«

Und dann erinnerte er sich daran, wie er da gesessen hatte und eigentlich nur registrierte, dass Dr. Sonnenburg und Sonja Dobrowolski in der Kernzeit immer häufiger nicht da waren und ihm das Labor überließen, das man, wenn er ehrlich war, auch allein ganz gut über die Runden kriegte, zumal in den Wochen zwischen den Prüfchargen, und zurzeit herrschte Flaute. »Die nächsten Raketen kommen auf den letzten Drücker«, hatte Dr. Sonnenburg missbilligend gesagt, schon die Redewendung schien ihn abzustoßen. »Also nicht vor Anfang Juni.« Ob das dann noch klappen würde mit der Zertifizierung rechtzeitig für die Silvesterlogistik: Es stünde in den Sternen.

Also saß Achim ahnungslos allein im Labor oder an seinem Schreibtisch und wartete, während die Morgensonne auf den S-Bahngleisen blitzte, einen guten Blick hatte er ja. Manchmal rief Dobrowolski an und sagte, nee, heute werde es später, sie sei noch mit dem Doktor unterwegs. Erst später dachte er, vielleicht meinte sie gar keinen Dr. Sonnenburg, sondern einen Arzt. Und nie dachte er daran, mal nachzufragen, wo sie denn jetzt unterwegs seien und warum. Vielmehr hatte er nach kurzer Zeit das Gefühl, etwas verpasst zu haben, das ihm als Neuem hier im Labor nicht hätte entgehen dürfen, aber nun war es zu spät, um nachzufragen, denn die erste Reaktion wäre unbedingt gewesen: Warum haben Sie das bzw. dit denn nicht gleich gesagt/gefragt?

Er seufzte und fühlte sich ein bisschen ausgeschlossen und unzulänglich, und ohne Dobrowolski im Augenwinkel und Dr. Sonnenburg im Nacken hier rumzuhocken, schien ihm dann doch sinnlos. Als er anfangen wollte, die Halle mal, wie er bei der Abteilungsbesprechung vorschlug, »auf Vordermann zu bringen«, sagten ihm die Kollegen von den Knallschlägen, das sei »für die KW 24 anberaumt«, und er solle da bitte nicht »vorpreschen«.

Auf dem Rückweg ins Labor mit Dobrowolskis leerem Stuhl fiel etwas von ihm ab: Es war nicht mehr und nicht weniger als eine Einladung. Wenn die anderen hier tagsüber nicht gebraucht wurden, dann er ja wohl erst recht nicht. Überstunden aus dem Vormonat musste er sowieso abbummeln bis zu diesem Monatsende. Und wie viele er davon angesammelt hatte. Wie ein Mann, der nicht nach Hause wollte. Genug für drei oder vier halbe Tage, gestohlen von Barbara oder vom Steuerzahler, wenn man so wollte, oder von beiden.

Überhaupt: Geld hatten sie ja. Es war immer was da, obwohl Barbara gerade gar nicht so richtig was verdiente, also wohl nichts, aber er mochte auch nicht nachfragen. Zwischen ihnen wuchsen Unklarheiten. Aber er bekam dreieinhalbtausend netto raus, da kamen dann noch die acht Prozent Berlinzulage drauf. Die Miete: achthundert und ein paar Zerquetschte, warm, dann so Fixkosten, die musste man im Blick behalten. Hatte jedenfalls sein Vater gern gesagt. Und es dann auch nicht so richtig getan. Achim war gar nicht dafür gemacht, aber es musste auch nicht sein. Am Ende blieben ihnen tausend Mark oder so, die sich, wie ihre Freunde über ihr eigenes Geld sagten, auf dem Konto stapelten. So richtig was merkte man erst, wenn Kinder kamen. Für einen halben Tag Ost-Berlin fünfundzwanzig Mark zahlen: Danach krähte kein Hahn, was das Finanzielle anging.

Also stahl er sich weg, und Marion fing an, die Klarsichthülle mit der Overtime mal häufiger unter der Kassenschublade vorzuziehen. Ganz vergilbt war das Plastik schon. Da hatte sich ordentlich was angesammelt an abbummelbaren Überstunden, und ihr Chef guckte, als wollte sie ihm was beweisen. Das fand sie einen ganz guten Nebeneffekt. Dass der mal merkte, wie schwierig das alles wurde für ihn, wenn sie nicht länger arbeitete, als sie musste.

Manchmal erwischte sie sich bei dem Gedanken: Wenn das alles vorbei ist, krieg ich die stellvertretende Filialleitung. Also, am Ende lohnt sich das auf alle Fälle für mich. Und dann verzog sie über sich selbst das Gesicht. Das war so ein Eberhard-Diepgen-Gedanke irgendwie: bräsig vor sich hinnulpen, und am Ende sprang noch was für einen dabei raus, und das war dann okay für einen, astabohne. Und dann beobachtete sie Achim, wie er neben ihr ging, den Ostwind im Haar, die Luft roch auch nicht viel stärker nach Braunkohle als in Kreuzberg. Wie wollte man das überhaupt unterscheiden. An nichts konnte sie sich erinnern. Nur, wie breit die Straßen waren. Das Gegenteil davon, was andere erzählten, wenn sie an Orte ihrer Kindheit kamen, und dort war alles plötzlich kleiner und fahler, wie eingelaufen und ausgebleicht. Ihre Straßen in Mitte hingegen waren noch breiter geworden, die Trümmer weggeräumt, Häuserriegel eingeschoben, die Fahrbahnen zu breit für die kleinen Autos. Es gefiel ihr gut. Hier rückte alles ein bisschen weg von einem, man war Teil von etwas, das einen nicht bedrängte. Andererseits: Prenzlauer Berg. Das bedrängte sie. Achim ließ nicht so richtig locker. Er hatte gar nicht so lange Haare, aber sie waren so weich und fein, sie konnten diesem Wind nicht widerstehen, und sie sah, wie er alles möglichst unauffällig zu bestaunen versuchte, nicht anders als sie im Grunde, und sie dachte, dass es doch schade wäre, wenn alles allzu schnell vorbei wäre. Sie griff ihm in den Nacken, und wenn er sich ihr zuwandte, strahlte er sie an. Das hatte sie auch schon lange nicht mehr gesehen, dass einer strahlte.

Barbara fiel finanziell gar nicht mehr ins Gewicht. Klar hatte sie auch eine Scheckkarte und Zugriff aufs Konto, extra bei der Post, damit man nicht an die kurzen Öffnungszeiten der Bank oder Sparkasse gebunden war. Aber seit Bonn-Bad Godesberg hatte sie sich nichts mehr gekauft, keine Anziehsachen, keine Bücher und das Essen ja jetzt auch nur noch aus der Tüte.

Sie hätten also auch in ein Hotel gehen können oder in zwei oder drei verschiedene, um kein Muster zu entwickeln, in Schöneberg oder Tempelhof. Aber die Idee kam Achim erst viel später, im Nachhinein. Vielleicht, weil es ihm schäbig vorgekommen wäre? Weil man das nicht machte, da, wo Marion und er herkamen? Oder doch eher, weil sie beide so Draußentypen waren. Weil sie sich im Grunde gar nicht irgendwo verkriechen wollten, sondern in Bewegung bleiben und sich zeigen wollten. Das merkte er immer, sobald sie einen Ort gefunden hatten. Eine spahnige Bank im Monbijou-Park, den Marion Mombe nannte, als würde sie ein altes Lieblingsessen noch mal kosten. Die Wiesenkuhle im Thälmann-Park am Ende des Trampelpfads. Einmal kamen sie sogar bis zum Weißen See, eine Liegewiese vor bleistiftgrauen Villenfassaden, unverputzt, wieder Flieder. Marion lehnte ihren Kopf an seine Schulter, Marion legte ihren Kopf auf seinen Bauch. Marion schloss die Augen. Marion schlief ein. Das stand für sie am Ende des Unterwegsseins: Der Osten hier war für sie kein Sexort wie der Dachboden oder die Krumme-Lanke-Buchten. Erst dachte er, Marion würde sich langweilen. Aber dann merkte er, dass sie einfach ruhig und friedlich war. Das Wort erschöpft kannte er nur vom Hörensagen. Dass das für sie hier einfach auch mal eine Pause war, mit ihm. Darauf kam er erst viel später, als er selber anfing, Pausen zu brauchen.

Nach zwei Wochen knurrte einer in der rechteckigen Uniform im Forum Steglitz, das Büro für Besuchs- und Reiseangelegenheiten: »Wollense'n Abo, oder wat is hier los?«

Achim lief rot an.

Marion sah unverwandt gegen die senfgelben Kunststoffverblendungen der Fenster, die alle nach innen zeigten, zum Flur ins Parkhaus.

War aber gar nicht böse gemeint. »Gute Einreise dann und bis nächstet Mal«, ganz leutselig war der eigentlich. Bis zur Tür hinaus auf den Flur hielten sie einander an den Händen, im Forum Steglitz gingen sie dann wieder, als hätten sie sich gerade erst getroffen. Im Osten aber ließen sie einander niemals los, und Achim dachte, es wäre doch die bessere Welt hier, weil sie, was die Menschen hier drüben betraf, ohne jeden Zweifel zusammengehörten.

Kapitel 32

»Na Mensch«, sagte Frau Selchow. »Lange nicht jesehen. Und doch.« Afra: zwei dunkle Dackelaugen mit hellen Reflexen im dunklen Wohnungstürrahmen.

Barbara nickte. Sie hatte das Gefühl, in Berlin immer nur mit ihrem Schlüssel herumzufummeln. Weil sie einfach immer nur kurz durchs Bild huschen wollte. Mit niemandem sprechen. Anfangs, weil ja noch so viel Zeit war. Diese ganzen Sachen, die liefen ihr ja nicht weg: mit den Nachbarn reden, nett und normal sein. Jetzt hingegen lohnte sich das eigentlich kaum noch.

»Und, im Westen nüscht Neuet?«

»Nee, ja«, sagte Barbara.

»Ihren Eltern geht's gut?«

»Ja, klar. Danke.« Interessante Frage eigentlich. Die hatte sie sich gar nicht gestellt. Oder den Eltern. »Bei Ihnen auch?«

Aber Frau Selchow hatte gar kein Interesse daran, von sich zu erzählen. Einmal hatte Barbara gesagt: »Wenn Sie mal Hilfe brauchen wegen Ihrem Mann, dann...« – und das dann so in der Schwebe gehalten, weil sie auch nicht genau weiterwusste. Was man halt so sagte, wenn man sich jeden zweiten Tag über den Weg lief und die Nachbarin einem auf ganz zauberhafte und unüberwindliche Weise den Weg verstellte.

Frau Selchow hatte sie angesehen, als verstünde sie nicht, und war dann mit ihrem Kopf so ein bisschen schauspielerisch nach hinten gezuckt; Barbaras Mutter hätte das possierlich genannt.

»Ach so, der.« Frau Selchow winkte buchstäblich ab. »Nee, wir kommen schon klar.«

Und auch jetzt hatte sie keine Zeit für Gegenfragen. »Und das Kleene?«, fragte Frau Selchow mit diesem Blick auf Barbaras Köpermitte. Was dachten die hier eigentlich, in welchem Monat sie war. Aber sie trug einen weiten Häkelpullover mit großen Maschen und ohne Bund, darunter ein langärmeliges graues Top aus T-Shirt-Stoff.

Ach so, das hab ich verloren. Wegen der Strahlung.

So was wie ein wohliger Schauer lief ihr den Rücken hinunter. Könnte man ja wirklich mal sagen, warum nicht. Na ja, dann würde sie sich was anhören müssen. Die Lüge wäre vielleicht gar nicht das Problem gewesen, aber Mitgefühl wollte sie nicht.

»Keine Veränderung«, sagte Barbara. Was ja nicht mal gelogen war.

Frau Selchow zögerte. Sie stand auf so merkwürdige Weise vor ihrer geschlossenen Wohnungstür, Barbara wusste nicht, ob sie kam oder ging oder ob sie sich dort postiert hatte. »Ick mach mir Sorgen«, sagte Frau Selchow und reckte das Kinn, wobei sich zwei parallele Sehnen am Kinn strafften, der Hohlraum dazwischen im schummerigen Treppenhaus fast schwarz.

»Es ist immer noch alles sehr belastet«, sagte Barbara.

»Nee«, sagte Frau Selchow. »Jetzt nicht wegen dem Atom. Wo ist denn Ihr Mann immer?«

Barbaras Stimmung, von der sie bis eben gar nichts mitbekommen hatte, hellte sich auf. »Ist der gar nicht da?«

»Der ist ja fast nie da«, sagte Frau Selchow, hörbar um Neutralität bemüht.

Einige Monate später erinnerte sich Barbara an diesen Moment, als sie in einer x-beliebigen Supermarktschlange stand, nur Spüli und vorgebackene Baisers, aber zu schüchtern, um »Würden Sie mich mal vorlassen« zu sagen, und in dem Moment spürte sie eine große Zärtlichkeit für Frau Selchow, die bis zum Kassenband hielt.

Jetzt aber noch nicht. Achim war nicht da. Das war doch schon mal gut. Da mussten sie nicht reden. Sie musste nichts erklären. Sie musste sich keine Fragen ausdenken, keine Traurigkeit ausprobieren, nicht sein Gesicht sehen, und was auch immer sich dann da abspielen mochte, na ja, aufgeschoben war nicht aufgehoben.

»Na ja«, sagte sie und setzte einen Fuß auf die Treppenstufe und dann auf die nächste, sodass Frau Selchow auf dem Treppenabsatz von unten betrachtet näher kam und doch kleiner wurde, »der wird schon wieder auftauchen.«

»Na, janz bestimmt«, sagte Frau Selchow und machte ihr Platz, als hätte Barbara einen dicken Bauch. Sie roch nach Weichspüler und Mentholzigaretten.

In der Wohnung fing Barbara an zu packen, der Flur und die Zimmer rochen fremd und vertraut wie seit März, irgendwie berlinig, aber nicht mehr so interessant wie am Anfang. Barbara tat Dinge in Kisten und schob Kisten mit dem Fuß in Zimmerecken, und als ihr heiß wurde, zog sie den Häkelpulli aus, hellgelb, und schob die Ärmel des Shirts darunter hoch bis über die Ellenbogen, ganz zupackend. Nach einer Dreiviertelstunde bekam sie Durst, und im Kühlschrank waren Batida und Kirschsaft, vielleicht vom Hoffest. Sie trank an die Spüle gelehnt, und als sie wieder in die Zimmer ging, sah alles so aus wie vorher, Dinge an und in Kisten, nur jetzt eben halb ein- und nicht halb ausgepackt.

Kapitel 33

Volker saß in der Küche und wusste nicht so recht. Wenn er nun nach Hause kam, war Marion meist nicht da. Sie stünde, sagte sie, kurz vor der Filialleitung, und er würde sich ja kein Bild davon machen, was bei ihnen los sei. Wegen Tschernobbl. Wie empfindlich die Amerikaner da seien. Sie müssten außer den Konserven und den Fertiggerichten alles wegschmeißen und die frische Ware durch lange haltbare direkt aus den USA ersetzen, kleine Luftbrücke, nannte ihr Chef das.

Volker rieb sich die Augenhöhlen, seine Handballen passten da so gut rein, für ein paar Atemzüge mochte er, wie blitzend dunkelorange die Welt dadurch wurde. Dann wusste er wieder nicht weiter. Bei den Kindern hatte sich das auch schnell abgenutzt, dass er sie aus dem Hort an der Behindertenschule abholte. Die hatten sogar eine Schwimmhalle, da konnte man den Boden hochfahren und absenken. Die Kinder fanden das faszinierend, aber unheimlich, sie gingen einmal in der Woche schwimmen und konnten es jetzt schon besser als Volker. Je heißer es wurde, desto eher blieben sie gleich zum Spielen im Hof, mit Johannes und Jens aus dem anderen Aufgang. Er bildete sich ein, sie durchs Küchenfenster zu hören. Dann klingelten sie und wollten was zu essen. Ob sie fernsehen dürften. Doch, es sei doch schon fünf. Warum nur Rappelkiste. Nein, Drehscheibe fänden sie gar nicht langweilig. Ja, kein Privatfernsehen. Er ging durch den Flur und hörte das Fiepen, mit dem im Wohnzimmer der Fernseher anging, als würde die Welt eingesaugt.

Am Garderobenständer griff er nach seiner Jacke, er mochte, wie seine Hand da zwischen den Klamotten der ganzen Familie verschwand, Anorakstoff, bis er seine Innentasche fand.

Im Esszimmer machte er die Trenntür zum Wohnzimmer zu, was hatten die sich hier eigentlich mal für ein herrschaftliches Leben vorgestellt, diese SS-Leute, über die Marion sich immer lustig machte. Viel niedrigere Decken als in richtigen Altbauten, aber Flügeltüren. Und die dann wiederum schmucklos und schlecht schließend. Die Kinder ließen sich nicht stören von seinen Türgeräuschen. Dann setzte er sich in die Regalecke, wo das Telefon stand, auf den dänischen Stuhl, von dessen Geflecht man in kurzen Hosen Abdrücke an den Oberschenkeln bekam. Grauer Wählscheibenapparat, die Kinder redeten von Tastentelefonen, weil alle anderen schon »so welche« hatten, dunkelgrün, weinrot, orange. Aber als Familie brauchte man die Dinge auf, das, fand Volker, war ihm in die Wiege gelegt. Außerdem telefonierte er nicht gern, und es war ihm gerade recht, dass man beim Zurückschnarren der Wählscheibe noch mal ein bisschen Zeit für sich allein hatte.

Er wählte die Null, die machte den längsten Weg zurück. Was wollte er jetzt eigentlich wirklich von der? Also der Mutter von Marion?

Dann die Drei, das war nicht mal ein Atemzug. Das Zahlenfeld schon ganz vergilbt, oder Dreck von den Kindern, wenn sie ihre Freunde anriefen.

Bei der Sieben wieder ein bisschen mehr Zeit. Wollte er hier für Marion was wieder heil- oder was kaputtmachen? Warum war das, wenn man verheiratet war, irgendwann so schwer auseinanderzuhalten.

Dann die Zwei, schnapp, war die Wählscheibe wieder zurück.

Plötzlich fühlte er sich wieder ein bisschen jünger, wie vor der Zeit mit Marion: Wenn man sich endlich durchrang, wo anzurufen, ein Mädchen, und dann war besetzt, und das war eine Enttäuschung, aber auch ein Geschenk, und es half einem, dass es von Mal zu Mal einfacher wurde. Noch mal besetzt. Na ja, das wusste er eigentlich: Nach Ost-Berlin zu telefonieren war schwierig, das lief alles über ein paar wenige Leitungen. Auf Arbeit hätten sie dafür eine eigene Verbindung gehabt, da wurde was freigehalten für Dienstangelegenheiten, für so was gab es Abkommen.

Also noch mal.

Na ja.

Irgendwann geriet man in so einen Tran, der Finger machte das von selbst. Das Schnarren im Ohr nur noch ein Refrain, bei dem man auf den Rhythmus vom Besetzttuten wartete.

Als das Freizeichen kam, wusste er kurz nicht, wo er war. Dann wurde er ganz professionell. Zusammenreißen, das konnte er gut, da war er gleich voll da. Vier, drei, sechs, und dann den Rest von der siebenstelligen Nummer. Warum die nicht im Telefonbuch gestanden hatte. Da war er vergeblich im Vorraum der Post gewesen, wo alle west- und ein paar ostdeutsche Telefonbücher nach unten in ihren verstärkten Pappdeckeln hingen, an Ketten gesichert. Durfte man sich da raushalten im Osten, aus dem Telefonbuch? Vermutlich, wenn man Parteikader war.

Das Freizeichen klang eine Spur dunkler, aber näher, als wenn er irgendeine Schulmutti anrief, um zu fragen, ob die Zwillinge schon unterwegs waren. Vor Entführungen hatte er Angst, aber das sagte er Marion nicht.

»Bollmann?«

»Ja«, sagte Volker. »Sebulke hier.«

Und dann entstand ein seltsam aufgeladenes Gesamtberliner Schweigen für ein paar Atemzüge. Atemzüge von jemand anders, einer dritten Person? Volker hörte noch mal genauer hin. Berufskrankheit, vielleicht.

»Sind Sie die Mutter von...«

Die tat ihm nicht den Gefallen, den Satz zu vervollständigen. Aber etwas knarrte, als hätte sie sich hingesetzt.

»Marion«, sagte er.

»Ist was passiert?« Ihre Stimme klang neutral. Gar nicht so alt, wie er sie sich vorgestellt hatte. Was passiert? Volker runzelte die Stirn. Wo anfangen. Ist was passiert, in fünfundzwanzig Jahren?

»Ja, nein«, sagte er. »Aber ich dachte... weil Sie doch sicher so lange nichts, also, gehört haben...«

Keine Reaktion, nicht einmal ein Atmen oder Mitatmen. Als würden alle außer ihm die Luft anhalten in der Leitung.

»Ich bin der Mann von Marion«, sagte er, »und ich dachte, Sie würden sich vielleicht... Also... Marion würde sich vielleicht freuen. Es wäre doch schön. Nach so langer Zeit.«

Volker rieb sich die Stirn. Warum zerfiel einem das immer alles, wenn man es aussprach. Und wie bekamen die das hin in seinem Lied: die Sachen nicht nur auszusprechen, sondern sogar zu singen, und dann zerfielen sie eben nicht, sondern wurden richtig fest und klar. Dass man gewinnen konnte. Vielleicht musste er das hier singen, damit es nicht so dumm klang.

»Das ist ja rührend«, sagte Bollmann, Heike, geb. 04. Juni 1920 in Parchim in Mecklenburg, in Marions Ton, wenn die Kinder einen Becher abgeräumt hatten und der Rest stand noch auf dem Tisch, oder wenn Volker sagte, er hätte schon mal Wasser aufgesetzt, aber wie denn die Soße ginge.

»Was sagt denn Marion dazu?«

Volker hörte, wie die Kinder im Wohnzimmer über die Fernsehprogramme stritten. Manchmal bekamen sie sogar AFN rein, aber ohne Ton und mit verrauschtem Bild, mystisch.

»Das soll... Also«, sagte er. »Das hat eher den Charakter einer Überraschung. Für Marion. Also meine Frau.«

»Überraschung.« Als hätte jemand auf dem Klo nicht gespült. »Das klären Sie vielleicht lieber erst mal. Aber Sie haben ja offenbar die Nummer. Wenn Marion.«

Sie schwiegen einen Moment. Jeden Satz kriegte die offenbar auch nicht zu Ende. Die Kinder hatten sich auf was im Privatfernsehen geeinigt, das hatte er doch ausdrücklich... die viele Werbung machte die doch ganz kirre.

»Sebulke«, sagte er noch einmal, als hätte sie ihn darum gebeten. »Und ich sage Ihnen mal die Nummer durch. Am besten von meiner Arbeit.«

Sie schwieg, als würde sie die mitschreiben.

»Wo sind Sie denn, in Berlin?«, fragte sie nach einer Weile.

»Zehlendorf«, sagte Volker. Und dann die Postleitzahl, aber nicht die Straße. Sobald das letzte »ch« von Berlin siebenunddreißig verrauscht war, legte sie auf, eher effizient als unfreundlich.

Wie früher blieb er so lange sitzen, bis das Nichts aufhörte im Hörer und ein anderes Tuten kam als beim Freisein oder Besetztsein, so ein leicht kaputtes, fast hämisches: Hä, immer noch dran?

Ganz kurz bildete er sich ein, ein weiteres Knacken in der Leitung zu hören, aber dann dachte er: So wichtig bin ich nun auch wieder nicht.

Kapitel 34

Woran konnte man sich später eigentlich erinnern? Achim, wenn er dann daran dachte, wie das damals gewesen war. Mit Marion in Ost-Berlin. Wo er noch Jahre später an ein paar wenigen Straßenecken von der Erinnerung an Marion getroffen wurde, aber da dann umso mehr. Oder von der Erinnerung an sich selbst? Wie er sich das Leben damals vorgestellt hatte, nämlich gar nicht?
    Und wie viel schöner das gewesen war.
    Sich gar nichts vorzustellen.
    Beim nächsten Mal aber erinnerte er sich an dieser oder jener Straßenecke dann schon nicht mehr daran, wie es damals gewesen war, vor einem Jahr oder zwanzig, sondern daran, wie er voriges Mal von der Erinnerung an Marion getroffen worden war.
    Abseits von den Straßenecken blieb ihm dann nur die Erinnerung, wie viel brauner die Fenster verspiegelt und die Fassaden verkleidet waren, je neuer sie waren. An diese seltsamen Interaktionen, die sie mit den Menschen hatten. Wenn sie in Läden gingen oder versuchten, einen Platz zugewiesen zu bekommen in den nicht besonders vollen Cafés, zum Beispiel neben der Oper an der Straße Unter den Linden, auf der roten Plastikbespannung der Draußenstühle. Die ersten Male lächelte Achim die Menschen an, er bildete sich ein, dass die Haare der Männer entweder länger und wilder waren als seine oder glatter und geölter, gelegt wie bei seinem Vater in den Sechzigern. Die Frauen

sahen manchmal aus wie seine Mutter auf Kinderbildern, aber sie waren jung und guckten durch ihn hindurch. Später konnte er kein einziges Gesicht heraufbeschwören. Und wenn er nun also lächelte in den Läden, sahen sie weg, als würde er sich ihnen aufdrängen. Wenn er dann beim Nächsten wegschaute und sein Gesicht ruhen ließ, starrten sie ihn an, als wollte er nichts mit ihnen zu tun haben. So oder so entstand eine Fremdheit, die er nicht verstand, weil er oft überall ganz gut reinpasste, selbst bei der BAM hatte er doch anfangs Sonja Dobrowolski irgendwie für sich eingenommen. Der Achim hat ein einnehmendes Wesen, das war die Einschätzung seiner Mutter, manchmal hatte sie früher mit Tanten oder Nachbarinnen über ihn geredet, als würde sie ihm ein Zeugnis ausstellen. Aber hier drüben fand er keinen Anschluss.

»Das ist alles in deinem Kopf«, sagte Marion und streckte die Hand nach eben seinem Kopf aus, denn sie lag mit ihrem auf seinem Schoß und schaute nach oben zu ihm. Er beugte sich vor, in ihre kühle Handfläche. Zum ersten Mal erzählte sie ihm von ihren Kindern, Nele und Henk, so, als rückte das Leben zu Hause näher an sie heran, je weiter sie davon entfernt waren. Er merkte, dass es ihm gefiel, weil er sich ihr dadurch näher fühlte. Solange sie durch Zehlendorf gelaufen waren, war er ihr immer nur hinterhergerannt. Hier kam sie zur Ruhe, und langsam dachte er, vielleicht könnte er ja auch mal vorgehen, zur Abwechslung.

Als sie wieder im Gras nicht weit vom riesigen Thälmann-Schädel lagen und er nicht wusste, ob sie schlief oder einfach ganz und gar locker gelassen hatte, seine Fingerkuppe auf dem Weg ihre Mundfalten entlang, an den Sommersprossen vorbei, von denen sie immer mehr bekam, je länger sie dieses Leben von Liebesnomaden führten. Das war doch auch ein ganz schöner Ausdruck, eigentlich, der war ihm nachts beim Wachliegen in Zehlendorf eingefallen.

»Willst du mir nicht mal dein Haus zeigen?«

Sie lächelte, und er musste noch mal anfangen mit dem Fingerweg auf ihrem Gesicht, dessen Geografie hatte sich völlig verändert im Laufe dieses Satzes.

»Also, wo du aufgewachsen bist.«

Als ob sie das nicht auch so verstanden hätte.

Warum das immer so wichtig war, wo man herkam.

Sie lächelte weiter, um Zeit zu gewinnen.

Andererseits.

Schon erstaunlich, wie sich in einem plötzlich so ein ganz neues Loch öffnete, und was da so allerhand reinrauschte, quasi im Handumdrehen. Marion runzelte die Stirn, und schon spürte sie dort oben Achims Finger. Eigentlich schön, wie er ihre Falten mochte.

Es gab ein paar Möglichkeiten. Sie konnte, wie sie es bisher vorgehabt hatte, dort nie wieder hingehen und dafür dann den Rest ihres Lebens weiter daran denken. Wie das damals gewesen war. Und wie es ausgesehen hatte, als es gewesen war.

Oder sie konnte hingehen.

Allein? Zwar war alles allein einfacher. Aber das sicher nicht.

Sie konnte also dahingehen, mit Achim, und sich das angucken und merken:

dass es ihr alles inzwischen egal war;

dass sie es nicht mehr aushielt, wie wenig egal es ihr war.

Allein wäre sie nicht auf die Idee gekommen. Oder? War das hier nicht ihre Art, auf die Idee zu kommen? Hatte sie sich Achim gesucht, um auf diese Idee zu kommen?

Sie lächelte wieder, und Achims Finger folgten ihr.

Er hielt fast die Luft an.

»Klar«, sagte sie. »Nur ein paar Minuten noch. Bisschen Augenpflege.«

Achim staunte, wie sie den Weg fand, sagte aber nichts. Für ihn sah das abseits der Hauptstraßen alles gleich aus. Mehr Braunkohlegeruch, und die Häuser schienen ihm aus dem Augenwinkel, als wären sie selbst daraus gemacht. Die Fassaden, als hätte man versucht, sie abzuschlagen, aber dann kurz vor Schluss das Interesse daran verloren. Die breiten, zweireihigen Gehwegplatten, links und rechts noch Platz für reichlich Pflastersteine, unwillkürlich ging er in der Mitte. Er sah die ersten Kneipenschilder, die ein bisschen ungeplanter aussahen als auf den Hauptstraßen. Nicht direkt Graffiti wie in Kreuzberg, an den Yorck-Brücken oder in Bonn-Beuel, aber handgemalte Schilder vor Läden, in deren Auslagen entweder Teile von Schaufensterpuppen, alte Atlanten oder andere Hinweise auf Kunst lagen. Marion ging neben ihm, als würde sie staunen. Das war auch mal was Neues. Bisher hatte sie immer alles besser gekannt als er, aber jetzt wusste sie plötzlich vielleicht weniger, weil der Kontrast zu dem, was sie erwartet hatte, größer war als der zu dem, was er erwartet hatte.

Kinder auf den Gehwegen, die Jeans ein bisschen blauer als in West-Berlin, oben ein bisschen enger, unten ein bisschen weiter. »Sputnik« stand an einem Laden, in weißer Farbe auf einem roten Brett, die Wörter ganz sorgfältig gemalt, daneben in Grau der ewige Satellit. Eine Kirche ragte in die Straße wie ein Schiffsbug. Wie wenig er wusste. Um die Ecke stand über einem Souterrain-Ladenlokal in Weiß auf einem schwarzen Brett »Berlin Burrito Kompanie«, und er wusste nicht einmal genau, was das bedeutete. Zapatisten? Einerseits war hier alles friedlich, andererseits alles Kampf, auch die Kunst, so schien ihm das, und seine eigene Existenz kam ihm mit jedem Schritt ein wenig ärmer und friedlicher vor.

Marion ging eigentlich nur weiter, weil jetzt umzukehren bedeutet hätte, sich Achim gegenüber erklären zu müssen, und sie spürte, dass sie keine Kraft und keinen Mut hatte für seinen Trost und sein Verständnis.

Sex war einfacher als das hier, daran gab es mal keinen Zweifel.

Vielleicht waren ihre hektischen Verstecke im Westen doch besser gewesen.

Nach einer Weile fragte er sich, ob sie im Kreis gingen, aber er sagte nichts, weil er nicht wollte, dass sie dachte, er hätte die Orientierung verloren. Manchmal fühlte er sich unglücklich mit Marion, wenn sie so gegeneinander schwiegen, aber er kannte das Gefühl nicht so richtig, darum war er ungeschickt darin, es zu erkennen.

Marienburger Straße. Sie kamen durch die Wins, dann nicht hoch wieder zur Prenzlauer Allee, sondern nach links Richtung Greifswalder. Trabbis mit ihren dünnen Rädern auf den Katzenköpfen, so ein Geräusch wie Autos in Träumen.

Dieses Tor? Das nächste? Sie sah die Hausnummern nicht und die Parolen, von denen es damals so viel mehr gegeben hatte.

Nein.

Das nächste auch nicht. Aber anmerken lassen wollte sie sich das nicht.

Dann blieb sie stehen, bei aller Angst doch froh wie immer, wenn man etwas gefunden und wiedererkannt hatte. Zum Zeichen, dass ihr etwas gelungen war, nahm sie Achims Arm in der dünnen Windjacke. Das Tor zum Hinterhof stand offen, und grünweiße Fliesen an den Wänden bis zu einem Drittel der Höhe, Briefkästen und die Aufgänge zum Vorderhaus, der

Blick bis in den Hof, ein Wartburg, dem ein Vorderreifen fehlte, leere Kaninchenställe, anderes Zeug aus Holz und Draht, das verdeckt wurde durch eine entgegenkommende Gestalt, dunkel vor dem Hintergrund des hellen Hinterhofs und dann besser zu sehen im Halbdunkel des Durchgangs zur Straße.

Marion ließ Achims Arm los und hatte das Gefühl, nichts in ihrem Körper hätte mehr Halt, und wenn sie sich nun in die Hose gemacht hätte, hätte sie sich nicht gewundert, darum stellte sie sich unwillkürlich ein wenig fester hin. Später merkte sie, dass sie irgendwann um diese Zeit angefangen hatte zu bluten.

Sybille war breiter geworden oder einfach erwachsen und kam ihnen entgegen.

Kapitel 35

Achim fühlte sich sehr ausgeschlossen, und weil er das nicht kannte und nicht mochte, sagte er sich: Na ja, aber ich bin zumindest derjenige, der das hier alles erst möglich gemacht hat, ohne mich wären wir ja gar nicht hier.

Er merkte aber: Um ihn ging es hier nicht. Das war nicht zu übersehen.

Dass das Schwestern waren, war sofort klar, da brauchte er nicht vorgestellt zu werden. Er trat einen Schritt zurück und lächelte. Aus Verlegenheit, und weil plötzlich noch mehr von Marion da war. Das war doch gut. Oder. War das jetzt mehr, als er noch bewältigen konnte? War Marion nicht schon vorher vielleicht ein bisschen viel für ihn, all die Erfahrungen, mehr Leben, mehr Vergangenheit, mehr von allem, auch Vergessenes, Überschriebenes, Abgeschnittenes. Marion, ganz schön viel Mensch. Nee, er lächelte, weil er sie so mochte und weil er gerührt war. Vielleicht über sich selbst. Das mit Barbara hatte sich damals so ergeben, darum verlief sich das ja jetzt auch wieder. Aber das mit Marion: Das war groß. Und er mochte sich selbst dafür sehr, dass er das so empfinden konnte.

Allerdings hätte er sich das anders vorgestellt, so eine Wiederbegegnung nach fünfundzwanzig Jahren, hier im Durchgang zum Hinterhof. Mantel der Geschichte. Den trug wohl die Schwester, dieser zu warme Anorak, das war, er schämte sich gleich, so eine richtige Zonenjacke. Und das Wort, das er sich die ganze Zeit verbissen hatte, während er hier rumgelaufen war mit Marion und alles fremd und frei und neu gewesen war, aber eben auch, wie man sagte, abgerockt, das Wort rauschte jetzt so richtig in ihn rein und durch ihn durch, ausgerechnet, als er Marions lange verlorene Schwester sah.

Oder war das die Mutter? Wie alterten die Leute hier?

Nein. Das war die Schwester, das war eindeutig die Schwester. Und das Wort war: ostig. Dass die Schwester ostig aussah.

Während er sich kurz dafür schämte, gab es keine Tränen und keine großen Worte, kein: so lange!, wo kommst du denn her!, ich hätte nie gedacht!, meinen Augen nicht trauen! Nichts davon, stattdessen fuhr die Schwester

Sybille, das fiel ihm jetzt ein,

Sybille also mit dem Kopf und dem Kinn so ein Stück zurück, fast wie in einem Zeichentrickfilm, Tom, wenn er erstaunt war, dass Jerry doch wieder im Mauseloch lehnte, obwohl er gerade einen Amboss oder eine Kiste Dynamit auf ihn geworfen hatte, wobei, hier hatte ja wohl eher Marion den Amboss geworfen auf die Vergangenheit und die Schwester. Sybille also, Kopf und Kinn zurückgeschnellt, die Hände rieb sie an den Seiten des Anoraks, dass es Achim das Herz brach, und fast scherzhaft zog sie die Augenbrauen hoch, aber es war wohl der Schock und sah nur aus, als wäre es das nicht.

»Na«, sagte sie, recht neutral.

»Hi«, sagte Marion, und weil sie sich ja nun schon eine Weile kannten, Wochen, wusste Achim, dass sie sich dafür hasste, denn er hatte sie noch niemals »Hi« sagen hören, das kannte selbst er nur aus dem Kinderwitz, wenn sich zwei Fische trafen. Wo?

Sybille kannte den Witz offenbar nicht. »Hei«, sagte sie, schon recht hämisch. So sprachen die Wessis, ja, ja.

Marion traute sich nicht, noch was zu sagen. Stören wir, oder so. Das sah er.

»Ich wollte gerade los«, sagte Sybille, »aber die warten sowieso nicht auf mich.« Ihre Stimme hörte sich an wie die von Marion, diese gleiche Mischung aus: Geht dich eh nichts an, und: Na, dann mach doch. In dem Fall: mit raufkommen. Sybille drehte sich um, und es war ziemlich klar, dass sie ihr folgen sollten. Marion griff wieder nach seiner Hand. Und in diesem Moment ging ihm das Herz auf oder über, die Präposition war ihm egal. Er liebte diese Frau. Und er wuchs über sich hinaus und über den Hinterhof, den sie jetzt durchquerten, all das Ostzeug, was verstand er davon, und über den Stadtteil, den Wasserturm mit den gerundeten Wohnungen, den renovierten Fassaden in der Husemannstraße, weil nächstes Jahr siebenhundertfünfzig Jahre war, den neuen auf alt gemachten Straßenschildern, den Trabanten in Beige und Hellblau, dem Fernsehturm, wo die frühe Nachmittagssonne auf der Kugel dieses Kreuz bildete, das angeblich alle, die hier nicht an Gott glaubten, ärgerte, oder war das auch wieder nur so ein Westmärchen – und all die anderen Märchen, aus denen er selbst bestand, über das also wuchs er hinaus, er fühlte sich zu umfangreich für das Treppenhaus, er nahm zu viel Platz ein für diesen neuen anderen Geruch, der ihn zurückwarf und erinnerte daran, wie alles gewesen war, als es neu war: Bad Godesberg Anfang, Mitte der Sechziger, wenn die Witwe in der Mansardenwohnung mit den Sachen aus ihrem Kleingarten kochte, und er dachte jetzt: Ich liebe diese Frau – die Formulierung schien ihm größer als: Marion –, und es ist richtig, und ich kann und werde es Barbara sagen, und kein Schmerz kann so groß sein, wie das gut ist, was ich hier gerade habe.

Einen Schmerz sah er Sybille auch von hinten an, als sie vor ihnen die Treppe hochging. Aber er hatte Platz und Kraft für alles plötzlich: seine Eltern öfter anrufen, auch wieder Sport machen, auf die Nachbarn zugehen, sich endlich mal nach Dr. Sonnenburgs Problemen erkundigen, insgesamt einfach ein besserer Mensch werden. Sich engagieren, womöglich. Er als Ingenieur. Im Grunde war das wirklich viel zu riskant mit der Kernenergie. Er musste sich überhaupt mehr einbringen, das hatten sie ihm schon an der Uni Bonn gesagt, die Leute aus der K-Gruppe damals, oder wer war das gewesen.

Auf dem ersten Treppenabsatz blieb Sybille stehen und fummelte mit einem Schlüssel. Marions Hand fing an zu schwitzen, das gefiel ihm sehr.

Sybille drehte sich um, leicht gebückt, die Hand noch am Schloss, während die Tür in einen dunklen Flur klappte: »Wer ist der Typ eigentlich?«

Immerhin drückte Marion in dem Moment seine Hand.

Achim hielt sich innerlich an den Tapeten fest, die kannte er so ähnlich auch noch von früher, aber irgendwann hatte seine Mutter gesagt: »Das muss alles runter.« Diese dunkelgrünen Muster auf fast beigefarbenem, aber noch lindgrünem Hintergrund. Stilisierte Blüten, größer als eine Handfläche, grafisch, aber unrettbar altmodisch, die sich schräg versetzt ins Unendliche wiederholten oder ins Innere der Wohnung, den Flur entlang, aber Sybille bog gleich rechts ab in die Küche.

Als das Tageslicht durch die Hinterhoffenster auf sie fiel, war Marion weiß. Achim hatte dieses dumme Gefühl, sie stützen zu müssen, für einen ganz kurzen Moment fragte er sich, wie das sein würde hier in einem Ostkrankenhaus und ob ihre fünfundzwanzig Mark das auch abdecken würden, aber als er ihr zwischen die Schulterblätter fasste und sie halten wollte, war sie fest wie immer. Sie räusperte sich. Auf dem Tisch standen zwei Kaffeebecher mit eckigen Henkeln.

»Ist Mama da?« Er bildete sich ein, dass nur er in diesem Moment hören konnte, wie schwer Marion die Wörter wurden, die kamen kaum über die Schwelle.

Sybille machte wieder dieses Ding, wo sie den Kopf so zurückschob, als müsste sie sich den Unsinn genauer, aber von Weitem anschauen.

»Nee. Die wohnt seit zweiundsiebzig oder so in der Platte, schön Richtung Nikolaiviertel, vom Feinsten.« Sie nickte Richtung Küchentisch. Achim hatte noch nie so eine große Küche gesehen. »Überrascht dich das?«

Marion strich sich das Kleid unter den Beinen glatt und setzte sich besser hin, das hatte sie auch noch nie gemacht, so lange Achim sie kannte.

»Die hat sich dann noch mehr auf die Partei gestürzt«, sagte Sybille und blieb stehen, an die Küchenzeile gelehnt. Dafür, dass die hier so wenig hatten, stand ganz schön viel rum. Er setzte sich auf die andere Tischseite, helles Wachstuch mit Kaffeeringen, gegenüber von Marion.

»Nachdem ich weg war«, sagte Marion, Pflasterabreißen.

Sybille schnaufte, als hätte ihr das gerade noch gefehlt. Wie alt sie damals wohl gewesen war. Zehn? Elf? Achim räusperte sich jetzt auch, weil er Angst hatte, ihm würden so Stellvertretertränen aus den Augen kommen. Manchmal hatte er das, zu gut für diese Welt, nannte seine Mutter das. Wenn er weinte, weil sie einen alten Bettbezug voller Stofftiere weggeschmissen hatte, mit zwölf. Alles musste neu. Warum eigentlich. Das gefiel ihm hier: Die legten nicht so viel Wert darauf. Oder jedenfalls sah es so aus.

»Nach der Errichtung des antifaschistischen Schutzwalls«, sagte Sybille und verschränkte die Arme vor der Brust. Marion senkte den Blick Richtung Tischplatte und fing dann an, mit dem Daumennagel an einem Kaffeering zu kratzen. Sybille schnaubte. »Achim?« Sich vergewissernd, als hätte sie seinen Namen vorhin womöglich nicht richtig mitbekommen.

Er nickte.

»Und du bist ihr Mann?«

Er nickte nicht.

»Mein Freund«, sagte Marion.

»Hätte schwören können«, sagte Sybille, »dass du verheiratet bist. Immer alles richtig machen. Oder alles hinwerfen. Aber vorher. Erst mal Dienst nach Vorschrift.«

»Bin ich auch«, sagte Marion. »Verheiratet.«

Sybille nickte. »Ach so.« Sie zog eine Augenbraue hoch und nickte ihnen beiden zu, hämisch oder fast anerkennend, er kannte sich hier noch nicht so richtig aus.

»Und dann einen Freund. Na, ist doch rührend.«

Achim machte den Mund auf.

»Kannst du mal aufhören«, sagte Marion.

»Womit?«, fragte Sybille.

»Weiß ich nicht«, sagte Marion.

»Kannst du mal aufhören«, sagte Sybille.

Marion schwieg und hörte auf, an dem getrockneten Kaffee zu knibbeln, und Achim konnte nicht anders und nahm ihre Hand in seine und fand sein Zuhause und einen Ort für sich und für sie zwischen ihren rauen Handflächen und ihren unteren Fingergliedern, in dieser kleinen, dunklen, warmen Welt. Sie entzog sich ihm und legte die Hände auf ihren Schoß, um das hier ungeschützt über sich ergehen zu lassen.

Achim hob vorsichtig den Blick. Sybille stand da und atmete so, dass man es sah. Warum konnte man nicht immer alles heil machen. Leute einfach in den Arm nehmen und so was. Es wäre doch für alle Beteiligten besser. Nicht zuletzt für ihn.

Marion wollte was sagen, aber Sybille schüttelte den Kopf.

»Und was wollt ihr hier?«, fragte sie.

Marion wusste nicht so recht.

»Es ist einfach irgendwie schöner für uns«, sagte Achim, weil er das Bedürfnis hatte, was Nettes zu sagen. »Also, wir können uns hier irgendwie freier bewegen.«

Sybille machte einen Gesichtsausdruck, als wollte sie die Arme verschränken und wäre dann verärgert darüber, dass sie es schon getan hätte.

»Was.«

»Er meint«, sagte Marion, und es gab Achim einen Stich, »dass wir uns hier freier bewegen können als, also bei uns, wo man immer so Nachbarn über den Weg läuft.«

So viel Licht kam nicht an hier hinten in der Küche, für drei reichte es kaum, und weil Sybille am nächsten am Fenster stand, veränderte sich ständig was in ihrem Gesicht. Jetzt zum Beispiel brach da was aus. Achim bekam es mit der Angst. Aber sie verzog nur die Mundwinkel.

»Ihr spinnt«, sagte sie.

»Na ja«, sagte er, und zum ersten Mal warf sie ihm keinen finsteren Blick zu.

»Wie geht's denn Mama?«, fragte Marion, in so einem Sonntagskaffeeton, der dann aber auch wieder nicht der richtige war für Sybille.

»Na ja, wie soll's ihr gehen«, sagte Sybille. »Die ganze Gorbatschowscheiße nervt sie urst. Kannst du dir ja vorstellen.«

Er sah, dass Marion den letzten Satz untersuchte wie ein Paket, von dem man nicht wusste, ob es eine Bombe oder einen Wecker enthielt.

»Sie hat sich nicht verändert, sagen wir mal«, sagte Sybille. »Also, sie findet das hier immer noch das Nonplusultra. Was willste machen.« Dann eine Pause.

»Das damals«, sagte Marion.

»Nein«, sagte Sybille.

»Wie, nein?«

»Nee, du fängst jetzt nicht an.«

»Okay.«

»Ohokähäi.«

»Muss ich nicht.«

»Musst du nicht? Darfst du nicht.«

»Für mich ...«

»Nee.«

»O- ... na gut.«

»Ja, na gut.«

Marion schwieg. Achim, der immer irgendwas brauchte, worauf er sich freuen konnte, fragte sich, was das denn nun sein würde. In den nächsten paar Stunden. Also, hier zu sitzen und den beiden Schwestern zuzuhören, das war schon sehr besonders, aber auch recht stressig. Er hätte nun nach einer Weile vielleicht lieber mit Marion im Gras gelegen oder am Weißen See, zwischen den Weiden und dem bisschen kümmerlichen Innenstadtschilf. Aber das hier war ja seine Idee.

»Soll ich vielleicht mal ...«, sagte er.

Die beiden Schwester sahen ihn an, und er hätte gern gesagt: Guckt mal, wie ihr mich anseht, ihr seid doch Schwestern, ihr wart doch Kinder damals, nehmt euch doch einfach mal in den Arm.

»Was?«, sagte eine von beiden, er konnte sie am Klang der Stimme kaum unterscheiden.

»Um die vier Ecken gehen«, sagte er.

Sybille nickte, Marion schüttelte den Kopf. Sobald die eine das von der anderen merkte, schüttelte Sybille den Kopf, und Marion nickte.

»Ja, na gut«, sagte Achim und blieb erst mal sitzen.

»Wohnst du hier allein?«, fragte Marion.

»Spinnst du«, sagte Sybille. »Wie stellst du dir das vor. Natürlich nicht. Wie soll das gehen. Natürlich krieg ich hier Leute zugewiesen, das geht doch gar nicht anders. Studenten. Ohne Mama hätte ich die Wohnung gar nicht behalten können. Sie mischt sich immer noch ... Sie ist aktiv.« Sie rieb sich die Stirn und sah aus, als würde sie jetzt gerne rauchen. Marion nickte. Alle schienen unzufrieden mit den Wörtern und den Gesten, die ihnen zur Verfügung standen, Achim war es körperlich unangenehm. Zugleich spürte er bis Oberkante Unterlippe eine Zärtlichkeit, die ihn ganz hibbelig machte.

»Bist echt 'ne treue Seele, Mari«, sagte Sybille. Mit der Ironie hätte man die Wohnung neu tapezieren können, so breit war die. Aber der Kosename riss was auf in der Küche, einen Spalt in der Welt, durch den was einfiel, Licht, ziemlich funzlig noch, aber: Mari.

»Was machst du eigentlich?«, fragte Marion.

Sybille drehte sich zur Seite und riss nacheinander zwei Schubladen auf, in denen was klapperte. Dann fand sie Zigaretten und ein Feuerzeug, von dem Achim albern dachte, sieht ja aus wie bei uns, und zündete sich eine an.

»Was für eine Scheißfrage«, sagte Sybille.

»Deine Schwester.«

»Was ist mit der?«

Die S-Bahn roch nach Bremsbelägen. Am Bahnhof Steglitz würde er aussteigen und die nächste nehmen. Damit sie nicht zusammen in Zehlendorf auftauchten. Es schien nicht mehr so wichtig, aber sie hatten sich daran gewöhnt. Vielleicht auch, weil sie beide am Ende gern vier S-Bahnstationen allein waren. Vor allem Marion.

Er wusste nicht, was er sagen sollte.

»Aber wir fahren da wieder hin, oder?«

Marion verrenkte sich den Hals, als könnte sie nicht erwarten, dass Achim ausstieg. Yorckstraße. Wie nah die Rückwände der Häuser waren, die Küchen und die Bäder, die Schlafzimmer und Balkone, die Leben der anderen. Im gelben Licht saßen Kinder an Tischen, Schulaufgaben, und Frauen bürsteten sich die Haare in Schlafzimmern. Dann wieder Brachen und Grünzeug und flache Schuppen, vor denen man Lieferwagen parken konnte. Plötzlich mochte er das alles sehr, und er fand, die Stadt gehörte jetzt endlich ihm, bis in den letzten Winkel.

»Klar«, sagte sie. »Also zumindest ich.«

Kapitel 36

Der Geruch in der Wohnung, Marienburger Straße. Als hätte gerade jemand Marmelade eingekocht und dabei geraucht.

Das Nachmittagslicht vom Hof, nie genug davon, und den Rest schluckten die Tapeten.

Wie man nicht wusste, ob das Linoleum in der Küche unter den Füßen klebte, weil es so sauber war oder eben gerade nicht.

Die Abwesenheit der Mutter, und wie sie dadurch immer da war, und dass Sybille und Marion immer erst mal über sie redeten. Was macht sie, wo ist sie, wann kommt sie wieder, hat sie was gesagt.

Was von den Geräuschen der Stadt übrig blieb im Hof, kaum ein Flimmern, und dann das Schlagen der Hoftür und die Schritte, jeder Kieselstein an der Sohle, alles verstärkt und transparent durch den Schalltrichter der Hauswände, man meinte, in Sybilles Küche das Schlackern eines Einkaufsnetzes auf dem Hof zu hören.

Nachts lag Marion wach vor Bildern, die nicht weggehen wollten. Alles, was Sybille umgeben hatte. Die Abwesenheit einer Berührung. Nicht mal die Hände hatten sie sich gegeben.

Sie ging aufs Klo und weinte, bis ein Kind an die Tür klopfte, Nele ganz rhythmisch und mit der Faust, aus allem Musik oder Lärm machen, Henk zaghaft, mit den Gedanken schon fast wieder woanders, Mama, ich muss mal Pipi.

Sie trocknete sich erst die Augen und fand das Klopapier dann kalt zwischen den Beinen.

Beim zweiten Mal stiegen sie gleich in die Tram und fuhren bis zur Haltestellte Hufelandstraße, links in die Marienburger. Als sie ausstiegen, fragte Marion sich einen Moment, ob es möglich gewesen wäre, Achim zu bitten, dass er zu Hause blieb. Das war ja ihrs hier.

Aber als sie zwischen den Autos über die Straße gingen, legte er den Arm um ihre Schulter, und ihr gefiel, dass ihm das gefiel, oder vielleicht war es viel einfacher und sie mochte einfach, nicht allein zu sein, aber es interessierte sie überhaupt nicht, darüber länger nachzudenken.

An der Wohnungstür, die sie besser kannte als die in Zehlendorf, hing der Rollenblock mit dem Bleistift an der Strippe. Auf dem Zettel stand, wann Sybille zurückkommen würde, gleich. Nach dem dritten Mal Drücken ließen sie das Treppenhaus dunkel werden.

Die Nachbarin mit dem Einkaufsnetz ging zwischen ihnen durch und nickte. Marion atmete die Luft, die sie hinter sich herzog, ob sie wohl schon damals, wahrscheinlich, hier zog ja niemand weg, es sei denn, man starb. Oder haute ab.

Als Sybille die Treppe hochkam, umarmte Marion sie, bevor sie den Absatz erreicht hatte, sodass ihr Größenunterschied eigentlich wieder so war wie vor fünfundzwanzig Jahren. Achim machte das Licht im Treppenhaus an mit diesem mechanischen Klacken vom Lichtkasten im Keller, und sofort sah Marion bis auf Sybilles Kopfhaut, ein Leberfleck im Scheitel. Sie senkte ihre Wange darauf. Sybille ließ die ganze Zeit die Arme hängen, vielleicht geduldig.

Irgendein Kram über die Umweltgruppen, Umweltbibliothek, die Kirche, die Gemeinde, als die Story einmal in Gang war, war das gar nicht mehr anzuhalten. Die ganzen Arschlöcher, die da das große Wort führten, lauter Männervornamen, die Sybille ihnen auflistete, als würde die jeder kennen. Eigentlich war das irritierend, aber jetzt kam es Marion vor, als böte Sybille ihr damit Unterschlupf in einer gemeinsamen Gegenwart: Man konnte einfach einsteigen, notfalls ohne Vorkenntnisse.

Das alte Wohnzimmer gab es nicht mehr, da wohnte jetzt Lutz von der Humboldt, Kunsthistoriker, sie saßen wieder in der Küche. Den Kaffee hatten sie mitgebracht, Jacobs Krönung, so ein Scheißwestklischee, aber das war jetzt alles egal. Friedrichstraße hatten sie eine Fantasieadresse eingetragen, die sie vorher verabredet hatten. Marion dachte: Man wusste ja immer nicht, was die alles wussten, womöglich genau, wer sie war und seit wann sie nicht mehr hier war und wer hier zu ihr gehörte und wie das war, vielleicht und höchstwahrscheinlich wussten die aber gar nichts, erst recht nicht, dass es keine Familie Meier in der Husemannstraße 4 gab. Die sich jetzt fiktiv über die Krönung freute, jedenfalls mehr, als Sybille das getan hatte.

Marion betrachtete Sybilles Mund, während sie sprach. War das auch ihr Mund? Die etwas dunkleren Härchen auf der Oberlippe, die Falte in der Mitte der Unterlippe, die kleinen Zähne von der Mutter. Man konnte, wenn man wollte, die Zeit also doch aufhalten und zurückdrehen, sie hatten einem jahrelang nur Scheiße erzählt, mit diesem ewigen Hier und Jetzt, nicht zurückschauen, Muff von tausend Jahren, es ging angeblich immer nur nach vorne, aber was für eine Erleichterung es war, dass das in Wahrheit gar nicht stimmte.

Dass Sybille immer noch an den Nägeln kaute. Als hätte sich gar nichts verändert. Also, sie hatte die Finger jetzt nicht gerade im Mund, während sie hier saßen und sie von den ganzen

Strahlenproblemen erzählte, und dass sie sich ja gar nicht vorstellen könnten, was alles unterdrückt würde an Informationen. Sybilles süße Finger. Aber Marion sah es an den Scharten in ihren Nägeln.

Und dann legte Marion Achim die Hand auf den Oberschenkel und drückte richtig zu: Das hatte ja irgendwie doch er möglich gemacht. Ohne es zu merken. Das passte zu ihm. Dass er unabsichtlich was Gutes tat.

»Erzählt mal, wie die Situation wirklich ist.« Dieser erwartungsvolle Blick von Sybille, damals schon immer: Mari, erzähl mal, wie das bei den Jungpionieren ist, durftest du die Fahne halten.

»Die Situation.«

»Was kriegt ihr für Informationen? Das wäre schon wichtig für uns. Also, die anderen haben natürlich auch Verbindungen. Aber für mich. Also, falls ihr noch mehr wisst. Oder eure Einschätzungen.«

Dass Marion bei den Amis arbeitete und Achim als Ingenieur: Da hatte Sybille ganz interessiert aufgemerkt, das hatte sie womöglich mehr interessiert als die Kinder, die schien sie noch von sich fernhalten zu wollen.

»Also«, sagte Achim.

»Wir sehen natürlich auch, wo die Wolke ist, also, dass die sich geteilt hat«, sagte Sybille, »aber das kann doch nicht alles sein.«

Achim nickte. Marion wusste eigentlich nichts, und es interessierte sie auch nicht. Das kam in der Tagesschau, das war alles Volkers Gebiet, wie er sich dann wichtig vorm Fernseher aufbaute und sich das reinzog bis zur Wettervorhersage: Da war sie dankbar über die Stille in der Küche oder das Schlafenquengeln in den Kinderzimmern. Und später der Flieder im Park und das Licht am See und Achim hart und glatt, während Volker noch mal in den Tagesthemen guckte, was in Tschernobbl los war.

Wie gepflegt Sybille den Ortsnamen aussprach und den Namen der nächsten Stadt und des Flusses, die hatte Russisch nicht einfach von einem Tag auf den anderen abgebrochen.

»Interessiert euch das gar nicht?«, fragte Sybille. Die Babyhaare hatte sie immer noch am Haaransatz an der Stirn und im Nacken, die waren auch beim Röterfärben nicht ganz mitgekommen, fusselig und straßenköterblond, und Marion konnte sich nicht sattsehen daran.

»Na ja, ich muss los«, sagte Sybille. »Die sitzen da schon wieder seit Ewigkeiten.«

Marion stand halb auf.

»Nee, mitnehmen kann ich euch nicht, da muss ich erst mal fragen.«

So war's auch gar nicht gemeint gewesen. Marion wollte nur gern noch mal näher an die Babyhaare.

»Ihr könnt aber hierbleiben«, sagte Sybille. »Ich weiß ja nicht, wann ihr wieder rübermüsst. Weiß nicht, wie lange das bei mir dauert. Das zieht sich schon mal.«

»Ja«, sagte Achim. »Na ja, gerne.«

»Ich zeig euch mal das Zimmer«, sagte Sybille.

Durch den Flur.

Die erste Tür zu, Lutz,

Die zweite Tür zu, Birgit.

Die dritte Tür, am Ende des Ganges, neben dem Klo, das Zimmer mit der langen Wand und dem schmalen Fenster, noch tiefer reingebaut in den Hinterhof, das Zimmer, in dem man so gut auf dem Bett liegen und dicke russische Romane lesen konnte, darin Leute mit Gewissensbissen, Leute mit endlosen Diskussionen über Glauben und Liebe und Revolution, und Marion merkte, wie ihre Kiefer sich ineinander verbissen: das Zimmer, in dem sie sich damals verkrochen hatte, ihr Zimmer. Das war jetzt Sybilles.

»Kennst du ja«, sagte Sybille und machte ihnen die Tür auf, die Klinke schönster Jugendstil noch und Messing, am Rahmen Marions Größenmaße mit nachgemaltem Bleistift. Sybille stellte sich davor.

Das Zimmer einer erwachsenen Frau, die Tapete mit den blauen Girlanden von oben nach unten von der Wand gerissen oder mit Raufaser übertapeziert, magermilchgrau. Ein Rollo klapperte vor dem offenen Fenster, beigefarbenes Licht, aber nur im vorderen Drittel des Raums. Hinten Holzregale, über deren Bretter Pflanzen hingen, und ein breites Bett auf Paletten, entweder kaum angewühlt beim Schlafen oder nachlässig gemacht. Vielleicht noch eine andere Sitzgelegenheit, Marion wusste es später nicht mehr so genau. Die Umrisse ihres Tanzsaales, wie ihre Mutter das große, aber dunkle Zimmer am Ende des Flurs genannt hatte, lagen wie eine unruhige Schablone über allem. Hatte dort ihr kleiner Sekretär gestanden, mit dem Rollladendeckel? Nein, näher am Fenster. Der dunkle Kleiderschrank neben der Tür, der das Zimmer beim Reinkommen kleiner gemacht hatte und der vom Bett ausgesehen hatte wie eine schwarze Tunnelöffnung in der Wand, wenn sie nachts aufwachte und sich traute, die Augen aufzumachen. Sybille hatte alles auf Stangen, die sie zwischen den Kachelofen und den Wandvorsprung geklemmt und in der Mitte mit Brettern abgestützt hatte.

Der Teppich. Der alte Perser. An den hatte sie das erste Mal gedacht, als dieses Lied immer im Fernsehen gekommen war, Mein Mann ist Perser. Oder vorher beim Schah. Der Teppich, auf dessen Musterbahnen sie gespielt hatte, Schulweg und Straße für den Teddy und das Schweinchen. Und wo waren die jetzt eigentlich. Mein Mann ist Perser, ein ganz Perverser.

Also, der alte Perser war noch da. Marion ging auf die Knie und fuhr mit der Hand über den Teppich, bis sie ihn nicht mehr erkennen konnte. Sybille kicherte verlegen, wie aus der Vergangenheit. Achim saß auf der Bettkante und hatte sich die Schuhe ausgezogen wie so ein Volltrottel, aber wohl schon draußen an der Tür. Das machte doch hier keiner.

»Genossen, der Tag hat zu wenig Stunden«, sagte Sybille. Im Flur klapperte sie mit ihrem Schlüsselbund. Dann schlug die Wohnungstür hinter ihr, mit diesem Geräusch, das durch alle Wände ging, egal, ob man beim Zuziehen wütend oder traurig oder mit den Gedanken ganz woanders war. Man konnte immer nur spekulieren über die Motive derer, die gingen.

Wenn sie miteinander schliefen, schliefen sie am Ende wirklich. Ein oder zwei entwendete Nachmittagsstunden, und wenn sie aufwachten, wussten sie auf Anhieb sehr genau, wo sie waren.

Immer schien es wie das letzte Mal. Einmal, an der Krummen Lanke oder hinter dem Grab des Stadtteilgründers, hatten sie über ihre ersten Male geredet: Wie war das bei dir?

Bei ihm mit der Nachbarstochter, was war das eigentlich für ein Wort. Ein Jahr älter als er, und er ging in die elfte. Als er davon erzählte, fand sie es irgendwann so langweilig, dass sie in Gedanken wegschlenderte, aber auf schöne Weise, ganz beruhigend eigentlich. Und bei ihr, super romantisch, das musste man jetzt auch mal sagen, auf dem Dachboden vom Wasserturm, zwei Plätze weiter von hier: wo der Vater eines Mitschülers von ihr wohnte in einer rund gebogenen Wohnung, bei der man durch die anderen Zimmer musste, egal, wo man hinging, außer, man blieb ganz am Anfang, in der Küche, und zum Glück war Hendriks Zimmer ganz hinten. Aber das war nur mit Anfassen gewesen.

Achim stellte dann Fragen nach der Bauweise der Wohnung und dem Verlauf des Treppenhauses, dabei streichelte er ihren Rücken, wo sie seit Jahren nicht mehr berührt worden war, höchstens mal von den Kindern, wenn sie auf die Schulter wollten. Das gefiel ihr sehr.

Und jedes Mal, wenn sie jetzt aufwachte, dachte sie: Das ist es dann vielleicht gewesen. Jetzt. Sie setzte sich auf, bis sie wieder spürte, dass er die Hand auf ihren Rücken legte.

»Was denkst du?«, fragte er.

Sie war immer darauf vorbereitet gewesen, irritiert zu sein, sollte ihr jemand einmal diese Frage stellen. Sie stellte fest, dass es nun wirklich so war.

»So allerhand«, sagte sie, »ich wüsste gar nicht, wo ich anfangen soll.« Denn sie hatte nie »Nichts« sagen wollen.

»Versuch's«, sagte Achim. »Vielleicht am Ende. Das hilft mir, wenn ich was durchplanen will. Vom Ende her denken.«

Von da, wo sie saß, war das Fenster zum Hinterhof nur ein beigefarbener Schlitz, perspektivisch verzerrt.

Sie sagte nichts.

»Hast du manchmal Angst?«, fragte Achim. Manchmal war er ganz klar und ungeschützt, nachdem er aufgewacht war, das wurde dann minütlich weniger. »Davor, wenn es vorbei ist?«

Doch. Ja. Weil dann, dachte sie, womöglich alles wieder von vorne anfinge, und sie wusste nicht mal, was.

»Irgendwann ist es so weit«, sagte sie.

Seine Hand hielt inne in ihrer sanften Bewegung und wurde nach ein paar Atemzügen ganz warm, wo sie lag.

Als sie gingen, zogen sie die Tür hinter sich zu, sperrten ab und legten den Schlüssel unter den Blumentopf im Treppenhausfenster. Achim strich zum Abschied über das matte Tongefäß und freute sich abends zu Hause über die orangefarbenen Spuren an seinen Fingerkuppen.

Kapitel 37

Frau Selchow grüßte ihn, aber vielleicht nicht mehr ganz so herzlich, keine Spur von Verschworenheit mehr, keine guten Ratschläge. Im Treppenhaus hatte jemand einen Aufruf von Berliner Kinderärzten laminiert, sodass man ihn nicht mehr unterzeichnen konnte, aber sich informieren, vielleicht die Steins, mit denen er in drei Monaten einen Satz gewechselt hatte. Wie sollen wir jetzt unsere Kinder schützen, wenn die Regierung nichts tut? Atomkraft, nein danke!

Warm heute.

Einmal kam er zur gleichen Zeit aus dem Haus wie Volker gegenüber. Parallel liefen sie auf den Weg zu, der ihre beiden im rechten Winkel miteinander verband, und Achim knickte ein, er hielt inne und machte sich hinter dem Busch an der Ecke die fest geschnürten Schuhe noch mal zu, wobei sein Kopf weiter über den Busch ragte, da hatte der Hausmeister ordentlich zugeschlagen. Volker sah ihn im Vorbeigehen wortlos an.

Wie war da eigentlich die Situation. Ob man jetzt nicht mal eine Aussprache herbeiführen müsste, denn schließlich hatte sich Achim nicht an Volkers Anweisung gehalten. Und ob ein klarer Bruch nicht besser wäre, für alle, am Ende. Statt dieser Heimlichtuerei. Andererseits, die Kinder. Oder aber: gerade wegen der Kinder. Denen gegenüber war das doch auch nicht fair, wenn sie das hier alles so wochenlang in der Schwebe hielten. Juni hatten sie ja bald schon.

Obwohl, und bei dem Gedanken ertappte Achim sich allen Ernstes, vielleicht sollten sie bis nach der WM warten, die wollte er jetzt Volker nicht auch noch verderben, und währenddessen galten doch irgendwie andere Gesetze, da war alles so auf Pause, und man konnte sowieso nichts klären. Nur Barbara, die interessierte sich nicht so für Fußball. Warum sie jetzt eigentlich wieder in Bonn war, und für wie lange. Er verstand das nicht so richtig, und nichts wäre rein technisch einfacher gewesen, als bei ihren Eltern anzurufen und mal zu fragen, was eigentlich der Plan war, und wie es ihr ging oder dem Schwiegervater. Nichts war zugleich so unvorstellbar. Vielleicht am besten, das alles mal eine Weile auf sich beruhen zu lassen.

Die Wohnung sah aus wie immer, aber er war ja hier auch nur noch zu Gast. Der Gedanke traf ihn, als er in den fast leeren Kühlschrank schaute, wo irgendeine alte Fertigsoße es nicht schaffte, im Topf zu schimmeln, egal wie viel Zeit man ihr ließ. Bei Sybille im Prenzlauer Berg waren sie auch zu Gast, die ließ ihnen die Wohnung, wenn sie tagsüber für ein oder zwei Stunden vorbeikamen. Dreimal oder so hatten sie das jetzt gemacht.

Anfangs hatte Marion nur dagelegen und an die Decke gestarrt und sich von ihm umarmen lassen, so seitlich über den Bauch, er mochte das auch, diese Ruhe, seine Nase an ihrem Kleid, Tandil und dann was Menschliches von Sybilles Bett, gleich dachte er, ob das hier im Osten vielleicht schwierig wäre mit dem Waschen oder so, aber das war natürlich Quatsch, Sybille bezog einfach nicht so gern ihr Bett. Sie hatte den Familiengeruch von Marion, das war schon ein Zuhausegeruch für ihn. Wenn er sich auf den Rücken drehte, vom Ofen der seltsame, ein bisschen pupige Kohlegeruch, als wenn da Organisches frei geworden wäre.

Und in der BAM, wenn er die Gleitzeit ausschöpfte und morgens um sechs da auftauchte, zwei, drei Stunden vor den meisten anderen, und dann um eins, halb zwei wieder ging, den ganzen Nachmittag für Ost-Berlin, einmal in der Woche oder, wenn neue Chargen kamen oder Marion Zeit für die Kinder brauchte, alle zehn Tage. So richtig gehörte er da auch nicht mehr hin. Am meisten merkte er es an Sonja Dobrowolski.

»Na Menschenskinder, der Herr Tschuly«, sagte sie, wenn sie um neun kam und er schon seit sechs an seinem Tisch gähnte. »Sie halten's wohl zu Hause jar nich mehr aus, wa.«

Achim nickte. Sie hob abwehrend die Hände. »Nee, lassense mal. Müssense mir nicht erzählen.«

Sofort merkte er, dass er genau das eigentlich gern mal getan hätte.

»Und bei Ihnen?«, fragte er.

»Geht so«, sagte sie und guckte in ihre Handtasche.

»Kommt Dr. Sonnenburg heute?«

»Nee. Halte ick für unwahrscheinlich.«

Achim war gefangen zwischen schlechtem Gewissen, weil er nicht längst gefragt hatte, was da los war bei Dr. Sonnenburg, und dem Gefühl, sich womöglich in etwas einzumischen, was ihn nichts anging.

Dann überlegte er, so eine Art mittleres Terrain zu finden: vielleicht, wenn er ihr von Sybille erzählte, und wie schwer das jetzt alles gerade für sie war. Also, er kannte Sybille ja kaum. Aber er konnte sich genau vorstellen, wie sich das anfühlte: Wenn man irgendwo dazugehören wollte, es aber nicht ging. Wie Sybille tagsüber im Mitropa-Kiosk stand und Würste aufbrühte, und dann trauten ihr die anderen in der Umweltgruppe nicht, weil ihre Mutter ein hoher Kader war. Ewig und drei Tage könnte sie da warten, bis die sie ernst nehmen würden. Überhaupt seien das alles auch nur so Machoarschlöcher, sagte Sybille. Da sollte man sich mal nicht täuschen lassen von den zotteligen Bärten und dem Gitarrengeklampfe, und wenn einer wie Matthias im Plenum Pullover strickte: Machoarschlöcher. Dabei kochten die auch nur mit Wasser. Wenn Jörg irgendwelche von Matrize abgezogenen Blätter aus Suhl oder Cottbus mitbrachte mit Messwerten von vor drei Wochen oder einem Monat und niemand wusste, wo die eigentlich herkamen. Keiner wusste, wie belastet irgendwas war und was ihnen alles verheimlicht wurde.

»Am besten nur noch bei der Mitropa essen«, sagte Matthias, erzählte Sybille, bevor sie ihnen das Zimmer überließ. »So gesund war euer Zeug noch nie, jetzt mal so im Vergleich. Alles Wurst oder tiefgekühlt.« Und alle schauten sie an. Vielleicht zum ersten Mal. Wegen so einem Scheißmitropawitz. Sie wurde rot und dann noch röter vor Wut. Mit achtunddreißig. Was für eine Scheiße.

Und dann die anderen, die sagten, das sei doch alles völlig irrelevant, da könne man eh nichts mehr machen, das zieht durch, aber was in Bitterfeld los ist und bei den Sowjets in den Kasernen, und guckt euch mal die Elbe an und den Landschaftsverlust in den Braunkohlerevieren, und da kommt ihr an und wollt über Kopfsalat und Pilze diskutieren, dann fresst halt keine, genau, geht zur Mitropa am Alex, und überhaupt, wie wollt ihr die ganze Scheiße messen.

»Allet klar so weit?« Sonja Dobrowolski musste immer irgendwann was sagen, wenn er lange schwieg.

Er rollte mit seinem Stuhl ein bisschen nach hinten, der Hintern war ihm heiß geworden auf dem Polster. Hm.

»Sind eigentlich die Dings, die Geigerzähler noch im Schrank?«, fragte er.

Dobrowolski sah ihn an. »Na ja, wenn die Dinger sich nich in Bewegung jesetzt haben von alleene… Also, unwahrscheinlich.«

»Könnte sein«, sagte Achim und stand auf, »dass ich mir mal einen ausleihe. So über Nacht.«

»Hui«, sagte Dobrowolski. »Na Mensch. Wennt Ihnen Freude macht.«

»Also, mal sehen.«

»Also wegen mir.« Sie zuckte die Achseln und wandte sich wieder ihrem Buch zu. »Nur den Dr. Sonnenburg müsstense natürlich noch mal um sein Einverständnis bitten.«

Achim nickte.

»Ach, ick verscheißer Sie doch nur. Keine Sau interessiert sich für die Dinger.«

Kapitel 38

Je mehr Barbara einpackte, desto sauberer und unberührter kam ihr die Wohnung vor, unbelastet von der unübersichtlichen Bedrohung hinter der Haustür. Ganz schön eigentlich. Achim hatte ja im Grunde auch seit Wochen keine richtigen Spuren mehr hinterlassen hier, oder er hatte sehr viel aufgeräumt. Dagegen sprach der Staub auf den Oberkanten der gekachelten Bereiche im Badezimmer und auf allen anderen horizontalen Flächen in der Wohnung, ganz feiner hereingewehter Blütenstaub von draußen, wie feinste Härchen auf den Möbeln und Vorsprüngen. Sie fuhr mit dem Finger darüber und mochte das ganz zarte Graugrün.

Am wenigsten hatten sie aus dem Esszimmer gemacht und aus dem zweiten Schlafzimmer, aber was sollten sie mit so was. Die Nachbarinnen guckten immer ernster, womöglich hatte sie das Kind verloren, das es nie gegeben hatte. Das wäre dann natürlich was fürs zweite Schlafzimmer gewesen, aber immer noch keine Lösung für das Esszimmer. Ihre Eltern hatten eins, in dem der Bestatter saß, wenn eine Oma oder ein Opa starb, zweimal würde es noch gebraucht werden.

Drei Billys standen im Esszimmer, vors Fenster sollte noch ein Schreibtisch, mit Blick auf den Wäscheplatz und dahinter den Park, dieses Blätterdach, wo man rüberfliegen wollte und einfach nur weg, in den Abendhimmel, Fantasy. Die Billys waren nicht mal an die Wand geschoben, die standen wie bei einer Installation, stumme Gäste am Rande des Raums, leer. Im mittleren auf halber Höhe ein brauner Karton mit einer Registrierungsnummer. Mehr, weil sie nichts mit sich anzufangen wusste, sah sie nach.

Ein technisches Gerät, in mehrere Teile zerlegt, am charakteristischsten die Röhre, dann ein einfaches Display, das rot schimmerte. Eine auf glänzendem Papier gedruckte Gebrauchsanleitung, alles noch eingeschweißt.

Es gab keinen Stuhl im Raum, sonst hätte sie sich vielleicht gesetzt. Was hatten sie sich eigentlich gedacht von wegen Esstisch. Ihre Überlegungen waren nie darüber hinausgegangen, dass sie zu zweit sein würden, selbst das Kind war eine Fiktion. Sie sehnte sich nach ihrer Arbeit über den Grafen von Monte Christo, warum hatte sie die eigentlich so schleifen lassen.

Dann hatte Achim den Geigerzähler also doch geholt. Wie lange war das jetzt her, dass sie ihn darum gebeten hatte.

Und plötzlich stürmte das alles auf Barbara ein, eine ganze parallele Geschichte: dass sie sich in Wahrheit nicht voneinander entfernt hatten, sondern nur ein bisschen nebeneinanderher gelebt, und warum war sie eigentlich so ungeduldig gewesen, und war das nicht überhaupt alles auch ihre Schuld.

Wobei, um Schuld ging es ja nun gar nicht.

Andererseits. Achims war es womöglich eben wirklich nicht. Ihre Mutter hatte von Anfang an gesagt, der Achim, der ist zu gut für diese Welt. Was bedeuten sollte: Ein bisschen naiv ist er ja schon, gutmütig, oder nicht.

Und dann war er also losgegangen und hatte es doch geschafft, für sie den Geigerzähler zu besorgen.

Das, dachte sie, war so lieb von ihm.

Kleine Schlossgeräusche von der Tür, Achim im Flur.

Sie tat die Sachen zurück in ihren Karton, das ging ganz leicht und schnell, weil jedes Teil sein eigenes Fach hatte, die Trennpappe richtig elegant gefaltet dazwischen. Die letzte Zunge verschwand reibungslos in ihrem Schlitz. Dann stellte Barbara den Karton wieder ins Regal und verschränkte, wie in einem anderen Film, die Hände hinter dem Rücken.

Achim stand in der Zimmertür, Windjacke. Er lächelte. Vielleicht freute er sich wirklich, sie zu sehen.

»Na.«

»Selber na.«

Dann kamen sie beide nicht weiter.

Schließlich wusste sich Barbara nicht anders zu helfen. Sie nahm den Geigerzähler vom Billy.

»Das ...«, sagte sie.

Achim machte die Augen weiter auf, als könnte er gar nicht genug erkennen.

»Ach so, das«, sagte er, als müsste er was erklären. Das rührte sie. Dass er jetzt noch dachte, er müsste sich irgendwie erklären, nur, weil er ihr einen Gefallen von vor fünf Wochen doch noch getan hatte.

»Das ist«, sagte er und brach ab.

»Brauchst du nicht zu erklären«, sagte sie und nahm dabei was aus ihrer Stimme, sodass sie viel neutraler klang, als sie eigentlich wollte.

»Kann ich auch ehrlich gesagt nicht«, sagte er.

Sie verstand ihn, weil: Wie sollte er die Verspätung erklären. Wie sollte er erklären, dass er es noch versucht hatte, aber dass es nun zu spät war.

Sie standen da, und alles lief durch sie durch. Die ganze gemeinsame Zeit, die ganze Zeit alleine, die ganze Zeit, die sie in Zukunft ohne einander sein würden.

Dass sie einander verpasst hatten.

»Ich find's schön«, sagte sie. In seinem Gesicht passierte etwas, das sie nicht ganz lesen konnte. Sie hatte so lange nach innen geschaut, dass sie ihn gar nicht mehr richtig erkannte. Vielleicht war das Hoffnung oder Erleichterung, oder er verstand einfach nicht, was sie meinte. Also eigentlich wie immer.

»Dass du das noch gemacht hast«, sagte sie. »Aber es ist vielleicht zu spät.« Sie strich mit der Hand über den Karton. Seine Augen folgten ihrer Bewegung.

»Zu spät«, sagte er, als spräche er ihr übungsweise nach.

Im Rausgehen hatte sie das Bedürfnis, ihn zu umarmen, noch einmal, aber er drehte sich so komisch zur Seite, weil er ihr Platz machen wollte, und sie schoben sich einfach aneinander vorbei.

Er blickte von oben auf ihren Kopf.

Das Bild begleitete ihn noch jahrelang. Und das, wie er den Karton auf dem Küchentisch öffnete und die Einzelteile vor sich auslegte, nachdem sie die Wohnung verlassen hatte. Ja, klar konnte sie das Auto haben. Er war ja mehr der Mann in der S-Bahn jetzt. Der Passat kam ihm vor wie aus einer anderen Welt, mit dem Bonner Kennzeichen. Und er hatte das Gefühl, dass er sich darum nun auch nicht mehr kümmern musste und dass sie den sozusagen nach Hause brachte.

Dann ging er in den Flur und holte die Plastiktüte, die er neben der Zimmertür zum ersten Schlafzimmer hatte stehen lassen, wo ihre Matratze immer noch auf dem Boden lag, und die flachen Pappkartons mit dem Bett, das sie nie aufgebaut hatten.

»Spielvogel« stand auf der Tüte, mit so einem ganz unheimlichen, erwachsenen Zeichenvogel in einem roten Kreis, als Kind hätte ihm das Angst gemacht. Er zog die Märklin Starterpackung Güterzug raus, H0, und auf den ersten Blick sah er, dass die Messröhre vom Geigerzähler nur ein ganz kleines bisschen größer war als der Aufsatz vom Tankwagen. Er ging ins Badezimmer, stellte fest, dass Barbara ihr Nageletui mitgenommen hatte, und fand seins nach längerem Suchen in einer unberührten Kiste. Dann machte er sich an die Arbeit, Feilen, Stecken, Kleben, Auseinanderschrauben, so lange, bis er den gesamten Geigerzähler in Einzelteilen auf den offenen Güterwaggons verstaut hatte, und die Steuerungseinheit in jener Styroporauslassung, in die der Trafo gehörte. Vorsichtig schob er den Fensterdeckel wieder auf das Unterteil des Kartons und betrachtete sein Werk, Container und Tanks und Kohlehaufen in Einzelstücken auf dem Küchentisch, dazwischen der Trafo, ein mattgrünes Gummiband um das Kabel zum Stecker.

Dann schaute er im Kühlschrank nach den Partygetränken von neulich, Sommerfest. Leider war alles leer getrunken.

Kapitel 39

Abends, nachdem die Kinder im Bett waren, sagte Volker: »Wollen wir mal reden.«

Die Waschmaschine stand in der Küche, links neben der Tür, man musste im Flur knien, um da die Sachen reinzustopfen. Marion war nicht glücklich darüber, wenn Volker ihr dabei zusah.

Das gehörte so zu den Sachen. Wenn er ihr mit verschränkten Armen zusah, während sie die Waschmaschine, wie er sagte, befeuerte. Sie vermutete, dass er das für gesellig hielt. Aber es war einfach eine weitere Sache.

Dass er den Läufer vor der Wanne immer anderthalb Meter nach rechts vors Waschbecken schob, damit er beim Zähneputzen keine kalten Füße hatte, und dann hatte sie keinen Läufer, wenn sie aus der Badewanne kam, wo sie im Knien duschen musste, weil er seit Jahren sagte, die Wände trügen keinen Duschvorhang, Altbau, weich wie Butter, hinter der Tapete quasi nur Sand. Dass er immer einen dünnen Rand Barthaare im Waschbecken übersah. Dass er die Bettdecke beim Bettmachen einmal der Breite nach faltete, statt sie in voller Länge auszulegen und glatt zu ziehen. Dass er die Butter in den Kühlschrank stellte. Dass er die Kronkorken beim Bieröffnen mit dem Flaschenöffner in die Schublade warf. Dass er umständlich den Käsehobel benutzte, während die ganze Familie auf den Gouda wartete, als ob es das Küchenmesser nicht auch getan hätte. Dass er »so« sagte, wenn er sich hinsetzte und aufstand. Dass er sich die Nägel auf der Bettkante schnitt und nicht im Bad. Die Zehennägel auch. Dass er seine Diensthosen, die in die Reinigung kamen, über den Stuhl hängte, aber so aus seinen Jeans stieg, dass sie als knubbelige Acht auf dem Boden lagen. Dass er Unterhosen mit Eingriff trug und niemand wusste, warum. Dass er sagte, heute koch ich mal, und dann gab es immer Buletten, und den Kindern schmeckten sie besser als ihre. Dass er nach dem Essen Zahnstocher benutzte wie ein Lastwagenfahrer in einem italienischen Film. Dass seit Weihnachten dieses »So lasst uns denn ein Apfelbäumchen pflanzen: Es ist so weit«-Buch auf seinem Nachttisch lag, und ab und zu schlug er es auf, seufzte und schlief ein. Dass er ihr ein Buch mit »Verschenktexten« geschenkt hatte, Gedichten, die keine waren, für Leute, die Marion sich nicht vorstellen konnte.

Und sie? Sicher gab es bei ihr auch so Sachen. Die Wäsche füllte die Maschine so, dass sie die Tür nur mit ihrem ganzen Gewicht zubekam. Das würde wieder laut werden beim Schleudern, in der Maschine hatte sich irgendwas gelockert. Dass er sich darum nicht längst mal gekümmert hatte. Sie stand auf, wobei sie sich wie immer an den eigenen Oberschenkeln abstützte, das nervte sie auch.

»Reden«, sagte sie. Eigentlich lief das ja alles darauf hinaus, alles, was sie in den letzten zehn, zwanzig Jahren gelernt hatte, alles, worum es immer gegangen war: wenn »die Kerle«, wie Jutta sagte, nur einfach endlich mal reden würden.

Und Offenheit war sowieso top, das war ja nun auch klar.

Ganz ehrlich und authentisch sein.

Und alle wussten doch, dass Monogamie nicht funktionierte.

»Müssen wir das noch?«, fragte sie.

»Mal ganz in Ruhe.«

»Willst du nicht die Nachrichten.«

»Das ist jetzt wichtiger.« Aber seine Augen flackerten vielleicht ein bisschen dabei. Tagesschau. Da hatte er jetzt gar nicht dran gedacht. Man kam ja zu nichts. Und wer wusste denn, ob Marion ihm nicht gleich wieder durch die Finger flutschte.

Er setzte sich an den Tisch. »So.«

Marion hatte jetzt, und in Gedanken zitierte sie Nele, die so was früher aus der Schule mitbrachte als Henk: wirklich absolut keinen Bock. Auf den ganzen Scheiß hier. Drüber reden.

Ja, ich hab mich weiter mit Achim getroffen. Bestimmt ein Dutzend Mal, seitdem du mit ihm gesprochen hast. Vier- oder fünfmal waren wir im Osten. Bei Sybille. Sie musste fast lächeln bei der Vorstellung, dass jetzt alles nacheinander einfach aufzusagen, Atombombe. Einfach mal alles hinblättern, woran Volker sich seit Jahren abarbeitete: Warum sie dieses und jenes nicht wollte, warum sie immer müde war, warum sie im Bett »nicht mehr so aktiv« war, das hatte er gesagt, als würde er über ein Haustier reden: Der Hamster ist apathisch. Was jetzt eigentlich wirklich mit ihrer »Ursprungsfamilie« war, auch so ein Wort aus dem vorigen Jahrzehnt, wie lange sie das alles noch »verdrängen« wollte, und so könnte das doch nicht weitergehen. Alles Volkers Themen, seit Jahren. Aber weißt du, Volker, mit dem Nachbarn von gegenüber ist das irgendwie einfacher, da muss man nicht groß drüber reden, da geht das alles auch so.

Und wie der mich anfasst. Du machst dir ja keine Vorstellung.

»Warum lächelst du?«, fragte Volker vom Tisch, seine Stimme gar nicht besonders groß. Sie lehnte sich an die Waschmaschine und genoss, wenn sie ehrlich war, das müde Anlaufen und Hin- und Herwuchten am Hintern, es unterhielt sie, als liefe im Hintergrund Musik. Dass er immer vor der Anlage hockte, wie ein Kind, das sich eine Kackwurst verdrückte, wenn sie nach Hause kam, das nervte sie auch.

»Weiß ich nicht«, sagte sie.

Volker verstand sie schon. Er war selbst verlegen. Weißt du, ich hab die Nummer deiner Mutter rausgefunden. Ich merk doch, dass du rastlos bist. Ich hab gedacht, das bringt dich auf andere Gedanken. Also, du kannst ja nicht nach vorne schauen, ohne dabei irgendwie deinen Frieden gemacht zu haben. Also, mit der Vergangenheit. Und mit dir selbst. Also hab ich mir die Nummer von der besorgt, über die Dienststelle. Und wir haben telefoniert. Sie hat mich aber gebeten, erst mit dir zu sprechen. Sie will dich nicht hintergehen. Deine Mutter. So ist das nämlich mit der. Die ist eine ganz ehrliche Haut, glaube ich.

Er räusperte sich.

»Was ist denn?«, fragte Marion. Die Maschine ließ Wasser zulaufen, es hörte sich idyllisch an.

»Wir müssen«, sagte Volker. »Mal über die weiterführende Schule reden. Wegen der Fremdsprachenwahl, jetzt.«

Marion nickte so ein bisschen. »Hat das nicht noch Zeit.«

»Ja«, sagte Volker. »Stimmt.«

Die Waschmaschine wusch die Wäsche, Miele macht den ersten Schritt, neu und bisher einmalig in Europa, Waschvollautomaten, Wäschetrockner und Geschirrspüler mit Elektronen-Gehirn, da hatte Volker nicht widerstehen können, auf der Anzeige im *Stern* ein Fußabdruck auf dem Mond. Vermutlich hatte die Miele hier mehr Elektronengehirn als dieser Tschernobbl-Reaktor, dem sie jetzt den Betonsarkophag aufsetzten. Vorwäsche ließ Marion weg und Weichspüler auch, das war besser für die Umwelt, und aus Prinzip, was sollte der Scheiß.

»So«, sagte Volker und stand auf.

Nele und Henk lagen in ihren Betten, und sie mochten einander, und sie mochten ihr Leben. Wie schön es war, wenn die Eltern sich abends noch in der Küche unterhielten, und man hörte die Waschmaschine gurgeln.

Nele freute sich auf ihr eigenes Zimmer und fragte sich, ob Mama daran gedacht hatte, ihre Cordlatzhose mit in die Maschine zu tun, und ob die wohl bis morgen trocken werden würde, na ja, wahrscheinlich nicht.

Henk war schon eingeschlafen, in seinem Bett an der anderen Wand, und später erzählte er einer ganz netten Verhaltenstherapeutin in einem Mental-Health-Zentrum in der Hamburger Hafencity, dass er über die Vergangenheit eigentlich nicht groß reden müsse, mit der Scheidung sei er gut klargekommen, und seine Eltern hätten nie gestritten.

Kapitel 40

»Nehmense mal lieber ordentlich Bargeld mit.« Ganz leutselig eigentlich, als er sich bei der Passierscheinstelle im Forum Steglitz erkundigte, ob man Geschenke mitbringen durfte nach Ost-Berlin. Also in die Hauptstadt der DDR.

»Müssen Sie ja alles verzollen, da holt an der Grenzübergangsstelle ein Kollege von der Passkontrolleinheit jemanden von der Zollverwaltung. So Spielsachen ooch.« Eigentlich gefiel das Achim ja, wenn Sachen nach so einem Schema abliefen, auf das man sich verlassen konnte. So klang das plötzlich alles machbar. Und gar nicht mehr besonders gefährlich.

Der Beamte klappte Achims Behelfsmäßigen Personalausweis zu, der Passierschein mit den winzigen Holzstückchen zwischen und unter den Buchstaben ragte über den Rand.

»Es sei denn natürlich, es gibt Grund zur Beanstandung.«

Achim nickte. Natürlich.

Friedrichstraße verlor er die Nerven, als sie das Geschenkpapier vom Märklin-Set rissen. Eigentlich war das gar keine aggressive Geste, es wäre ihm viel grausamer und kleinlicher vorgekommen, wenn sie den Tesafilm sorgfältig abgenibbelt und das Papier womöglich glatt gestrichen und ihm überreicht hätten, bisschen unpassend weihnachtlich sah das aus, rot und grün. Er hätte es sich ja auch denken können, mit dem Abreißen. Der Beamte im hellgrünen Hemd und der dunkelgrünen Uniformjacke, mit Koteletten, wie sie auch in West-Berlin gerade wieder auftauchten, riss das in einem Stück runter und warf es in einen Mülleimer, den Achim nicht sehen konnte.

»Märklin-Geschenkset«, sagte der Beamte mit neutraler Stimme. Achim nickte erleichtert, weil das so geschäftsmäßig klang.

Aber im Ernst. Was sollte ihm passieren. Die würden doch keinen West-Bürger. Also, man hörte ja die schlimmsten Dinge. Aber die würden ihn ja höchstens zurückschicken, oder, das konnte er sich vielleicht noch vorstellen, eine Weile hier festhalten, mit so bürokratischen Quälereien, damit er nicht noch mal auf dumme Gedanken kam.

Als sie ihm das Formular rübergeschoben hatten, einzuführende Devisen, einzuführende Waren und Gegenstände, Verwendungszweck, hatte er die Nerven verloren. Oder eben gerade behalten. Er schrieb Sybille Bollmann, Marienburger Straße 16. Weil er sich ganz sicher war: Mit einer Lüge kam man besser durch als mit zweien. Tatsächlich beruhigte sich sein Puls, und er hörte auf zu schwitzen, sobald er Sybilles richtigen Namen und ihre Adresse hingeschrieben hatte, und dass das hier ein Geschenk für sie war, Warenwert hundertneunundzwanzig D-Mark.

»So, und die Frau Bollmann interessiert sich also für Modelleisenbahnen«, sagte der Beamte, ohne Achim anzusehen.

»Ja«, sagte Achim, und er fand, dass es richtig gut klang.

»Schönes Steckenpferd«, sagte der Beamte.

»Ja«, sagte Achim, unfähig, sich was Neues einfallen zu lassen.

»Und die Frau Bollmann kennen Sie woher? Ist das Verwandtschaft?«

Und auch jetzt hatte Achim das sichere Gefühl, mit der Wahrheit weiter zu kommen als ohne sie und vielleicht sogar eine neue Wahrheit erschaffen zu können, indem er sie aussprach.

»Ja«, sagte er. »Sozusagen. Die Schwester von meiner Lebensgefährtin.«

»Lebensgefährtin«, sagte der Beamte und studierte Achims Behelfsmäßigen Ausweis, als gäbe es darin weitere Informationen über dieses mystische Wort.

»Macht dann hundertdreißig D-Mark Einfuhrgebühren, und gerne passend.«

Ein Stempelgeräusch, während Achim die Scheine abzählte. Dann schnarrte der elektrische Türöffner, und der Beamte von der Zollverwaltung stand auf, und der andere schaute von ihm weg in Richtung der anderen Tür, wo gleich wieder jemand kommen würde. Achim ging durch den frisch aufgeklappten, ganz schmalen holzfurnierten Ausgang mit Stahlrahmen in den nächsten Teil des Schlauchgangs raus in die Vorhalle, wieder Schilder, und um nicht loszurennen wie ein junger Hund, überlegte er, ob er irgendwo am Alex neues Geschenkpapier besorgen sollte, EVP 15 Pfennig oder so, um Sybille so richtig was überreichen zu können.

»Spinnst du?«

Aber gar nicht böse. Eher so in diesem Ton: Versteh einer die Wessis. Da kam der Typ hier an und brachte eine Eisenbahn mit, und womöglich dachte der, damit kriegte er sie ins Bett oder so was.

Jedenfalls stellte sich Achim vor, dass Sybille so was durch den Kopf ging, während sie das mit kleinen lilafarbenen Blüten verzierte Papier aus dem Centrum Warenhaus vom Karton zog. Nach Marion hatte sie gar nicht gefragt, das fand er etwas seltsam.

»Wo soll ich die aufbauen?«

Achim zog den Karton übers Wachstuch zu sich und freute sich. Er nahm den Deckel ab und stellte die Wagen vor sich.

Sybille steckte sich eine an, als überlegte sie, wie sie ihn rausschmeißen könnte.

Seine Finger fanden das Messrohr, während er Sybille zulächelte, die Kabel in den hohlen Stämmen des Holztransportwagens, die Steuerungseinheit, das kleine Schraubendreherset, für das er einen Ort ins Styropor geschnitten hatte, als gehörte es dahin. Er liebte es, Dinge zusammenzusetzen, weil es ihm leichtfiel.

Es dauerte keine drei Minuten, dann lehnte er sich zurück.

Sybille drückte ihre Zigarette aus. »Hast du deshalb Marion nicht mitgebracht?«

Er konnte nicht aufhören zu lächeln. »Na ja, es sollte eine Überraschung sein.« Außerdem musste ja auch mal was Neues passieren. Marion hatte im Grunde selbst gesagt, dass es zu Ende gehen würde, wenn sie immer nur dahinten im dunklen Zimmer lagen. Das war zwar schön, aber auf die Dauer natürlich keine Perspektive, da hatte sie schon recht.

»Und das Ding funktioniert?«, fragte Sybille.

Achim holte die Batterien aus der Jackentasche. Die hätten nicht ins Geschenkset gepasst, so ein Zug wurde ja über die Schienen und den Trafo mit Strom versorgt, das wusste ja nun wirklich jeder. Aber vielleicht nicht, dass die Bauteile eines Geigerzählers aussahen wie das Frachtgut eines Modelleisenbahnzugs.

»Klar«, sagte er.

Kapitel 41

Je länger es abends hell blieb, desto seltener saßen die Sudaschefski-Schwestern auf dem Mäuerchen gegenüber vom Grundstück. Das Rumsitzen zu dritt machte vor allem Saskia nur so lange Spaß, wie es dabei dunkel war. Es war ja nun wirklich unnötig, dass jemand beispielsweise aus ihrer Klasse sie dabei sah, wie sie mit ihren kleinen Schwestern hier herumhing. Von den Jungen aus der Einführungsstufe ganz zu schweigen.

Am Ende fanden die Anke interessant. So weit kam es noch.

Sobald es dunkel war, fiel so was alles weg, und das Nikotin stieg Saskia ins Gehirn, und sie stellte sich vor, sie könnte sich selbst von der anderen Straßenseite sehen, also nur, wie unter den etwas heller hängenden Weidenzweigen das kleine orangefarbene Licht ihrer Zigaretten im Dunkeln den Weg von ihrer Hand zu ihrem Mund machte. Manchmal hielt sie die andere Hand davor, wenn sie an der Zigarette zog, das hatte der Sportlehrer erzählt von den Geländeübungen bei der Bundeswehr. Damit der Feind einen nicht sah, Ostblock.

Marlene konnte eigentlich ganz gut die Klappe halten, aber die wollte vielleicht auch einfach nur nicht die Aufmerksamkeit auf sich ziehen, damit nicht eine der beiden älteren Schwestern sie nach oben jagte. Du sollst doch längst im Bett sein, haben Mama und Papa gesagt. Nur Anke, die Mittlere, bekam alle paar Atemzüge einen Rappel und erzählte irgendeinen Scheiß. Wen sie in der Schule mit wem gesehen hatte, und was das denn wohl zu bedeuten hatte. Einmal beugte Saskia sich so weit nach vorne, dass sie fast vom Mäuerchen gefallen wäre, um Anke ohne Vorwarnung über Marlene hinweg einen Knuff auf den Oberarm zu gehen. Einen Bax, hieß das bei ihnen.

»Spinnst du?«, zischte Anke.

»Was du für einen debilen Scheiß redest«, sagte Saskia. »Ich werd ganz krank davon, jetzt ganz ehrlich mal.«

»Ey, ohne Vorwarnung. Ich krieg so einen blauen Fleck.«

Weil Marlene in der Mitte saß, hatte sie den Vorteil, dass sie nur ganz leicht beide Ellbogen abwinkeln musste, um ihre Schwestern zu alarmieren. Marlene auf der Mauer: Auch wenn hier ordentlich gebaxt und gemeckert wurde, wäre sie doch an fast keinem Ort der Welt lieber gewesen als jetzt hier, zwischen den warmen Oberarmen der beiden anderen, außer vielleicht da ganz am Anfang, wenn die Flamingos wegflogen und man peste da so übers Wasser im Vorspann von *Miami Vice*, Florida.

Weil Marlene sie mit den Ellbogen alarmiert hatte und mit ihrem, wenn die beiden älteren Schwestern ehrlich waren, wahnsinnig süßen Kinn über die Straße zeigte, hielten Anke und Saskia inne.

Die neue Frau, die ihr Baby verloren hatte, rangierte mit dem Passat auf dem Garagenhof, bis das Heck zur kleinen Treppe zeigte. Dann huschte die Frau die Treppe rauf und in ihren Hauseingang. Das Klicken, mit dem sie die Haustür an der Wand einrasten ließ, damit die Tür nicht zufiel, hörten sie bis über die Straße. Was bedeutete das eigentlich, wenn man ein Kind verlor. Die Frage stellte sich nur Marlene. Sie hoffte, dass es sich dann irgendwie in Luft auflöste oder vom Körper wieder abgebaut wurde. Ihre Mutter: Das erkläre ich dir alles, wenn es so weit ist. Oder war das wie mit den Fingernägeln, die Geschichte, über die sie wirklich lange hinaus war, aber ihr Vater hatte das früher immer erzählt: Kau nicht deine Nägel, die werden im Bauch zu zwei so Fingernagelkugeln, und irgendwann müssen die rausoperiert werden, und dann Prost Mahlzeit.

Sie hatte nie in Frage gestellt, dass das zwei Kugeln waren. Warum waren das zwei. Wurde irgendwann alles unwahr, wenn man lange genug darüber nachdachte?

Knutschen war natürlich interessanter. Aber dass die Frau mit dem verlorenen Baby neulich geheult hatte im Park, das hatte Saskia und Anke auch beeindruckt. Und alles, was den Abend hier auf dem Mäuerchen verlängerte, war aus Marlenes Sicht gut. Also: Hoffentlich passierte jetzt was.

Barbara. So hieß die doch. Barbara kam wieder mit einer Umzugskiste, die vielleicht gar nicht so schwer war, oder Barbara war sehr stark, aber unhandlich war die Kiste ganz bestimmt, klar. Im Zwielicht der Hausnummernanzeige über der kleinen Treppe, vier bis acht, flatterte eine der Deckelzungen, weil es ein bisschen windig war heute Abend.

Allerdings hatte Barbara vergessen, die Heckklappe schon mal aufzumachen. Die Sudaschefski-Schwestern sahen zu, wie sie ein, zwei Minuten versuchte, die Kiste auf dem Knie zu balancieren, während sie mit der rechten Hand in der linken Hosentasche nach dem Autoschlüssel fummelte. Dann fiel ihr die Kiste runter.

Barbara setzte sich auf die Treppe, dritte oder vierte Stufe, sodass der ganze Schamott, wie die Mutter der Sudaschefski-Schwestern gesagt hätte, zu ihren Füßen lag. Ein Windstoß erfasste die jetzt leere Kiste und ließ sie einmal über den Garagenhof hüpfen, eine Albernheit. Barbara saß einfach da und hatte wieder diesen Blick wie im Park auf der Bank.

»Jetzt geht das wieder los«, sagte Anke. Saskia paffte.

»Und wenn wir der helfen?«, sagte Marlene. Anke schnaufte, ließ dabei aber offen, ob verächtlich oder sich ins Unvermeidliche schickend. Saskia paffte. Barbara saß auf der Treppe. Saskia schnippte ihre Zigarette auf die Straße und rutschte von der Mauer. Unten wischte sie sich die kalkigen Hände an den nackten Oberschenkeln ab und sehnte sich nach einem Kaugummi. Rauchen schmeckte schon scheiße.

»Kommt ihr?«, fragte sie. »Oder was ist jetzt.«

Später erzählte Barbara nie besonders viel über ihre drei, vier Monate in Berlin, nicht einmal, als sie wieder zu Besuch in der Stadt war und endlich das Gefühl hatte, sie zum ersten Mal zu betreten. Zum einen, weil es nicht viel zu erzählen gab. Zum anderen, weil sie glaubte, dieser einen Sache, die sie gern erzählt hätte, würde sie nie gerecht werden können. Wie sie da gesessen hatte auf der schartigen Betontreppe, Regen in der Luft, der verfluchte Regen, und der Inhalt einer ganzen sogenannten Krimskrams-Kiste auf dem Katzenkopfpflaster des Garagenhofs verteilt, und in allen Knochen ihres Körpers die tiefe Vorahnung, noch vier weitere Kisten und eine unüberschaubare Zahl von Taschen und Tüten aus der Wohnung holen zu müssen. Und dann waren diese drei Prinzessinnen aus der Dunkelheit gekommen, und zwei von ihnen hatten, während die dritte sprach, ihre Sandalenfüße an den Waden gerieben und die Nasen hochgezogen. Ob sie mal »mit anfassen« sollten, sagte die größte, Mittelscheitel, abstehende Ohren, lange Beine, Schorf am Ellenbogen, den Abdruck einer Zigarettenschachtel in der linken Vordertasche der hellen Jeans-Shorts.

Und wie Barbara sich noch sagen hörte, ach, nee, und dabei dachte, ob die nicht ins Bett müssten, aber da hatte die kleine schon den Karton eingefangen, die mittlere schob ganz pragmatisch Krimskrams mit dem Sandalenfuß zusammen und in den Karton, den die kleine jetzt offen hielt.

»Oben ist noch mehr, oder?«, sagte die große, als wüsste sie viel, und vielleicht war es ja sogar so.

Barbara nickte.

»Ist die Tür offen?«

Auch das.

Sodass, als die beiden anderen mit der runtergefallenen Kiste fertig waren, die große mit der nächsten von oben kam. Barbara lachte, eigentlich, weil sie nicht anfangen wollte, denen was vorzuheulen, aber sobald sie von der großen, die sich an ihr vorbeidrängelte, diese Mischung aus Parkwiese, Kalkmauer, Lord Extra und My Melody abbekam, wurde das ganz schwirig, da die Fassung zu bewahren.

Und weil sie lachte, wurden die drei dann auch alberner, als sie es selbst vor fünf Minuten auf dem Mäuerchen für möglich gehalten hätten.

»Können wir mit Barbara noch zum Civan?«

»Äh, es ist zehne durch. Und welche Barbara?«

Hinter den drei Mädchen tauchte die Nachbarin mit den rotblonden Haaren auf, die ihr jetzt ein bisschen verschwitzt an der Stirn klebten, bevor das Treppenhaus wieder ganz dunkel wurde. Die drei Mädchen und die junge Frau standen im Lichthalbkreis aus dem Wohnungsflur vor der Sudaschefski-Tür.

»Wir haben Barbara beim Umzug geholfen«, sagte Marlene, und Anke stöhnte ein bisschen. Alles hing immer am seidenen Faden.

»Ich bring die drei dann gleich zurück«, sagte die Nachbarin Barbara und hielt Frau Sudaschefski ihre feuchte Hand hin.

»Es ist doch fast Wochenende«, sagte Saskia, was ziemlicher Unfug war, und Frau Sudaschefski wunderte sich über den Enthusiasmus ihrer großen Tochter und sagte Ja, auch weil ihr Mann und sie dann ein geschenktes Dreiviertelstündchen hatten oder so.

Also parkte Barbara den vollgepackten Passat vor Civan's Imbiss an der Clayallee kurz hinter der Kreuzung Berliner Straße und Potsdamer Chaussee. Ob es hier wirklich den besten Döner gab, war umstritten, aber nicht unter den drei Mädchen, berichteten sie. Vielleicht lag es daran, dass er am längsten aufhatte, oder an der Spezialsoße. Oder am daran Glauben.

Also standen sie da zu viert um die Tonne vor dem Schlitz in der Wand, aus dem Civan seine Döner verkaufte, und Barbara erzählte den drei Mädchen kauend von ihren Plänen, die sie selber noch nicht kannte.

Kapitel 42

»Und wie geht das?«

Achim zeigte es ihr noch mal. Richtung Fensterbank knisterte es lauter als auf dem Küchentisch.

»Mach mal an der Uhr«, sagte Sybille. »Die ist noch von meinem Vater.«

Nach dem hatte er auch nie gefragt. Und Marion hätte ihm nie geantwortet.

»Damit die Striche leuchten im Dunkeln.« Sie hielt ihm ihr Handgelenk hin, eine ganz schöne Uhr von der Kriegsmarine, KM stand klein auf dem Ziffernblatt, für so was hatte Achim sich früher interessiert, bis sein Vater die ganzen Landserhefte weggeschmissen hatte, die Achim unterm Bett in so einer Teekiste versteckt hatte. »Lumineszenz.« Sie hatte viel längere Finger als Marion.

»Ich weiß nicht, ob das geht«, sagte Achim, aber tatsächlich hörten sie was, mehr als vorher. »Radium oder Promethium«, sagte er.

Wie ihm Barbara das damals erklärt hatte. Mit Prometheus. Da hatte er nie zugehört in der Schule, bei Altgriechisch eh immer nur die Klatsche unterm Tisch. Der Adler und die Leber. Gleicher Adler, anderer Tag.

»Danke fürs Feuer«, sagte Sybille und schwenkte den Geigerzähler, bevor sie ihn ausschaltete. Sie steckte ihn in eine weiße Plastiktüte, »Fachhandel mit Profil« in orangefarbener Schrift.

»Na ja«, sagte Achim, aber ein bisschen stolz war er schon. Und was Marion sagen würde. Dass er einfach so eine Aktion gebracht hatte. Was man alles in Bewegung setzen konnte, wenn man nicht immer nur zusah. Er war so zufrieden, dass er Mühe hatte aufzustehen.

»Was ist eigentlich mit eurem Vater?«, fragte er.

»Meinem Vater«, sagte Sybille. »Der ist kurz nach meiner Geburt gestorben. Also, ein Jahr später oder anderthalb. Spätfolgen vom Krieg oder so. Ich hab gar keine Erinnerungen.«

»Wie, und Marion?«

Sybille zog sich den Anorak über ihr weißes T-Shirt und prüfte ihre Wimpern in einem kleinen ovalen Spiegel, der über der Küchenspüle hing. Dann zog sie sich die Lippen nach. Als sie fertig war, sagte sie: »War jetzt nicht so Gesprächsthema Nummer eins bei uns in der Familie, also mit unserer Mutter. Mari ist Anfang sechsundvierzig geboren, da war mein Vater noch in Gefangenschaft. Glaub nicht, dass der Fronturlaub hatte oder so was. Aber das sind so Themen. Kannst du dir ja vorstellen. Redet ihr nicht über so was, Marion und du?«

»Nee«, sagte Achim. Er hatte Sehnsucht, wieder rüberzufahren und Marion zu erzählen, was er für Sybille getan hatte. Das Signal mit dem Badezimmerrollladen: auf dem Dachboden, in unserer Ecke, beim Koffer von Frau Selchow, und dann da auf sie warten, in der perfekten Mischung aus stehen gebliebener Nachmittagswärme und aufziehender Abendkühle. Es wurde ja womöglich bald dunkel, und so zwischen zehn und elf war Marion im Bad, dann würde sie sein Signal sehen. Eine gute Stunde brauchte er mindestens nach Hause. Friedrichstraße ging das dann immer recht schnell, die waren froh hier, wenn man wieder abhaute. Und wie schön es dann wäre, da oben zu sitzen und auf Marion zu warten.

»Wäre vielleicht ganz gut, wenn du mitkommst«, sagte Sybille.

»Ja, ich will eh nach Hause.«

»Nee, ich meine, in die Gruppe.«

»Ich weiß nicht.«

Sie schlenkerte mit der Plastiktüte. Sie kam ihm viel näher vor an seinem eigenen Alter als Marion.

»Ich komm da nicht rein«, sagte sie. »Nicht so richtig. Also, in die Gruppe.«

»Wegen eurer Mutter.«

»Was weiß ich.«

»Aber du hast doch jetzt den Zähler. Das ist doch, was ihr braucht.«

»Ja. Aber die werden fragen, wo der herkommt. Wenn du denen das dann gleich erklärst, das wär schon. Also, wirklich besser. Sonst denken die, ich hab den von der Staatssicherheit oder so was.«

Achim stand auf und schob sich hinterm Küchentisch vor.

»Kommt mir komisch vor«, sagte er verlegen. Wie viele Ostmenschen da wohl wären.

»Interessiert dich das gar nicht?«, fragte Sybille.

Wie sie auf der Straße weiter mit der Tüte schlenkerte.

Er hatte das so verstanden, dass es eine Kirchengemeinde war, aber sie gingen an der orangebraunen Backsteinkirche vorbei in eine Seitenstraße, Gemeindehaus, und dort in den Keller, in Kopfhöhe schmale Fenster zum Bürgersteig, Dienstagabend, der Raum war schon voll. Links Holzregale an den Wänden mit ein paar Büchern, Zeitschriftenbände, das war wohl diese Bibliothek, die sie da aufbauen wollten. Sisal, das erinnerte ihn hier alles an die Friedensini, wo er wegen Nato-Doppelbeschluss eine Weile gewesen war, Barbara auch, aber was brachte das denn, immer nur reden, das konnte man auch zu Hause, also waren sie nicht mehr hingegangen. Aber vielleicht war das hier anders. Er war dort auch immer so müde geworden, was aber sicher daran lag, dass sein Ingenieursstudium so verschult war, erste Vorlesung um acht.

An der Wand rechts hing ein Schwerter-zu-Pflugscharen-Transparent, schwarzes Symbol auf Bettlakenstoff, und Achim hatte das Gefühl, im Zentrum einer Geschichte zu sein, die er von außen schon mal gesehen hatte, dieses Bild kam ja nun ständig in den Nachrichten. Er fing an zu schwitzen, heiß war es hier unten auch, fünfzehn, zwanzig, fünfundzwanzig Leute auf allerhand Stühlen an der Wand, vorne unter den Kellerfenstern so ein kniehoher Fichtenholztisch, an dem zwei Männer saßen, die hier möglicherweise so was wie die Gesprächsleitung hatten. Sie guckten irritiert, als Sybille und Achim durch die Brandschutztür kamen, die sich langsam wieder schloss hinter ihnen und erst ins Schloss hämmerte, als der eine wieder angefangen hatte zu sprechen, weshalb er dann gleich noch mal ansetzen musste.

»Ach so, wir haben ja schon angefangen, wir dachten, du kommst nicht mehr, Sybille.« Er klang enttäuscht.

Sybille setzte sich nicht, obwohl noch ein Platz frei war, aber entweder wollte sie Achim nicht alleine stehen lassen, oder sie hatte den Instinkt, dass von oben nach unten reden gar nicht so schlecht war, wenn man andere von etwas überzeugen wollte, wovon sie nicht überzeugt werden wollten.

Sie hob die Tüte auf halbe Höhe und sagte: »So.«

»Wer ist denn der Clown?«, sagte der andere Mann. Achim hatte, wenn es irgendwo so viele Menschen gab, immer Mühe, sie auseinanderzuhalten, er flog dann von einem zum anderen, und sie wuchsen ihm zusammen. Alle hier waren ungefähr so alt wie er oder ein bisschen jünger, Jeans, Cordhosen, T-Shirts, Turnschuhe, es roch nach Keller, feuchtem Papier und diesem ganz bestimmten Matrizenalkohol oder was das war. Er lächelte und räusperte sich.

»Du meinst, der Spitzel«, sagte ein anderer.

»Das ist aber kein schönes Wort, Jesko.«

»Hatten wir eigentlich anders verabredet.«

»Erklär dich mal, Bille.«

Sybille sah ihn von der Seite an. »Sag mal selber, wo du herkommst und was wir hier haben«, sagte sie zu Achim.

Rein technisch fand Achim es faszinierend, wie trocken sein Mund war.

»Ich bin Achim«, sagte er. Ein paar nickten. Eine Frau mit runder Brille und hochgekrempelten T-Shirt-Ärmeln starrte ihn an. Er schluckte.

»Joachim«, sagte er, als wollte er nichts verschweigen.

»Ah ja«, sagte Jesko. »Und Achim ist dein Deckname?«

Achim merkte, dass er hier darum kämpfen musste, Oberwasser zu behalten. Es war okay, wenn die ihn nicht mochten. Aber er musste ja nicht auch gleich selbst damit anfangen.

»Ich komme aus dem Westen. Wie ihr ja vielleicht seht.« Das hatte nur zur Folge, dass sie ihn noch ein bisschen aufmerksamer musterten. Warum fing er gleich mit dieser Spaltung an. War es nicht viel besser, erst mal die Gemeinsamkeiten zu betonen? Andererseits war das ja eigentlich aus seiner Sicht genau ihre Gemeinsamkeit: dass sie und er erst mal nur sahen, dass er aus dem Westen kam.

»Du, das ist ja ganz schön für dich«, sagte der eine am niedrigen Tisch, festgeschraubte Schreibtischlampe, »aber das ist jetzt hier keine offene Versammlung in dem Sinne, also das wäre schon schön, wenn man vorher Bescheid sagt, und wir reden dann erst mal darüber. Bevor hier die Westmedien auftauchen oder so.«

»Jetzt lass ihn doch mal ausreden, Dirk«, sagte Sybille und gab Achim die Tüte.

»Er sagt ja nichts«, sagte Dirk.

Das wollte Achim jetzt auch nicht auf sich sitzen lassen. »Also, ich bin ein Freund von Sybille. Und ich habe einen Geigerzähler mitgebracht. Aus… von drüben.«

Sagte man das hier?

»Von drüben«, sagte die Frau mit den hochgekrempelten T-Shirt-Ärmeln.

»Jetzt lass doch mal, Jana«, sagte Sybille.

»Zeig mal her«, sagte Dirk.

Achim nahm das Gerät aus der Tüte. Er hörte, wie ein paar Schuhe oder Stuhlbeine auf dem Sisal schubberten, als Leute sich nach vorne beugten.

»Und den hast du woher?«, fragte Dirk.

»Ich arbeite bei der Bundesanstalt für Materialforschung und -prüfung«, sagte Achim, den Zusatz mit der Forschung gab es noch nicht so lange, den hatte Dr. Sonnenburg ihm eingeschärft.

»Zeig mal her«, sagte Jana.

Vielleicht merkte er, dass Sybille kurz davor war, ihn zurückzuhalten, eine Veränderung der Atmosphäre zwischen ihren Armen. Vielleicht hatte er plötzlich auch so was wie Ingenieursstolz, so hatte das der Chef in der alten Firma genannt, wenn einem was gelang, und man ließ sich nichts anmerken. Das hier war sein Gerät, das hatte er aufgetrieben und Sybille gegeben, und was damit passierte, hatten ja jetzt nicht unbedingt die anderen hier zu entscheiden. Oder? Achim war sich einen Atemzug lang nicht sicher.

»Nee«, sagte er. »Also, nur, wenn Sybille einverstanden ist. Ich hab den für sie mitgebracht.«

Er merkte, wie Sybille neben ihm nickte. Wessi macht was richtig, dachte er, ganz froh gerade. »Nee, genau«, sagte sie. »Das ist hier mehr so eine kurze Infodurchsage von uns.« Sie nahm Achim den Geigerzähler wieder ab und steckte ihn in die Tüte.

Dabei bewegte sie sich so schnell, dass er einen Augenblick ihre Haare im Mund hatte. Dann nahm sie die Tüte wieder an sich.

»Es gibt jetzt eine neue Umweltgruppe, und die heißt Umweltgruppe Marienburger, und die hat einen Geigerzähler, und mit dem können wir Messungen durchführen. Eigene Messungen. Also jetzt mal im Gegensatz zu, sagen wir mal beispielsweise, jetzt mal nur so zur Veranschaulichung: im Gegensatz zu euch.« Sybille machte eine Kunstpause. »Ist jetzt einfach das naheliegendste Beispiel, das mir einfällt.«

Einen Moment war Stille, dann sagte Dirk: »Äh, Spalterin?«

Ein paar lachten oder sagten: »Spinnst du?«

»Jetzt lass mal drüber reden, Bille«, sagte Jana.

»Nö«, sagte Sybille.

»Ist mir scheißegal«, sagte Jesko. »Nimm deinen Scheißspitzel und hau ab.«

»Lass uns mal gewaltfrei bleiben, du Arschloch«, sagte Dirk.

Achim nickte in die Runde, als verabschiedete er sich von einer Familienfeier, wo er die Hälfte der Namen gerade nicht parat hatte, und vielleicht würde man sich nächstes Mal besser vertragen.

»Marienburger Straße 16, erster Hinterhof rechts bei Bollmann, wisst ihr ja. Ab jetzt jeden Dienstag zwanzig Uhr. Fast alle sind willkommen. Und wir brauchen Freiwillige für die Messungen.« Dann wandte sie sich zum Gehen.

»Wer ist wir?«, rief Jesko, dem der Bart die Wangen hinauf und den Hals hinunter ins Hemd wuchs.

»Wir ist ich«, schrie Sybille so laut, dass es Achim durch und durch ging wie ein Hämmern auf Metall, und das wurde in dem Moment einer von diesen Sätzen, an die er sich sein ganzes Leben erinnern würde, immer mal wieder, zu den unpassendsten Momenten, also eigentlich immer, wenn jemand besonders betont Wir sagte oder wenn jemand fragte, Wer ist wir?, oder wenn die SPD auf ihre Wahlplakate druckte »Das Wir entscheidet« oder so was, und eigentlich war das ganz schön, aber irgendwann reichte es einem dann auch: Wir ist ich.

Draußen rannten sie ein bisschen. Unter dem gleichen Berliner Frühsommerabendhimmel, unter dem Barbara gerade einen Döner mit Civans Spezialsoße und den drei Sudaschefski-Schwestern aß. Sie rannten bis zur nächsten Straßenecke, weil sich dadurch das Gefühl von Anspannung in Ausgelassenheit verwandeln ließ, die eine ganze Weile anhielt, und eine halbe Stunde später an der Friedrichstraße fragte der Grenzer Achim, ob er ihm vielleicht mal erklären könnte, was denn so lustig sei, wie trage ich hier zu Ihrer werten Erheiterung bei, Herr, äh, Tschuly?

Kapitel 43

Obwohl er ganz vorsichtig seitlich auf die Treppenstufen getreten war, ohne Knarren, blieb er dann doch vor der Wohnungstür stehen. Im handtellergroßen Milchglasoval, das Barbara von hinten mit der Postkarte einer Hutkrempe mit Frauenkinn zugeklebt hatte, schwarz-weiß, brannte noch Licht. Er schloss die Tür auf, um ihr alles zu sagen. Außer dem Flurlicht schien die Küche dunkel, aber es konnte genauso gut sein, dass Barbara im dunklen Wohnzimmer saß, auf dem Indianersofa, oder auf dem dunklen Bett lag, wach. Er wusste, wenn er im Flur stehen blieb, würde ihm was anderes einfallen, alles, nur kein Mut. Die Postkarte oder das Poster, also die Frau darauf, hieß Monique.

Die Silhouetten der Zimmer hatten sich ein wenig verschoben im Dunkeln, Barbara hatte Kisten konsolidiert und Sachen an die Wand geschoben, im Vorbeigehen sah es aus, als würde das hier langsam alles Gestalt annehmen.

Plötzlich tat ihm das ganz besonders leid: dass sie jetzt noch mal so eine Anstrengung machte, obwohl es zu spät war. Er stellte sich vor, wie sie im Wohnzimmer vielleicht sogar an was schraubte, und er würde seine Hand über ihre legen und sagen: Warte mal, ich muss mit dir reden. Warum hatte er sich das bisher nicht getraut? Vielleicht hatte er nur nicht auf die richtige Weise darüber nachgedacht, aus der richtigen Perspektive: Man musste sich ja seine Instrumente zurechtlegen, und es kam immer darauf an, was man an welcher Stelle feststellen und untersuchen wollte und welches Resultat man erzielen wollte. Er hatte es sich bisher besonders einfach machen wollen, und das war gar kein guter Versuchsaufbau gewesen, so wurde das alles nichts, aber jetzt, da er sich da in die Umweltgruppe gekämpft und Sybille geholfen hatte, war seine Perspektive eine ganz andere, und er wusste: Es war alles ganz einfach.

Wie er das Ding über die Grenze geschmuggelt hatte. Er musste fast lachen, obwohl er schon Angst hatte vor Barbaras Gesicht im Wohnzimmer. Manchmal saß sie auch auf dem Balkon und trank Weißwein, das konnte natürlich auch sehr gut sein. Vielleicht würde er ihr eines Tages von der Sache mit dem Märklin-Set erzählen, in ein paar Jahren, wenn man sich traf, weil man in Verbindung geblieben war und hin und wieder natürlich auch an die Vergangenheit anknüpfte und an die alten Geschichten.

Nachdem er Barbara weder im Wohn- noch im Esszimmer noch auf dem Balkon gefunden hatte, draußen vielleicht sogar eine Nachtigall in der Birke, ging er ins Bad und stellte den Rollladen auf Wäscheboden und ließ das Licht an, damit Marion es gut erkennen konnte. Dann fand er den Zettel in der Küche, ausgerissen aus einem Kollegblock, wie Barbara sie für ihre Uni-Notizen benutzte.

Das hatte ja nun wohl nicht geklappt.

Und dass es ihr leidtäte.

Sie wüsste auch nicht.

Und dass es wohl keinen Zweck hätte.

Im Moment.

Und wenn sie das Gefühl hätte, dass doch, dann würde sie sich melden.

Sie wüsste jetzt noch nicht.

Und falls er das Auto brauchte, müsste er am besten ihre Eltern anrufen, die wüssten dann schon.

Achim legte den Zettel wieder auf den Tisch, weil er ihn später noch mal in Ruhe lesen wollte. Plötzlich war alles ganz einfach oder ganz und gar nicht mehr.

Marion fühlte sich gar nicht gut. Wann hörte das eigentlich auf? Dass sie keinerlei Kraft mehr hatte, bevor es dann mit der Niedergeschlagenheit losging, das ging alles nahtlos ineinander über. Und wenn Volker dann, sobald sie wütend und angreifbar war, mit einer Mischung aus Ehrfurcht und humoristischer Ungeduld davon sprach, sie habe ja wohl »ihre Tage«. Manchmal fand sie, ihr halbes Leben bestand daraus, und sie konnte nicht erwarten, dass es aufhörte. Am liebsten wäre sie ins Bett gegangen nach dem Zähneputzen, aber dann sah sie Achims Rollladen. Der Wäschekorb stand immer bereit, ich muss noch mal kurz hoch, was raufbringen, was runterbringen, die ganze Wäscheabwicklung war auch so ein Gebiet, auf dem Volker sich kein bisschen auskannte.

Außerdem lenkte Achim sie davon ab, wie sie sich fühlte. Und davon, wie das alles weitergehen sollte und wie sie sich vielleicht in drei Wochen oder drei Monaten fühlen würde.

Barbaras Abfahrt hatte sie mit halbem Auge mitbekommen. Wie die Sudaschefski-Schwestern da ein paar Kisten getragen hatten. Marion hatte sich fast ein bisschen ausgeschlossen gefühlt. Hatte Achim in der Wohnung gepackt, und war Barbara jetzt weg, war es das, was er ihr sagen wollte?

»Du hast was?«
»Jetzt lass mich doch mal ausreden.«
»Du hast ihr was?«
»Einen Geigerzähler …«
»Und woher hast du den?«
»Na ja, aus der BAM, wir haben da …«

»Hast du den gestohlen?«

Darüber hatte er sich jetzt nicht direkt so viele Gedanken gemacht. Also, er hatte sich den ja eher geliehen. Aber klar würde er den womöglich nicht so schnell wiederkriegen von Sybille, also wohl eher gar nicht, da hatten sie ja auch gar nicht darüber geredet, was das bedeutete: dass er ihr den mitgebracht hatte. Wie so ein Westpaket halt.

»Ich ersetz den«, sagte er. Das war ja ganz einfach: Er hatte den mitgenommen, weil Barbara sich das gewünscht hatte, mal messen, was bei ihnen zu Hause wirklich los war, und dann war der runtergefallen oder so. Wie einem die Lügen zuflogen, wenn man erst mal damit angefangen hatte.

Marion lehnte auf dem Wäschespeicher an einem der Querbalken, die Arme vor der Brust verschränkt.

»Das sollte so eine Art Überraschung sein«, sagte Achim.

Sie verzog das Gesicht. »Du fährst da alleine hin, und das ist dann für mich so eine Art... Überraschung?«

»Na ja, und für Bille.«

»Bille.« Sie schüttelte den Kopf, und er wurde zum zweiten Mal rot heute. Das war zu viel gewesen. Das war keine Bille für ihn.

»Weißt du, warum ich da diese Woche nicht hinfahren wollte? Ja?«

»Ich dachte, wegen Volker. Also, dass das nicht so eine Regelmäßigkeit kriegt. Damit er...«

»Hör doch mal auf mit Volker«, sagte Marion, zu laut. »Du immer mit deinem Volker.«

Achim sah aus der Dachluke in den Nachthimmel, dreiundzwanzig Uhr durch, sternenklar, Neumond. Sie bekamen ja nicht viel Lichtverschmutzung hier über den Parks, erst wieder zwei, drei Kilometer südöstlich, wo das orangefarbene Band der Grenze die ganze Nacht in den Himmel leuchtete. Wie hier die

Fledermäuse flatterten, nachts in die Dächer der alten Schulen und Gemeindehäuser, des Standesamts und der Ritterhäuser, und wie gut das Barbara am Anfang gefallen hatte, bevor die schlechten Nachrichten aus dem Osten kamen, Tschernobühl, Tschernobbl.

»Warte mal«, sagte er. »Wir haben uns hier irgendwie… So war das alles nicht gemeint. Wir sollten… Können wir nicht einfach noch mal neu anfangen?«

Marion verstand ihn nicht. Er nahm sie an den Ellenbogen und schob sie ein Stück zur Seite, wo sie vorhin gestanden hatte, als er in Socken über die splittrigen Holzbohlen auf den Wäscheboden gekommen war. Dann drehte er sich um und ging noch mal zurück zum Flur, verschwand hinter der Brandschutztür und tauchte kurz danach wieder auf.

»Na.« Er lächelte und breitete die Arme aus.

Marion musste einen Bogen machen, weil er ziemlich breite Arme hatte und bis zuletzt glaubte, sie sei auf dem Weg da rein, aber sie wich ihm aus, ohne ihn zu berühren, und ging an ihm vorbei, zurück in ihre eigene Welt und Wohnung.

Wenn er später daran dachte, fiel ihm ein, wie er mit fünf oder so in Bad Godesberg mit der Nachbarstochter Constanze gespielt hatte. Als er aus Versehen ein kleines Puppenmöbel kaputtmachte, fing Constanze an zu weinen, und Achim, alarmiert, zog eine Schublade auf und sagte, »So, das tun wir jetzt mal da rein«, und er war sich nicht sicher, ob er seitdem viel dazugelernt hatte, wenn er in Konflikte geriet.

Kapitel 44

Es begann eine Woche, in der sie einander aus dem Weg gingen. Am ersten Morgen dachte Achim noch: Na ja, wenn sie eine Nacht darüber geschlafen hat. Am ersten Morgen dachte Marion noch: Na, wie sieht es denn jetzt aus, wo ich mal eine Nacht nicht darüber geschlafen habe. Aber es sah nicht so gut aus, fand sie. Das war doch alles ihrs. Das hatte sie doch gerade alles erst zurückbekommen, ganz mühsam hatte sie einen winzigen Zipfel von dem erhascht, was mal gewesen war und was in Zukunft vielleicht irgendwie wieder sein könnte, oder einen Zipfel von etwas ganz anderem, Neuem, nicht mal das wusste sie, und dann kam er.

Mit seinem Scheißgeigerzähler.
So im Alleingang.
Sich da reinzudrängeln.
Hier, guckt mal, ich hab euch was mitgebracht. Exquisit. Aus dem großen Intershop meiner unglaublichen Weisheit.

Sie ärgerte sich vom Bad in die Küche über die Schulbrote bis in den Fahrradkeller, sie ärgerte sich durch den Gang und die Tür zum Garagenhof, sie ärgerte sich im Sattel und am Bordstein, zwischen den Autos hindurch und den Fahrradweg entlang auf der anderen Straßenseite, und ganz besonders ärgerte sie sich, als sie Achims schmalen Windjackenrücken vor sich auf dem Bürgersteig wackeln sah.

Während sie näher kam, überlegte sie, was sie jetzt gleich zu ihm sagen würde, aber ihr Hals war zu eng, und dann fuhr sie einfach weiter. Sie meinte, ganz kurz seine Schritte zu hören, wie sie schneller wurden, als wollte er ihr hinterherlaufen. Sie fuhr über die Fußgängerampel, als die schon zur Hälfte rot war.

Aber Achim hatte nur zwei oder drei schnellere Schritte gemacht und dann gleich wieder aufgegeben. Er war ein bisschen sprachlos, dass Marion einfach an ihm vorbeifuhr. Und überhaupt. Dass sie sich gar nicht
> gefreut
> bei ihm bedankt
> ihn gelobt hatte.

Also, so ein bisschen davon. Eins. Oder eine kleine Mischung. Hatte er es denn nicht – ganz ehrlich, wenn er tief in sein Herz schaute – wie seine Mutter, an die er nun wirklich nicht denken wollte, immer gesagt hatte – aber trotzdem fiel ihm das immer ein –, na ja, und da war doch auf seine Art alles ganz in Ordnung, denn: Er hatte es doch nur gut gemeint.

Frau Selchow nickte ihm zu, ernst, aber vielleicht gar nicht unfreundlich: Die kräuselte die Oberlippe so in Richtung – also, kommen Sie doch zum Reden, falls es notwendig sein sollte, dunkle Falten, die sich wie ein Fächer zu ihrer Nasenmitte zogen, die Rinne ganz geriffelt. Aber sprechen wollte er wirklich nicht. Einmal kam er von oben, als einer von den Lothars zu Frau Stein gerade das Wort Fehlgeburt gesagt hatte, das gab dann ein bisschen ein Füßescharren und ein lautstarkes Nicken im Treppenhaus, aber Achim kam gut durch, so traurig, wie er sowieso aussah.

So also fühlte sich dieses Vermissen an.

Jeden Abend sah er nach dem Badezimmerrollladen von gegenüber. Manchmal guckte er dabei direkt in das regungslose Gesicht von Volker Sebulke, der gern im Stehen mit Hofblick pinkelte, obwohl Marion das sicher nicht mochte.

Kapitel 45

Jahre nach der Scheidung hörte Volker manchmal seinen Song, weil er den einschlägigen Radiosendern, wie er es nannte, treu blieb. Das hieß noch nicht direkt Oldies dann, das hieß dann das Beste der Achtziger. Und wenn er seinen Song hörte, dachte er an seine heroische Stunde, auch das so eine Formulierung, die er sich gemerkt hatte, die kam dann bei der WM-Berichterstattung: Völlers heroische Stunde, Endspiel, Argentinien.

Volkers heroische Stunde: Er saß in seinem Container, und das Telefon klingelte, weil er allein war. Ansonsten stellten die aus der Dienststelle keine Privatgespräche durch, weil das nicht erlaubt war, aber wenn nur einer da war, dann schon, obwohl das gar keinen Sinn ergab, bewachungstechnisch. Und weil er allein war, lief auch das Radio, RIAS 2, die waren da nicht so wählerisch wie beim SFB, Volker machte mit der Hacke was zur Musik.

»Anruf für dich«, sagte Anita aus der Telefonzentrale, da musste er noch einen Fünfer oder so für ihren Ruhestand beisteuern, Spandauer Dollar.

»Ja, stell mal durch«, sagte Volker.

»Herr Sebulke.« Die Stimme kam ihm bekannt vor. Na ja, weil das die Mutter war, aber sie klang längst nicht so kühl und distanziert wie vor ein paar Wochen.

»Tag, Frau Bollmann«, sagte er.

»Sie haben mir ja Ihre Nummer gegeben. Im Büro. Für wenn was ist.«

Das stimmte, so hatte er das gesagt, auch wenn er jetzt Büro nicht so den richtigen Ausdruck fand. Der Fahnenmast auf dem Schlossdach war leer.

»Sie haben mir nicht Ihre Adresse gegeben.«

»Von wo rufen Sie denn an?«, fragte Volker, denn wenn das ein Ost-Anruf gewesen wäre, hätte Anita was gesagt oder den gar nicht erst durchgestellt, da gab es ja auch Regularien.

Marions Mutter atmete, als würde sie sich was verkneifen und sich gleichzeitig den Hals verrenken.

»Zehlendorf Eiche«, sagte sie. »Zehlendorf hatten Sie ja gesagt.«

»Wie kommen Sie denn …«

»Ich bin fünfundsechzig.«

»Ach so, wegen dem Besuchsabkommen.«

»Zehlendorf hatten Sie mir gesagt, aber nicht die Straße.«

»Sie wollten ja nicht länger mit mir telefonieren.«

»Würden Sie mir die Adresse …«

»Erst mal würde ich gern mit Marion reden, aber die ist gerade bei der Arbeit.«

»Es ist dringend.«

»Worum geht's denn?«

»Es ist wirklich dringend.«

Aber wenn Volker bei der Arbeit irgendwas gelernt hatte, dann, es anderen nicht zu leicht zu machen. Man hatte ja eine gewisse Funktion. Was man tat, hatte eine Bedeutung, auch, wenn es im eigentlichen Sinne nichts zu tun gab. Also, so nannte sein Chef das: nie einfach in Vorleistung gehen.

Und in dem Moment war Bruce Springsteen fertig mit seinem Song, geboren in den USA, wenn man sich das mal vorstellte, so als deutschen Song, geboooren in Deuheutschland, obwohl, bei der Neuen Deutschen Welle, da wäre das gegangen, das war doch auch ganz amüsant gewesen, eine Zeit lang. Und dann plötzlich, hier in seinem Radio, ging das los mit diesen Schlägen und dem Nachvorneschreiten, und ganz locker drüber verteilt diese glasklaren Klaviertöne, die zogen so Lichtschweife hinter sich hier, selbst hier im Container. You packed your things in a carpetbag... das verstand er schon, aber was bedeutete das eigentlich.

Aber das Lied. Das meinte es doch gut mit einem. Da konnte man doch nicht immer nur abblocken.

»Winklerstraße acht«, sagte er. »Da laufen Sie eine Viertelstunde, immer der Nase nach. Oder Sie steigen in den Zehner, und dann Schönower Park raus.«

»Winklerstraße acht.«

»Verraten Sie mir jetzt auch, was passiert ist?« You never call your home. Das kam in seinem Lied vor! Du rufst nie zu Hause an. Wie Marion. Nie. Es war doch richtig, und das war doch die eine gute Sache, die er in den letzten Wochen gemacht hatte: Marion wieder mit ihrer Mutter zusammenzubringen. Dass er da mal die Initiative ergriffen hatte. Und dass er jetzt nicht einfach wieder zugemacht hatte. Als wenn der Song am Ende genau darauf hingeführt hatte, weil alles einen Sinn hatte: Er konnte also doch gewinnen, wenn er nur wollte. Und die anderen am Ende auch, also quasi Doppelgewinn.

»Marions Schwester ist verhaftet worden. Von den Staatsorganen.«

Volker runzelte die Stirn, sagte aber nichts.

»Wegen irgendeiner Sache, die Marion ihr eingebrockt hat«, sagte Marions Mutter.

Volker machte das Radio aus, weil er plötzlich das Gefühl hatte, sich konzentrieren zu müssen. In der Stille rauschte sein Blut. Er verstand gar nichts.

Kapitel 46

Gegenüber vom Küchenfenster, das jetzt nur noch Achims war, stand eine Frau in einem ganz geraden beigefarbenen Popelinemantel, mit Schulterpolstern und einem kleinen Kragen, eng geschnitten, aber dennoch fast rechteckig. Die Beine darunter in einer hellbraunen Strumpfhose, durchsichtig, sodass die Frau ungesund gebräunt aussah. Weiße, geschlossene Absatzschuhe, der eine Fuß ruhte auf dem Türabsatz, während die Frau, das Haar fast so kurz wie Marion, aber grau, vornübergebeugt das Klingelschild studierte und dann mit einer Bewegung, die wiederholt aussah, eine Klingel drückte. Als sie sich aufrichtete, warf sie Achim einen geschäftsmäßigen Blick zu und wandte sich gleich wieder ab. Die brauchte nicht lange, um zu sehen, was sie sehen wollte.

Achim, der mit schnellem und gezieltem Gucken keine Erfahrung hatte, starrte sie an. Dann riss er sich los, um mit routiniertem Verliebtenblick den Hof zu prüfen: War die Luft rein? Kam ihm jemand dazwischen? Diese Frau sah aus wie Marion, und alles, was ihm Marion nun, nachdem sie tagelang umeinander geschmollt hatten, wieder näherbrachte, war ihm recht, und er wollte nicht dabei gestört werden.

Die Schultertasche zurechtzurrend, lief Achim die Treppe hinunter, immer zwei Stufen auf einmal, gegen Ende sogar drei, es knallte richtig auf dem Linoleum, er flog aus der Tür und ging am Rhododendron und an den vergessenen Fußballpfosten (leere Glaswasserflaschen von Aldi, das mochte der Hausmeister gar nicht) hinüber zur Hausnummer acht, die für ihn die schönste Zahl war, seit er für Marion schwärmte, Unendlichkeit. Die Frau im Popelinemantel hatte sich ihm so zugewandt, dass er die offene Knopfleiste sah und ein schwarz-weißes Kleid in einem grafischen Muster. Ihr kurzer Blick sagte: Na ja, gut, wenn es sein muss.

»Kann ich Ihnen helfen?«, fragte Achim, ganz beglückt davon, wie zuversichtlich und stabil seine Stimme klang. Das würde schon alles werden irgendwie.

»Woher soll ich das wissen«, sagte die Frau.

»Lassen wir's doch drauf ankommen«, bäumte Achim sich auf.

Sie schüttelte sanft den Kopf, als täte es ihr leid, ihn zu enttäuschen.

»Möchten Sie zu Frau Sebulke?«, fragte Achim, und Marions Nachname wärmte ihm trotz allem die Zunge. Die Frau vor der Tür, Anfang, Mitte sechzig, richtete sich ganz auf und machte ihr Gesicht ausdruckslos.

»Die Familienähnlichkeit ist unverkennbar«, sagte Achim und fand, dass er wie ein Onkel beim Sonntagskaffee klang, für mich bitte nur Haag. Um sich daraus zu befreien, schob er nach: »Wir wohnen ja noch nicht lange hier, aber... Also, Frau Sebulke kenne ich. Marion.« Er räusperte sich. »Sie ist schon bei der Arbeit.« Ihm entstand eine Nähe zu Marion, von der er ganz heiße Ohren bekam.

»Sebulke«, sagte die Frau und nickte. »Wo arbeitet sie denn, die Frau Sebulke?« Mit so ganz fein gestrichelten Anführungszeichen.

»Na ja«, sagte Achim, der sich die Begegnung wärmer gewünscht hätte, aber irgendwie blieb das mit Ausnahme seiner Ohren alles recht kühl. »Ich will mich ja auch nicht einmischen.«

Die Frau nickte. »Wissen Sie nicht so genau.«

Achim zog an seinem Schultergurt. Plötzlich schien die Nähe zu Marion nur dadurch zu bleiben, indem er etwas für sich behielt. Bei den Amis. Truman Plaza. Die lassen Sie eh nicht rein. »Soll ich was ausrichten?«, fragte er.

»Haben Sie'n Haustürschlüssel? Dann könnte ich was in'n Kasten stecken.«

»Nee. Nur für drüben.«

»Ja, dann lassen Sie mal.«

Achim blieb stehen. »Wollen Sie warten?«

Die Frau musterte ihn. Vielleicht doch eher eine Tante, dachte er. Für eine Mutter zu fremd. »Nee«, sagte sie, ohne seinem Blick auszuweichen. Als er auf dem Weg zur Garagenhoftreppe ging, meinte er, ihren Schatten im Augenwinkel wahrzunehmen, als ginge sie ganz dicht hinter ihm. Aber erst, als er fast runter vom Grundstück war, hörte er ihre Schritte auf den rauen Betonstufen. Sie folgte ihm in vielleicht zwanzig Metern. Als er auf die Straße kam, ging er schneller.

So tief würden also Marions Falten um den Mund mal werden. Und wo sie jetzt in der Körpermitte was Rundliches, Behagliches hatte, Kind, du siehst wohl aus, ich freu mich, dass du isst, da würde sie in zwanzig, fünfundzwanzig Jahren womöglich hager werden. Er überquerte die Straße riskanter als sonst, er wollte die Frau abhängen. Auf der anderen Straßenseite war es ihm egal, und er drehte sich um. Vielleicht wollte er jetzt winken, die eingebildete Verbindung doch noch mal herstellen.

Er blieb einen Moment stehen und schaute ins Leere. Marion, wie aus der Zeitmaschine. Als ob sie jetzt wieder in der Zukunft war. Die Frau hatte ihn überholt, aber auf der anderen Straßenseite, die war ganz flink auf ihren Strumpfhosenbeinen.

Dann sah er, wie Marion um die Ecke kam, die Frühschicht vorbei, manchmal war sie von fünf bis neun im PX, wenn Lieferungen aus Tempelhof kamen, ihr Chef stand ungern früh auf. Sie schob das Fahrrad und sah müde aus, und von Weitem hatte Achim einen Moment Angst oder vielleicht sogar die Hoffnung, sie würde zusammenbrechen, weil sie so unscharf und wellig wurde, als sie die Frau sah, die ja nun offenbar doch ihre Mutter war, nur zehn oder zwanzig Meter vor ihr auf ihrem Gehweg.

Achim rannte quer über die Straße.

Als er die beiden Frauen erreichte, hatte die ältere Marion die jüngere schon am Ellenbogen gefasst, aber ohne sie wirklich zu stützen, mehr, als wäre das so eine ganz merkwürdige Form von Begrüßung, ein Ritual, das er nicht kannte.

Kapitel 47

Wenn man in West-Berlin wohnte und in den Osten der Stadt wollte, musste man eine Woche vorher in Steglitz das Tagesvisum beantragen. Oder, wie die West-Berliner sagten, den Passierschein, denn ihrerseits wollten sie nicht akzeptieren, dass ihre Reststadt ein eigenes, übrig gebliebenes Gebilde war, nach dem Vier-Mächte-Abkommen. Achim war das alles immer etwas zu kompliziert gewesen, es betraf ihn ja nun auch nicht direkt. Er wusste nur, dass Leute von Bonn nach Berlin gegangen waren, weil die Berliner nicht zum Wehrdienst mussten. Durften! Bei der Bundestagswahl durften sie ja auch nicht wählen, sie hatten ein paar Vertreter im Bundestag, aber die durften nur Reden halten.

Wenn Achim seinen westdeutschen Perso behalten hätte, hätte er jederzeit über die Grenze nach Ost-Berlin gekonnt, jetzt vom Anstehen mal abgesehen. Aber das wäre natürlich nicht gegangen mit der Personalabteilung der BAM, er musste ja in West-Berlin gemeldet sein, für seine Berlin-Zulage.

So kam es also, dass Achim und Marion nicht jederzeit aufstehen und einfach nach Ost-Berlin rennen konnten. Einmal die Woche rüber, das war ihr Ritual. Wenn Verliebte etwas zum zweiten Mal taten, dann gehörte es ihnen, dann war es immer so gewesen und würde immer so bleiben. Vorige Woche hatte Marion keine Zeit gehabt wegen Elternabend und weil es nun auch nicht immer ging und weil sie es schwierig fand mit Sybille, wie sollte das eigentlich weitergehen. Und Achim war alleine gefahren. Mit der Geigerzählerscheiße. Hinter ihrem Rücken. Aber vor der Arbeit hatten sie sich im Forum Steglitz getroffen, die machten um acht auf da, das ging, wenn Marion erst später anfing im PX.

Also hatten sie die Passierscheine für heute. Für den Tag, an dem die Mutter hier eingeschlagen war wie ein Komet aus dem Osten.

Marion war wütend. Das war gar kein Ausdruck. Die Wut schoss sie durch die ganze Stadt wie der Plunger die Kugel durch den Flipperautomaten. Das war mal ihr Spaß gewesen, Anfang der Siebziger, als sie im PX angefangen hatte, und nach der Arbeit ins Casino, da waren die nicht so streng. Wie lange das jetzt schon wieder her war.

Es war gut, dass sie weggegangen war damals. Nele, Henk. Die gäbe es nicht, wenn sie bei ihrer Mutter geblieben wäre und bei Sybille. Das war argumentationstechnisch unterste Schublade, das wusste sie schon. Aber es stimmte doch. Klar hätte alles auch ganz anders kommen können. Aber dass es so gekommen war, wie es gekommen war, lag eben daran, dass sie damals in die S-Bahn gestiegen und nicht wieder aus-, sondern nur umgestiegen war, bis sie in Zehlendorf geendet war.

»Wie, von der Stasi?«

Ihre Mutter, die Hand so albern an ihrem Ellenbogen, als würde das irgendwas ändern: »Also. Die werden da einen Sachverhalt klären wollen. Aber du weißt, wie unvernünftig deine Schwester ist.«

Und wie sie das ankotzte: dass ihre Mutter ohne viel Federlesens an etwas anknüpfte, was fünfundzwanzig Jahre zurücklag: sich mit ihr gegen Sybille verbünden, und mit Sybille gegen sie. Du weißt ja. Einen einzigen Scheiß wusste sie. Einen Scheiß wusste ihre Mutter, was sie wusste.

»Ja, und?« Das hatte sie damals schon gelernt, und wenn man ehrlich war: Sie war als Profi gegangen, und verlernt hatte sie nichts seitdem. Ihre Mutter hatte sich auch nicht weiterentwickelt. Nicht zu viel rauslassen. Ja, und?

Achim, die ganze Zeit.

Was wollte der eigentlich.

Wie der jetzt schon wieder guckte.

Musste sie sich jetzt um den auch noch kümmern?

»Ja, und?«, sagte ihre Mutter. Diese komische Straßenecke die Winklerstraße runter zum Teltower Damm, so ein Einfamilienhaus an der Ecke, das nicht wusste, in welche Richtung es sich wenden sollte, die Winklerstraße zu klein und zu piefig, der Teltower Damm zu groß und zu piefig. Eine Einfamilienhausfamilie zu sein war bestimmt auch nicht einfach. Achim scharrte mit den Füßen. In diesem Split, der hier überall liegen blieb, wenn zum letzten Mal gestreut worden war im Februar oder manchmal sogar Anfang März, Russenpeitsche. Und jedes Mal, wenn ein Kind auf dem Fahrrad am Ende der abschüssigen Straße, auf dem Bürgersteig, einen Power Slide machte und Splitt in alle Richtungen spritzte, wurde der ein bisschen weniger, er verschwand in den Gullis und der Kanalisation und den Vorgärten.

Marion hatte das Gefühl, den Mantel und die Strumpfhosen ihrer Mutter zu kennen, aber das konnte natürlich nicht sein, oder.

Oder. Sah ihre Mutter aus wie sie. Nee, der Wind an ihren nackten Beinen.

»Ich dachte, ihr könnt das irgendwie aufklären«, sagte ihre Mutter, und es war völlig unklar und Marion im Übrigen auch egal, ob sie Achim für ihren Mann oder irgendeine Person hielt, die hier ins Bild gelaufen war.

»Was meinst du denn mit aufklären?«, schrie Marion, weil sie wirklich nicht mehr wusste, was sie dazu noch sagen sollte.

Ihre Mutter nickte, vielleicht sogar ganz zufrieden, weil Marion mal wieder bestätigt hatte, was eben einfach zu erwarten gewesen war.

»Du hast doch die guten Verbindungen«, sagte Marion.

»Mag ja sein«, sagte ihre Mutter.

»Was willst du dann hier?«

»Das ist doch deine Schwester.«

»Das ist doch deine Tochter.«

»Und woher hat sie dann dieses Gerät?«

»Na ja, nicht von mir«, sagte Marion, aber ihr war schon klar, dass Achim hier die Verlängerung von ihr war.

»Was heißt denn verhaftet?«, fragte Achim.

Ihre Mutter sah ihn an.

»Ich bin...«, fing er an und war eigentlich ganz guten Mutes, der Satz hatte Ziele, der wollte wohin.

»Achim ist ein Freund der Familie«, sagte Marion, und das blieb ihm den Rest seines Lebens, sogar, wenn er sich manchmal daran zurückerinnerte, wie sie miteinander geschlafen hatten und wie er das Gefühl gehabt hatte, zum ersten Mal seinen eigenen Körper und den von jemand anderem als etwas wahrzunehmen, was er so nicht erwartet hatte, dieses Gefühl interessierte ihn noch Jahrzehnte später, aber es wurde immer schnell durchkreuzt von: ein Freund der Familie.

»Ich hab den Geigerzähler besorgt«, sagte Achim, weil er das furchtbare Wort vom Freund der Familie aus dem Vagen ins Konkrete holen wollte. »Es ging ja da mehr so um... Informationsbeschaffung.« Das fand er eigentlich ganz unverfänglich. Was war jetzt daran eigentlich verboten. Informationen zu erheben und zu notieren. Messwerte.

»Spionage«, sagte Marions Mutter und sprach das Wort, was ihn überraschte, französisch aus.

Marion zog ihren Arm ganz langsam und vorsichtig aus der

Hand ihrer Mutter, als wollte sie etwas nicht zerbrechen. Oder sich nicht kontaminieren.

»Das hast du gemacht«, sagte sie. »Du hast Sybille da angezeigt oder so was.«

Achim kannte ihre Mutter nicht. Er konnte nicht lesen, wie sie Marion ansah. In ihrem Gesicht bewegte sich nichts. Sie hob ein wenig die Arme, als wüsste sie doch auch nicht oder als wollte sie Marion umarmen. Durch die Bewegung hob sich der Mantel über ihre Knie. Warum taten ihm die Knie plötzlich leid, und warum dauerte das so lange, bis es sich auf die ganze Frau ausdehnte. Marion trat einen großen Schritt zurück, bis zum Bordstein.

In der S-Bahn eine verfluchte Betriebsamkeit, alles ging einfach weiter. Marion setzte sich ihm gegenüber, den Rücken zur Fahrtrichtung. Ihre Augen hakten ab, woran sie vorbeifuhren, sie waren die ganze Zeit in Bewegung, nach rechts und wieder zurück, mit der Geschwindigkeit des Zuges, aber nie bis zu ihm. Sie hatte die Hand vorm Mund und wich seinen Knien aus, als kenne sie ihn gar nicht.

Es gab keinen Plan. Es fiel ihm schwer, nichts zu sagen. Er war randvoll mit dem Gedanken, dass er es doch nur gut gemeint hatte. Es kostete ihn alle Kraft, das nicht zu sagen. Er hatte keine Ahnung, was in Marion vor sich ging.

Sie auch nicht. Sie wollte sich verlieren in den verlassenen Bahnschuppen, den Rückseiten der Autolackiereien und Speditionen, den Gartencentern und Gasometern, den dummen Häusern, wo Leute alles besser hinkriegten als sie. Sie spürte, dass Achim sie ansah, und es ärgerte sie mit am meisten.

Achim räusperte sich. »Ich sollte da vielleicht lieber alleine…« Sie sah, dass er die Lippen einkniff, nachdenklich. Auch toll, das alles hier in der vollen S-Bahn zu besprechen.

»Wegen der Kinder. Am Ende. Wenn die dich auch ...«

Sie sah ihn an, weil nur so gewährleistet war, dass er sie verstand, auch wenn sie leise sprach. Er sah aus wie jemand, den sie mal geliebt hatte, er hatte diesen Schmelz noch, aber es sah schon nach Arbeit aus, wenn man da jetzt dranbleiben wollte.

»Denkst du, das weiß ich nicht?«

»Trotzdem.«

»Was machst du denn, wenn du allein hinfährst?«

»Sie suchen.«

»Und wo?«

»Zu dem Gefängnis, also, zu der Behörde. Da hinfahren. Und mit denen reden.«

»Und wo ist das?«

»Dann sag mir das doch.«

»Und dann?«

»Wenn ich mich da selbst. Also, ich kann das doch erklären.«

Sie hatten sich beide vorgebeugt, die Ellenbogen auf den Knien, neben Marion saß eine Frau mit einer Jean-Pascale-Plastiktüte auf dem Schoß, darin offenbar etwas Schweres, Beulendes, neben Achim ein Schüler, der ein Reclamheft las, »Das Gold von Caxamalca«.

»Glaub ich nicht«, sagte Marion. »Dass das was bringt, wenn du was erklärst.«

Sie hatte ja selbst nur eine ganz vage Vorstellung. Davon, dass sie zu der Adresse fahren würde auf dem Zettel, den ihre Mutter ihr gegeben hatte, und der Zettel war vielleicht das Schlimmste gewesen. Diese kaum gealterte Frau, die konnte sie von sich fernhalten, die hatte ihr ein Geschenk damit gemacht, dass sie sich kaum verändert hatte: Da verstand Marion gleich wieder ihr Wegwollen, als sie die sah, und zugleich blitzte da so eine Möglichkeit durch: dass scheinbar gar nicht so viel Zeit vergangen war, denn an dieser Frau sah das nicht nach fünfundzwanzig Jahren aus, und dann wäre jetzt vielleicht auch noch ganz viel Zeit, das alles noch mal anders zu sehen, oder eben gerade nicht. Aber der Zettel, einmal gefaltet, und die Adresse in Hohenschönhausen, komplett mit Tramlinie: die Handschrift von Einkaufszetteln, Entschuldigungen, Einverständniserklärungen, Nachrichten auf dem Küchentisch: Milch Margarine Staudensellerie, das Fernbleiben meiner Tochter, darf meine Tochter teilnehmen am, könnt ihr euch dann warm machen, Mama. Aber auch dieses Theatralische, wie ihre Mutter die Hand ausgestreckt ließ, bis Marion ihr den Zettel zurückgab. Man musste ja aufpassen. Konnte alles gegen einen verwendet werden, zweckentfremdet. Spionaaaasch. Dieser Scheißzettel, Adresse in Hohenschönhausen, ja, ja, und zwischen den Zeilen dick und fett, unsichtbare Mutterversalien mit Bleistift Härtegrad 2F: Ministerium für Staatssicherheit, Untersuchungsgefängnis.

Aber das war ja nun doch ihre Mutter. Und ihre Mutter kannte sich aus. Und wenn es dort ein Risiko gab, dass die Staatssicherheit womöglich beide Schwestern, alle Töchter, dabehalten würde, sobald die zweite auftauchte: So was würde doch eine Mutter nicht tun.

macht ihr euch dann warm, Mama

Andererseits, wie hilflos war ihre Mutter, wenn sie mit ihrem Rentnerbesuchsschein extra nach Zehlendorf kam, weil sie sich und Sybille anders nicht zu helfen wusste. Und wenn Achim doch endlich mal recht hatte: wie gefährlich es für sie wäre, zwei Kinder in West-Berlin, und dann da auftauchen in Hohenschönhausen, ja, guten Tag, ich hätte da mal ein Problem.

Bahnhof Friedrichstraße: eben, vor einem Wimpernschlag, Übergang ins Gute, wie nah sie Achim gewesen war, die ersten und die letzten Male. Jetzt: eine grausame Parodie davon.

Als wenn jemand ganz schlecht nachmachte, was ihr einmal gutgetan hatte, und jetzt war es schrill und falsch und düster, und da einen Fuß vor den anderen zu setzen, zu warten, nach den Papieren zu fummeln, Ohr freimachen, Türen schnappten, warten, dieser Frühergeruch, und diesmal war das, wie morgens aufwachen und merken, dass man nicht aufstehen konnte, weil alles gegen einen war und nichts gelingen würde. Aber man musste ja.

Einen Fuß vor den anderen. Vielleicht fiel einem dann was ein. Und wenn es nur war: jetzt den anderen Fuß vor den einen.

Die Tram kam und hasste sie, das sah man schon von Weitem.

Achim legte ihr den Arm in die Nähe der Schultern, keine Kraft, ihn daran zu hindern. Sie merkte daran, dass sie es nicht brauchte und dass es ihr nichts brachte.

»Marienburger?«, fragte er.

Sie zuckte die Achseln unter seinem Arm. Er nahm ihn weg.

»Du gehst zu dieser Gemeinde da«, sagte sie. »Vielleicht ist da jemand und weiß was. Ich schau in der Wohnung, und dann treffen wir uns da. Und dann überlegen wir uns das. Falls sie nicht da ist. Wie's weitergeht.«

Sie merkte, dass sie sich Sybille immer in der Wohnung vorgestellt hatte, und dass ihre Fantasie auch jetzt für nichts anderes reichte.

Achim merkte gleich, dass das nicht so richtig Sinn ergab. Warum sollten sie nicht beide erst mal in der Wohnung gucken, ob Sybille da war? Aber als sie aus der Tram stiegen und an den verrosteten Geländern der Haltestelle auf der Mitte der Greifswalder entlangliefen, verstand er: Marion wollte mit Sybille allein sein, wenn die längst wieder in der Wohnung war. Vielleicht hatte sich das ja alles ganz schnell aufgeklärt. Oder es war mehr so eine Warnung. Schuss vor den Bug, hätte sein Vater gesagt. Diesen Umweltleuten mal einen kleinen Schrecken einjagen, denen klarmachen, dass man sie im Auge hatte. Den Geigerzähler einkassieren, und dann war aber auch wieder gut. Er wurde leichter. Die Luft war gar nicht mehr so klumpig. Vielleicht hatten sie da wirklich eine Fifty-fifty-Chance, gar nicht mal so schlecht, und wenn, dann war das wirklich das Mindeste, was er tun konnte: den Schwestern nicht noch mal dazwischenfunken.

Er spürte sich beim Lächeln. Marion lief zehn, zwanzig Meter vor ihm, sie waren getrennt aus der Tram gestiegen, ohne ein Wort. Er ging den Kilometer bis zur Kirche und wurde dabei immer zuversichtlicher: Seine Sohlen auf den Katzenköpfen und den Gehwegplatten, der Boden bewegte sich unter seinen Füßen, er war in Bewegung, er regelte die Dinge. Wind in seiner genau dafür vorgesehenen Jacke, das lief jetzt nach Plan. Und mal sehen, ob die ihn da immer noch für einen Spitzel hielten, mit der Geschichte, die er jetzt zu erzählen hatte. Bestimmt war da jemand. Die wollten ja eine Bücherei aufbauen, da mussten Leute vorbeikommen können. Vielleicht diese Jana. Er stellte sich deren ernstes Gesicht vor, wie sie nickte, während er erzählte: Die haben Sybille. Wolfgang und Jesko. Die würden ihm jetzt auch etwas genauer zuhören.

Er spürte, wie er Teil von etwas Neuem wurde. Und wie das womöglich auch für ihn und Marion reichen würde: das nächste Kapitel, neu anfangen. Weißt du noch, damals. Wie wir nach Ost-Berlin. Wegen Sybille. Die müssen wir auch mal wieder besuchen. Ich mag deine Schwester.

Kapitel 48

Als er vor der Kirche in die Seitenstraße abbog, hatte er einen Moment Angst, er würde den Hauseingang nicht wiedererkennen und die Kellertreppe nicht finden. Es sah, wenn man hier alleine unterwegs war, doch alles recht ähnlich aus. Normalerweise orientierte er sich an Geschäften und Leuchtreklamen, aber die gab es hier entweder nicht, oder wenn, dann konnte er sie nicht so richtig unterscheiden. Er musterte die Fassaden und die Ladenlokale wie einen Text in einer Sprache, die er noch nicht so lange lernte. Darum fiel ihm der graue Lieferwagen erst relativ spät auf. Neben der Beifahrertür, in einer Schrift wie aus seiner Kindheit, »Barkas 1000«, an der Seitenwand: »REWATEX«. Man verstand ja so wenig von diesen ganzen Sachen, dachte Achim. Davor ein Typ mit so einer Politikerbrille, blondem Scheitel, Jeansjacke und verschränkten Armen.

»Kann ich helfen?«

Achim überlegte. Er wollte hier ja auch nicht so verschlossen rüberkommen. Andererseits war das vielleicht keine gute Idee, Fragen nach Kirchengemeinden und Umweltgruppen rauszuposaunen. Aus einem Hauseingang kam ein zweiter Mann, etwas älter, mit einem blauen Kittel wie ein Hausmeister. Durch die zufallende Hoftür erkannte Achim die Wandfarbe des Durchgangs, der zur Kellertreppe führte, die er suchte, rosa-beige.

»Nee«, sagte er, und die beiden Männer sahen einander kurz an, das gab ihm wieder so einen Stich: Was hatte er jetzt schon wieder falsch gemacht, sagte man hier nicht Nee, oder was war das Problem?

Als sie ihn in die Mitte nahmen und der Blonde ihm den Arm mit einer ganz unpersönlichen Entschlossenheit auf den Rücken drehte, tat es Achim so weh wie nichts seit der Schulzeit: Als Michael ihn in den hölzernen Mülleimer gesteckt hatte, und er war nicht mehr rausgekommen, den Rücken aufgeschürft bis zur Schulter, wie gehäutet. Das war aber in Ordnung gegangen, Michael kannte er ja, den hatte er schon hundertmal gehauen. Aber das hier war so neutral, wie auf Rezept. Das fühlte sich an, als würde er umgestülpt.

Er wollte was sagen, aber er hatte nicht genug Luft oder Wörter, das war gerade schwer zu unterscheiden. Sie drückten seinen Oberkörper nach unten im Gehen, er stolperte, aber sie halfen ihm, das war noch schlimmer.

»Das ist jetzt erst mal, damit Sie sich nicht selbst verletzen«, sagte einer von ihnen, als sie ihm hinterm Rücken anlegten, was er für Handschellen hielt, obwohl er sie nicht sah und nie welche gespürt hatte, Angstschmuck. Der andere öffnete die Seitentür des Lieferwagens. Achim gab sich Mühe, den großen Schritt hinauf ins Innere gut zu machen, ohne Hände war das schwieriger, als man dachte. Auf einer kleinen rot gepolsterten Bank saß ein Mann in Uniform und runzelte die Stirn.

»Wat denn, noch eener?«

Die beiden, die er schon länger kannte, antworteten nicht. Der Uniformierte seufzte beim gebückten Aufstehen, viel Kopffreiheit war hier nicht. Er öffnete eine winzige Tür im Innern und sah zu, wie sie Achim dort in den Raum schoben, der zu klein zu sein schien.

Als die Tür zuging, kein Fenster, seine Knie an der Wand, sein Kopf am Fahrzeughimmel, und wie sollte er sitzen: vielleicht so etwas wie eine Gegenwart hinter den dünnen grauen Wänden, ein Atmen oder Scharren. Das Gefühl, nicht ganz allein und nicht völlig ausgeliefert zu sein. Oder seine Deduktionsleistung, weil der gesagt hatte, noch eener.

Achim wollte Hallo? oder Hört mich jemand? schreien, er wollte was sagen, es schien dringend notwendig, sehr wichtig, oberste Priorität: Er durfte sich doch jetzt hier nicht ohne Gegenwehr, also, sich aufgeben, man musste doch irgendwie dranbleiben, was tun: Hallo? Aber es ging nicht. Es fühlte sich so sinnlos an, wie eine Beschwerde bei der Post, weil die Giroüberweisung zu lange gedauert hatte. Na ja, wat wollnse machen. Nu isset passiert. Er machte den Mund auf und ließ so eine Art Seufzen oder Schluchzen raus, von dem er gar nicht gewusst hatte, dass er es in sich trug.

»Halt bloß die Fresse«, das kam durch die Wand, gar nicht seufzend, sondern ziemlich klar. War das Dirk? Oder Jesko? Oder jemand anders?

»Ruhe!« Noch nie hatte Achim jemanden so laut schreien hören. Lauter als Sybille vor einer Woche, wir ist ich. Die Gänsehaut auf dem Rücken und den Armen war ihm nicht unangenehm, sie lenkte ihn kurz ab.

Er roch die Abgase, das Zweitaktgemisch, der Motor schien direkt unter ihm zu schlagen. Die Schultern taten ihm weh und die Hände, wenn er die Knie nicht gegen die Wand gedrückt halten wollte. Wenn er vorrutschte, um Platz für seine gefesselten Handgelenke zu machen, wurden ihm die Beine taub, wegen der Knie an der Wand. Er hörte Kopfsteinpflaster, Straßenbahnschienen, Asphalt. Den Blinker, den Blinker wieder nicht. Kopfsteinpflaster. Den Motor im Leerlauf. Andere Autos, Mofas, die Tram mit ihrem hohen Sirren. Er konnte seine Uhr nicht sehen, und einen Moment dachte er: Das dauert hier alles so lange, vielleicht fahren sie mich nach Westen, zack, Arschtritt und tschüss, lass dich hier nie wieder blicken. Also, zu dieser Brücke. In Potsdam. Aber er war ja eben kein Spion. Und der Gedanke, sie könnten ihn einfach loswerden wollen, enttäuschte ihn kurz, das war wie ein Reflex.

War das eine Autobahnauffahrt? Dieses charakteristische Gefühl, lange gegen die Wand gedrückt zu werden, solche Kurven gab es ja gar nicht in der Stadt, dann eine Beschleunigung, der Lieferwagen gab da nicht viel her, aber sie wurden merklich schneller, der Motor unter ihm hämmerte vor sich hin. Vielleicht doch nach Potsdam. Oder ganz woandershin. Augenblicklich bekam er Durst. Er merkte, dass er nicht wegwollte von Berlin. Das kannte er doch jetzt, und der Ostteil, das war Marion-Gebiet, das gehörte doch ihnen beiden, und solange sie ihn da behielten, war er mit allem, was er kannte und erwartete, noch in Verbindung.

Wenn sie ihn irgendwo verschwinden ließen. Dann fiel ihm ein, dass so Gefangene ja immer wieder freigekauft wurden, vom Westen, für an die neunzigtausend Mark, und war das jetzt gut, dass ihm das einfiel, oder nicht, denn wie lange dauerte das, bis man da an die Reihe kam? Jedenfalls hatte er einen gewissen Wert.

Nach einer Weile merkte er, dass er vor allem deshalb das Ende der Fahrt herbeisehnte, weil er sich endlich erklären wollte. Es musste ihm doch nur mal jemand zuhören. Es gab doch überall Leute, mit denen man reden konnte. Warum dauerte es so lange, bis sie ihm die Gelegenheit dazu gaben? Er würde es ihnen und sich so einfach machen können.

Als Kind hatte er Lieferwagen toll gefunden, gern auch ohne Fenster, man würde besser darin wohnen können, wie in einer Höhle, und niemand konnte einen sehen, aber man hatte Comic-Hefte und Brote dabei.

Kapitel 49

An Sybilles Wohnungstür hing der Notizblock mit Bleistift an der Strippe, aber natürlich keine Nachricht: Liebe Leute, bin bei der Stasi. Marion klingelte noch einmal und lehnte sich gegen die Tür. Wo waren dieser Lutz und diese Birgit. Lagen so Studenten nicht immer im Bett.

Sie ging die halbe Treppe hinunter und fand den Wohnungsschlüssel unter dem Blumentopf. Als sie im Flur stand, rechts von sich die Küche, geradeaus am Ende die Umrisse von Sybilles offener Zimmertür, die mal ihre gewesen war: einen Atemzug lang das Gefühl, Achim wäre hier neben oder schräg hinter ihr oder müsste es doch irgendwie sein. Dann der Impuls, jetzt vielleicht in den Zimmern von Lutz und Birgit nach Spuren ihrer Mutter, ihrer Kindheit, von sich selbst zu suchen. Ein schlechter Einfall jagte den nächsten.

»Sybille?« Ihre Stimme war zu klein für den Flur. Marion räusperte sich. Die Küche sah aus, als hätte hier gestern Abend jemand alles weggeräumt. Wie unordentlich Sybille früher gewesen war, liederlich, hatte ihre Mutter das genannt.

In Sybilles Zimmer lag das Bettzeug auf dem Boden, und erst war Marion fast gerührt von der Alltäglichkeit der Szene: Bettzeug, zum Waschen schon mal bereitgelegt, als Erinnerung, dass man sich abends darum kümmern musste. Es sah so normal aus. Wer sich sein Bettzeug auf dem Fußboden so hinknüllte, der kam doch ganz bestimmt abends wieder, um sich dann darum zu kümmern. Dann sah sie, dass allerhand von den Bügeln gerutscht und gefallen war, die an Sybilles offenen Kleiderstangen hingen. Vielleicht auch Zeug für die Wäsche. Aber so wahllos. Und dann passte eine andere Geschichte zu dem, was sie sah: Hier war eine Schwester aus dem Bett gezerrt worden, früh morgens, und dazu angehalten, sich in aller Eile anzuziehen, ohne Rücksicht auf Ordnung, Kleiderbügel und wo das Bettzeug endete.

Marion merkte, dass ihre Hände anfangen wollten, das Bett zu machen. Sie ließ es zu. Das Bett sah richtig gut aus danach. Sie wollte sich gern draufschmeißen. Warum nicht. Die Zeit dehnte sich ein bisschen. Sybille roch anders als mit zwölf. Danach machte sie noch mal das Bett. Sie ging durchs Zimmer und suchte etwas, das es nicht gab und nie gegeben hatte: eine lose Bodendiele, darunter, wie in einer Zeitkapsel, ein Tagebuch, Liebesbriefe oder ihre Gründe von 1961. Vergeblich. Und dann, aus dem Augenwinkel:

Die

Zen

ti

me

ter

stri

che

am

Tür

rah

men,

warum hatten sie die eigentlich nicht übermalt?

Als sie durch den Flur zurückging, knarrte der Boden unter ihren Füßen, und sie fühlte sich allein. Sie dachte an Sybille, vor fünfundzwanzig, vierundzwanzig, dreiundzwanzig Jahren, wie viele tausend Male sie diesen Flur hinuntergegangen war, morgens, auf dem Weg zum Frühstück, dann, wenn sie ihren Ranzen geholt hatte, abends, wenn sie noch mal gute Nacht sagte, die Mutter im Arbeitszimmer, Akten und Pläne, das Kosmetikkombinat, ihr Leben. Wir bauen hier richtig was auf. Ihr habt ja keine Ahnung. Hatten sie auch nicht gehabt, es hatte sie auch nicht interessiert. Und Marion hatte keine Ahnung, wie Sybille sich damals gefühlt haben musste, ohne große Schwester, die übellaunig im hinteren Zimmer saß und wegwollte, aber eben da war. Marion atmete scharf und flach und ärgerte sich über diese seltsame Art von Selbstmitleid: wenn man jemand anderen bedauerte, weil die Person einen selbst nicht mehr gehabt hatte. Was bildete sie sich eigentlich ein.

In der Küche war sie dankbar für das Tageslicht. Sie ließ Wasser aus dem Hahn laufen, bis es ganz kalt an der Hand war. Sie füllte ein Senfglas und trank es in zwei, drei Zügen leer. Dann zog sie Sybilles Schublade auf, fand das Feuerzeug und die Zigaretten, Club, ganz was Feines. Scharf in der Lunge, genau richtig, ein kleines Los in der Todeslotterie. Durch die Sache mit Achim hatte sie ihren Lieblingsort auf dem Wäschespeicher verloren, das tat ihr ganz schön leid. Sie sah auf die Uhr und dachte: In einer halben Stunde kommt er frühestens, in einer fang ich an, mir Sorgen zu machen. Bei dem Gedanken, dass ihre Mutter mit ihrem Schlüssel in ihrer Wohnung saß und auf ihre Kinder wartete, wenn sie aus der Schule kamen, fiel ihr ganz kurz der Boden weg. Dann rauchte sie weiter.

Kapitel 50

Die Autobahn hörte er an diesen Teernähten zwischen den Betonplatten, die asphaltierten die nicht, die legten die aus, darum alle zehn Meter oder so das deutliche, aber nicht besonders laute Ka-la, Ka-la der kleinen schwarzen Streifen zwischen den Platten. Erst war er froh, das einordnen zu können, dann machte es ihn wahnsinnig.

Dann eine Autobahnausfahrt, entgegengesetzte Kurve.

Eine Landstraße, denn sie hielten nicht an und es ging lange geradeaus, weniger schnell, der Motor entspannte sich. Dann eine Stadt, eine andere, die gleiche? Zwischendurch versuchte Achim es mit Zählen, damit der Weg eine Länge bekam, die er einschätzen konnte, und um seine Handgelenke und die Beine zu vergessen. Er wurde müde und unruhig zugleich, panisch kraftlos. Nach ein paar Hundert verlor er den Überblick und fing nicht wieder an. Er dachte an seine Eltern und fragte sich, ob es hier auch so mit diesem Telefonanruf war wie in den amerikanischen Serien, Einsatz in Manhattan, Die Straßen von San Francisco, die waren alle immer ganz scharf auf diesen einen Telefonanruf. Er hatte seit Wochen niemanden mehr angerufen. Zum Beispiel bei seinen Eltern. Was das dann jetzt für ein Auftritt wäre: Ja, hallo, ich wollte mich mal wieder melden, ich bin in der DDR im Gefängnis, ja, in der DDR, ja, im Gefängnis, ja, soll ich es jetzt noch mal wiederholen, hört ihr mir denn nie zu? Aber wie peinlich ihm das wäre. Und seine Eltern konnten ja sowieso nichts tun. Trotzdem wäre es wahrscheinlich gut, jemanden drüben Bescheid wissen zu lassen. Oder die Botschaft. Die Ständige Vertretung, wie das hieß. Der Bundesrepublik Deutschland in der DDR. Aber hier sagte er mal lieber BRD. In der Deutschen Demokratischen Republik. Er merkte, dass er Geräusche mit den Lippen machte.

Der Lieferwagen verlangsamte und fuhr durch ein Tor, Achim hörte, wie was aufging links und rechts von ihm. Eine Schwelle, noch eine. Langsam über kürzere Betonplatten. Dann veränderte sich das Motorengeräusch, als führen sie in eine Halle, die Reifen knirschten wie in einem Raum. Der Wagen hielt an. Achim arbeitete an seinem Atem.

Die Wagentür ging auf, das merkte man an der ganzen Karosserie, aber seine kleine Zelle blieb zu. Er hörte, dass jemand neben ihm rausgeholt wurde, Füßescharren, Körperteile, die gegen Blech stießen, »Augen nach unten!«. Von innen war die Wagenwand fast makellos im Dunkeln. Wenn hier je einer was kaputtmachte, wurde das immer schnell wieder repariert und überlackiert. Warum trieben die eigentlich so einen Lieferwagen mit Zweitakter an, na ja, sicher Plattformbauweise und nicht so viel Kapazitäten für Viertakter. Aber da war ja schon mehr Zug dahinter. Sozialismus, sagte sein Vater, das ist zu wenig von allem, aber dafür auf niedrigstem Niveau.

Als die Tür aufging, war sofort alles hell, und er ärgerte sich, wie sehr er mit den Augen zwinkern musste. Das war als Kind mal sein nervöser Tick gewesen, er fühlte sich gleich zurückversetzt. Dann ließ er die Augen zu, die hatten ihn eh an beiden Armen, die zogen und hoben ihn raus und würden schon aufpassen, dass ihm nichts passierte. Dann stieß er gegen einen Treppenabsatz, und alles, was sie taten, war, seine Arme fester zu quetschen. Er sah sich die Stufen an, grünes Linoleum, abgenutzte, geriffelte Metallkanten, vor ihnen eine Doppeltür mit Metallsprossenfenstern. Auf dem Treppenabsatz drehte er sich halb um, der mit dem blonden Scheitel und der Hausmeister hatten ihn links und rechts, und als er sich die Halle angucken wollte, die er im Augenwinkel geahnt hatte und in der sie den Lieferwagen abgestellt hatten, bekam auch er ein scharfes »Augen nach unten«.

Hinter den Glastüren war ein langer Gang, an dessen Wand links und rechts ein Kabel verlief, verlegten die hier noch über Putz?

Rechts, der erste Raum: zwei Uniformierte, die schon auf ihn warteten. »So, mal ausziehen.« Achim drehte sich um, weil er den mit dem Scheitel oder den mit dem Kittel fragen wollte, ob das ein Missverständnis war. Wieso ausziehen, er konnte das doch alles erklären, dafür musste er sich doch nicht ausziehen.

»Mal ausziehen.« Lauter. Als wäre das eben vielleicht zu leise gewesen. Ja, Entschuldigung, ich habe das akustisch nicht verstanden: immer ein Fachmann, der so was früher in der Schule gesagt hatte.

»Alles.«

Sie legten seine Jacke, sein Hemd, sein T-Shirt, die Jeans auf einen Holztisch mit gelber Platte und prüften dabei die Taschen. Was sie fanden, legten sie in eine ovale Schale. Sein Behelfsmäßiges Ausweisdokument Berlin (West) sah schwach und ungesund aus in diesem Grün. Einer von ihnen nahm es und verließ damit den Raum.

»Socken und Unterhose auch.«

Eine Socke nach der anderen.

»Unterhose auch.«

Wie schön das gewesen war, zum ersten Mal nackt vor Marion. So ein Moment von: Da sind wir jetzt. Jetzt geht es nicht mehr zurück. Unnackt konnte er sich nicht mehr machen, das war das

Besondere an diesem Moment mit Marion: Das hatte er jetzt, dass sie einander nun für immer nackt vor sich gehabt haben würden, und das Schöne an diesem Moment war nicht nur, wie er sich ihr auslieferte, wie leicht ihm das fiel, wie viel besser das war als mit all den falschen Anziehsachen. Sondern dass dieser Moment für immer da sein würde. So war das gewesen. Mit Marion. Zum ersten Mal nackt vor ihr.

Und jetzt war das auch so. Für immer. Den Moment würde er nicht mehr loswerden.

»Nach vorne beugen.«

Jetzt kannten sie ihn in dieser Hinsicht genauer, als Marion ihn kannte. »Und mal husten. Ja.«

Auf dem Tisch lag ein blauer Trainingsanzug, darauf Feinrippunterwäsche, weiße Socken, darunter, als einer ihm das Bündel reichte, graue Hausschuhe.

Woher wissen die meine Größe, dachte Achim.

»Anziehen.«

Na ja. Wussten sie nicht. Aber sie wussten, was ihm nicht passen würde. Als sie ihn wieder auf den Gang führten, musste er die Hose festhalten, und seine Zehen stießen von innen gegen die Pantoffeln.

»Augen nach unten.«

Er ging beschädigt. Das Oberteil roch nach Schrank. Dann hielten sie ihn an.

»Zur Wand drehen.« Er drehte sich nach links.

»Zur Wand!« Eine seltsam spitze Hand auf seiner Schulter, die ihn nach rechts drehte. Er sah das Kabel aus der Nähe, während hinter ihm jemand entlanggeführt wurde. Hörte sich das auch so an, wenn er mit diesen Hausschuhen lief, wie ein alter Mann, der sich beeilte, auf die Toilette zu kommen? Übrigens musste er. Von Nahem sah er, dass das Wandkabel alle ein, anderthalb Meter einen farbigen Steckkontakt hatte. Aus Ingenieurssicht nicht uninteressant, aber gerade das machte ihm Angst: Die hatten ganz einfache Ideen, und ganz einfache Ideen waren immer die besten. Da musste er gar nicht mit irgendwelchen großen Geschichten kommen. Das Kabel war ein Alarmsystem: Sobald ein Häftling Probleme machte, musste ein Wärter nur am Kabel ziehen, um den Kontakt zu unterbrechen, Alarm. Das war simpel. Davor hatte er Respekt.

»Weiter.«

Dann, hinter der nächsten Tür: »Stehen bleiben.«

In der Zelle setzte er sich an den Tisch. Als sie ihn anschrien, er solle aufstehen, stand er wieder auf. Als sie die Tür hinter ihm schlossen, wartete er einen Moment. Mit dem Blick auf das Guckloch in der Tür ließ er sich vorsichtig wieder auf den Stuhl nieder. Eine Klappe in der Tür ging auf, und sie sagten ihm noch mal, er solle stehen bleiben. Er stellte sich wieder gerade hin, sodass sein Kopf fast bis an die Glasbausteine des Fensters reichte, und er ärgerte sich, dass er nicht selbst auf die Idee gekommen war, denn eigentlich hatte er ja nun schon die ganze Zeit gesessen, und auch wenn er keine Ahnung hatte, wie viele Stunden oder Minuten: lange genug.

»Hände aus den Hosentaschen in der Zelle!«

Achim zuckte zusammen und sah an sich hinab. Die lose Hose hatte gar keine Taschen.

Kapitel 51

Es konnte ja sein, dass Achim einfach wieder rübergefahren war. Wie gut kannte sie ihn eigentlich. Dass die ihm da Angst gemacht hatten in dieser Umweltgruppe. Marion fummelte an der Zigarettenpackung herum, die war schon ganz dünn geworden, ihr Mund von innen sauer und falsch. Sie trank Wasser aus dem Senfglas, bis sie pinkeln musste. Im Bad stand immer noch der Badeofen, nur ein Brikett!, die Stimme ihrer Mutter. Als sie sich hingesetzt hatte, kam sie kaum wieder hoch. Und wenn sie jetzt einfach wieder zuzog hinter sich, den Schlüssel unter den Blumentopf, Friedrichstraße, Nele und Henk, sie konnte hier ja doch nichts machen, man überschätzte sich immer selbst.

Sie sah auf ihre Füße, die Sandalen hatte sie abgestreift, der Badezimmerboden kalt und pekig unter ihren Sohlen.

Das hatte sie ja nun gut hinbekommen. Einundsechzig, da war sie ein Kind gewesen. Dafür konnte man sich jetzt auch nicht ein Leben lang zerfleischen, gut, dass sie es eigentlich nicht so richtig getan hatte, mehr so unauffällig, hinter ihrem eigenen Rücken. Aber jetzt, das war auch wieder ihre Schuld. Weil sie das hier alles eingeschleppt hatte, dieses ganze Westlertum, ihr eigenes und das völlig unverdünnte von Achim: alles richten, mal helfen, guck mal, was ich euch mitgebracht habe. Und am Ende dann wieder Sybille, die das alles ausbadete.

Ich mache das, dachte Marion, in Größenordnung. Mit dem Sybilleverraten, Sybilleimstichlassen. Da hab ich echt Weltniveau erreicht. Da macht mir so schnell keiner was vor. Da bin ich längst Filialleiterin. Aufholen, ohne einzuholen, da kann ich nur lachen. Und wenn der Nachbar die Wohnung tapezierte, dann hatte sie in der Zeit schon längst wieder ihre kleine Schwester verraten.

Sie saß auf dem Klo, bis ihr Hintern kalt wurde und ihre Beine einschliefen, und dann blieb sie noch länger sitzen, und als ein Lutz oder eine Birgit gegen die Badezimmertür wummerte, kam sie kaum noch hoch.

Kapitel 52

Das war ein ganz anderer Raum, ein bisschen wie in einer Wohnung: Achim fragte sich, ob sie falsch abgebogen waren mit ihm, als sie ihn in der Zelle wieder abholten, Gang, Gang, Gang, Augen zum Boden, zum Boden, zur Wand, und jetzt hier eine Sitzgarnitur. Nachher gab das Ärger, wenn sie merkten, dass er hier alleine stand. Sitzen, das hatten sie ihm jetzt ein bisschen verleidet. Garnitur hin oder her, Polster, brauner Cord. Der Raum war doppelt oder dreimal so groß wie die Zelle, aber man verlor den Maßstab nach einer Weile. Achim kannte sich ein bisschen aus mit optischen Täuschungen, das hatte ihn eine Weile fasziniert, M.C. Escher auch, das Poster vom Kunstmarkt an der Uni in Bonn, und vielleicht war das hier eine optische Täuschung, wie groß der Raum war. Ein Couchtisch, darauf ein Aschenbecher. Ob das wohl ein großes Hallo gäbe, wenn das hier so eine Art Pausenraum war, und er irrtümlich abgeliefert.

Erst hatte er sich nur erklären wollen. Dann wollte er in Ruhe gelassen werden. Jetzt wollte er hier einfach nichts mehr falsch machen.

Er drehte sich um, als hätte er Angst, etwas kaputtzumachen, aber es gab so gut wie nichts. Außer der Sitzgarnitur und dem Couchtisch noch einen kleinen Tisch in der Ecke, zwei Schritte entfernt. Darauf ein Bündel in der Farbe seiner Windjacke, aber er konnte das nur undeutlich erkennen. Seine Augen wurden kalt, das war die Verdunstungskälte, wenn die Luftbewegung sich über die nachschießende Flüssigkeit des Tränenfilms bewegte und sie zur Verdunstung anregte, und durch die Bewegung der Moleküle, die also diffundierten, entstand die Illusion, nein, weil die abprallten, sozusagen, also: Jedenfalls weinte er. Diese Scheißwindjacke, Horten in Bonn, man machte sich ja keine Vorstellung davon, was einem so was noch mal bedeuten konnte, und darin eingewickelt seine Unterwäsche und der Rest.

Vielleicht verhaspelte Achim sich hier und da, weil er die Geschichte schon so oft erzählt hatte. Und sich dabei an immer den gleichen Punkten orientierte: enttäuscht von Zehlendorf, Distanz zu seiner Ex-Freundin, deren Angststörung wegen Tschernobühl (»Panikattacken«), Hals über Kopf verliebt in die Nachbarin, deren Schwester in Ost-Berlin, wie er den Geigerzähler geschmuggelt hatte, dann »im Stasi-Knast«.

Später würde daraus werden: »in Hohenschönhausen«, irgendwann reichte das als Chiffre. Gleich mit der Stasi ins Haus zu fallen, das war irgendwie zu viel.

Aber jetzt hier mit Sonja Dobrowolski in der Confiserie Mehnert an der Steglitzer Schlossstraße, diese Zufallsbegegnung nach all den Jahren, Menschenskinder, da geriet er ein bisschen durcheinander, weil er aus der vertrauten Form der Erzählung ausbrach, Sonja Dobrowolski kannte ja nun schon einiges von dem, was sich zugetragen hatte, Stichwort Geigerzähler, sie hatte es geahnt oder selbst erlebt, zugleich wollte er es für sie besonders interessant machen.

»Zwei Jahre später hab ich eine Einladung bekommen, zu ihrer Doktorfeier«, das hatte er noch nie erzählt. »Also von Barbara. Nach Bonn.« Sobald er diese pfropfenförmige Stadtnamensilbe draußen hatte, bereute er, jetzt auch noch mit dieser Anekdote angefangen zu haben. Wie seine Mutter ihm noch die Krawatte gerichtet hatte, vom Vater geliehen, man war ja doch immer gleich wieder Kind, und wie lange er sich nicht hatte blicken lassen. Die Erleichterung der Eltern, dass er da jetzt hinging und Barbara gratulieren würde und dass das dadurch alles irgendwie doch noch »zu einem sinnvollen Ende« fand (sein Vater). Aber er mochte nicht erzählen, wie er dann mit der Scheißkrawatte in der Rheinhitze gestanden hatte, vor der gelblich verwaschenen Wand dieser Schloss-Uni, der Sprossenfenstertür zum Romanischen Seminar, und dann ging das nicht: weitergehen und den albernen kleinen Blumenstrauß, der aussah wie zum Abtanzball, ließ er später im Rheinpavillon auf einem Stuhl liegen, als er dort einen etwas zu warmen Riesling trank, an dem er kein Interesse hatte.

»Schöne Geste«, sagte Sonja Dobrowolski, als würde sie gern das Thema wechseln.

Er nickte. Den Riesling hatte er stehen lassen, als er aufstand und zurückrannte zum Romanischen Seminar, die Luft am Rhein heiß wie das Gebläse vor einem Kaufhauseingang. Am Rand vom Hofgarten standen nur noch ein paar Leute zusammen, Barbara in einem dunkelgrünen Leinenkleid, das ihre Haare leuchten ließ. Daran, wie sie über die Schultern der anderen schaute, sah er, dass sie langsam loswollte, den Blick kannte er noch. Sobald sie ihn sah, verließ sie das Gespräch und kam ein paar Schritte auf ihn zu.

»Na so was«, sagte Barbara, eine Mappe unterm Arm und die hellbraune Handtasche am dünnen Riemen über der Schulter, glänzendes Leder.

»Tut mir leid«, sagte Achim und fürchtete einen Moment, sie würde sagen »Mir auch«.

»Macht ja nichts«, sagte Barbara. »Du hast es ja doch noch geschafft.«

»Und der neue Job?«, fragte Sonja Dobrowolski.

»So neu ja nun auch nicht mehr«, sagte er. Weil er das Gefühl hatte, sie würde einen Scherz hören wollen oder zwei, aber die Wahrheit war: Die Berufsschule gefiel ihm besser als das Labor mit den ausbrennenden Raketen. Er stellte sich gerne hin und erklärte was, und er kämpfte ganz gern jede Woche aufs Neue darum, dass die Techniker-Klassen ihn irgendwie mochten, das war eine Herausforderung. Manchmal gelang es. »Sie kriegen wir auch noch klein«, sagte seine Chefin, die aussah wie Clint Eastwood und im Lehrerzimmer Roth-Händle rauchte, aber lieb gemeint.

Vor den Fenstern vom Café Mehnert war immer noch Steglitz, seit einer guten halben Stunde und bis in alle Ewigkeit unverändert.

»Tja«, sagte Sonja Dobrowolski. »Im Nachhinein schon ooch schade allet. Ick dachte ja damals, dit wird vielleicht wat mit uns beeden.«

Steglitz versank Richtung Fischtal, die kompromisslos lackierte braune Tischplatte vor Achim leuchtete wie warmes Karamell. Er hob den Blick.

»Liebe aufn ersten Blick und so weiter«, sagte Sonja Dobrowolski, die Beine schon zum Gang gedreht, um gleich aufzustehen. Vielleicht setzt sie sich jetzt neben mich, dachte Achim.

»Echt?«, sagte er, erstaunt, nicht verblüfft, denn plötzlich fragte er sich, ob es ihm nicht vielleicht ähnlich gegangen war und ob diese irre Geschichte von damals jetzt nicht so was wie eine unerwartete Fortsetzung finden würde, ein anderes Ende, den Anfang von was Neuem.

»Nee, Quatsch«, sagte Sonja Dobrowolski und stand auf, ihr Kuchenpaket stabil auf der Handfläche, die andere hielt sie ihm hin. »Sollte 'n Witz sein.«

Achim blieb sitzen, obwohl er hier gar nichts mehr wollte vom Café Mehnert, diese ganze weinrote Vergangenheitswelt, sah so die Zukunft aus?, und alle Ecken abgerundet, aber keine Sahne mehr auf dem Cappuccino, wo denken Sie hin, nee, original gehört der mit aufjeschäumter Milch, wie in Italien.

Manchmal hatte er das, so kleine Episoden, da fiel ihm die Zeit weg, und die Erinnerung an diesen einen Tag im Frühsommer sechsundachtzig, die dehnte sich dann wie eine luftdichte Folie über alles, man konnte noch durchgucken, aber nicht drunter atmen.

Wie er da in diesem Raum gestanden hatte, Gott sei Dank, seine Windjacke, oder waren die echt so grausam, ihm die noch einmal zu zeigen, einfach so, obwohl sie vorhatten, die ihm gar nicht wiederzugeben? Und plötzlich stand dieser Typ im Raum: Mensch, Mensch, Mensch, wat machen wir denn jetzt mit dir. Ick wusste doch, det wa uns hier übern Weg laufen. War mir klar, sobald die Meldung von der Grenze kam, du mit dem Märklin-Kasten.

Wie der die erste Silbe betont hatte, MÄRK-lin, Achim schwirrte der Kopf, er verstand die Wörter gar nicht.

Darf ich du sagen? Wir sind ja fast im gleichen Alter. Komm, jetzt setz dich mal hin. Rauchst du? Nee, oder? Ich hab aber 'ne Camel hier. Oder sag mal, 'n Kaffee vielleicht? Auf den Schreck? Meine Güte. Was für ein Ding. Nu erzähl doch mal. Wie hat sich das denn alles zugetragen. Wat is DEINE Wahrheit, wenn ick dit so sagen darf. Also du mit dem Dosimeter hier in Friedrichstraße über die Grenze. Ja, nee, du, da fängt der Ärger ja schon an, ich sach ma: So Geschenke, dit jeht ja nich, also, da werden wa von Hause aus schon mal hellhörig. Aber du bist doch 'ne ehrliche Haut, sieht man natürlich ooch gleich, muss man dann ooch wieder anerkennen, also, volle Adresse, die werte Frau Bollmann, Sybille, du, ja auch ganz, ganz schwierig mit der Familie, kannst du dir ja vorstellen, für die Mutter jetzt kein reines Vergnügen. Die eene Tochter im Westen, die andere auf so ziemlich allen Listen, die wa so haben. Kennst du die Mutter? Ja? Nee? Nur mal kurz jesehen, ja? Vaschtehe. Ja. Dolle Frau.

Hatte der das gesagt? Dolle Frau? Ja, doch. Achim hatte nur noch so Fetzen, später, die flogen ihm in allerhand Konstellationen durcheinander.

Du, das jeht jar nicht darum, dass hier jemand wat falsch jemacht hat. Irgendwo kann ick ja auch dieset Interesse nachvollziehen, sag ich mal... also sagen wir mal so, dieses Erkenntnisinteresse, diese wissenschaftliche Grundlage, dit hat ja für meene Begriffe ooch wat, ich sach ruhig ma: Marxistischet, also: Materialismus, ja, die Verhältnisse erst mal studieren und dann entscheiden, wat zu tun ist. Wobei wa natürlich da in die Bredouille kommen, weil: Wir haben eben keene Probleme mit der Radioaktivität, also, nicht in der Größenordnung einfach, aber: klar, dann halt Probleme mit Leuten, die Probleme machen. Kiek ma, sogar dit Eichdatum war abjelaufen bei deinem Dosimeter, also, wat wären denn dit für Werte jewesen, dit is doch reine Propaganda, in dem Sinne. Sind wir uns einig, oder? Aber. Guck mal, der Kaffee, hier, nimmste mit Milch und Zucker? Ist so Kaffeeweißer, finde ick persönlich ja sogar leckerer. Schöne Farbe, kiek ma. Also. Ick sag mal so: An dir liegtet nicht, an der Sybille liegtet ooch nicht. Ihr meintet nur jut. Dit sehen wir ja. Du, dit ist ja unser Jeschäft, dit is Kernkompetenz. Jedenfalls. Mach dir ma keene Sorgen. Also. Die Bollmann, Sybille, die muss sich vor Jericht verantworten. Nach Recht und Jesetz. Da müssen wir mal sehen, wie dit abläuft. Da können wa einander nu wieder ooch'n bisschen unter die Arme greifen.

Achim, wie er da in diesem Raum und unwillkürlich jetzt wieder im Mehnert auf seinen Händen saß, weil ihn damals dieser braune Cord irgendwie beruhigte, obwohl, das merkte er schon, dafür, also zum Beruhigen, eigentlich dieser Singsang von dem Typen im hellgelben Hemd gedacht war, bisschen großer Kragen, wahnsinnig dichtes Haar, attraktiv wie so einer aus dem Fernsehen, aber schon aus dem Ost-Fernsehen. Wie der so rein- und rausdriftete aus dem Dialekt, das hatte was Anheimelndes, Achim hätte da ewig zuhören können, denn erstens, der Kaffee war gar nicht schlecht, besser als im Café Mehnert, und zweitens: Er hörte immer nur: nicht so schlimm, nicht so schlimm, nur gut gemeint. Und die Windjacke immer im Augenwinkel. Ab durch die Mitte, sagte der andere. Reden wa noch'n bisschen, und dann ab durch die Mitte, du willst ja ooch nach Hause.

Das war vielleicht ein Satz. Wie einen so was Banales so umhauen konnte. Ooch nach Hause. Achim kniff die Augen zusammen.

Aber dann sollte er doch mal sagen. Wie er das denn so erlebt hatte. Und wie oft er denn da. Einmal hätten sie ihn ja gesehen, und sie wüssten ja auch, wer denn da so besonders – sach mal, ja, wer exponiert sich denn dann da so? Wie positionieren die sich? Hier, die eene, ist dir die aufjefallen, die mit der ... und der klopfte sich hier so mit der Hand an den hellgelben Oberarm, wo bei dieser Jana die Zigarettenschachtel gesessen hatte wie bei einem James Dean in einem alten Film, und Achim sagte: Diese Jana, ganz automatisch, und der andere lächelte, wie man lächelte, wenn einem ein Name einfiel, der einem auf der Zunge gelegen hatte; gut, dass die Quälerei vorbei war, ja, genau, diese Jana.

Klar. Er als Westbürger. Also, Bürger von Westberlin. Nee, da musste er ja um Mitternacht wieder passiert sein, und das sei ja hier eher informell, man hätte das halt mal klären müssen, und mit den Klamotten, ach so, hier, kiek ma, allet noch da, du, das läuft hier alles erst mal nach Schema F, wir machen da keine Unterschiede, na ja. Weeste, wenn schon sonst manches nich so hinhaut, dit eene is doch so unser Ding: keene Unterschiede machen.

Achim nickte.

Fällt dir noch wat ein?

Na ja. Achim wollte wie nichts auf der Welt in seine Unterhose, sein T-Shirt, sein Hemd, seine Hose, vor allem seine Socken, und die Windjacke dann als Sahnehäubchen, Superheldenumhang, wegfliegen. Noch nie hatte er irgendwas oder irgendwen so geliebt wie die Vorstellung davon, die Sachen anzuziehen, die er heute Morgen angezogen hatte.

Und was ihm noch alles einfiel. Na ja. Gut gemeint. Also. Die wollten da eine Umweltbücherei aufbauen. Die waren schon… na ja, recht weit. So dreißig, vierzig Bücher hatten die schon. Die hatten auch ein Transparent an der Wand.

An dieser Stelle schämte Achim sich ein bisschen. Das war ja nun wirklich verboten. Oder nur ganz mühsam toleriert? Was sagten die in der Tagesschau darüber? Wie war das mit dieser Friedensbewegung? In den Kirchen war das doch okay, oder nicht?

Schwerter zu Pflugscharen. Rechts an der Wand. Von der Tür aus gesehen. Und einer von denen hieß Jesko. Und einer… Aber der Name fiel ihm da schon nicht mehr ein. Volker. Volker. Volker. Nein. Das nun ganz bestimmt nicht.

Und wie viele Geigerzähler hatten die bei ihm bestellt? Wer bezahlte dafür? Hatte er mit Leuten aus Jena Kontakt gehabt, aus Suhl oder Cottbus?

Achim versuchte zuzuhören, aber es war so schwer. Nee. Ach so. Nein, das würde ja auffallen. Im Labor. Also sein Chef. Der Dr. Sonnenburg. Das wäre schlecht möglich. Er hatte zwar Aussicht auf die Verbeamtung, aber… also, ganz ehrlich, er war ja immer noch in der Probezeit.

Das ging dann in diesem Gespräch noch ein bisschen hin

und her, mit kleiner Amplitude, und der andere rutschte immer seltener in dieses schmusig Berlinerische, Achim vermisste das fast ein bisschen.

Na, dann zieh dich ma um. Ja, ich warte. So. Hier.

Achim stand da und rieb seine Hosenbeine, nur ein wenig, möglichst unauffällig. Der andere hatte angefangen zu rauchen, und als er durch war mit seiner Zigarette, drückte er sie aus und langte unter den Couchtisch, wo ein Schalter war, er gab sich gar keine Mühe mehr, das vor Achim zu verbergen, wahrscheinlich ein Tonband, das er jetzt anhielt. In Wahrheit war der zehn, fünfzehn Jahre älter, von wegen, wir sind im gleichen Alter. Achim zog seine Armbanduhr aus der Jackentasche, er fing langsam wieder an, sich was zu trauen. Bald neunzehn Uhr, hier drinnen sah man ja kein Tageslicht. Bist du immer noch da?, sagte der andere, ohne aufzusehen. Vor der Tür standen zwei Uniformierte, die Achim, ohne ihn anzufassen, wieder zum Lieferwagen brachten. Unwillkürlich rieb er sich die Handgelenke, aber damit ließen sie ihn jetzt in Ruhe. Sie hielten ihm die Tür auf, der eine zeigte mit dem Kinn auf die Zellentür, der andere machte die Tür hinter Achim zu und schloss ab, aber es wirkte wie eine Formalität, nicht persönlich gemeint. Achim hatte das Gefühl, alle enttäuscht zu haben, und obwohl er sich dafür hasste, litt er darunter, die vollen fünfzehn Minuten, bis sie ihn in einer Seitenstraße rausließen und ihm den Bahnhof Friedrichstraße zeigten, da, hinter der Ecke.

»Wollen Sie noch'n Käffchen?«

Achim blickte auf. Die Bedienung vom Café Mehnert ordnete die Kaffee- und die Eiskarte vor ihm auf dem Tisch und steckte sie längs in den dafür vorgesehenen Chrombügel, Kuchen bitte am Tresen auswählen.

»Ich weiß nicht«, sagte Achim.

Kapitel 53

Marion wusch sich die Hände mit kaltem Wasser und trocknete sie an einem harten Frotteehandtuch ab, man hätte das in die Ecke stellen können. Keine Ahnung, wem das hier gehörte, Sybille oder den Studenten.

»Ja! Moment.«

Dann rieb sie sich das Gesicht und hängte das Handtuch wieder auf. Wie falsch die weichen Handtücher schienen, wenn sie in den Ferien an der Nordsee oder in Franken waren. Das Handtuch hier klappte im Stück zur Seite, als sie zur Badezimmertür daran vorbeiging.

Im Flurdunkel stand Sybille. Marion wollte ihr Gesicht in diesem Anorak vergraben, das Teddyfell, Mitropageruch. Sie zog die Luft ein, in der Sybille stand, so tief sie konnte. Sie wollte was sagen und nach ihrer Schwester greifen, Babyhaare. Sybille wich einen Schritt nach hinten, ins Hoflicht aus der Küchentür, viel kam davon nicht mehr an. Ihre Haare lagen ein bisschen flacher am Kopf, gedrückt, und sie hatte müde Augen, ein anstrengender Tag, eine anstrengende Nacht, man steckte das nicht mehr so weg wie mit Mitte zwanzig. Marion schüttelte den Kopf.

Sybille hatte das ganz gut abgeschätzt: den Schritt zurück, die Breite des Flures, ihre eigene Spannweite, nichts im Weg, die Badezimmertür schon geschlossen, freie Bahn, Kraft im Oberkörper und in den Oberarmen vom Wurstkistenschleppen, und die Ohrfeige, die Marion jetzt von ihr bekam, war so, dass Marion im ersten Moment dachte, das wäre was ganz anderes: Das Haus wäre getroffen oder die Welt jetzt endlich explodiert, auch hier. Sie stützte sich auf den Knien ab, eine Sirene im rechten Ohr und Nebel vorm Auge.

»Ich war eine Nacht bei der Staatssicherheit und heute vorm Untersuchungsrichter, und die erheben Anklage gegen mich, wegen Spionage und staatsfeindlicher Umtriebe und Verstoß gegen irgendwelche Gesetze zum Einsatz nicht genehmigter technischer Geräte, und und und, und ich weiß überhaupt nicht, wie das weitergehen soll, die melden sich, sagen die, verstehst du, die melden sich?« Das war erst ein Zischen, im Mittelteil schrie sie, und gegen Ende sagte Sybille das übers Anorakaufhängen an der Flurgarderobe, als hätte sie gerade einfach wahnsinnig viel zu tun und wüsste irgendwie auch nicht mehr weiter.

Sobald Sybille die Jacke aufgehängt hatte, hielt sie inne und sah Marion an, die sich langsam wieder aufgerichtet hatte und die meinte, die Farbe ihrer rechten Wange selbst leuchten zu sehen.

»Aber das Ding«, sagte Sybille. »Das Ding da eben. Das haste dir nicht dafür eingefangen. Nee. Das war für alles andere. Dafür war das.«

Kapitel 54

Weißt du noch, damals?
In der S-Bahn? Als wir zurückgefahren sind?
Ja, genau.
Kann das sein, dass wir in der gleichen waren?
Du meinst in derselben?
Ja, na ja, Mann.
Also, wenn du so gegen sieben in Hohenschönhausen weg bist und ich um kurz vor halb acht im Prenzlauer Berg, na ja, ich meine...
Ich glaub, das war dieselbe.
Wo hast du denn gesessen?
Weiß ich nicht mehr so genau. Ziemlich weit vorn, glaub ich.
Und ich hinten.
Aber dann hätten wir uns ja sehen müssen. Also, als wir Zehlendorf ausgestiegen sind. Auf dem S-Bahnhof. Dann wäre ich ja hinter dir gelaufen.
Nee, ich bin eine vorher ausgestiegen, Sundgauer. Ich wusste ja nicht, dass du auch in der S-Bahn warst.
Wissen wir ja auch nicht. Aber kann ja sein.
Ja. Ich wollte noch ein bisschen...

Aber dann hätte Marion nicht weitergewusst. Wie sie das hätte beschreiben sollen. Aber an den Punkt kamen sie eh nie, das Gespräch dachten sie sich beide nur in wechselnden Varianten aus, wenn sie getrennt voneinander, auf gegenüberliegenden Dachböden, die Wäsche aufhängten, in den Wochen und Monaten danach.

Achim hätte nicht beschreiben können, ohne an seiner Sprache zu zweifeln, wie die S-Bahnfahrt zurück nach Zehlendorf an diesem Abend gewesen war: zu lang und zu kurz und so, als würde er zum allerersten Mal in diese seltsame Stadt fahren.

Marion hätte es beschreiben können, aber sie wollte es für sich behalten.

Wie sie mit Sybilles Handabdruck auf der Wange durch die Hauptstadt der DDR lief, sodass die Leute sie besorgt anschauten, oder einfach, weil sie so froh dabei aussah, und auf der Fahrt durch die Geisterbahnhöfe suchte sie Sybilles Finger auf ihrer Wange im Spiegel der S-Bahnscheibe. Und sobald Marion alle fünf abzählen konnte, lehnte sie sich gegen das lackierte, geschwungene Holz der Rückenlehne, schloss die Augen und spürte das wunderbare Brennen auf ihrer Haut, die Nähe ihrer Schwester.

Danke,

liebe Eltern, dass ihr mit mir 1969 und 1975 zurück nach Berlin gezogen seid. Patrick Kuster, fürs Auffrischen von Erinnerungen an Süd-Berlin. Diana, beste Leserin von allen.

Stephan Bartels, Maike Rasch und besonders Alena Schröder fürs Dabeisein und Zuhören. Leila Essa, Johannes Franzen, Stephan Konopatzky und Nicole Poppenhäger für Hilfe und Anregung bei der Recherche. Die Fehler, Auslassungen und Erfindungen sind meine. @laserheilkunde für das Miniatur-Gedicht »Petrichor/noch ein Tor«, das auf Seite 100 Marion einfällt. Katharina Rottenbacher, über deren Lektorat ich seit vielen Jahren jedes Mal so glücklich bin. Allen bei der Agentur Michael Gaeb, Grusche Juncker und allen bei btb und Penguin Random House, die aus einer Idee und einem Text dieses Buch gemacht haben.

Sollte diese Publikation Links auf Webseiten Dritter enthalten,
so übernehmen wir für deren Inhalte keine Haftung,
da wir uns diese nicht zu eigen machen, sondern lediglich auf
deren Stand zum Zeitpunkt der Erstveröffentlichung verweisen.

Dieses Buch ist auch als E-Book erhältlich.

Penguin Random House Verlagsgruppe FSC® N001967

1. Auflage
Originalveröffentlichung 2021
btb Verlag, ein Unternehmen der
Penguin Random House Verlagsgruppe GmbH,
Neumarkter Str. 28, 81673 München
Copyright © 2020 Till Raether.
Dieses Werk wurde vermittelt durch die
Literarische Agentur Michael Gaeb.
Covergestaltung: semper smile, München
unter Verwendung eines Motivs von Plainpicture / Mario Monaco
Satz: Uhl + Massopust, Aalen
Druck und Einband: GGP Media GmbH, Pößneck
Alle Rechte vorbehalten.
Printed in Germany
ISBN 978-3-442-75855-5

www.btb-verlag.de
www.facebook.com/btbverlag